高等教育"十二五"规划教材

儿童文学鉴赏·创编·讲演

隋立国　编著

天津出版传媒集团

天津人民出版社

科学出版社

图书在版编目（CIP）数据

儿童文学鉴赏·创编·讲演/隋立国编著，—天津：天津人民
出版社；北京：科学出版社，2014.5（2018.6重印）
ISBN 978-7-201-08697-2

Ⅰ.①儿⋯　Ⅱ.①隋⋯　Ⅲ.①儿童文学—鉴赏—师范大学—教材
②儿童文学—创作方法—师范大学—教材　Ⅳ.①I058

中国版本图书馆CIP数据核字（2014）第076520号

天津人民出版社
科学出版社
联合出版
出版人：黄　沛
（天津市西康路35号　邮政编码：300051）
邮购部电话：（022）23332469
网址：http://www.tjrmcbs.com.cn
电子信箱：tjrmcbs@126.com
天津市新科印刷有限公司印刷　新华书店经销

2014年5月第1版　2019年7月第5次印刷
787×1092毫米　16开本　13.75印张
字数：328千字
定价：36.00元

设计多彩童年（代序）

杨世诚

读过一个故事，题目叫"门为谁开"。大意是：一个朋友在谷歌（http://www.google.cn/）意外地得到了一份工作。一天，他在校园广告栏里看到一则广告。上面什么也没写，只写着"www."，然后是个很怪的数学符号。他觉得很有意思，就把这个网址记住了。回家上网，他顺便点进去看，没有什么内容，就是一道未解的数学题。他觉得有意思，决定把这道题解出来。花了半小时，等他解出题目，突然弹出了一个表格，请他填写。谷歌的门就这样向他打开了。

听完这个故事，除了崇拜还是崇拜。在花花绿绿的广告栏里注意到一则不起眼的广告——说明他对周围的事物很留意；把网址记在心里——说明他过目不忘；回到家上网时记得点进去看一看——说明他有好奇心；看到一道没头没脑的数学题决定要解答——说明他喜欢动脑筋；最后把题解答出来了——说明他智商不低。

不看简历，不看学历，不招聘，不海选，一分钱不花，谷歌找到了理想中的员工。

身为师者，如何为师？我想，除了教书育人，还有重要的途径——倾听。有时候，通过倾听可能会铺设出一条宽阔的路。"高职学前教育专业学生儿童文学素养构建"项目的研究之路就是从一个故事开始的。

七年前，在一次叙事交流中，隋立国副教授领导的儿童文学团队记住并讨论了这样一个故事。故事是一个学生讲的。她说，她是没有童年的孩子，没有睡前故事，没有玩具，也没有"洋娃娃"。本该无忧无虑的童年，在她的记忆里却是单调沉闷的。直到有一天，童话走进了她的生活，成了她的朋友——童话世界里永远那么单纯而美丽：森林里可爱的小矮人，大海里痴情的美人鱼，漂亮的公主们最终会和她们的王子过上幸福的生活……她常常幻想：自己就是那个孤独的"灰姑娘"，期待着某一天她也会得到一双水晶鞋。

听完这个故事，老师们心痛啊！孩子的天真往往被看作是可笑的，但是，孩子的真诚往往令成人汗颜。

童话不仅能改变孩子的心境，也能为孩子设计出多彩的梦！

从那一刻起，他萌生了一个大胆的想法，组建"高职学前教育专业学生儿童文学素养构建"课题研究团队：课堂上不仅鉴赏童话，还要创作童话、表演童话，整合教学内容，探索鉴赏、创作、表演"三位一体"的教学模式，走进孩子的心灵。

——鉴赏，丰富文学修养。阅读就是阅世。"古刹青灯，清贫孤独"，"杨柳岸，晓风残月"不是最终归宿。循着儿时的小路，我们又回到了曾经的心灵家园。鉴赏儿童文学作品，同学们会更加理解情感和理智、理想与现实、真实与虚幻。

——创作，唤醒童心的表达。抓住曾经的经历，用心构思，融入幻想，融入夸张，融入拟人的手法，最终融入神采飞扬的智慧，把思想变成彩虹。创作的过程是同学们找寻自我的过程，从另一个角度完成了一次新的升华。

——表演，教学的目标。儿童文学是最具表演条件的素材，精心设计和组织表演，完成了教学的"第二次设计"——设计多彩童年。表演，既是教学活动的延伸和应用，又是加深理解、训练技巧、培养团队精神的舞台，丰富的内涵不言而喻。

集教、学、做、研于一体的儿童文学项目，收获了累累硕果：2010 年，"儿童文学"被评为山东省成人高等教育特色课程；2012 年，"儿童文学创编"被评为山东省高等学校精品课程；2013 年，在全国师范院校儿童文学研究会第 14 届年会评奖中荣获佳绩。2011 级学前教育专业 14 班李晓敏等同学创编的《水下电影院》等 9 篇作品获得一等奖；2012 级学前教育专业 9 班车洪丽等同学创编的《小笨象》等 10 篇作品获得 10 项二等奖；2012 级学前教育专业 13 班孙洁等同学创编的《小老鼠阿糊》等 27 篇作品获得三等奖；隋立国副教授撰写的论文《学前教育专业学生儿童文学素养的构建研究》获得一等奖，并在年会上做典型发言。

隋立国副教授领导的儿童文学项目团队认真总结教改、科研之路，充分吸收研究改革成果，写成《儿童文学鉴赏·创编·讲演》一书。该书的出版，还给予了我们这样的启迪：花开，为了果实。果实是开花的寄托，是花开的见证。在花儿发芽、抽枝、长叶、孕蕾、绽放的过程中，都是奔着果实而去。为实现它，花儿终其一生，默默无闻……在花儿将谢的刹那间，默然把生命的接力棒传给了果实，花朵安然隐去。与其说这是花儿生命的终止，不如说是花朵以另一种形态获得了新生。

愿我们的心灵悄悄地开花，愿我们的课堂成为一个"心花怒放"的场所。

2014 年 3 月写于潍坊工程职业学院。

（杨世诚，潍坊工程职业学院学前教育学院院长、教授，山东省学前教育特色专业主持人）

前　言

人是精神文化的动物，人的精神生命中不能没有文学的滋养。联合国儿童基金会指出，"看一个国家儿童读物的出版状况，就可看出这个国家的未来。"世界上哪个国家的孩子阅读能力强？一项调查的结果是：芬兰。芬兰是个很小的国家，总共只有八所大学，但七所大学开设了儿童文学课程，阅读儿童文学作品成为芬兰社会的一种风气。

2012年北京师范大学儿童文学教授王泉根在接受《中国青年报》采访时指出，"现在全国99%的中小学语文老师与幼儿园教师没有接受过专业、系统的儿童文学理论教学或业务培训。由于这些老师缺乏儿童文学知识结构，不知道儿童文学为何物，更谈不上向学生推荐、导读优秀儿童文学作品了。同时，由于不懂得儿童文学的审美特征、创作手法与儿童接受心理，在面对语文课本中大量的童话、寓言、小说、科幻等儿童文学作品时，大部分老师都束手无策，将最能激发孩子想象力与创新思维的儿童文学作品讲得枯燥乏味、昏昏欲睡。"他呼吁，我们社会应为少年儿童的健康成长营造良好的文化氛围。

学前教育是人生的启蒙教育，儿童期特殊的生理、心理特点，决定了学前教育的内容和形式都必须是直观的、形象的、寓教于乐的，而不能是空洞生硬的、简单陈述的、枯燥说教的。儿童文学的形象生动性，正好符合儿童的认知特点，所以，儿童文学在学前儿童教育中占有得天独厚的地位。

教育部2012年颁布的《幼儿园教师专业标准（试行）》规定，幼儿园教师遵循幼儿身心发展特点和保教活动规律，提供适合的教育，促进每个幼儿生动、活泼、主动地发展，保障幼儿快乐全面健康地成长。

儿童文学是人生最早接受的文学，这是一种直接关系到民族未来一代精神生命成长的文学，是亿万少年儿童不可或缺的精神食粮，对于广大少年儿童的素质教育、审美陶冶具有特殊作用与价值功能。《幼儿园教育指导纲要（试行）》指出："引导幼儿接触优秀的儿童文学作品，使之感受语言的丰富和优美，并通过多种活动帮助幼儿加深对作品的体验和理解。"幼儿教师的儿童文学素养影响着儿童的成长与教育的使命。

高职学前教育专业培养具有教育、保育、保教反思能力，具备基础理论和专门知识，具有良好职业道德和敬业精神，掌握弹、唱、舞、说、画、做技能的高素质技能型幼儿园教师，其中儿童文学素养成为其必备素养之一。

2006年起，我们开始组建团队并着手"高职学前教育专业学生儿童文学素养构建"课题研究。

一、研究目标

在借鉴前人研究的基础上，调查幼儿教师和学前教育专业学生儿童文学素养的现状，探讨幼儿园、高校合作的途径，构建幼儿教师的儿童文学素养，培养高素质技能型幼儿园教师。

二、研究实施

（一）确定高职学前教育专业学生儿童文学素养构成

瞄准幼儿教师工作岗位，学前教育专业学生应具有"儿童文学作品鉴赏·创编·讲演的职业能力"：通过儿童文学基本理论的学习，提高学前教育专业学生的儿童文学基本素质，使学生具有儿童文学作品鉴赏的能力，改编、创作的能力，组织儿童文学教学活动的能力，为从事学前教育工作、开展幼儿园教育活动助力，成为适应现代学前教育需要的合格教师。

（二）高职学前教育专业学生儿童文学素养构建实施

1. 科学定位"知识·能力·应用"三位一体的学习目标

◆ 知识目标：培养学前教育专业学生的文学素质。

通过儿童文学基本理论的学习，了解不同年龄阶段儿童的文学接受特点，明确儿童文学与学前教育的关系，培养美好的情感、温暖的情怀和健康的人格，陶冶良好的情操，具有良好的专业素质，激发想象力和创造力，有厚实的儿童文学理论功底和研究精神，有广阔的儿童文学视野，有较强的阅读指导能力和文学活动组织能力。

◆ 能力目标：提高阅读、欣赏、创作、讲演儿童文学作品能力。

通过"课堂学习—阅读欣赏—创作、表演"的实习实践过程，了解儿童文学的主要体裁——儿歌、幼儿童话、幼儿故事、幼儿图画文学的特点，开阔儿童文学作品的阅读视野，提升鉴赏、分析、评价儿童文学作品的能力和文学作品阅读指导的能力，能够创作、讲演儿歌、幼儿童话、幼儿故事、幼儿图画文学。

◆ 应用目标：强化实训成果。

在提高儿童文学综合能力基础上，重点进行幼儿童话、儿歌、幼儿故事、幼儿图画文学4个项目化能力训练，自选、创编作品在舞台、幼儿园进行表演或教学。

2. 优化确立项目化的学习内容

充分考虑学生实际，精心选取适合学生的两个篇章和9个项目儿童文学内容，构建高职学前教育专业学生儿童文学素养。

◆ 理论素养：儿童文学基本知识。

◆ 实践实训：儿童文学的鉴赏、创编与讲演。

3. 教、学、做一体的能力培养过程

采用"知识学习—阅读鉴赏—作品创编—展示交流—表演讲授"五段式学习实训模式。

◆ 知识学习：了解儿童文学或某体裁的特点和艺术表现手法，通过课堂讲授，详细剖析优秀作品。

◆ 阅读鉴赏：以学生欣赏研讨为主，教师讲解为辅。欣赏优秀儿童文学作品。

◆ 作品创编：在了解儿童文学或某体裁的特点和艺术表现手法的基础上，掌握创编要求，自己改编、创作儿童文学作品。

◆ 展示交流：将自己创编的儿童文学作品，进行展示、交流和修订。

◆ 表演讲授：将自己创编的儿童文学作品或经典作品，在舞台上演出，到幼儿园组织儿童文学教学活动。

4. 改革评价方式

取消期末试卷形式，学业考核创编作品、作品讲演、幼儿园实训活动等内容。

三、阶段研究成果

1）2008年《春华秋实——学前教育专业学生儿童文学创编优秀作品》，北京教育出版社；

2）2009年"儿童文学鉴赏、创编、讲演能力培养的研究与实践"获学校教学成果评选一等奖；

3）2010年教材《儿童文学》，山东科技出版社；

4）2010年"儿童文学"获山东省成人高等教育特色课程（鲁教职字〔2010〕10号）；

5）2012年"学前教育专业职业能力系列联合课程——儿童文学创编"获山东省高等学校精品课程（批号2012GZ379）；

6）研究报告"幼儿教师儿童文学素养的构建研究"获得2012年度山东省文化艺术科学优秀成果二等奖；

7）2013年8月学生原创儿童文学作品在全国师范院校儿童文学研究会第14届年会评奖中获得一等奖9项、二等奖10项、三等奖27项。

8）2013年10月课题"高职学前教育专业学生儿童文学素养构建研究"获山东省教育科学"十二五"规划2013年度重点课题（课题批准文号：2013GZ058）。

[学生体会]

　　2012级学前教育专业12班 郝丽丽：我是地地道道的农村娃，家境的贫寒使得我的童年并不完整。我没有去过幼儿园，没有过漂亮的新衣服，也没有过像样的玩具。看到小伙伴们穿着漂亮的新衣服，抱着可爱的洋娃娃在幼儿园里快乐地玩耍，我也只能远远地站在一边，羡慕地看着他们。

　　小时候的我最喜欢依偎在家人的身旁，听爸爸妈妈讲他们小时候的故事，听姐姐给我讲白雪公主和灰姑娘。那时候的我对一切都充满了幻想，我幻想着能有一只小女巫的魔法棒，幻想着能有一双灰姑娘的水晶鞋，幻想着能有一只会说话的小猫咪，幻想着一切的美好。他们不厌其烦地讲，对他们的故事，我也百听不厌。

　　随着时间的流逝，我不再是小时候那个整天依偎在父母怀里听故事的娃娃。直到有一天，我走进了大学，儿童文学便也走进了我的世界。先前我并不了解儿童文学，在我的理解中，儿童文学只是简简单单的童话、故事和儿歌。但当我真正接触了儿童文学后，我才发现我的理解只是最为肤浅的一个点。儿童文学是专为儿童提供创作素材，并适合他们阅读的具有独特艺术性和丰富价值的各类文学作品的总称，并不只是简简单单的童话故事和儿歌就行了，这里面还有积极、健康、有利于幼儿发展的语言和图画。我们开始了儿童文学作品的鉴赏、创编与讲演。

儿童文学是一个充满幻想美的世界，在这里，我体味着美丽的童年。纯真美丽的童话故事并不只是孩子们的特权。童话带我们寻着儿时的小路，又回到了童年时代的心灵家园。在这片天空下，没有琐碎的飞尘迷离自我，没有浅淡的风月撩人心神，只有娓娓道来的真挚与美感、梦想与追求。童话教会我们"古井无波"般的平和宽容，"藤葛翩然"的洒脱豪放，"大江东去"式的生生不息，"傲雪伴霜"一样的永不低头。再一次捧读童话，我们会更理解情和理智、理想与现实、虚幻与真实的意义。

童话的美感是一条荡涤心灵的小溪，是一盏指人前路的明灯，是一种"带着错觉性的感受"，它代替我们表达了已经感到却又无以言表的美感，只有带着丰富的想象力沉浸在童话的世界里，我们才能让童话，让我们的童年留下永不腐朽的记忆。

童话再次拾起了我们失落的童心。但拿起笔去创作属于自己的童话故事，以前从来没有想过，更没有尝试过。儿童的想象力是非常丰富的，一篇成功的童话故事不仅要求内容积极向上，有利于幼儿身心发展，还要体会幼儿的视野，培养幼儿健康的审美意识和丰富的想象力，引领着孩子们快乐地成长。

慢慢地，我们由最初的童话故事的欣赏者变成了创作者。虽然这其中不乏青涩的作品，但它们印证了我们的成长、我们的努力。2013 年 8 月，我写的一篇儿童故事《甜甜世界》获得了全国师范院校儿童文学研究会第 14 届年会原创作品三等奖。这样的成绩我不敢去想，也从没有想过。

现在想来，把美好的梦想、执着的憧憬写进自己的童话故事中，让更多的人去品读、体会，这种感觉妙不可言。我不要求我的作品能够多出名，我只希望当那些纯真可爱的孩子们读到它时，能够感受到里面满满的幸福、满满的爱，能够给孩子们带来乐趣，带来童年的幻想，带来健康的成长，让他们的童年生活更丰富；当那些童年不再的大人们读到它时，能重新唤醒那份童心；当那些为生活奔波、久久迷失自我的人读到它时，能暂时卸下生活的重担、心灵的铠甲，重新体味那份久违的纯真与温馨。

仰望天空，让白云寄托我们的梦想！品读儿童文学作品，让幻想勾起我们的童年记忆！

我知道我会写下去，一直写下去。

四、研究主要特色及创新点

能力培养项目过程化，优化了教学内容

教学做一体化，创新了实践教学模式

工学结合，教室和幼儿园/舞台联动，创新了人才培养模式今天，课题阶段研究成果《儿童文学鉴赏·创编·讲演》付梓出版，得到了潍坊工程职业学院领导、同事、学生的大力支持，杨世诚教授欣然为书作序。另外，成书过程中浏览、借鉴、引用了许多专家、学者的儿童文学研究成果，虽然在文中和书尾的"参考文献"尽可能作了详尽注释，但难免有所疏漏，在此向相关作者表示感谢！同时，由于本人学识和研究水平所限，不当之处，敬请广大同仁批评指正，以便在再版时予以修正。

隋立国

2014 年 3 月

目　　录

理论素养篇

儿童文学基本知识

项 目 一
儿童文学概述

儿童文学是引领儿童进入阅读佳境的最好门径，它可以让儿童在轻松愉悦的氛围中学习语言、驰骋想象、领悟内涵、增强思辨，学会听话说话，学会爱憎分明。

——中国儿童文学研究会创会人、浙江师范大学教授　蒋风[1]

项目目标

※　理解儿童文学的基本含义
※　了解儿童文学的范围
※　懂得儿童文学的功能与属性

儿童文学是文学家族的重要成员，是人类文明枝条上的一朵奇葩。《幼儿园教育指导纲要（试行）》指出："引导幼儿接触优秀的儿童文学作品，使之感受语言的丰富和优美，并通过多种活动帮助幼儿加深对作品的体验和理解。"儿童文学是爱的文学，它能帮助儿童认识爱、理解爱、拥有爱；儿童文学是真的文学，它教导儿童崇尚真实、追求真理；它能充分满足儿童的审美需求，引导儿童创造美好；儿童文学是快乐的文学，它带给儿童积极乐观的人生基调和快乐幸福的童年生活。可以说，拥有儿童文学的童年，学习和生活便有了健康而斑斓的色彩，生命的最初内蕴从此丰盈而美丽。

一、儿童文学的基本含义

儿童文学起源于人类对儿童的爱与期待，凝聚着人类文明的结晶。它以爱的传播滋养着人类的繁衍与发展，它以对真善美的颂扬担负起培育良知、教化人类的重任。

在古代很长一段时间里，儿童没有独立的人格，在成人眼里，他们不过是缩小的成人或成人的预备和附庸。1658 年，捷克斯洛伐克教育家夸美纽斯出版了世界上第一本图文并茂的儿童读物《世界图解》，这体现了儿童不再是缩小的成人的新的洞察力，标志着人们已充分注意到儿童的接受特点。1762 年，法国思想家卢梭出版了一部在教育史和儿童文化史上具有划时代意义的著作《爱弥儿》，这成为人们真正发现儿童的一个标志。从此，人们有意识地、自觉地为儿童创作属于他们的精神食粮，有了专门为儿童创作的文学作品。

1　蒋风（1925—　）教授，儿童文学理论家、浙江师范大学原校长，在全国高校中第一个建立儿童文学研究机构，第一个招收儿童文学硕士研究生。2011 年获得第十三届国际格林奖，该奖项与国际安徒生奖是当今世界儿童文学界两项最权威的奖项，蒋风也是首位该奖项的华人获得者。

学习儿童文学，首先要了解什么是儿童文学？对于这个问题，著名儿童文学作家陈伯吹先生曾说："用一两句话来说明什么是儿童文学是非常难的。"

浦漫汀：儿童文学是指适合于各年龄阶段儿童的心理特点、审美要求以及接受能力，有助于其健康成长的文学。（《儿童文学教程》）

（日本）上笙一郎：所谓儿童文学，是以通过其作品的文学价值将儿童培育引导成为健全的社会一员为最终目的，是成年人适应儿童读者的发育阶段而创造的文学。（《儿童文学引论》）

方卫平：儿童文学是专为儿童创作并适合他们阅读的，具有独立艺术性和丰富价值的审美文学作品的总称。（《儿童文学教程》）

于虹：儿童文学是与各个年龄阶段的儿童心理水平、审美要求及阅读能力相结合，有助于他们健康成长的各类文学作品的总称。（《儿童文学》）

王泉根：儿童文学是以 18 岁以下的少年儿童为服务对象，具有契合儿童审美意识与发展心理的艺术特征，有益于儿童精神生命健康成长的文学。（《儿童文学教程》）

吴其南：儿童文学是以少年儿童读者为主要对象的，是成年人对儿童的心灵进行审美召唤并能得到儿童响应的文学。（《儿童文学新编》）

现代意义上的儿童文学正是现代社会为满足儿童的独特精神需求和成长需要而专为儿童创作和提供的特殊文学品种。我们可以这样认为，儿童文学是反映儿童生活、具有独特艺术表达手法和丰富审美价值、专为儿童创作并适合他们阅读的文学作品。

二、儿童文学的范围

（一）按儿童文学的存在状态划分

1）被儿童占为己有的"儿童文学"。即那些既为儿童所阅读又影响儿童文学发展的成人读物，如笛福的《鲁宾逊漂流记》、斯威夫特的《格列佛游记》、格林兄弟的童话集、《西游记》、各种民间故事和神话传说等。

2）"为儿童创作"的各类文学作品。成人明确地以儿童为读者对象创作的文学作品，普遍被认为就是儿童文学。这类作品占据最为核心、最为重要的地位。如安徒生童话、张天翼童话、郑春华的《大头儿子和小头爸爸》、林格伦的《长袜子皮皮》等。

3）"自我表现"的儿童文学。作家创作只是"写出自己认为有趣的东西"，是"为了自己得到乐趣"，而不是"为了儿童"，但他们的作品却被儿童读者接受并承认。这类作品主要是作家以青少年生活为题材的自叙传。如马克·吐温的《汤姆·索亚历险记》和《哈克贝里·费恩历险记》、任大霖的《童年时代的朋友》、杨红樱的《淘气包马小跳系列》等。

4）儿童自己创作的文学作品。如清华大学人文科学实验班的小作家管弦写的校园小说《非常班级里的非常师生》、北京的小学六年级作家田晓蕊的《上学也疯狂》、郁秀的小说《花季·雨季》等。

（二）按儿童文学的接受对象划分

儿童对文学作品的接受具有年龄的阶段性。

根据儿童心理发展阶段性的特点，将儿童期的儿童按不同的年龄阶段划分为婴儿期

（0～3岁）、幼儿期（3～6岁）、童年期（6、7岁～11、12岁）、少年期。

每一阶段的儿童都有相对一致的生理特点、心理特点，这种生理、心理的特点决定儿童在文学接受中具有了相对一致的期望视野、接受能力、接受方式和理解能力。因此，依据不同年龄阶段儿童接受的特殊性，把儿童文学划分为幼儿文学、童年文学（儿童文学）、少年文学。

	婴幼儿期	童年期	少年期
儿童年龄特征	身心发展迅速，表现在身体、动作、语言的发展等方面。幼儿各方面的发展使他们可能进行各种游戏活动。因而，游戏成为主导活动。同时，幼儿富于幻想，在他们的世界中，自然界的万事万物都是"人造化"的，有灵气的。	处于逻辑思维初期阶段，有崇拜英雄的倾向，有受到评价和评价别人的要求（接受表扬，批评别人），有强烈的好奇心。其主导活动以学习为主。	有成人感、独立感、道德评价能力逐渐增大，关注自我且具有理智的自我意识。同时，随着年龄的增长，社会情感完全形成，知识面拓宽，抽象思维能力有所发展，他们有了批判性阅读的能力和评价文学作品的能力。
文学接受特点	① 游戏性：如儿歌《开火车》。 ② 趣味性：如低幼童话故事《撅嘴巴的小姑娘》、《牛牛的耳朵》。 ③ 直观性：内容方面注意叙述话语的色彩感，动态描述，给读者直观感、画面感。如《鼠小弟的小背心》；在形式方面，呈现为图画故事、玩具化图画书、有香味的书等。	① 浅显性：表现为主题浅显，如《黄瓜》；语言运用浅显，以直接对应的方式，直接陈述，讲求平实。如《馅饼里包了一片天》、《云端掉下只烤鸡来》。 ② 故事性：以悬念，故事吸引读者，如《六个娃娃七个坑》。 ③ 趣味性：表现浓郁的童趣，如《小人由由——爸爸的鞋》、《婴儿》、《淘气包埃米尔》。	① 真实性：本质的真实，作品能揭示生活的本质。 ② 深刻性：主题深刻，如《洛洛贝贝与狗评选馆》、《莫吐儿传奇》、《万卡》等。 ③ 艺术性：各种艺术手法的运用。例如：童话中的双线结构，小说中的意识流等。
文学接受形式	幼儿童话故事、儿歌、图画书、童话剧等。	儿童故事、小说、寓言、散文、儿童诗歌、图画文学等。	少年小说、报告文学、散文、儿童戏剧文学等。
儿童文学类型	婴幼儿文学	童年文学	少年文学
特征	图文并茂	以文辅图	纯语言艺术

广义的儿童文学是幼儿文学、儿童文学（童年文学）、少年文学的总称。本书介绍的儿童文学主要指以0～6岁的儿童为读者对象，为促进他们的健康成长而创作或改编的、能为他们接受和欣赏的启蒙文学。

三、儿童文学的功能

文学的主要功能是审美，儿童的审美趣味、审美习惯、审美能力有别于成人，因此，儿童文学的审美功能就应符合儿童心理年龄的特点。

每个时代、每个社会、每个民族无不对少年儿童寄予厚望，按照社会规范、教育要求、人性理想为少年儿童的成长设计蓝图。作为孩子精神食粮的儿童文学，无论是作家的创作意图，还是教师、家长的选择意向，无不受到这种群体意识的制约。在这种意识的影响下，审美在一定条件下也被当作一种手段、一种工具，以达成审美之外的教育目的。

儿童走近文学是出于好玩、有趣的心理需求。这种"求趣"的阅读心态，严格意义上说也并不是纯粹审美的，但对于愉悦儿童的身心却是有好处的，这也应该成为我们探讨儿童文学功能的一个视角。可以说，儿童文学的功能是丰富的、多元的。

（一）审美功能

审美是文学的首要价值和功能，只有经历了审美过程，只有在审美过程中获得了内心的悸动和愉悦，这种心理的变化才有可能转化为其他。比如，转化为一种新的认识眼光或认识能力，转化为一种类似于教育的效果。也就是说，只有以审美作用为中介，文学的教育作用与认识作用才有可能实现。正如巴金所说："文学的目的就是使人变得更加美好，文学教育的基本任务就是唤起人们对未知世界的一种向往，一种想象力，一种浪漫主义精神，给人以精神的底子。"曹文轩也提出："美感与思想具有同等的力量。"能给人以美的享受、美的陶冶、情感的宣泄、情感的慰藉，这是文学对人类的最大贡献。在文学中发现美、认识美，在文学中感受情感、丰富情感，这是儿童走近文学最自然、最诱人的动力。

诗人谢武彰的《春天》就是一首表现儿童审美心理，体现审美功能的佳作。在诗中，并没有关于春天景色的具体描绘，也没有空洞地表达对春天的赞美之情，而是把春天以孩子的形象来加以表现，充满了儿童情趣的审美意味。

春　天[1]

谢武彰

风跑得直喘气

向大家报告好消息

春天来了，春天来了

花朵站在枝头上

看不见春天

就踮起脚尖，急着找

春天，在哪里

春天在哪里

花，不知道自己就是

春天

1　肖莉. 2009. 不知春的花朵——对儿童诗《春天》的赏析. 小雪花（小学快乐作文），6：28-29.

英国著名童话作家王尔德的《巨人的花园》写的是自私的巨人由于粗暴地将孩子们拒之花园墙外，致使春天迟迟不肯光临花园，墙外早已是鸟语花香，唯有巨人的花园仍是冰天雪地，使巨人感到阴冷、寂寞。有一天，当巨人无意间发现从墙洞里钻进来的孩子将春天一起带进园子里时，他幡然醒悟，推倒围墙，欢迎可爱的孩子们进来。这篇童话生动表达了作者对生活的审美感悟——"孩子和春天同在"。

再如曹文轩的《草房子》、《红瓦》、《根鸟》等小说，一直回荡着"悲悯"情怀。他在自己的文学创作中不遗余力地浇灌出一朵朵善之花，用它们的美慰藉人们的心灵。王尔德笔下的《快乐王子》，尽管主人公的结局是悲惨的，但他在读者的心里所激起的感情却愈来愈纯洁，愈来愈高尚，使读者从中获得了美的享受。同样，生活中的丑在作家笔下也能变成具有审美价值的艺术形象。像安徒生的《皇帝的新装》，就可以使读者在讥笑、否定丑恶的同时，更加神往生活中崇高的美的力量。

（二）教育功能

儿童文学有教育功能，这是一种客观存在。儿童文学之所以注重教育功能，有以下一些原因：

首先，是缘于传统延续。儿童文学重视教育功能，是中外儿童文学的一贯传统。就中国而言，从现代儿童文学开山之作叶圣陶的《稻草人》，到冰心的《寄小读者》，到张天翼的《大林和小林》，到20世纪40年代华山的《鸡毛信》、管桦的《雨来没有死》……都有明显的"教育"倾向。50年代至70年代的作品，教育功能更是得以极大的张扬。到80年代以后，人们对这种"教育至上"的现象进行了深刻的反思，甚至大有反其道而行之势，但是，传统并不是一根有形的绳子，一刀就可以割断，注重"教育"还是一大批作品的主要特色。就外国而言，从《伊索寓言》（不是专门为儿童所作），到夸美纽斯的《世界图解》（第一本为儿童创作的儿童读物），到《贝洛童话》、卢梭的《爱弥儿》，再到《格林童话》、《安徒生童话》、科洛迪的《木偶奇遇记》、亚米契斯的《爱的教育》、班台莱耶夫的《表》、盖达尔的《铁木儿和他的队伍》，都包含了不同形式的教育因素。

其次，是基于教育内涵。就广义的教育而言，它包含两方面的内容，知识经验的传授和人格、人性的塑造。这两点包含于任何精神产品中，而儿童文学作为以形象、情感的力量感染儿童，参与儿童人格、人性塑造的精神产品，当然应纳入广义的教育范畴之内。

教育功能和审美功能并不是对立的，优秀的儿童文学作品可以把这两种功能有机地结合在一起。如张天翼的《大林和小林》、郑春华的《大头儿子和小头爸爸》、科洛迪的《木偶奇遇记》……都是兼具教育性和审美性，并且深受小读者欢迎的优秀作品。

对儿童文学教育功能的把握，应该注意以下两点：

1）教育功能不是必然的：就具体的某一篇儿童文学作品而言，它可能没有明显的教育功能，但仍然会是好作品。因此，我们在评价作品时，不能以是否具有教育功能作为唯一的标准。

2）教育功能必须在审美过程中实现：教育功能必须在审美过程中实现，否则就会损害作品的文学属性。那种把审美当做外在包装的"糖衣炮弹"型的儿童文学作品，把审美作为实现教育功能的手段和工具，是不可取的。

苏联教育家苏霍姆林斯基创作的儿童故事《为什么要说"谢谢"》就是一篇审美功能和教育功能完美融合的佳作：

> 两个人，一个老爷爷和一个男孩子，正在林间路上走着。天很热，真想喝上几口水解渴。
>
> 于是，两人来到小溪边。清凉清凉的溪水轻轻地淙淙流。他们弯下腰，喝了个痛快。
>
> "谢谢你，小溪!"老爷爷说。小男孩笑了起来。
>
> "您干吗对小溪说'谢谢'呢?"他问爷爷，"谁都知道小溪不是人，听不到您说的话，不懂您对它的感谢。"
>
> "是这么回事儿。要是一头狼来到这儿，喝了水，它不会说'谢谢'的。可我们不是狼，我们是人。你知道吗，为什么人要说'谢谢'？想想去吧，谁需要这声'谢谢'？"
>
> 小男孩在想着。他要想的事情还很多很多，他前面的路还很长很长[1]

在这里没有关于礼貌、修养之类的生硬教训。爷爷对着小溪说话，连孩子都觉得不可思议，使故事获得了令人惊异的审美色彩。爷爷把一只狼引进了故事，就更显神奇了，作品所要表达的教育意义已经在不露声色之间清晰地传达给儿童读者，可谓把"寓教于乐"的精神发挥到了极致。

儿童文学的教育功能在于帮助儿童健康成长，使儿童在阅读欣赏儿童文学作品的过程中，潜移默化地受到思想、品德方面的启悟，以及情感、情操、精神境界等方面的感染和影响。正如别林斯基所说："文学有巨大的意义，它是社会的家庭教师。"

儿童很容易被作品表层故事所吸引，慢慢发掘并接受深藏在作品中的主题内涵。德

---

1 苏霍姆林斯基. 2012. 为什么要说"谢谢". 学苑创造：A版，1: 42.

国作家雅诺什[1]的绘本《噢，美丽的巴拿马》，讲的是小熊和小老虎一起住在河边的小房子里，过着快乐的日子。有一天，他们找到了一只写着"巴拿马"三个字的木箱子，箱子有一股好闻的香蕉味儿。于是他们认为整个巴拿马都散发着香蕉味，是他们梦中的理想王国，于是就出发去寻找巴拿马。当他们真的来到了梦中的巴拿马时，发现其实那就是他们自己的老家。儿童读者感兴趣的是他们一路上遇到的趣事，但这个看似浅显却又意味深长的故事背后的深意——我们苦苦寻找幸福，而幸福其实就伴随我们左右。

意大利的卡洛·科洛迪在《木偶奇遇记》中塑造的"匹诺曹"形象，留给孩子们的不仅是对一个神奇木偶的记忆，更是如何成为一个真正孩子的启示；《野天鹅》中的艾丽莎冒着危险，忍受一切诽谤，以最大的毅力和坚韧精神使哥哥们获救；新美南吉的《去年的树》表现了对友情的忠诚，对人与人之间心灵沟通的渴望……在这些作品中，虽然道德教育不是根本性的目的，但却收到了实实在在的教育效果。就像格林兄弟在解释《儿童和家庭童话》这个书名时所说的："这些给儿童的故事能以它们的纯洁和温柔去唤起孩子对生活的向往，在人生之初就培养起一种美好的思想和感情。"

（三）娱乐功能

儿童文学之所以要强调娱乐功能，有以下原因：

一是与儿童身心发展相吻合。

儿童时期是生理、心理发展最为迅速的时期，儿童身上蕴含着极为丰富的生命能量，这些生理的或是精神的能量，需要有一个释放的空间，阅读儿童文学就是一种选择。在儿童的心灵世界里有很多离奇的幻想在发芽，有很多美好的愿望要开花，儿童文学的娱乐功能恰好能满足儿童的这种天性需求。在快乐的、充满动感的儿童文学阅读中，他们的情感得到宣泄，被现实压抑的渴望得到有效补偿。孩子一旦进入文学阅读的娱乐天地，就会放飞精神、大胆幻想；会突破时空约束，张开心灵的翅膀，遨游于自由自在的理想世界。快乐有利于儿童身心的健全发展，所以，我们不要小看儿童文学阅读中"哈哈大笑"的作用，"哈哈大笑"与游戏、娱乐一样，不需要另外功能的支持，它本身就是很有意义的。正如席勒所说："只有当人是完全意义上的人，他才游戏；只有当人游戏时，他才完全是人。"以传统儿歌《小老

1　雅诺什（Janosch）（1931—　），本名霍斯特·艾克特（Horst Eckert），德国当代著名的经典儿童读物作家、画家。《噢，美丽的巴拿马》是他出版的第 70 本童话书，梅子涵教授评价此书说："小老虎和小熊寻找巴拿马的故事是在讲一个哲学。像这样的哲学和深度，写到给很小的小孩听讲和阅读的故事里，并且让他们开怀大笑、爱不释手，是怎样的智慧和艺术！"

鼠》为例："小老鼠，上灯台，/偷油吃，下不来，/吱儿吱儿叫奶奶，/奶奶不肯来，/叽里咕噜滚下来。"这首传统儿歌之所以令幼年儿童百唱不厌，就在于它的娱乐功能。

二是和儿童接受文学的动机相关联。

儿童走近文学，接受文学，并进而喜爱文学，在很大程度上是为了满足自己的好奇心。游戏原本就是儿童生活的重要组成部分，年龄越小，娱乐、游戏的成分就越大。在儿童文学中，还有一些专门供他们边念、边玩的文体类型，如儿歌中的《手指歌》等。柯岩的《坐火车》就是一首趣味性、娱乐性都十分突出的游戏歌。还有一些童话、故事也可以用来表演，如《萝卜回来了》（方轶群）、《小马过河》（彭文席）、《小蝌蚪找妈妈》（方惠珍、盛璐德）、《拔萝卜》（[苏]阿·托尔斯泰）、《学数数》（[苏]尼·诺索夫）等。

文学阅读其实也是一种心理释放的需要，儿童文学让孩子感受快乐的同时，也得到了一种心理释放，这是其他娱乐方式所无法达到的。

> 当孩子读第 1 遍时，会享受一个有趣的故事；
> 当孩子读第 2 遍时，会懂得一种认知的方法；
> 当孩子读第 3 遍时，会学会一些有用的知识；
> 当孩子读第 4 遍时，会完成一样动手的作品；
> 当孩子读第 5 遍时，会掌握一项思考的窍门；
> 当孩子读第 6 遍时，会了解一类生活的情趣；
> 当孩子读第 7 遍时，会体验一次好玩的游戏；
> 当孩子读第 8 遍时，会想象一幅美丽的图画。

这指的是莫妮克的无字书。瑞士画家莫妮克·弗利克斯是世界著名的插画大师，她的无字书（《字母》、《小船》、《颜色》、《房子》、《数字》、《反正》、《飞机》、《大风》）共 8 册。故事情节构思精巧、形式独特、绘制精美，书中的画面上没有一个文字，完全以画面来表现其内容。全书中的主角是一只小老鼠，小老鼠在雪白的页面上一点儿一点儿地咬出若干个洞，使整个页面或形成字母的形状，或经过折叠成为小房子、飞机、小船等，抑或小老鼠拿起彩笔，涂抹出一个色彩缤纷的世界，让小朋友在快乐的心境中去获得颜色、形状、字母、相反的事物、自然界的现象等概念。呵护孩子的想象力，就是成就孩子的未来！

"让孩子快乐，让孩子玩"成为儿童文学的一个重要目标。英国儿童文学家达顿说："儿童读物是为了给儿童获得内心的快乐而推出的印刷品。"别林斯基也曾呼唤儿童文学应给孩子以欢娱，"给他们快乐，而不是沉闷，给他们故事，而不是说教。"

（四）认识功能

广义的教育功能也包括了认识功能，将认识功能单列出来，主要是从认知知识、技能的角度来考虑的。文学是从整体上反映社会生活的，成人文学也有认识功能，儿童文学的认识功能相对而言更为突出。成长中的儿童需要对生活有更为广阔的观察和探索，儿童文学能帮助他们突破现实生存空间的局限，成为他们扩大视野、认识世界的一个窗口。儿童文学容纳了广阔的生活内容，揭示了深刻的生活内涵，可以把孩子们引向异国他乡，使他们增加见闻、开阔眼界；可以把他们带进他们未曾经历的战争年代，丰富他们的生活阅历；也可以把他们引导到人的内心世界，促进他们对人生的感悟和思考；还可以把他们引向奇妙的远古和未来，激发他们对未知世界的探索激情。如冰心的《寄小读者》、拉格洛芙的《尼尔斯骑鹅旅行记》都有异域风光的描绘和风俗的介绍；张光耀的《小兵张嘎》、李心田的《闪闪的红星》是对革命战争的描述；亚米契斯的《爱的教育》、常新港的《独船》则表现了儿童的心灵震荡；凡尔纳的《从地球到月球》、威尔斯的《时间机器》则满足了孩子们的好奇心，激发了他们对科学的热爱。视野的扩大丰富了儿童的知识与感受，激励他们对自然界和社会生活的热情关注，加深他们对生活的了解和认识。

儿童文学中还有一类以认识功能为主的作品。如叶永烈的科学诗《地球什么样？》（节选）[1]："我天天生活在地球上，/不知道地球什么样？//嗨，我坐着飞船到天上，/看看地球什么样。//啊，地球原来是个椭圆球，/身穿着花衣裳。//那绿色的地方是：/森林、庄稼和草原。//那蓝色的地方是：/河流、湖泊和海洋。//那黄色的地方是：/沙漠里黄沙在飞扬。//那白色的地方是：/南极、北极冰雪白茫茫……"这篇作品就是以诗这种文学形式，帮助儿童读者获得对地球的认知。金波的儿歌《小白兔》："小白兔/三瓣嘴/蹦蹦跳跳四条腿儿。"——告诉幼儿小白兔的外貌特征是什么，便于幼儿区分小动物。

又如，杨世诚老师的《小燕子回来了》[2]，用科学童话的形式向小朋友介绍燕子迁徙的科学常识，好玩有趣。

1　白树民．2006．晨读 10 分钟（小学卷一年级）．长春：吉林大学出版社．
2　潍坊工程职业学院省级成人高等教育特色课程网站 http://jygl.wfec.cn/tskc/zjjs.html．

更多的时候，儿童文学的娱乐功能和教育功能、审美功能和认识功能有机统一于作品之中，而非独立存在。例如，世界儿童文学中娱乐主义的鼻祖英国的卡罗尔的童话名著《艾丽丝漫游奇境记》，隐藏在荒诞不经、滑稽热闹的故事下面的是对英国维多利亚时代广泛的社会透视。又如当代世界娱乐主义童话大师瑞典的阿·林格伦的童话与小说，人们从中既可以看到儿童种种淘气行径与恶作剧的游戏活动，同时也可以看到作家对儿童人格某种深刻独到的理解和对陈旧教育观念的不满。林格伦这些作品的内涵及其深远的社会意义也绝非娱乐功能这一单一维度便可以全部囊括的。

四、儿童文学的属性

儿童文学是整个文学大系统中的一个子系统。它既有文学的一般性特征，又有自己的独特个性。我们要学好儿童文学，不但要搞清楚儿童文学的基本含义，还要把儿童文学与成人文学进行比较，在文学的大背景中去认识它的特殊属性。

（一）儿童文学的文学属性

儿童文学与成人文学都是文学，拥有文学的基本属性。文学是用语言文字塑造形象，反映社会生活，表达作者主观情感和人生理解的艺术，在这一点上儿童文学和成人文学是一致的。我们可以从经典的儿童文学作品中认知这一基本属性：

在安徒生的经典之作《海的女儿》中，我们读到了蔚蓝的大海，看到了大海深处那个美丽、善良又多情的人鱼公主，她把王子从海浪中救起，并深深地爱上了他。为了获得王子的爱情，并从他身上获得一个人的灵魂，她抛弃三百年的寿命和海底悠闲的生活；为获得像人一样的双腿，她被巫婆割去舌头，失去甜美的声音，忍受着鱼尾分裂的巨大痛苦。她终于可以和心爱的王子在一起，成为他的"哑巴孤儿"。小人鱼深深地爱着王子，然而失去声音的她无法表白内心的苦衷。正如老祖母说的："只有当一个人爱你，把他的全部思想和爱情都放在你身上的时候；只有当他让牧师把他的右手放在你的手里，答应现在和将来永远对你忠诚的时候，他的灵魂才会转移到你的身上，你才会得到一份人类的快乐。他会给你一个灵魂，同时使自己的灵魂保持不变。"这说明，纯净的爱是小人鱼获得完美灵魂的前提，小人鱼也正是在这种纯净的爱的光环中执着地追求着。追求的道路上有爱的召唤，有荆棘的阻挠，有昂贵的付出，有难言的苦衷，小人鱼经受了生命炼狱的洗礼。最后王子与另外一个公主结婚，在面临生命毁灭的时刻，她本可以通过杀死王子来恢复自己的海底生活，但她没有这样做，宁可自己化作海上的泡沫，以自我的毁灭来维护爱人的幸福。她一切的善行和忍让，已让爱情之光上升为一种更为博大而且富于牺牲精神的人性光辉。她失去了爱情，但获得了人类更为伟大的情感——博爱。

安徒生这篇童话之所以具有穿越时空的魅力，正源于作品所塑造的小人鱼文学形象。通过这一形象作者将自己对爱情的理解，对美好感情的执着追求表达了出来。

（二）儿童文学的儿童属性

儿童文学是"儿童的"文学，是与成人文学并列的另一类文学。高尔基这样评价儿童文学与成人文学的关系："儿童文学不能是成人文学的附庸，而是具有主权和法则的一大独立国"；韦苇教授用更形象的语言表述了同样的观点："儿童文学是站立在成人文学大树旁的另一棵枝叶茂盛的大树。"儿童文学是儿童的，儿童文学是为儿童的审美需要而存在的，儿童是儿童文学的审美主体，这决定了儿童文学审美的特殊性。优秀的儿童文学作品总能以既符合一般文学艺术规律，又体现儿童心灵特点的方式，满足儿童的文学审美需求。如充满现代生活气息的《打败了烦恼》（谢璞）；在幻想中描写大自然、以环保为主题的《追踪小绿人》（冰波）；在充满童趣和幽默的幻想场景中蕴含生活真谛的《没有獠牙的野猪》（张秋生）；在幻想中融入科普知识而构建的科幻童话《老木舅舅迷踪记》（班马）等。这些创作都体现了儿童审美心理同时代精神的聚焦，把艺术性和思想性有机地结合在一起。

瑞士心理学家皮亚杰的"发生认识论"对儿童思维特殊性的揭示，有助于我们对儿童审美心理的认识。我们从以下几个方面加以讨论：

1. 儿童的"泛灵主义"心理与儿童文学的拟人化手法

儿童尤其是低幼儿童意识中普遍存在着"泛灵意识"，即认为大自然的万事万物和人一样都是有生命的，也和人一样有感觉、有意识。他们常把主观情感与客观认识融为一体，把主观的东西客观化，把世界万物人格化。在儿童眼里，太阳公公有喜怒哀乐，月亮婆婆会讲故事，雨是天的泪，云是风的花，山会走路，海会搬家。他们能听见花朵的歌唱，他们能看懂绿草的舞蹈。他们一同为丑小鸭艰难的处境流泪，为小蝌蚪找到了妈妈欢呼。他们把自己的情感和意识赋予了整个世界。所以，儿歌、儿童诗、童话、寓言文体中少不了拟人化手法的运用，拟人化给儿童文学带来了特殊的审美趣味。安徒生笔下的丑小鸭、坚定的锡兵，叶圣陶笔下的稻草人、画眉鸟，郑渊洁笔下的舒克和贝塔等拟人化形象使孩子们感到无比地亲切，获得极大的阅读愉悦。

通过田地的儿童诗《找梦》，我们来感受一下，作家是如何把握儿童"泛灵化"心理特点的：

> 我一睡着，梦就来了，
>
> 我一醒来，梦就去了。
>
> 梦从哪里来的？又到哪里去的？
>
> 我多么想知道，想把它们找到！
>
> 在枕头里吗？我看看——没有。
>
> 在被窝中吗？我看看——没有！
>
> 关上门也好，关上窗也好，
>
> 只要一合上眼，梦就又来了[1]。

每一个年龄阶段的人都会有自己的梦，但梦醒之后，把梦当成可感可知、可视可触的现实生活来找，这恐怕只有在尚处于混沌初开年龄阶段的儿童身上才会发生。在诗中，

1　陈根法. 1988. 童心未泯，耕耘不息——《田地儿童诗选》浅析. 杭州师范学院学报（社会科学版），5：70-71.

成人眼中虚无缥缈的梦境，被拟人化为可以和孩子捉迷藏的调皮鬼，化作一个来去自由、富有生命动感、让孩子难以忘怀的神秘人物。一个"找"字衬托了孩子急迫茫然的心情。一个"多么想"，是只有对生活充满新鲜感的孩子才能有的念头。然而他没有找到。读到这里，不仅会引起儿童们会心的微笑，即使是童心未泯的成人也不禁会失笑，甚至因自己再也无法回到那种童趣中而感到淡淡的惆怅。如果没有对孩子生活、年龄特征及心理状态的独特的了解和感受，没有相当的艺术功力，要写出这样深入挖掘孩子心理的诗显然是不可能的。这样的文学表现方式也是儿童文学所特有的。

2. 儿童的"自我中心"心理与儿童文学的幻想色彩

年幼的儿童普遍存在"万物皆备于我"的心理，他们往往从自我出发来观察事物，在他们的心中，万事万物都应为"我"服务，按照"我"的理想来加以安排。

这种审美心理决定了儿童文学的幻想色彩：山可以铲平，海可以舀干，人可以指挥动物上天入地。童话中的魔法、宝物简直是无所不能的超人，又依人的意志而存在。传统童话中的咒语、魔棒、飞毯、宝盒、宝葫芦、灵芝草、金鱼等能随心所欲地满足主人的任何心愿，甚至能产生一种神秘的力量，扬善惩恶。

《木偶奇遇记》中的匹诺曹一说谎鼻子就变长；郑渊洁《舒克和贝塔历险记》中的"二踢脚"能把皮皮鲁送上天，电动玩具能和真的飞机坦克一样神出鬼没；擎天巨人和拇指姑娘等在成人看来不可思议的形象，在儿童文学中却是"常态"。此外，儿童文学中还出现了现实人物自由出入于幻想世界的幻想小说，如米切尔·恩德的《毛毛——时间盗贼和一个小女孩的故事》、安房直子的《谁也看不见的阳台》等。可以说，儿童的"自我中心"的心理特征给儿童文学作家创造奇妙神奇、充满幻想色彩的文学世界开拓了广阔的艺术空间。

3. 儿童"任意结合"的心理与儿童文学的荒诞形象

儿童思维中的"非逻辑性"因素占据重要地位，其最主要的特征是将不同的现象（或事物）加以"任意结合"，也就是说儿童常把不相干的事物（或现象）按照主观意愿任意联系在一起，创造出新的意象。许多儿童文学作家就是抓住了儿童意识结构中的这种"荒诞性"，创造出神奇的故事，赢得小读者的共鸣。郑渊洁《象鼻子牛的故事》里的象鼻子牛，就是小朋友用捏完牛剩下的一点橡皮泥，给这头牛又安上了一个大象的鼻子。于是就有了一个奇怪动物的不平凡的故事。在林格伦的《小飞人三部曲》中，给卡尔松装上螺旋桨，他就成了非同一般的小飞人。海格的宠物巴克比克是个鹰头马身的怪兽（《哈里·波特》），喝了掺着酵母的牛奶的猫膨胀地像小山一样大（《面包房里的猫》）。能构思出如此神奇文学形象的作家，可谓深得儿童"任意结合"心理的真谛。

项目二

儿童文学与儿童、幼儿教师

在孩子成长的道路上，可以没有芭比娃娃，没有电子琴，但却不能没有童话。爱看童话的孩子往往不会变坏。

——北京师范大学儿童文学教授　王泉根

项目目标

※ 懂得儿童文学对幼儿、幼儿教师的重要性

※ 掌握儿童文学的学习目标与学习方法

一、儿童文学是儿童成长的精神食粮

儿童文学是儿童成长不可缺少的精神食粮，对促进儿童全面发展具有重要作用。

首先，儿童文学内容广泛。儿童文学的题材包罗万象，上至天文、下至地理，大到宇宙太空、小到花鸟虫鱼……在儿童文学作品中都有栩栩如生的描绘。

其次，儿童文学形式自由。儿童文学可以通过各种表现方式，巧妙地让儿童懂得什么是真、善、美，什么是假、恶、丑，怎样做是正确的。

再次，儿童文学以其独特的艺术魅力，引导着儿童初涉人世，是"形象教科书"。

所以，儿童文学在人的一生发展过程中起着"人生启蒙"和"奠基"的作用。这个作用具有决定性，不容忽视。

二、幼儿教师学习儿童文学具有重要意义

幼儿教师学习儿童文学，可以更好地发挥其功能，推进学前教育事业，实在是"为最可宝贵的后来者着想"（叶圣陶），"值得我们严肃对待和认真地为它工作"（叶君健）。

1）通过儿童文学，幼儿教师可以更加了解儿童。热爱儿童文学是儿童审美需求水平的反映，每一部优秀的作品都是儿童生活的形象写照。它的艺术魅力，最能唤起幼儿教师对已逝童年生活的美好回忆，在心灵深处产生共鸣，加深对孩子的理解与热爱。

2）儿童文学是幼儿教师教育儿童的好助手。不仅儿童语言教育活动的全部内容都是由儿童文学承担的，就是在儿童学算术、画图画、唱歌、跳舞、做游戏时，幼儿教师也总是离不开儿童文学。一首儿歌、一个故事、一篇童话，或能引起儿童思考、激发儿童学习兴趣，或能使儿童马上进入教育情境之中、想象飞驰，或能强化

记忆、温故知新……在幼儿教师组织的全部活动中，随时可以看到儿童文学的参与，儿童文学是学前教育最生动、最有效的教育内容和手段，幼儿教师离不开儿童文学这个好助手。

一个学前教育工作者在系统地掌握了儿童文学的知识之后，就能根据儿童年龄段的不同，采取不同的儿童文学形式进行由浅入深、丰富多彩的教育。优秀的儿童文学作品包含了作者对儿童行为与心理的细致观察，传达出的是儿童独特的观察视角与内心感受，充分理解这些作品，也就从感性的层面对儿童心理有着理性的认识，结合与儿童面对面的经验，势必能促进教育走上新台阶。

3）幼儿教师是传播儿童文学的有生力量。儿童文学只有被最广泛的传播开来，特别是传播到最广大的儿童中去，才能最大限度地发挥其功能，在儿童心中埋下热爱生活、热爱知识、乐观向上的"种子"，促使其人格健康发展。现代科技带来的网络媒体、电子出版物等，拓宽了儿童文学传播的渠道。但是，只要有学前教育，儿童文学的传播主要还是依赖于学前教育工作者这个事实不会改变。

4）除了儿童文学作家，幼儿教师是最具儿童文学创作优势的人。学前教育岗位为幼儿教师提供了创作的客观条件。

首先，幼儿教师长期从事着儿童文学的传播工作，对儿童文学的创作规律比一般人更加了解。

其次，幼儿教师能最直接感受到儿童的喜怒哀乐、所思所为，也最容易捕捉到儿童思想上的火花、生活中的闪光点，具有最丰富的"创作源泉"。

再次，幼儿教师具有儿童文学作家所不可企及的条件：可以随时把创作成果放到儿童中进行检验与修改提高。

通过儿童文学的学习，幼儿教师可以为儿童文学的繁荣发展作出贡献，为儿童的健康成长贡献力量。

三、幼儿教师作为儿童文学读者的特殊意义

儿童文学是儿童精神生活中不可缺少的艺术样式，在幼儿园和小学教育中也有着重要的地位和作用。儿童文学是幼儿园语言教育和小学语文教学的重要内容，儿童文学在幼儿园和小学中既是母语教育的好素材，又是对儿童进行德育、美育的恰当途径，在培养儿童美好的品德、丰富的审美意识、良好的语言能力等方面发挥着不可替代的作用。

（一）儿童文学在教育中的独特价值

1. 儿童文学是优质的课程资源

儿童文学与幼儿园语言教学和小学语文课程之间的密切联系，有着悠久的传统。在基础教育改革的背景下，儿童文学作品普遍进入幼儿园、小学的教科书，其重要地位得到越来越多的认同。此外，儿童文学还是家庭早期阅读和小学生课外阅读的重要内容。

不论是课堂教学还是辅导课外文学活动，都有赖于教师丰厚的儿童文学修养。教科书中丰富的儿童文学资源能否发挥其应有的作用，与教师的儿童文学修养有很大关系。有的教师仅满足于引导学生对儿童文学作品字词、句意、段落等方面的掌握，在发掘作品的主题意义上往往满足于道德层面的教育因素，而忽略了儿童文学中丰富多元的审美内涵，使学生失去了进一步感受作品美学特质的机会。因此，学前教育专业的学生应较为系统地学习儿童文学的理论知识，广泛阅读经典的儿童文学作品，从事一定数量的创作实践，并把儿童文学的知识、能力与具体的教育实践结合起来，才能在教学中取得良好效果。

另外，学龄前儿童家长在引导儿童在家庭中进行早期阅读的过程中，也存在许多误区，如一味求多、求深；把识字与阅读等同起来等。在小学生课外阅读中仍然存在着只沉迷于故事的惊险、情节的曲折而不能更深入理解作品深层次意义的现象，这些问题的解决与教师的儿童文学修养的高低也有着密切的关系。

2．儿童文学是德育的重要方式

德育是教育的一项重要内容，抽象的说教和训斥往往只会使儿童产生抵触情绪。儿童文学丰富的形象特征和儿童情趣，在品德教育中会收到潜移默化、事半功倍的效果。如"理想"是个非常抽象的概念，如果从《小溪流的歌》和《一块烫石头》入手，儿童将会具体感受到"理想"的光辉和力量；说谎是儿童生活中普遍存在又难以摆脱的不良习惯，《放羊的孩子》和《木偶奇遇记》却让孩子们真切感受到说谎对生命的危险性和对自己形象的损害性，这是一般性的说教所无法做到的。此外，能否把握学生课外阅读的正确导向，是教师育人成功与否的关键一环。张天翼曾经谈到一些中小学教师和他讲过："一部好的儿童文学作品，往往可以解决需要教师、家长长时间去解决的问题；而一本坏书，也往往会抵消了教师、家长长时间的教育效果。"这说明文学形象对儿童成长的巨大作用。南京的小学生储雅君在给曹文轩的信中写道："每次都是在笑声与泪水中，我才合上《青铜葵花》的最后一页……您的作品像干净的落地窗那样，呈现给我们一个纯净美好的世界，一个由善良、纯朴的微笑构成的温暖世界，所以，在看您的书之前，我们一定要清除心灵里的所有杂念，用一片肥沃的泥土来迎接您播种的种子，让美德迎着春风生长。"[1]

3．通向儿童心灵世界的独特途径

在小学中，并不是只有语文老师才需要儿童文学的修养，其他学科的老师也同样需要。儿童文学除了为语言教育提供内容，它还以艺术的形式展现了丰富多彩的儿童生活场景，刻画了儿童内心世界，表达了儿童的理想和愿望。不论是幼儿教师还是小学教师，不论你从事的是哪一学科的教学，都需要深入了解儿童心灵世界的真实图景，而儿童文学正好为教师提供了这样的途径。教师通过接受儿童文学，可以更为充分、更为真实地把握教育对象的心理特征，使自己的教育行为更为科学有效。如林格伦的童话、马克·吐温的小说都真实地反映了儿童的需求、儿童的渴望；郑渊洁的《皮皮鲁遇险记》则让每个教师在震动之余，打开了一扇反省自己的窗口，动摇了自己原来秉持的教育原则和驾轻就熟的教学习惯。可以说，儿童文学为教师走入儿童内心世界、

1　曹文轩．2006．走进曹文轩的纯美世界——感动．南京：江苏少年儿童出版社．

把握儿童心灵特点提供了一条特殊的通道。

（二）幼儿教师儿童文学修养的具体内容

1. 对儿童文学的情感和态度

儿童文学蕴含着人类对儿童最深厚的情感、期望和祝愿；儿童文学同时又是人类给予自己的文学，表达着人类对自身童年永远的留恋、怀想和想象，寄托着人类对理想社会和人性的深刻思考、对人类精神家园的深切渴望。儿童文学从内容到形式、从情感到语言，都呈现着其他文学所不具有的"清晰、明确、温和、美丽"的品质，焕发着源自纯洁童心与纯粹人性理想的光辉。对儿童文学投入更多的热情，和儿童一起体验来自儿童文学的欢乐和感动，教师不仅会拥有一条与学生沟通的最直接的心灵路径，还会收获一份抚慰自己精神世界的温暖和幸福。

儿童文学以陪伴、守护、丰富儿童心灵为宗旨，教师则是儿童健全人格重要的塑造者，终日以儿童为伴、以教育儿童为天职的教师，相比起从事其他职业的成年人，具有对儿童文学更天然、更真切的理解和感悟。当教师对儿童文学投以关注的目光，便能在自己的工作与儿童文学之间建立起多维的联系。

2. 对儿童文学的认识和理解

儿童文学是独立的文学门类，有自成体系的文学理论和审美标准。教师需要参加儿童文学相关的课程培训或通过自学提高儿童文学的理论素养，建立与先进的儿童观、教育观相联系的新的儿童文学观，对儿童文学有全面而系统的认识和理解。教师特别需要认识和了解儿童文学的基本体裁及其艺术特征，将自己对这些特征的理解运用于儿童文学作品的教学中，丰富教学的内容和形式，形成文学教学的特色，提升教学的质量和品质，并在儿童阅读活动中充分利用和发挥这些体裁所具有的功能。

3. 丰富的儿童文学阅读鉴赏经验

教师需要积累可以和学生分享儿童文学的丰富阅读经验和阅读资源。教师应根据儿童文学史研究和现状研究的指导，广泛阅读各个时期本土和国外作家的儿童文学经典作品，随时留意权威机构与媒体对当下儿童文学热点图书的介绍和指引，经常走访专门的儿童图书馆和儿童书店。在可能的条件下，教师还应注意与儿童文学有关的文学批评，在面对学生不同的阅读反应时，能够有基本公正的判断、态度和倾向性。教师由此可以实现对儿童文学思想艺术的深切理解和生动表达，感染和影响学生的儿童文学阅读。

4. 初步的创作、改编儿童文学作品的能力

在比较系统地掌握儿童文学知识的基础上，能够初步地改编、创作儿童文学作品，形成一定的儿童文学修养，为将来从事教育工作、开展幼儿园教育活动特别是语言教育活动打好基础。

5. 组织学生开展阅读活动的能力

幼儿教师需要通过学习和实践锻炼提高自己组织儿童开展阅读活动的能力和技巧。

包括能够推荐读物，具体指导阅读；能够帮助学生建立图书阅读的条件和机制，制订和推行学生文学阅读计划；利用社会的各种图书机构、设施和图书资源，与社区、家庭形成互动，协调推动儿童的阅读活动。

幼儿教师儿童文学修养的建设和丰富是一个长期的过程，需要教师付出劳动、时间和精力，更需要教师情感的投入。事实上，幼儿教师的儿童文学修养是建构在更高思想基础上的，那就是教师对儿童高尚、真挚、热切的爱，是教师对儿童教育的理想、信念、专业精神和责任感。幼儿园教师要做好儿童文学作品的阅读指导工作。

四、儿童文学的学习

学前教育专业的学生为了今后更好地从事教育工作，就必须具备较好的儿童文学素养。

（一）学习儿童文学的目的

儿童文学是学前教育专业和小学教育专业的必修课。因为儿童文学与早期教育及小学语文教育有着十分密切的关系。

儿童文学是儿童认识世界的窗口。儿童的思维主要以形象思维为主，一首儿歌、一个故事不仅给孩子以知识的教育，也会给孩子带来无比的欢乐。儿童文学是儿童生活中不可缺少的精神食粮，甚至在婴儿期就有这样的精神需求。文学语言是一种极富情感色彩的声音，成人若选择节奏鲜明、韵律谐调的儿歌，用柔美的声音读给孩子听，会起到安定婴儿情绪的作用。此时他不会明白这些声音代表的意义，但他会感到悦耳和喜悦。随着年龄的增大，儿童对文学的需求常由被动的感知到主动的索取。因而，一名合格的幼儿老师和小学教师应该学好儿童文学，成为儿童与文学的重要媒介。

1. 为适应幼儿园、小学教育教学的需要

儿童的年龄特点决定了幼儿园、小学教育形式的特殊性。在幼儿园里，游戏活动就是一种教育教学形式。在大量的游戏活动时间里，老师若能自如地运用幼儿喜爱的儿歌、故事、戏剧等文学形式就能达到寓教于乐的效果。幼儿园课程的语言教材之一是儿童文学作品。即便常识、体育、音乐等科目的任课教师也常运用儿歌、故事等形式组织教学。

如美国经典图画作品《母鸡萝丝去散步》讲述了"两个"故事，一个是用文字讲的萝丝散步的平淡无奇的故事，还有一个是用图画讲的狐狸追逐猎物的跌宕起伏的故事。作者佩特·哈群斯把这个无声的故事变成了一个笑声不断的故事。当钉耙砸扁狐狸的鼻子时，孩子们会笑！当狐狸一头栽进池塘里时，孩子们会笑！当狐狸扎进干草垛里时，孩子们会笑！当狐狸被面粉埋住时，孩子们会笑！当狐狸摔到手推车里时，孩子们会笑！当手推车载着狐狸撞翻蜂箱、狐狸被蜜蜂追得抱头鼠窜时，孩子们更会笑了，而且一笑就是两次！这个只知道向前走的萝丝，她哪里知道身后发生了多少故事啊！问问孩子知道吗？这成了一个练习说话的好故事。

在小学教育中，自 20 世纪新文化运动以来，直至 20 世纪三四十年代，儿童文学一直与语文教学紧密相连。现代著名教育家、文学家同时也是中国现代儿童文学的开

拓者叶圣陶先生曾就儿童文学与语文教学的关系作过相当精辟的论述："给孩子们编写语文课本，当然要着眼于培养他们的阅读能力和写作能力，因而教材必须符合语文训练的规律和程序。但是这还不够。小学生既是儿童，他们的语文课本必是儿童文学，才能引起他们的兴趣，使他们乐于阅读，从而发展他们多方面的智慧。当时我编这一部国语课本，就是这样做的。"然而，令人遗憾的是，20世纪后半叶，儿童文学与语文"分家"了。其严重后果至今还未消除。其中突出的现象是：许多中小学语文教师已不知"儿童文学"为何物，在他们的知识系统中没有儿童文学的构成，不知道哪些作家的作品是真正优秀的儿童文学，更不知如何向学生推荐儿童文学作品。由于经典儿童文学已经远离语文教学与中小学校，因而，一旦汹涌而至的充满暴力、凶杀、黄色内容的境外口袋书、影视、网络以及低级趣味的灰色童谣侵袭学生的灵魂时，我们的教学工作者竟无法面对。直到进入新世纪，儿童文学的重要性才又重新被语文教育界所发现和接受。

2. 为了儿童文学创作的需要

教师长期生活在儿童中间，因此在文学创作方面有着得天独厚的条件。社会不断发展，儿童对文学的需求也是不断翻新（不同时期的儿童对文学的需求是不一样的），教师就肩负着创作儿童文学作品的重任。所以，学习儿童文学是为了使用，也是为了"再创造"。郑春华、杨红樱、汤素兰、郝月梅、王一梅等一批教师作家的出现就是例证。

（二）儿童文学的学习目标

"儿童文学"是学前教育专业课程，我们定位为儿童文学鉴赏、创编、讲演职业能力的培养，形成三个层次的学习目标：

1. 知识目标：培养学前教育专业学生的文学素质

通过儿童文学基本理论的学习，了解不同年龄阶段儿童的文学接受特点，懂得儿童文学的功能、属性、美学品味，明确儿童文学与学前教育的关系，培养美好的情感、温暖的情怀和健康的人格，陶冶良好的情操，具有良好的专业素质，激发想象力和创造力，有厚实的儿童文学理论功底和研究精神，有广阔的儿童文学视野，有较强的阅读指导能力和文学活动组织能力，成为适应现代学前教育需要的合格教师。

2. 能力目标：提高阅读、欣赏、创造、讲演儿童文学作品能力

通过"课堂学习—阅读欣赏—创作、表演"的实习实践过程，了解儿童文学的主要文体儿歌、幼儿童话、幼儿故事、幼儿图画文学等的特点，开阔儿童文学作品的阅读视野，提升鉴赏、分析评价儿童文学作品的能力和文学作品阅读指导的能力，能够创作、讲演儿歌、幼儿童话、幼儿故事、幼儿图画文学。

3. 应用目标：强化实训成果

在提高儿童文学综合能力基础上，重点进行儿歌、童话、儿童故事、幼儿图画文学4个项目化能力训练，自选、创编作品在舞台、幼儿园进行表演或教学。

（三）儿童文学的学习方法

1. 明确课程学习目标，将学习儿童文学理论和儿童文学实践结合起来

儿童文学是一门理论与实践、知识与技能并重的课程，本书编写围绕核心职业能力培养，采用"知识学习—阅读鉴赏—作品创编—展示交流—表演讲授"五段式学习实践模式，了解儿童文学基本理论，掌握幼儿童话、儿歌、幼儿故事、幼儿图画文学4个课程项目，形成"儿童文学鉴赏、创编、讲演能力"。如在学习儿童文学体裁知识之前，先要通读一定数量的作品，在具有了一定的感性认识的基础上，深入理解理论知识；此后再以理论知识为指导去具体分析鉴赏作品；同时，以理论知识为指导，以优秀作品为借鉴，进行创作。这样才能把理论与实践、知识与技能有机结合起来，形成较好的学习效果。

2. 要把儿童文学的学习同教育学、儿童心理学、文学艺术等的学习结合起来

从某种意义上说，教育学、儿童心理学构成了儿童文学的重要内涵。因此，将它们结合起来学习，是将一种科学的针对性引入自己的儿童文学学习实践，从而，也是增强学习深度和力度的重要保证。另外，儿童文学是文学大家庭的一名成员，其文学上的共同性与特殊性，只有在"文学艺术"这一大背景下才能更准确地把握、更深刻地理解。因此，将儿童文学的学习同语言教育的其他课程学习结合起来，是扩大学习视野、提高学习质量、强化学习效益的重要方式。

3. 要熟悉了解儿童、读懂儿童

儿童文学作品主要是儿童生活的反映，因此，熟悉了解儿童才能更好地学习儿童文学。熟悉了解儿童主要有两种途径：一是直接的，如到幼儿园见习、实习等；二是间接的，如从影视书刊中去了解。熟悉了解儿童才能更全面深刻地分析作品在内容上和形式上的儿童属性与审美属性；熟悉了解儿童才能在自己不断积累素材中练就一种儿童化的表达形式。

4. 利用好课程资源

充分利用课程建立学习网站（http://etwx2.wfe.cn）及提供的最新学习资料，教学平台（http://etwx2.wfe.cn/jgpt.wfe.cn）提供的学习指导，作品交流博客（http://et.wx.blog.163.com），讨论园地，配有同步学习光盘，自己可以按照光盘内容提示进行强化、实训练习。

项 目 三

儿童文学的美学特质

童年短暂，但因为有了优质阅读，孩子们的一生都有可能优质。

——著名儿童文学作家、上海师范大学教授　梅子涵

项目目标

※ 了解儿童文学与成人文学审美特征的关系
※ 掌握儿童文学纯真、稚拙、欢愉、变幻、质朴的美学特质

一、儿童文学美学特质的基本含义

儿童文学的美学特质即儿童文学的基本审美特征或艺术品性。作为文学的一个组成部分，儿童文学在具备文学一般美学属性的同时，还拥有许多有别于成人文学的美学特质。

儿童文学的美学特质是指那些相对于成人文学而言，在儿童文学中表现得更为普遍，更为集中，更为典型的艺术品性。这些艺术品性与儿童的生命内蕴和精神特征之间有着更为深刻和内在的联系。例如"纯真"，某些成人文学作品也会表现出一种"纯真"的艺术品质，但是在儿童文学中，"纯真"却是一种普遍存在的、基本的美学特质。这是因为儿童的精神世界本身就拥有"纯真"这一生命的本质，而儿童文学作家也倾向于以"纯真"的眼光来表达自己的审美理想。于是"纯真"作为一种艺术品性，在儿童文学中不是可有可无、时有时无的，而是成为体现自身艺术本性的一种基本的审美品质。

以诗歌为例，朦胧诗人顾城也被人称为"童话诗人"，他的诗作往往让人看到一个长不大的孩子以纯净而敏感的眼神在探望世界。以至于他的某些诗作后来也被儿童诗选所收录。在儿童诗中表现儿童纯真情感的诗作更是比比皆是。简短的儿歌能给孩子们带去些许乐趣。

小 蜗 牛[1]

蒋　风

别说我小，我能背着房子到处跑！
别说我慢，我花三天时间能走一米三！
别看我不起眼，我跟兔子赛跑荣获冠军呐！
请你猜猜看，伊索爷爷为什么要给我发奖杯？

1　陈淳戈. 丢失的童真何处寻——专访儿童文学泰斗蒋风. 浙江日报，2013 年 5 月 30 日.

另外，虽然儿童文学与成人文学的某些具体审美要素构成具有共同性，但是当这些要素以不同的途径和方式，以不同的意义和作用分别出现在儿童文学和成人文学作品中时，它们就呈现出不同的艺术面貌和审美效果。儿童文学作品的创作必然要以儿童审美趣味为接受模型和美学依据，所以它所提取和运用的艺术要素总是或显或隐地体现儿童审美趣味和阅读能力的特殊规范和要求，而这些要素的特殊组合方式和构成状态，也就形成了儿童文学有别于成人文学的整体审美特点。

以"幽默"这一审美品质来说，成人文学和儿童文学都有不少以幽默见长的作品。但是，它们之间依然呈现出不同的美学品味，成人文学中的幽默追求的是，在让人会心一笑的同时，感悟某种富含哲理的人生意蕴；有的文学作品中的幽默则指向了对人生百态的讽刺。而儿童文学中的幽默所表现的往往是儿童生命中特有的情趣意味，从整体艺术风格上说，更充满欢愉的氛围。

儿童文学的审美特质一直是人们十分重视的研究课题。郭沫若就曾指出："儿童文学其重视感情与想象二者，大抵与诗的性质相同"；"儿童文学的世界总带些神秘的色彩"，"有种不可思议的光"；"儿童文学当具有秋空霁月一样的澄明，然而决不像一张白纸。儿童文学当具有晶球宝玉一样的莹澈，然而决不像一片玻璃"[1]。1928 年商务印书馆出版的张圣瑜的《儿童文学研究》一书，则从口传、单纯、纯情、神奇、醋美、瞬变、能普化等几方面较详尽地论述了儿童文学的艺术特质。例如该书在论述"单纯"时认为："儿童率情适性，吐口成文，简单纯朴，绝无做工。然其简单之文义，与艺术之手段，亦自有其价值。大抵童心所感，一经粗率发表，出之于口，便算毕事……故单纯为儿童文学之特质三。"这些论述，对于人们了解和认识儿童文学的美学特质，都是很有参考价值的。

二、儿童文学美学特质的表现形态

儿童文学的美学特质，主要表现在纯真、稚拙、欢愉、变幻、质朴这几个方面。

（一）纯真之美

"童心"是单纯明净、纤尘不染的。儿童因为不谙世事而真诚地对待一切事物，他们的世界总是显得那么稚嫩、纯真和美好。这种儿童固有的品性，成为儿童文学作品纯真美的客观来源。表现儿童生命、儿童世界的纯真之美，也成为儿童文学作家自觉的创作追求。

童心是真诚而坦白的，儿童最鲜明的特点就是"真"。用李贽的话说是"绝假纯真"，用鲁迅的话说是"小孩子多不愿意'诈'作，听故事也不喜欢是谣言"。儿童从来不会掩饰自己的真实情感，他们不藏奸，不做假，不懂害怕，不计利害，想哭就放声大哭，想笑就开怀大笑，心里怎样想，嘴上就怎样说。在《皇帝的新装》中，当全城所有的达官贵人、男女市民都一齐拜倒在皇帝脚下，赞美皇帝的新装是如何华贵，如何漂亮时，只有一个小孩子大声叫了出来："可是他什么衣服也没有穿呀！"童心揭穿了一切，犹如一声惊天雷，炸开了这场荒唐假剧的全部真相。"上帝哟，你听这个天真的声音！"孩子的爸爸首先被震动了。终于，全体老百姓都一齐叫了起来："皇帝实在没有穿什么衣服

1　郭沫若. 1962. 儿童文学之管见//少年儿童出版社. 1913－1949 儿童文学论文选集. 上海：少年儿童出版社.

呀!"在这里,不计利害、直面真实的孩子成了真理的代言人。

我们再来看一看经典图画故事书《猜猜我有多爱你》(山姆·麦克布雷尼/文,安妮塔·婕朗/图)中流露出的母子间纯真的爱。童心未泯的作家借一大一小两只兔子之口,把生命中那种最原始、最纯真的母子之情浓缩在短短的一段对话里!小兔子拼命往两边张开双臂说:"我爱你有这么多",对于一个幼儿来说,这样的比喻可能是再直白不过了。接龙游戏似的比喻一个接着一个:"我的手举得有多高,我就有多爱你"、"我爱你一直到我的脚趾头"、"我跳得有多高就有多爱你"……"我爱你一直到月亮那里"。这些比喻天真、智慧、让人发笑,却又是那么温情感人,展现了儿童纯真的爱。

儿童纯真情感也表现在对友情的珍惜上。例如,洪志明的《风筝》描绘了朋友用特别的方式表达对"阿万"的离别不舍与深情祝福的画面,感人至深。

"阿万!"——忽然,他听到背后呼叫的声音。他转头一看,只见他们四个人站在小山上跟他挥手,四只风筝在他们身后高高地升起。风筝上面写着四个斗大的字——阿万再见。

阿善从后面跑过来,跑得气喘吁吁地说:"我们把风筝系在高高的树上,要让你走很远了,还看得见。"

"好——好——保——重!"

他紧紧地握着四个人的手,哽咽得说不出话来。

阿万万万没想到大家会用这种方式来跟自己道别。

走了很远了,风筝还在天上飘着。

他频频地回头,看那高高飞起的风筝,泪水沿着脸颊往下滑落,模糊了风筝上的字迹。

泪眼中,四只风筝变成四张友善的脸,在空中飘着[1]

1　洪志明. 2009. 风筝. 阅读与作文: 小学高年级版, 1: 72-74.

儿童的纯真情感还表现在对自然生灵的爱护上。例如，《听鱼说话》中小女孩用一颗童心听到了小鱼的心声："我还小呢，放我回水里去吧。"

儿童纯真的情感以其极大的包容性使读者由衷地受到感动，产生情感上的强烈共鸣。

（二）稚拙之美

稚拙美是独属于儿童的美。儿童对世界的了解甚少，他们的经验有限，思维意识还不成熟。以儿童不成熟的思维方式面对世界、做出判断，就难免产生某种矛盾错位。将儿童这种特有的思维、行为、心理真切地表现在作品中，就产生了稚拙之美。这是一种原始的、质朴的，在成人看来悖于常情常理，然而却异常明净、透彻的美。稚拙美是生命之初本真的美，"稚"与"拙"，绝不意味着"呆"和"笨"，我们可以把这种美形象地称之为"傻得可爱"的美。儿童文学的稚拙美既表现在作品的内容上，也表现在作品的形式上。

1. 作品内容表现出的稚拙美

从内容上看，儿童文学的稚拙美主要表现为儿童心理、生活中稚拙的情态和形态。我们在经典图画书作品《月亮，生日快乐》[又译《月亮熊的故事》，法兰克·艾许（Frank Asch）]中就可以感受到这种稚拙之美的神奇魅力：

小熊喜欢月亮，他想送给月亮一份生日礼物。但是，小熊不知道月亮生日是哪一天？也不知道该送什么才好？于是他来到山顶和月亮交谈，决定送月亮一顶帽子。在这里作者并没有简单地将月亮拟人化。故事中，月亮是不会回应小熊的。但在小熊的世界里，月亮却是他的好朋友，是值得他悉心准备生日礼物的对象，有点异想天开，也有点天真稚气。小熊的童真让他的爱心得到最有创意的发挥，他买来了帽子，预备送给月亮。他想到了个好点子，"把帽子挂在树上，好让月亮找到。""小熊在树下等待，看月亮慢慢地穿过树枝，爬到树枝头，戴上帽子。"画面上月亮在深蓝的天空中慢慢变动位置，同时在视觉方位中正在慢慢地接近帽子。终于，月亮和帽子"碰到"了一起，犹如月亮戴上了帽子一样。欣赏这个有趣的创想和精巧的画面，相信孩子也会和小熊一样兴奋地欢呼："哇！戴起来刚刚好耶！"温馨的故事还没有结束，挂在树上的帽子掉到了地上，小熊看到帽子时说："原来月亮也送我一顶帽子！"他把帽子戴起来，原来他也是戴得刚刚好呢！可是，小熊没能拥有这顶帽子，风把他的帽子吹走了。但这并不成为他和月亮之间的遗憾，在同样的晚上，小熊划船渡过小河、走过树林、爬到高山上去和月亮说话：

> "我把你送我的那顶漂亮的帽子搞丢了。"小熊说。
> "我把你送我的那顶漂亮的帽子搞丢了。"月亮说。
> "没关系，我还是一样喜欢你！"小熊说。
> "没关系，我还是一样喜欢你！"月亮说[1]。

1　法兰克·艾许. 2009. 月亮，生日快乐. 高明美，译. 上海：少年儿童出版社.

穿过树枝，爬到树枝头，戴上帽子。
"哇!"小熊高声欢呼着。"戴起来刚刚好耶!"

接下来，小熊和月亮互道"生日快乐!"夜晚仍旧是那么宁静，仿佛这是小熊的一个美梦，也终将成为儿童读者耳边一个动听的故事。其实在这个童话作品中，稚拙构成了故事存在的前提。由于小熊对回声的无知，所以故事得以一环扣一环地发展下去，直到小熊把对他人的关爱淋漓尽致地表现出来为止。

又如，冰波的微型童话《小鸭子吃星星》也是一篇充满稚拙之美的作品：

> 小鸭子啪哒啪哒在外面走，看到天上有许多星星!
> 来到池塘边，小鸭子看见池塘里也有星星。
> 小鸭子跳进池塘里，咕嘟咕嘟吃星星。
> 池塘里荡起了一圈圈的波纹，星星没有了!
> 小鸭子说："我把星星吃完了。"
> 小鸭子跑去告诉妈妈："妈妈，你看我的肚子这么大，我把水里的星星吃光了!"
> 小鸭子拉着妈妈去池塘边，妈妈说："你看，星星不是还在池塘里吗?"
> 小鸭子看着水塘里的星星，又看看天上的星星，心想：这是怎么回事呢[1]?

稚拙本身就蕴含着儿童生命的独特魅力，最贴近儿童精神世界的原生状态。在儿童文学稚拙之美的观照下，可以感受到儿童稚拙的心理和情态。

【阅读思考】你觉得哪一个年龄阶段的儿童最容易接受"稚拙之美"的作品?

保加利亚作家笛米特·伊求的《婴儿》也是一篇表现稚拙美的佳作：

作品写一个孩子看到邻居桐尼叔叔结婚了，娶回一个漂亮的太太，但这位漂亮的太太很快就发胖了。于是孩子就担心如果她再这么胖下去，桐尼叔叔就没地方可睡了。

> 可怜的桐尼叔叔，床上可能没有他睡的地方了。他们开车出去时，车子一定有一边倾斜下来。
> "你将来会和这样胖的太太结婚吗?"拉拉问我。
> "才不呢!"
> "我也是!"她说。
> 桐尼叔叔看来根本不因他太太这么胖而受影响，他们手拉着手走，好像不知道她是全街最胖的女人。这简直把我们给弄糊涂了。可怜的桐尼叔叔!
> 拉拉认为："爱情是盲目的。"
> 我想知道为什么爱情是盲目的，但是拉拉也不知道。

---

1 冰波文，刘向伟图. 2009. 快乐宝贝图画故事书·小鸭子吃星星. 北京：教育科学出版社.

第二天早餐时，我听到妈妈对爸爸说："下午有个电视节目：如何在两星期内减肥五磅，我无论如何都要看。"

我和拉拉马上跑去告诉桐尼叔叔。

"桐尼叔叔，桐尼叔叔。"

"什么事？孩子们!"桐尼叔叔问。"今天有个电视节目：如何两星期内减肥五磅。你太太一定要看。"

桐尼叔叔笑着说："为什么？"

"因为……因为……"拉拉吞吞吐吐地说，"因为她太胖了!""对!"我说，"她必须减肥了，她变成整条街最胖的女人了!""她是很胖!"桐尼叔叔说，"因为我们的小娃娃在她的肚子里。"

我和拉拉呆呆地站在那儿。

"什……什么……样的小娃娃？"拉拉结结巴巴。

"我们的小娃娃，她的小娃娃，也是我的小娃娃。"桐尼叔叔说。"那小娃娃在那里做什么？"我想知道。

"他在睡觉。"桐尼叔叔解释，"他一边睡一边长大，有一天他会跑出来，那时我太太会像以前一样瘦了。"天呐，这么一回事！拉拉和我下楼时说好，这件事我们绝对一个字也不说出去。我们好兴奋，等小娃娃醒了跑出来，那才更是大惊喜。这栋房子里住那么多人，却只有我和拉拉知道，桐尼叔叔的太太为什么变胖了[1]。

《婴儿》的稚拙美来源于儿童心理、生活中的稚拙情态和形态，儿童虽然知识不充分，然而他们对待生活却极其诚恳真挚，有自己独特的想法。在成人看来，这些想法有悖于常情，然而却表现着孩子纯净、透亮的心灵。作品中，稚拙使故事得以一环扣一环地发展下去：由于知识的局限，两个小孩不知道桐尼叔叔的妻子的胖是因为怀孕的缘故，还一个劲地担心桐尼叔叔家的床会睡不下，担心桐尼叔叔的车子会往一边倾斜，还建议桐尼叔叔把食物藏起来，建议桐尼叔叔的妻子减肥。小女孩问弟弟会不会和胖女人结婚，然后说自己也不会和胖女人结婚，完全不知道结婚的意思。最后还很高兴地以为他们拥有了一个大秘密，以为大家都不知道桐尼叔叔的妻子怀孕这件事。在这种儿童原生态的叙述里，有着不可替代的美——稚拙之美。

儿童文学作品中，表现儿童稚拙心理和情态的例子比比皆是。如朱庆坪《张老师的脸肿了》中小朋友的想法——因为"达达"不听话，把老师的脸气肿了；赵姚瑶《借生日》中因为妈妈忘了自己的生日，孩子将自己的生日借给妈妈的想法；以及日本作家中川李枝子《不不园》中表现大狼稚拙的心理和动作：茂茂被大狼抓住，大狼想吃茂茂，但看看脏乎乎的茂茂，又担心吃了脏东西会肚子疼，会长蛔虫，于是点火、烧水、找肥皂、毛巾，准备将茂茂洗干净再吃。

呈现稚拙之美的儿童文学作品中，没有成人严谨的逻辑和深藏的城府，也没有欲说还休的人生感叹。全然是一派纯朴的童年生命气象，全然是一种最自然本真的生命意趣的飞扬显现。

1　笛米特·伊求. 1999. 拉拉与我. 郑如晴，译. 长沙：湖南少年儿童出版社.

2. 作品形式表现出的稚拙美

从广义上说，儿童文学的语言文字组合、叙述方式的变化都可以产生一种稚拙的美。以张天翼的童话《大林与小林》中的叙述语言为例：

> ……后来乔乔的鼻子常常要掉下来，后来乔乔说话的时候一不小心，乔乔的鼻子就"各笃"掉下来，乔乔上火车的时候，乔乔的鼻子就掉下来了……[1]

在这里，鼻子掉下来的情态由于语言不断重复的叙述组合方式，产生了一种诱饵般稚拙的口语形式风格。

相似的例子，再如怀特的《夏洛的网》中那只说话总会重复三遍的母鹅：

> "不要光站在那里，威尔伯！躲开啊，躲开啊，躲开啊！"母鹅叫着，"绕开，向我这边跑来，溜进溜出，溜进溜出，溜进溜出！向林子跑！转过身跑！"[2]

稚拙作为儿童文学的一种美学特质，构成的是大巧若拙、浑然天成的艺术景致，是儿童文学独具的一种很高的美学境界。

（三）欢愉之美

"儿童文学是快乐的文学。"儿童最不喜欢枯燥的故事和乏味的叙述，他们需要有趣的东西。因此，儿童文学相对于成人文学来说，总是洋溢着更为浓郁的谐趣和欢愉之美。这种欢愉之美表现为以幽默、滑稽、可笑的形式来表现具有美感意义的内容。

"小淘气尼古拉系列"[3]是世界最早的儿童幽默漫画故事书之一。其中一篇《踢足球》讲述了这样一个故事：亚三——小尼古拉班里最爱吃、最胖的一个同学和尼古拉还有他的哥儿们约好在荒地踢足球，足球由亚三带来。下午3点一共18个人到了荒地。阿蔫——班上第一名、老师的乖宝贝，因为尼古拉他们都不喜欢他，体育也不行，所以让他当裁判，麦星星当边线员。还没开始踢，他们就大吵起来，都争着当队长，你给我一脚，我给你一拳，打了起来，最后若奇拿出硬币来决定，可不知怎么着，硬币掉到草丛里了，于是若奇开始猛找他的硬币，后来他们抽签决定由尼古拉和乔方当队长。可又因为大家避太阳，两方队员又打了起来。这时，特爱吃的亚三急着大嚷："别打了！"那个老喜欢往别人鼻子上来一拳的家伙——欧多，冲亚三吼："你就知道吃、吃、吃，这不是玩得挺好的吗！你要有事儿得踢完上半场。"亚三边吃着巧克力，边说道："什么上半场？我刚发现咱们根本没球可踢，我把球忘在家里了。"

作品的幽默诙谐深深植根于儿童的生活现实和心理现实。作者戈西尼对于顽童的机敏心智、奇思异想，甚至恶作剧，都能够一一把握，并给予恣肆纵情的描绘，对于现实生活中儿童丰富有趣的故事，给予倾其全力的揭示和理解，深刻表达了对儿童的爱与宽

---

1 张天翼. 2005. 大林和小林. 天津：新蕾出版社.
2 E. B. 怀特. 2004. 夏洛的网. 任溶溶，译. 上海：上海译文出版社.
3 勒内·戈西尼文，让-雅克·桑贝绘. 2013. 小淘气尼古拉. 戴捷，译. 北京：中国少年儿童出版社.

容；而桑贝的插图以其精心雕琢的画功，讽刺幽默的手法，进行了近乎完美的内心自述。他们活泼的笔力和幽默的画风表明，在儿童的日常生活里，到处充满着戏剧性。

再看尼·诺索夫的《地铁》，伏夫卡兄弟俩在地铁里迷路了，他们乘坐在地铁的电梯上：

> 猛一看，妈妈和华丽雅阿姨在另一边的电梯上。我急忙喊："妈妈！"她们看见我们，就喊："你们在这里干什么？"我们喊："我们出不去啦！"再也来不及说什么，电梯把我们送上去，把她们送下去。我们到了上面，赶紧又乘另一边的电梯下去追她们。猛一看，她们又从对面来了！看到我们就喊："为什么不等我们？""我们来追你们！"到了下面，我对伏夫卡说："我们在，她们老是不来。大概她们在等我们。"伏夫卡说："我们上去。"我们刚上去，她们又从对面来了。"我们等你们，等呀，等呀。"她们说，旁边的人都哈哈大笑[1]

在这个场面中，迷路的孩子偶然在地铁电梯上看见了妈妈，但因双方分别乘坐在一上一下两条电梯上而走不到一起，于是，在互相的寻找中必然演出一场相见而不得相携的笑剧。这里，作者利用心理巧合，造成富有戏剧性的喜剧场面，妈妈的慌急焦灼，孩子的笨拙天真足以令人捧腹，以自然的幽默使作品充满了欢愉。

儿童文学的幽默还体现为揶揄，揶揄则渗进了作者对儿童身上某些缺点的温和而善意的批评，在引发出读者的笑声中，委婉地向孩子们做着某种提示，能在轻松和快乐的氛围中使孩子们对自己身上的缺点有所省悟。如尼·诺索夫笔下不会煮粥的米什卡（《米什卡煮粥》）夸下海口"煮粥还不容易？"，结果在煮粥的过程中闹出诸多的笑话：舀一大锅米煮粥，煮到水干粥溢，手忙脚乱地一次次舀出多余的米，又是一次次地加水，但粥总是和他作对，不是水干了就是不断地往外冒。家里的水加完了，只好去井里打水，可又接二连三地将水桶茶壶都掉到井里，最后只好用杯子打水。好一阵混乱的忙碌，粥始终没煮成。米什卡种菜时（《种菜人》），自己掘一会儿地，便跑开去看看别人挖得怎么样，还要用皮尺"掘两下，量一量"。结果总赶不上别人掘地的速度。为了争得第一，他就在夜里加班干，又因认错了"责任田"而帮了别人的忙。拔草的时候，他更是拔掉了芹菜留下了野草。尼·诺索夫的这些作品，在带给孩子笑声的同时，也透着作者的揶揄，他通过对富有喜剧性的儿童形象的刻画，巧妙地劝喻着孩子们不能说大话，做事要专心，要认真学习，字里行间传达出作家对孩子们的拳拳关爱。

儿童文学的幽默诙谐不仅来自作家对儿童心理和生活的巧妙把握，还常以极度的变形和夸张来加以显现。罗大里的《冰淇淋宫》就是以夸张来满足儿童的心理渴求，给儿童带来欢乐的：

> "在波伦那广场上有一座冰淇淋宫，宫顶是奶皮子贴上去的，烟囱是果脯做的，烟囱里冒出来的是棉花糖，剩下的全是冰淇淋做的：门是冰淇淋做的，窗框也是冰淇淋做的……孩子们打老远来都要舔上一口……"[2]

1　尼·诺索夫. 1987. 诺索夫中短篇小说选. 鲁林，屠明，译. 上海：少年儿童出版社.
2　贾尼·罗大里. 1990. 罗大里童话：四个历险故事. 任溶溶，译. 长沙：湖南少儿出版社.

后来冰淇淋融化了，大人孩子争抢着舔冰淇淋，在一片混乱中，吃光了这座举世无双的冰淇淋宫殿。

再如《吹牛大王历险记》中的幽默与夸张：眼睛里冒出的火星，用猪油逮野鸭，通条穿起来的鹧鸪，钉在树上的狐狸，头上长着樱桃树的鹿等。

木子童话《长腿七和短腿八》将两个人物夸张到极点，两个非常不协调的人物在一起，各自叙说着他们的长腿和短腿是如何的"有用"，就像在说对口相声，你来我往，互相较劲，又互相配合。幽默诙谐的内容和带有游戏性质的语言，时时爆发出智慧的火花，很能满足儿童的游戏心理。

（四）变幻之美

儿童心理学表明，儿童具有好奇、好幻想的心理特征。幻想是儿童的一种天赋和本能。因此，以儿童为审美主体的儿童文学尤其需要幻想。丰富奇妙的幻想色彩是儿童文学重要的艺术特色。变幻之美具体表现为幻想美、荒诞美和动态美。

1. 幻想美

与成人相比，儿童的幻想由于不受实际生活的羁绊，因而幻觉与想象力更为活跃、丰富。任何一件平常的事物在孩子的想象中都有可能演化为其乐无穷的故事。我们来看看民间儿童故事《咕咚》：

> 木瓜熟了。一个木瓜从高高的树上掉进湖里，咕咚！
>
> 兔子吓了一跳，拔腿就跑。小猴儿看见了，问他为什么跑。兔子一边跑一边叫："不好了，'咕咚'可怕极了！"
>
> 小猴儿一听，就跟着跑起来。他一边跑一边叫："不好了，'咕咚'来了，大家快跑哇！"
>
> 这一下可热闹了。狐狸呀，山羊啊，小鹿哇，一个跟着一个跑起来。大伙儿一边跑一边叫："快逃命啊，'咕咚'来了！"
>
> 大象看见了，也跟着跑起来。野牛拦住他，问："'咕咚'在哪里，你看见了？"大象说："没看见，大伙儿都说'咕咚'来了。"野牛拦住大伙儿问，大伙儿都说没看见。最后问兔子，兔子说："是我听见的，'咕咚'就在那边的湖里。"
>
> 兔子领着大家来到湖边。正好又有一个木瓜从高高的树上掉进湖里，咕咚！
>
> 大伙儿你看看我，我看看你，都笑了[1]。

在儿童的想象世界里，一点儿的声音都可以被他们无限放大、无限夸张；一切都可以随心所欲，得心应手，没有丝毫的做作。他们沉醉于由自己的愿望构筑起来的幻想世界中，彻底打破了主体与客体、现实与幻境的界限，消解了现实世界的一切制约。

1　http://www.lbx777.com/yw0002/x_gd/kewen.htm.

优秀的儿童文学作品总是充满了丰富奇妙的幻想色彩，如丹麦安徒生笔下那个追求不灭灵魂的鱼尾人身的小人鱼（《海的女儿》）、那双穿上就可以随心所欲去任何地方的套鞋（《幸福的套鞋》），还有瑞典作家林格伦笔下背上有螺旋桨的小飞人（《小飞人三部曲》），美国作家乔治·塞尔登笔下以美妙演奏轰动全纽约的蟋蟀齐斯特（《时代广场的蟋蟀》），以及中国作家笔下长出榨菜鼻子的偏食小公主（方园《榨菜公主》），移植了老虎胆和人工心脏的猫王国国王小白鼠（郑渊洁《舒克和贝塔历险记》）……这些文学形象，以它们特有的幻想色彩赢得了儿童读者的喜爱。

2. 荒诞美

荒诞美是指以看似神奇怪异的自然组合和违背情理的艺术逻辑营造出的艺术境界。"荒诞"这一儿童文学重要的审美品格，它使儿童读者在非现实的世界中，享受无尽的快乐。请看，敏豪森为打入敌人心脏（《敏豪森奇游记》），骑上正打出炮筒的炮弹飞向敌人阵地，但想到自己没换衣服而怕敌人发现，便又纵身跳上对方打过来的炮弹，安然无恙地回到了自己的阵地；艾丽丝掉进兔子洞后（《艾丽丝漫游奇境记》），看见地板上的石子会变成蛋糕，啼哭的婴儿一抱出门就变成小猪。一只小小的蘑菇，她咬下右边，自己就变矮，咬下左边，自己就变高，以至于宽大的屋子空间都装不下她的身子，只好把一条胳膊伸到窗外，一只脚伸到烟囱里。还有，匹诺曹每说一次谎鼻子就长一截（《木偶奇遇记》）；愚蠢的皇帝赤身裸体游行于光天化日之下（《皇帝的新装》）；长袜子皮皮逼着偷窃的盗贼陪她跳舞，并用梳子为她吹曲伴奏（《长袜子皮皮》）；豆蔻镇的强盗连床带人把女管家偷来，为他们打扫卫生（《豆蔻镇的居民和强盗》）……这些作品，在奇异的幻想世界中，尽显人类的美德和缺陷，无论是故事情节，还是人物性格，或是场面细节，都对生活作了全方位的假定性概括，使孩子们沉浸于这种荒诞的氛围中。

我们常常以为阿猫阿狗会说话就叫想象力了，其实，剥去"兽言鸟语"这一外壳，剩下只是干瘪的故事。意大利儿童文学作家罗大里在微型童话《失踪的鼻子》中，作者以很"写实"的笔调讲述一个不可思议的故事，荒诞无比的故事好像就发生在我们身边，而这样的故事在孩子心目中又是绝对真实的，这种穿行于真实与幻想之间的感觉，才是真正的想象。

失踪的鼻子[1]

一天早晨，住在小轮船码头对面的一位先生起了床，当他对着镜子准备刮胡子的时候，突然大声地叫了起来：

"天哪！我的鼻子不见了！"

鼻子，脸上的鼻子没有了。在它待过的地方，现在只剩下光溜溜的一片了。那位先生赶紧跑上阳台，正好看见他的鼻子穿过广场朝小码头快步前进呢。

那位先生急急忙忙下了楼，追赶逃跑的鼻子，一面追，一面用手帕捂着脸，像得了感冒似的。

可不幸的很，他没追上他的鼻子，也不知道它究竟跑到哪儿去了。

1　罗大里. 2007. 走进童话世界——失踪的鼻子. 阅读，6：9-10.

几天以后，一个渔夫在收渔网的时候发现了逃跑的鼻子，就把它拿到市场上，打算卖一笔钱。

恰巧那位先生的女仆来到了市场，想要买几条鱼。她一眼就看见了放在鲤鱼和梭鱼之间的鼻子。

"这不是我主人的鼻子吗！"她惊叫着说，立即花了一大笔钱把这个鼻子买了回来。然后小心翼翼地把它包在手帕里，带回家交给了先生。

那位先生颤抖地捧着他的鼻子，气呼呼地说："你，你为什么要开小差？我做了什么对不起你的事了吗？"

鼻子斜着眼瞧着他，非常嫌恶地说："你听着！从今以后你不要再把手指头放进鼻子里。最起码得把指甲剪短些！"

【阅读讨论】你读过荒诞故事吗？结合你的童年阅读经历，谈一谈荒诞故事为什么特别吸引儿童？

3. 动态美

由于儿童天性好动，儿童读者喜欢新鲜、变化、刺激的审美心理和阅读兴趣，决定了儿童文学动态美的美学追求。儿童文学作品中有众多的历险记，如《木偶奇遇记》、《汤姆·索亚历险记》、《假话国历险记》、《洋葱头历险记》等。儿童文学作品的内容往往具有情节曲折，动作感强的特点，展示了一种自由、活泼的美学心态。例如《汤姆·索亚历险记》通过一系列生动曲折的故事情节，展示了作品的无穷艺术魅力：汤姆·索亚半夜去坟地，意外地遇上了一场谋杀案。接着，汤姆由于蓓琪和他怄气而与好友乔·哈泼一起离家出走，和哈克一起坐筏子到一个小岛上去当"海盗"。镇上的人不知道他们的去向，以为他们在河里淹死了。在为他们举行葬礼的那天，他们三人却"奇迹般地"出现了。汤姆成了学校里的英雄。在法院审理凶杀案时，汤姆克服恐惧指认出真正的凶手。接下来汤姆和其他朋友去一个迷宫般的岩洞里玩。汤姆和蓓琪迷路了，又在洞里碰到了凶手。汤姆凭着自己的机智勇敢，摆脱了凶手，找到出口安全归来，最后还找到了宝藏。这篇小说情节跌宕起伏，极富动态美。

（五）质朴之美

质朴美就是本色的自然之美、淳朴之美。儿童文学的质朴之美，来源于儿童生命、精神中所蕴含的质朴品格和儿童文学创作者质朴的人格品质。在儿童文学作品中，质朴既表现为作品形式方面简洁、朴素的表达风格，也表现为作品心理内涵的素朴。质朴是用最简洁、自然的文学形式来表达最本真的生命意趣和形态，并且"于无足轻重的东西之中见出最高度的深刻意义"（黑格尔）。加拿大诗人丹尼斯·李的儿童诗《进城怎么个走法》就体现了这种美学特质："进城怎么个走法？/左脚提起，/右脚放下，/右脚提起，/左脚放下，进城就是这么走法。"[1] 这首小诗取材、构思十分平实，但在看似朴素的意象中，却深藏着一种奇巧和意蕴。质朴，的确也可以表现出一种很高的美学智慧。金波

1　丹尼斯·李. 2012. 进城怎么个走法. 中华活页文选：小学版，7：35.

的幼儿诗《老爷爷和小娃娃》，运用白描手法，透过幼儿自然模仿的行为，表现出孩子质朴善良的心灵：

老爷爷和小娃娃[1]

金　波

一个小娃娃，
摔了一跤，
老爷爷扶他起来，
连连说：
别哭啊，别哭啊！
一个老爷爷，
摔了一跤，
小娃娃扶他起来，
连连说：
别哭啊，别哭啊！
他们俩，都笑了！
忘了谁是老爷爷，
谁是小娃娃。

再如雅诺什的图画书作品《给小老虎的信》，讲述这样一个故事：小熊和小老虎是非常要好的朋友。他们希望永远都不分开。但谁和谁能永远不分开呢？小熊和小老虎有时候就得分开，哪怕只是几个小时。比如，小熊去河边钓鱼，那么，小老虎就得一个人待在家里。这时候，小老虎难过极了，他受不了这样的孤独。所以，他就请求小熊给他写信，安慰他一下。他们开始写信，鹅、大象、刺猬也都开始写信。慢慢地，他们发明了普通邮件和航空邮件，甚至还有地下电话系统……于是，世界上到处有人写信和打电话了。故事中小熊写给小老虎的信是这样的：

亲爱的老虎：
　我现在告诉你，我很好，你怎么样，也很好吗？我不在的时候，你有没有把洋葱皮剥好，有没有把土豆煮好，也许我能钓到鱼呢。
　给你一个亲吻。

你的朋友小熊[2]

这里简单、朴质的表白闪烁着纯真、闪烁着温情，表达了人们内心深沉厚重的情感。这个质朴的故事最后汇入了人类普遍的情感之河，令人赞叹的结尾就在这样无穷的意味中到来了。

1　谢全霞. 2011. 浅谈幼儿文学的语言. 黑河学刊，1：120.
2　雅诺什. 2009. 给小老虎的信：雅诺什系列（共7册）. 三禾，译. 昆明：云南美术出版社.

三、儿童文学美学特质例析

掌握了关于儿童文学审美特质的基本知识，今后在阅读儿童文学作品时就具备了一定的美学眼光，对作品中所蕴含的审美特质加以审视。当然，对具体的某一篇儿童文学作品来说，往往不只拥有一种审美特质，它既可以是纯真的，同时又是欢愉的、变幻的、稚拙的。陈伯吹的《摘颗星星下来》[1]就体现了这一特点：安琪靠在窗口仰望夜空，她把漫天的星星当作无数的眼睛在向她眨动，"她不知道这些是什么样的眼睛，是谁的眼睛，谁有这么多的眼睛，为什么要向她不停地眨着……她迷惑了，可是她想不出来。"这里所展现的就是一个孩子稚拙天真的天性。奶奶怕她着凉，哄她说那是千眼仙女的眼睛，安琪就幻想着能有一架长梯子登上夜空去摘星星，原来她是要向千眼仙女借一只眼睛，送给隔壁瞎眼的李婆婆。这里则表现了孩子质朴纯真的善良心地。

不同体裁的儿童文学作品所呈现出来的同一审美特质也有所区别，在第二篇章学习各文体特征时，应予以注意。在本项目中，为了方便同学们清晰地掌握儿童文学审美特质的基本含义，我们所选取的例子，往往是在某一审美特质上表现得比较突出和典型的作品。以下就结合学过的理论知识，分析具体作品中的审美特质：

[作品一]

> **下 雨 了**[2]
>
> 胡秀幸
>
> 下雨了，
>
> 花和树都哭了，
>
> 小鸟也不见了。
>
> 是雨把小鸟赶走的？

---

1 陈伯吹. 1982. 摘颗星星下来. 北京：人民文学出版社.
2 杨实诚. 1999. 论儿童文学语言. 中国文学研究，2：17-22.

> 是雨把花和树弄哭的？
> 雨好坏哟！

这是我国台湾作家胡秀幸小学一年级写的儿童诗，作品突出表现的是纯真美和稚拙美。出色传达了孩子在雨中的所见所感。下雨了，孩子看到美丽的花和树都哭了——花和树滴着雨水默默地站在街头，在好哭的孩子眼里，那滴落的雨滴就是花和树的眼泪。孩子又发现平时嬉戏于花与树之间的小鸟不见了，他就猜想小鸟是被雨赶走的吧，原来花和树也是被雨弄哭的。"雨好坏哟"——孩子对小鸟、花和树的同情油然而生、自然而成。诗意就出在孩子的幼稚意味上。那"花和树都哭了"，有别于成人诗的拟人手法，它是客观世界在孩子眼中的幻觉，是孩子"真实"感受的反映。正是因为他们以物我合一的心态去观察事物、感受事物，所以情感表达就显得更直接也更真诚。

[作品二]

我的壁橱里有个噩梦[1]

梅瑟·迈尔

我的壁橱里有个噩梦。

睡觉前，我总是把壁橱的门关上。我都不敢回头看一眼，直到我安全地上到床上，我才敢偷偷地看一眼。

有一天晚上，我决定永远地摆脱我的噩梦。

我关了灯，噩梦从壁橱里钻了出来，悄悄地向我走来。我飞快地打开灯，看到它正坐在床的另一头。"滚开！不然我就开枪了！"不管三七二十一，我就冲它打了一枪。

可是想不到，我的噩梦开始哭了起来。我气得要命，"噩梦，安静点，不然你就把我的爸爸妈妈吵醒了！"可是它还是不肯停下来，我只好去拉它的手，把它塞到床上，然后关上了壁橱门。我猜我的壁橱里还有一个噩梦，可是我的床不够大，睡不了三个了。

我们睡着了，又一只噩梦从壁橱里钻了出来。

作品突出表现了变幻美和欢愉美。在这个由小男孩第一人称自叙的幻想故事里，一切的孤独、不安与恐惧都被推到了那扇壁橱门的背后，在该书的扉页上我们会瞥见，门里杂乱地丢着一堆玩具和衣物，是门通向另外一个黑暗的世界，一个噩梦的世界。只要一关灯，噩梦就会破门而出……小男孩不但幻想门背后有一条长长的隧道，最让人叫绝的是，作者还赋予了噩梦一个形状——一个丑陋到了极点的大怪物！这个怪物刚一出来时还挺疯狂，张牙舞爪，可灯一亮它就原形毕露了，原来像小男孩怕黑夜一样，它怕灯光。于是，情节就急转直下了，害怕的不再是头戴钢盔、手持长枪的小男孩，而是胆小

1　梅瑟·迈尔. 2008. 我的壁橱里有个噩梦. 范晓星，译. 贵阳：贵州人民出版社.

的"噩梦"自己了——"噩梦"害怕得失声痛哭。最后小男孩不但不怕"噩梦"了，还和"噩梦"亲热地睡在一起，甚至还得意地发出了这样的心声："我猜我的壁橱里头还有另外一只噩梦，可我的床不够大，睡不下三个了。"在儿童的幻想世界里主体与客体、现实与幻境之间没有界限，想象显得丰富而奇妙。

孩子都惧怕黑夜，可梅瑟·迈尔却把孩子的这种恐惧心理别出心裁地写成了一个让人捧腹的故事。梅瑟·迈尔对"噩梦"这个形象的描绘活灵活现，天底下从来也没见过这么丑陋的怪物，龇着两粒大牙不说，还长着一个塌鼻头和一对翅膀一样的大耳朵，身上满是绿斑，尾巴像一个流星槌。当这么一个奇丑无比的巨大怪物坐在地上，像一个3岁小孩似的放声大嚷；当它上了床，哆哆嗦嗦地用爪子指着壁橱门让小男孩去关门；当关了灯，它半睁着一只眼睛偷瞟壁橱门时，谁都会为它那生动而又滑稽的表情发出一阵阵笑声。这样的"噩梦"不但不可怕，还很可爱。很多孩子，特别是男孩子可能都愿意和这样一个庞然大物般的"噩梦"挤在同一张床上睡觉。

[作品三]

一个可以大喊大叫的地方[1]

任溶溶

我老是闯祸，说来说去都怪我的嘴巴。它一下子就会哇啦哇啦叫起来。

我们在教室里听老师讲笑话。老师说："有一个孙子太顽皮了，气得他爷爷打了他一下屁股。爸爸看见爷爷打孙子的屁股，劈劈啪啪打起自己的屁股来。爷爷问他这是为什么。这个爸爸说：'你打我儿子的屁股，我也打你儿子的屁股！'"我笑得大喊大叫起来："太滑稽了！这个爸爸真逗，打自己的屁股！"同学们听见我大喊大叫，也跟着叫嚷起来。我们的叫喊声，恐怕学校整幢大楼都能听见。老师很严肃地盯着我们看，特别是看了看我，我们静了下来。老师说："在教室里不可以大喊大叫，这样会影响别人上课。"

唉，在教室里不可以大喊大叫。

妈妈带我去看电影。电影太好看了，银幕上一个胖警察在追一个瘦小偷。突然，瘦小偷跑不动了，胖警察也跑不动了。瘦小偷坐在地上说："我跑不动了，你过来抓我吧。"

胖警察也说："我也跑不动了，你爱跑就跑你的吧。"我看着看着就大喊大叫起来："逃呀，追呀，逃呀！加油！"坐在我前面、后面、左边、右边的观众都转过来。妈妈对我说："你再这样大喊大叫，我就拉你出去！在电影院里大喊大叫，会影响大家看电影。"我当然只好闭上了嘴。我不想给拉出去，我急着想知道瘦小偷和胖警察接下来的故事。

唉，在电影院里不可以大喊大叫。

我在家里玩电子游戏机，正玩得入迷。忽然，我3岁的小妹妹挨到身边说："大哥哥，你看我这只猫画得好吗？"我玩我的游戏机还忙不过来，哪有工夫管她的猫

1　任溶溶写，陈泽新画.1998.一个可以大喊大叫的地方.上海：少年儿童出版社.

画得好不好。我不理她，可她已经把画好的猫塞到我的面前来了。不看到倒也罢了，一看我就火冒三丈高。我一把抢过她的画，也就是我的书，气得大喊大叫："怎么？你在我的书上画画！"

"爸爸，妈妈，叔叔，小妹妹在我最宝贝的书上乱画画！"我一跳八丈高地叫着。我喊得那么响，我的妹妹吓得"哇"的一声大哭起来。这一下，我家闹翻天了。我的爸爸赶紧过来，等到弄明白是怎么回事，他说："小妹妹她真佩服你呢，画了幅画很得意，第一个就来给你看。在家里可不能大喊大叫，隔壁人家还以为这里失火呢！"

唉，在家里也不可以大喊大叫。

世界虽然大，恐怕没有一个地方是可以大喊大叫的。一天，妈妈和爸爸带我上体育场去看足球比赛。噢，好大的体育场啊，团团转的看台上，里三层外三层都是人，那么多人挤在一起，我还从来没有看到过。我只顾着吃我的冰淇淋，忽然听到"嘟嘟"一声，足球场上的比赛开始了。在这么大的体育场里，一个足球你说能有多大？可几万双眼睛全盯住了它。足球踢到这边，全场的眼睛向这边转，足球踢到那边，全场的眼睛向那边转。

我的冰淇淋早吃完了，可我顾不上看踢足球，却去看四面八方的人。这些人太好玩了！他们好像中了魔法一样，激动得坐也坐不住，不时站起来，挥舞拳头，还蹦蹦地跳。有人甚至把帽子都抛到空中去了。这里所有的人不管男女老少，都在一个劲地大喊大叫！

"加油！"

"射门！"

"糟糕！"

"进了！"

我的爸爸大喊大叫！我的妈妈大喊大叫！

我回头看到了我的老师，她也在大喊大叫！所有的人都在大喊大叫！

啊，我终于找到了一个可以大喊大叫的地方！我也不客气地大喊大叫起来。

【阅读讨论】孩子喜欢大喊大叫，这常被大人当做缺点，而这个故事却给读者带来了快乐。请结合所学的"儿童文学的功能"，以及本项目所学的"儿童文学审美特质"相关知识，谈一谈你对这个故事的理解。

作品突出表现了欢愉美，风趣幽默的作者为这个生活故事取了一个别致有趣的题目，这题目对成长中精力过剩、需要宣泄的孩童极富吸引力。故事灵活地运用民间故事中传统的三段结构式，依次描写了"我"在教室里、在电影院里、在家里大喊大叫的情景，展示了一个充满矛盾的现象：一方面，"我"的大喊大叫显然有充分的理由，是合情合理的。另一方面，在这些地方确实又不该大喊大叫，于是形成喜剧性的冲突。这时，作品以"世界虽然大，恐怕没有一个地方是可以大喊大叫的"作为承上启下的过渡，迅速转入"我"和爸爸、妈妈去看足球比赛的情形。作品以"我"第一次现场观看足球比赛的特殊视角，将笔墨落在"我"眼中的观众身上，落在他们（包括批评"我"不该大喊大叫的爸爸、妈妈和老师）大喊大叫的激动情态、语言上，既渲染了赛场的热烈气氛，又巧妙地解决了矛盾："我终于找到了一个可以大喊大叫的地方！我也不客气地大喊大叫起来。"轻松欢快的结尾充分满足了小读者的心理，也包含着作者对孩子的充分的理解与不露声色的行为指导。作品的语言也颇有特色，字里行间闪烁着童心与幽默的火花。比如作品的开头将"我"的闯祸归罪于嘴巴："它一下子就会哇啦哇啦叫起来"，确实是童心童趣式的幽默。又如爸爸告诉"我"不能在家里大喊大叫，那样"人家还以为这里失火呢！"这又是夸张式的幽默，洋溢着欢愉美。

项目四

儿童文学的阅读鉴赏

最大愿望是能够在阅读领域，给孩子们带来童年生活的一份快乐，因为童年的快乐是人生幸福的种子！

快乐不是单纯的感官娱乐，而是一种心灵愉悦、精神满足的状态。快乐不是对学习的消解，而是对学习的深度激活；快乐也不是思考的对立面，因为思考本身就是一种快乐，而快乐本身也能够成为一种思考。

——中国海洋大学儿童文学研究所所长、教授　朱自强

项目目标

※　了解儿童文学阅读的意义

※　理解儿童文学作品的阅读鉴赏要求

※　掌握指导儿童文学阅读的正确方法

儿童文学是以儿童为主要对象创作的文学作品，是成人与儿童通过文学的方式进行的一种审美与文化的对话。要使这一对话顺利进行，使儿童文学作品被顺利地接受，这在很大程度上取决于处于主导地位的成人对儿童文学的接受者独特性的把握程度。与成人读者相比，儿童读者的文学接受能力具有十分明显的特殊性。理解和把握儿童读者的特殊性是儿童文学的作家、教师应该具备的基本素质。

一、儿童文学阅读的意义

儿童文学作品作为一种精神产品只有被儿童读者所接受，才实现了它最本质的价值。指导儿童正确地阅读儿童文学，成人的责任，也是一项具有文化传承意义的义务，儿童时代受到的文学熏陶对个体一生的发展都有重要的意义。

对幼儿来说，文学阅读是通过成人的帮助、借助视听器官得以实现的。儿童文学以其优美的语言、精致的节奏韵律，向年幼的孩子发出了进入文学世界的第一份漂亮的"请柬"。在这个充满稚气又丰富多彩的文学世界里，幼儿以自己的方式感受到了文学艺术的独特魅力，迈上了文学接受的第一级台阶。

进入童年之后，掌握书面语言成为儿童学校学习的一项重要任务，大量的实践经验证明，读写能力较强的少年儿童，几乎得益于课外的文学阅读。读写能力的提高，光靠

课堂语文教学是不够的，必须由课外的文学阅读加以补充，而儿童文学作品自然是最好的阅读材料。儿童文学具有认识、教育、审美、娱乐等功能，通过有选择、有目的阅读活动，将会对儿童产生全面而深刻的影响。前苏联科学家齐奥科夫斯基和美国科学家西蒙等都受凡尔纳科幻作品的影响而确立了一生的方向，并取得了辉煌成绩。其次，儿童文学阅读习惯的养成，还会提升儿童的审美情趣，形成对美的鉴赏能力。

阅读儿童文学使文学的魅力扎根于儿童的心中，他们中的一部分人后来选择了从事文学创作活动，郭沫若、冰心、赵景深、孙幼军等一大批作家的成长都能从他们童年的文学阅读中发现最初的端倪。作家田地在回忆幼年时代一段文学阅读经历时，有过这样的描述：

> 那时，除了捉蛐蛐儿（蟋蟀），打弹子（小玻璃球）……我对什么功课都没兴趣。养蚕宝宝算是正经的了，但放在课桌抽屉里，老师也不许。我只好逃学。
>
> 一个偶然的机会，我见到了叶圣陶先生的童话《稻草人》，竟然感动得哭起来。原来稻草人同我一样，是会看庄稼、赶鸟雀的。但他比我还懂事呢，世间有那么多的不幸，他都看出来了。
>
> 不是么，我为什么失学呢？
>
> 又读了叶老师的另一篇童话《蚕和蚂蚁》。连活着觉得没意思的蚕宝宝，参观了蚂蚁的王国也相信世间没有白做的工作。我确实羞愧不堪了，难道我还不如蚕宝宝么？
>
> 我变得喜欢阅读了……我开始学点东西了。我又进了中学[1]。

在这里，叶圣陶的童话为童年时代的田地提供了文学审美文本，同时又起到了引发想象、认识社会、深化教育的作用。

作为未来的教师，我们应当掌握指导儿童阅读文学的正确方法，使儿童文学的各种功能得以最大限度的发挥。

儿童文学的阅读指导之所以必要，是因为儿童阅读行为中感性因素居多，幼儿的阅读行为需要成人的直接参与，童年期的儿童虽然已经具备了基本的阅读能力，但往往缺乏明确的目的性，解读和鉴别能力也不强。"读什么"和"怎样读"的问题，在儿童读者中普遍存在。

儿童文学阅读指导的任务是：

1）帮助学龄前儿童获得最佳的阅读文本和阅读环境熏陶，使之从人生的最初阶段开始，就接触、认识文学世界里最精华的创造成果。

2）帮助学龄儿童明确文学阅读的目的性，使他们养成正确的阅读兴趣和习惯。引导他们在阅读中提高文学欣赏的能力，掌握文学欣赏的方法。

二、儿童文学作品赏读

儿童文学的阅读鉴赏需抓住六方面：

1　田地. 1980. 我和儿童文学. 上海：少年儿童出版社.

1. 题材

儿童文学的题材，首先要广泛多样，既包括反映幼儿生活的题材（幼儿家庭的、幼儿园的等），又包括反映成人生活的题材（英雄事迹、成人发明创造、科学家的刻苦钻研等），还包括富于幻想色彩的探险、侦破方面的题材等；其次，儿童文学的题材必须适应幼儿的理解水平，以幼儿熟悉的生活和能理解的事物为主。

2. 主题

儿童文学的主题主要有三种：道德性主题，培养幼儿优良品质，如勇敢、爱劳动、爱学习、文明习惯、团结互助等；知识性主题，如知识儿歌、知识故事、知识童话、谜语、知识散文、科学文艺等；趣味性主题，即"无主题之主题"，目的是营造快乐的心理氛围。儿童文学的主题要力求单纯、浅显、鲜明、健康，应注意表现的角度，努力从幼儿能理解的内容上去表现。

3. 情节

儿童文学作品的情节要符合幼儿的理解水平；情节要求单纯、生动有趣；情节应是完整的，有头有尾，主要情节可适当重复。如《我的故事讲给你听》中我小时候的一节就是运用重复，以儿童的口语方式讲述"我小时候的故事"：

> 我小时候是个懂事的孩子，听话。下雨的日子，妈妈没有带伞，奶奶说，给妈妈送伞，我就会步行两站路，来到妈妈上班的厂门口，等妈妈下班。经常这样。
>
> 我小时候是一个爱清洁的孩子……
>
> 我小时候是一个胆小的孩子。我家住在一幢日本式的房子里，一楼有房间，二楼有房间，三楼也有房间，我不敢一个人到三楼去，怕鬼……
>
> 我小时候妹妹上幼儿园都是我送……
>
> 我小时候家里没人做饭就我做饭……
>
> 我小时候跟男孩子玩，也跟女孩子玩……
>
> 我小时候也游泳……
>
> 我小时候每个星期天都去杨浦电影院去看儿童场……[1]

全文一共十六自然段，每一自然段均用同样的叙述语，在重复中显现儿童叙述的神态、行为、口吻。

反复是儿童文学最常用的表现手法。作品用同样的语言根据情节需要多次反复，能给幼儿深刻的印象，而反复所造成的节奏感、音韵感形成的声音之流则强烈地感染着小读者。反复有叙述的反复，词句的反复。这两种反复常常交替使用。如方轶群的《找谁玩》：

1　梅子涵. 2000. 我的故事讲给你听. 杭州：浙江少年儿童出版社.

小鸭找谁玩？小鸭找小狗玩。小狗要看家，小鸭就去找青蛙。
小鸭找谁玩？小鸭找青蛙玩。青蛙要跳高，小鸭就去找小猫。
小鸭找谁玩？小鸭找小猫玩。小猫要捉耗子，小鸭就去找燕子。
小鸭找谁玩？小鸭找燕子玩。燕子要唱歌，小鸭就去找小鹅。
小鸭找谁玩？小鸭找小鹅玩。小鹅去游水，小鸭跟着跳下水。
小鸭和小鹅，划呀划，划呀划。小鸭吃小鱼，小鹅吃小虾[1]。

作品通过叙述的反复，逐段推出情节，而每段的词句也不断反复，只不过稍加变化，更换了人物（青蛙、小猫等）、动作（跳高、捉耗子等），一个小巧玲珑的故事就从音乐的旋律中缓缓流出。这样的作品能不怡人吗？许多佳作，如《小蝌蚪找妈妈》、《拔萝卜》、《笨耗子的故事》等，都采用了反复的手法，至于在诗歌体裁的作品中，反复的使用更是屡见不鲜了。

4. 结构

儿童文学作品结构的基本要求就是条理清楚，应尽量用顺叙的方法，最好一条线索贯穿到底。

譬如，方轶群的《萝卜回来了》就是按照事件发生的先后顺序来安排情节的：小白兔发现了萝卜，吃掉了一个，另一个送到小猴家去—小猴又把萝卜送到小鹿家—小鹿把萝卜送到小熊家—小熊把萝卜又送回小白兔家。严文井的《四季的风》是按照时间顺序来安排情节的：春天，苦孩子病了，风来安慰他，他带来了花香和小鸟的歌声—夏天，苦孩子的病还没好，风又来看他，给他带来杏子—秋天，苦孩子病重了，风安慰他，为他跳舞—冬天，风又来看苦孩子，可是苦孩子已经冻死了。采用顺叙的方法可以使文章做到条理清晰。这对于以具体形象性思维为主，抽象逻辑思维刚刚开始发展的幼儿来说，是一种最适合的叙述方式。

儿童文学的结构安排还应注意故事的起伏跌宕，切忌平铺直叙。像安徒生在《卖火柴的小女孩》中把现实生活中人们由看到一个冻死街头、手中还捏着没有燃尽的火柴的小女孩而引起的种种猜测（倒叙），以顺叙的方式搬进幻想的童话世界里，避免了直接使用倒叙方式所造成的长线迂回而可能引起的儿童在阅读时的不理解和无兴趣。

5. 形象

塑造鲜明生动、对幼儿有吸引力的形象。例：《大头儿子和小头爸爸》真实再现儿童的心理、性格、年龄特点。

小头爸爸躺在长椅上，呼噜噜，呼噜噜睡大觉，大头儿子在公园的草地玩，太没劲了。他走过去推小头爸爸，可小头爸爸动也不动。哼！气死我了！大头儿子朝地上看了看，忽然拿起一只大皮鞋，走到树下，卟，扔进树下的废物箱里；还有一只拿出来，把它挂在树上。嘻嘻，大头儿子开心了，他回到爸爸那里使劲推，这下终于把爸爸弄醒了[2]。

1　方轶群. 1957. 找谁玩：幼儿图画故事. 上海：少年儿童出版社.
2　郑春华. 2006. 大头儿子和小头爸爸. 武汉：湖北少年儿童出版社.

6. 语言

其一，可接受性，即作品中的语言要适宜幼儿的理解水平；其二，超前性，即作品中的语言要稍超出幼儿的实际理解能力，以不断提高他们的语言水平。要符合这两个要求，应做到：语言浅显而且丰富，浅显是儿童文学语言的基本特征；语言有音乐性、节奏感；语言形象，摹状、比喻、拟人、夸张这四种修辞手法，是增强语言形象性的主要方法。如《进城怎么个走法》以看似最简单平淡的故事打动小读者，在看似平淡的情节中透出机智和聪慧。

又如张士杰的《渔童》[1]也是一篇极富动感语言的佳作。《渔童》的语言简练生动，节奏明快，动作性很强：渔童站在渔翁跟前，把鱼竿一晃，立刻变得又高又大，他把鱼竿朝牧师一抖，鱼钩正钩住洋牧师的嘴上膛；他把鱼竿一提，洋牧师立刻悬上了半空；他把鱼竿上下一抖，洋牧师悬在天空手刨脚蹬，"呜噜呜噜"直叫唤；他把鱼竿一甩，洋牧师立刻上了天，"咕噜"——滚到天边去了！

作者在这段描写中用了五个动作："一晃"、"一抖"、"一提"、"上下一抖"、"一甩"，便完成了对洋牧师的惩罚。语言干脆、利落、夸张，很能满足小读者"让坏人倒霉"的阅读心理。《渔童》中，动词、象声词用得多而准确，把各种形象表现得活灵活现。精心组织的跳跃的、活动的画面和场景，使整个作品充满动感，让读者感受到一种流动的美。

三、儿童文学阅读指导

（一）家庭环境中的儿童文学阅读

家庭是少年儿童的生活环境。儿童从出生就在父母长辈的抚养下成长，入学之后的大部分课余时间和假日也在家庭里度过。应该说，家庭是他们接受文学熏陶的重要场所。儿童文学阅读是审美活动，它总是伴随着娱乐、休闲活动进行的，家庭生活环境往往能够提供这样的氛围和条件。在现实社会中，尽管各个家庭的文学阅读条件千差万别，图

1　张士杰. 2011. 渔童. 优秀童话世界，4：21-27.

书品种和藏量、家庭成员的文化素养等条件也参差不齐，但父母长辈作为家庭阅读的指导者，还是应该设法为孩子尽可能创造一个富有文学阅读氛围的环境条件。在文学气息浓厚的家庭环境中成长起来的儿童，往往有较好的阅读习惯和能力。在家庭的儿童文学阅读指导中，值得特别注意的问题如下。

其一，对学龄前幼儿而言：

对幼儿来说，阅读过程就是"与书共舞"的过程，优良的图画书是幼儿接触文学的最常见形式。生动形象、图文并茂的图画书能满足幼儿追求视觉刺激的心理需求，使幼儿在感知画面的同时领略阅读的魅力，再通过成人的口耳相传帮助他们领受图画书的审美传达。同时，幼儿阅读的过程也是获得爱的过程，可以想见，当孩子依偎在父母怀里，亲子共同欣赏着同一本书，他们聆听着美妙的故事，学习着如何翻书，指点着书中感兴趣的画面，这是一个充满爱意的温馨场景。可以说，幼儿的阅读过程其实是幼儿与父母共同体味浓浓亲情的过程，从阅读过程中体会到的爱与从文本中获得的美是同等重要的。

幼儿早期的文学阅读更多的是从阅读兴趣、阅读习惯等角度入手，让幼儿感受文学美感的同时，获得必备的阅读技巧和阅读能力，形成一种良好的阅读习惯，为其终生发展奠定审美基础。因此，父母应注重与孩子分享阅读的乐趣，分享孩子在阅读过程中的奇思妙想，创设一种文化氛围，使文学阅读成为家庭生活一项和谐的内容。

其二，对学龄期儿童而言：

由于他们已经进入系统的学习阶段，开始形成书面阅读能力，因此，最关键的是重视图书的选择。家庭中有丰富的文学藏书固然好，但更重要的是对图书的选择。成人应该根据儿童的某阶段的具体情况和个性特征为孩子提供最优秀的文学读物，而不是无节制地放任。因为儿童毕竟缺乏正确选择图书的能力。杜绝那些艺术低劣、内容粗俗的作品，代之以优秀的儿童文学作品，把孩子们的阅读趣味引导到高雅的文学审美上来。

"亲子共读"依然是学龄期儿童阅读中不应缺少的一项内容，父母长辈参与到孩子的儿童文学阅读中去，与他们共读同乐，本身就是一种美妙而有效的指导方式。"亲子共读"对刚刚入学的儿童来说，更显得重要，"共读"可以激发孩子的阅读热情，并以正确的审美趣味和阅读习惯引导孩子。这一阶段的亲子共读与学龄前有了明显的差别，更多体现为建立在平等关系基础上的阅读体验的分享。

再者，要注意处理好"读图"与"读文"关系。在尚未掌握书面语言的幼儿期，以"读图"的方式来接受文学似乎是天经地义的事。一旦识了字，不少父母就觉得儿童应该以文字阅读为主了，不应再读那些"幼稚"的图画书。应该说儿童从纯粹的"读图"到"读文"是阅读能力一个质的飞跃。但也不能把二者完全对立起来。长期以来，真正意义上的儿童文学图画书在我国普及的程度较低，导致了家长、教师对图画书阅读的认识存在误区。其实，图画书针对的读者年龄跨度是很大的，既有适合学龄前幼儿阅读的图画书，如英国碧丽克丝·波特的《彼得兔的故事》，日本中江嘉男的《可爱的鼠小弟》、《鼠小弟的小背心》等，也有适合小学生阅读的图画书，如美国谢尔·希尔弗斯坦创作的图画书《爱心树》等，有的图画书蕴含了深刻的人生意义和哲学内涵，已经很难以读者的年龄对其进行归类了。当然，对于学龄期儿童来说，"读文"应是其主要的文学接受方式。

另外，还要处理好感受与理解之间的关系。有的家长在指导儿童阅读文学作品时，往往忽略了儿童文学接受的特点，总希望儿童能够尽可能地理解作品的内涵。儿童阅读了一篇故事，如果能讲出故事的主题等，说明他们已具备了初步的分析概括能力，并能用恰当的语言准确地表达出来。如果儿童不能说出或说得不够准确，其实也没有关系，家长不必不厌其烦地反复"启发"，从而把一个本该赏心悦目、心旷神怡的审美享受过程变得枯燥乏味、寡情少趣。儿童阅读重在感受，理解是一个渐进的过程，不必操之过急。

【阅读讨论】你认为家庭阅读还有哪些好形式？

（二）学校环境中的儿童文学阅读

学校是少年儿童受教育的环境，幼儿园和小学教育中，文学始终占有重要的地位，是儿童文学接受的重要环境因素。

1. 幼儿园文学阅读指导

幼儿园的学前儿童主要通过语言综合活动课和自由阅读活动，接触和初步感受儿童文学，这一时期的文学阅读是在教师和家长的共同指导下进行的。学前儿童文学阅读的总体目标是：

◆ 初步接触儿歌、故事、童话、图画书等儿童文学样式。

◆ 培养对文学的兴趣和爱好。

◆ 初步建立幼儿的阅读习惯。

◆ 推行多元智能化的阅读计划。

儿童文学的主要内容包括：

◆ 以图为主、图文并茂的图画书。

◆ 优美短小、琅琅上口的儿歌童谣。

◆ 情节简单人物鲜明的童话。

◆ 与儿童日常生活相关的生活故事及简单的谜语。

◆ 玩具书，包括立体书、有声读物等。

学前阶段幼儿的文学阅读活动具有综合性强的特点，多采用游戏的方式，突出活动的娱乐性、趣味性，以吸引幼儿参与，发挥活动的多元效能。幼儿欣赏文学主要采用的"听赏"方式，"听赏"同时也是儿童文学活动的主体形式。学前阶段文学活动具体内容包括：

◆ 儿歌唱读：儿歌唱读最好是师生共同进行，并配合动作和表情。

◆ 阅读图画书：幼儿在阅读图画书方面有超出预料的能力和潜质，他们对图画有天然的感悟力，并特别关注图画的细节。教师在讲读之前要有充分的阅读，和幼儿一起共同讲读图画书，效果更为理想。

◆ 绘读幼儿故事：在聆听故事之后，用绘画回忆和回味故事情境，是他们喜爱的阅读方式，从中可以看到他们对故事的反应、理解以及兴趣所在。

◆ 音像作品欣赏：通过光盘或磁带欣赏儿歌或故事受到幼儿的喜爱，对年幼的儿童来说，反复播放并不影响他们的兴趣，他们还会乐于一同参与吟唱和表演。

◆ 妈妈故事会：轮流邀请妈妈参加讲故事或讲读图画书活动，是亲子阅读在幼儿园的延伸，受到幼儿普遍的欢迎，同时能够推动家庭的亲子阅读。

◆ 故事表演：配备面具和简单道具的故事表演特别受到幼儿喜爱，小班以教师故事表演为主，使用布偶配合；中班可以由教师和幼儿共同表演；大班可以由幼儿自主表演。应注意让幼儿有广泛的参与机会。

◆ 观看戏剧：在剧场观看戏剧对幼儿是印象深刻的体验，剧场的现场气氛会强烈吸引他们的注意。幼儿喜欢的剧种包括木偶剧和童话剧，应该注意的是，戏剧影像制品与戏剧并不能完全互相替代。

◆ 动画影视欣赏：集体环境中的动画影视欣赏可以增加快感和娱乐性，应注意选择短片以控制观看的时间，并与图画故事读物的欣赏相结合，让幼儿体会不同艺术形式表现的同一个故事，建立文学艺术形式的初步认识。

◆ 大家一起讲故事：幼儿有基本的复述故事的能力，可安排几个孩子共同完成一个故事的讲述，让他们互相配合和补充。

◆ 家园阅读合作行动：家园阅读合作行动的形式可以很灵活，关键是要形成阅读活动的同步与互动，巩固阅读习惯养成和兴趣培养方面的成果。比如"午间阅读"和"晚安阅读"，可以在家园之间联动，也可以使用同样的阅读资源。

【阅读思考】你认为哪些形式的幼儿园阅读活动更受孩子欢迎？

2. 小学儿童文学阅读指导

小学低年级儿童阅读的书籍一是以图画为主；二是拼音读物。

中年级儿童至少能读下列 4 类文学书籍：①含义较深刻的或富有象征意义的童话，如安徒生的童话《海的女儿》；②富有儿童情趣、意境优美的儿童诗，如柯岩的《小兵的故事》；③科学童话和科学故事；④英雄伟人故事和历史故事。

高年级儿童感兴趣的读物形式主要有：①寓言；②儿童小说；③儿童报告文学；④科幻作品；⑤探险、冒险与侦探故事。

从阅读指导的过程来看，大致有这样几个步骤：

第一，了解指导对象及图书情况。教师在进行阅读指导之前，先要切实了解学生读过哪些儿童文学，对哪些作品有兴趣，阅读能力如何，阅读习惯怎样等，并对这些情况进行分析研究，找出主要问题，以便有针对性地指导。同时对学校及其他环境中的现存图书和订阅的报刊情况有所了解，掌握书目，以便为学生提供必要的作品信息。

第二，根据学生的需要和图书的可能，帮助学生选择合适的儿童文学作品。所谓合适的图书，一是指思想内容和艺术形式均优秀的儿童文学作品；二是指对某阶段学校教育或语文教学有辅助和补充意义的作品；三是指这些作品的深浅程度适合学生的阅读水平。

第三，对作品的推荐和介绍。为了进一步使学生对某个优秀的或有特色的作品产生兴趣，教师不妨采取生动活泼的形式向学生介绍作品的背景资料（包括作家作品的趣闻轶事），必要时也可选读一些作品的精彩片断。

第四，组织作品评论。最通常的办法是大家交流读后感，要求学生从某一个角度来谈自己对作品的看法，可以是讨论会发言，也可以写成书面文章。教师最好以平等的态度参与评论，并给予必要的引导和指点。

第五，巩固阅读效果。通过阅读，掌握作品及其欣赏方法，但这不是一次性完成的，还必须反复实践，不断巩固和提高。通常采取朗读、表演以及创作等方式进行。在这个过程中，教师的作用主要是组织活动。

以上儿童文学的阅读指导过程及其步骤，不是固定的模式，只是通常使用的办法和经历的环节。教师完全可以按照各自的具体情况，灵活进行，尽可能做得生动活泼，最重要的是激发儿童对文学阅读的浓厚兴趣。

儿童文学阅读指导的方法是多种多样的。常见的有以下一些：

1）组织文学兴趣小组。学生的兴趣是多方面的，不能强求一律。教师可将对文学有兴趣的学生组织起来，加以培养，给予特殊指导，从而通过他们去影响其他同学。

2）组织班级图书角。通过学生自己的力量和各种渠道，将同学中的图书集中起来，建成一个小小的班级图书角，以借阅的办法互相交流阅读。还可以订阅一些优秀的儿童文学刊物，使学生获得儿童文学的新信息。

3）开展读书竞赛活动。比谁读的书好，比谁读得多，比谁读得认真，比读书方法，比读书效果，等等。可通过评比、总结等办法来进行，以便在学生中形成良好的读书风气。

4）举行诗歌朗诵会、故事讲演会等。这种形式普及性强，可让每个学生参加，得到锻炼，而且可以与某一时期的学校活动和主题班会相结合。

5）组织各种文体的征文活动。这既是激励学生读书的方法，又是读书的实践成果。教师可以有目的、有计划地在校内进行，也可以与有关报刊取得联系，让学生积极参加。在读书的基础上，将读书心得、评论及创作形成文章，参加征文比赛，以此进一步推动和深化儿童文学的阅读活动。

在阅读指导中还应当注意性别因素对文学阅读的影响，男孩一般比女孩喜欢科学、发明、运动和冒险等方面的故事；女孩较男孩更喜欢家庭生活故事、浪漫风格与温馨情调的作品。

项目五

儿童文学的创编

好的儿童文学应该既适合儿童看，也适合成人看，完全的说教并不是好的儿童文学。

写的时候你的眼前总会出现很多双孩子的眼睛，这让我的写作受到很大的限制。因为有的故事你可以讲给大人听的，但却不能讲给孩子听。虽然很难，但我们还要坚持。

——2012 年诺贝尔文学奖获得者　莫言

项目目标

※ 从生活体验、精神气质、艺术表现力三个方面了解儿童文学作者的特殊品质
※ 了解幼儿教师参与儿童文学创作的特点
※ 把握儿童文学创编的基本过程

一、儿童文学作者的特殊品质

儿童文学作家的创作遵循一般文学创作的基本规律，但由于儿童文学的作者与读者之间有较大的年龄差异，成人与儿童在精神气质、审美意识方面存在诸多差异，由此导致了儿童文学创作上的独特性。

在儿童文学作家的创作心理中，存在着两种审美意识：一种是作者自我的成人审美意识，另一种是来自接受者的儿童审美意识。成功的儿童文学创作就是将这两种审美意识相互交融，达成两者的和谐统一。两种审美意识在同一创作主体中的对立统一，本身就构成了儿童文学的独特魅力。儿童文学作家在进入创作状态时，会对同时存在于自身的两种审美意识进行调控，使之一方面保持着作为成熟创作主体的审美个性，另一方面则要适应儿童读者特定年龄阶段的阅读需求、心理特征和接受水平。正如著名儿童文学作家黄蓓佳所说的：处理笔下每一个人物时都要小心掂量，孩子们会有什么感受，他们在接受这部作品时有没有障碍，给他们的心灵带来的是飞扬还是沉没，尽量让他们多一点快乐，多一点温暖，多一点纯粹和爱，写生活中的"善"一定要多于生活中的"恶"等。可以说，儿童文学的独特性决定了儿童文学作家的独特性。

（一）对儿童生活的独特体验

生活是创作的源泉，作家的创作素材、构思灵感都与他的人生经验有着密切关系。儿童文学作家要从生活中获得创作所需的生活经验，主要通过两种途径——对自身童年

生活经历的记忆和对当下儿童生活的体验。

1. 对童年生活的记忆

作为成人的儿童文学作家，从生命历程上已经与童年生命有了相当距离，但每一个人都有自己的童年，因而童年的生活记忆和情感体验，就成了儿童文学作家重返儿童世界的一个宝贵精神财富，也是他们创作的原动力。

正如儿童文学学者汤锐所说："每一个成年人的灵魂深处都有一个永远的儿童存在着，从他的幼年直到老年，这个儿童逐渐从生活的表层沉潜入生活的深层，却一刻也未放松地把握着、控制着他的整个个性和人生。这就是每个人自童年时代起形成的人格基质和那份童年体验，它伴随并影响着每个人的一生。"[1] 德国儿童文学大师凯斯特纳认为，一个人是否能成为儿童读物作家，不是因为他了解儿童，而是他了解自己的童年，他的成就取决于他的记忆而非观察[2]。

儿童文学作家曹文轩自小生长在苏北农村，这是一个以穷出名的地方，曹文轩小时候几乎是在极其窘困的物质条件下生活成长的，虽然如此，他自己却说，"这些苦难却给了我幻想的翅膀，也让我的性格变得坚韧。在作品中他从不轻易地描写少年儿童的柔弱与快乐，相反，他花了不少笔墨刻画了一群在苦难下坚忍、刚强、成长的儿童少年，他们同样有天真无邪的快乐，但是，更多地，他们拥有在成长中焕发出来的人生精彩，不怕困难，同情疾苦，乐于助人。《草房子》中的杜小康家境富裕，曹文轩也要安排"突然"的"苦难"，让这个让全班同学都羡慕，甚至是老师也特别喜欢的少年，一下子从"天上"到了"地上"，而这个时候，小康似乎长大了不少，成熟了不少。曹文轩不厌其烦地用这么多的"苦难"来发展故事情节，想必和他年少时经受的苦难和磨砺是分不开的。

借助于记忆的召唤，儿童文学作家们返归童年，并以爱心拥抱生命的稚拙和纯粹，创作出成功的儿童文学作品。有的作家对童年的记忆清晰而持久，以至于只能选择不断为童年写作，来释放对童年生命那种洞察幽微的理解和记忆。这成为儿童文学作家特有的艺术天赋，由此生发出的儿童文学作品，充分传达了儿童天性中率真、纯洁的精神品质，从而赢得与儿童读者的心灵对话。

2. 对当下儿童生活的关注

儿童文学作家除了要在经验上挖掘自己童年岁月的永恒记忆外，还要关注当下儿童的生存状态，把握他们的精神需求。这就促成他们自觉地深入少年儿童的现实生活，了解他们的思想情感和心理特点。

著名儿童文学作家孙幼军对儿童生活的关注就是一个典型的例证：他外出办事，要是看到几个孩子在路边捉小虫，或是逗蚂蚁，他就会停下来看，甚至加入他们的行列。要是看到一队幼儿园的小娃娃在老师的带领下，在人行道上或公园里散步，小娃娃们用小胖手拉住一根绳上的一个个圆环，像是公共汽车上的扶手，而长绳的两端是两个穿白衣衫的老师，他就会情不自禁地停下自行车，站在路边着迷地看上老半天，直到小朋友走完了，才

1 汤锐. 1995. 现代儿童文学本位论. 南京：江苏少年儿童出版社：33.
2 梁颖. 2011. 秦文君儿童文学创作论. 石家庄铁道大学学报（社会科学版），2：65-67.

依依不舍地离开。正因为有了这样对儿童生活的切身体验，才使他写出了《小布头奇遇记》、《小狗的小房子》、《怪老头》、《稀里呼噜历险记》等充满盎然童趣的童话作品。

我国著名作家柯岩认为：给孩子写东西，对不熟悉儿童生活的人，是很难很难的。为了了解孩子们的生活、感情和行动特点，柯岩走遍了北京的各类学校，并在一些学校讲课，担任过团支部书记和少先队辅导员。很多学校、幼儿园的老师和保育员，教育机关和幼儿教育研究室的研究人员都是她的好朋友，正是对儿童生活的深入了解，才使她的作品受到了儿童的喜爱。

儿童文学作家汤素兰在创作时就把自己"当"小孩，把最渴望的东西写下来。"无论在什么环境下，心灵的需要都是相同的"，好玩、好玩、再好玩一点的作品，就是孩子们需要的。"其实孩子的心灵世界比我们虚构和想象的世界要丰富、复杂得多，有些东西根本是你想不到的，需要用心灵去体味和感知。"汤素兰经常到学校和老师交谈，"只有了解孩子的要求，才能写出受孩子们欢迎的作品"[1]。用儿童文学评论家方卫平的话说，汤素兰的文字透着一种精致而又清丽的典雅，它们像一些圆润美丽的珠子，串起了作家笔下那个丰饶的童年想象世界。她就用她的这些文字，编成了一双送给童年的飞翔的翅膀。

对童年经验的回顾与对当下儿童生活的关注，构成了儿童文学作家创作的两大生活源泉。对一个具体的作家而言，两者是有所侧重的，但缺一不可。童年生活是深藏于创作主体精神世界的内在经验，而只有当作家将对童年的表述冲动和对同时代儿童的精神关怀融为一体时，才能写出真正感动儿童读者的优秀作品。

（二）童心般的精神气质

儿童文学作家在精神气质上与儿童的天性有着某种契合。对于儿童文学作家来说，儿童般独特的精神气质使其能够将自身的情感与儿童的阅读需求和心理特点相融合，展示作者个人的创作理念，在某种非功利性快感的内在动机的驱使下寻求为儿童写作的真正快乐。儿童文学作家伴随着重造童年的深层动机，心怀为儿童带去快乐和引导儿童真诚观照现实的目的进行创作，他们通过儿童文学作品激活了灵魂深处的儿童情怀，同时又给儿童创造一个无比快乐的文学世界。

事实上，我国有很多儿童文学作家，都是以儿童文学作为他们表达自我的最佳形式，他们自己的创作体会充分证实了这一点。

儿童文学作家方素珍曾说，自己四十"高龄"却有十岁的"童心"，"我爱和小孩子谈天、玩……看见或想起小孩子天真无邪的笑容，我的心自然就开开朗朗了，我现已五十高龄喽！还是爱做白日梦，甚至幻想有一天会捡到神灯赐给我三个愿望，我还草拟了各种愿望哦！对世界抱着永远的好奇心，是保持童心的秘诀之一吧。"[2]

童心般的精神气质使儿童文学作家获得了独特的文学才华。如陈伯吹所言，他们能"以儿童的耳朵去听，以儿童的眼睛去看，特别以儿童的心灵去体会"。富有童心的儿童

1　王光明. 汤素兰来深谈"儿童文学"给生命打上明亮的底色. 深圳商报，2010 年 10 月 21 日.
2　周益民. 2007. 小书虫牵手大作家：走在路上. 西安：未来出版社.

文学作家与儿童一样能将成人看来司空见惯、不屑一顾的细节，演化成散发奇异想象光芒的作品。如儿童诗人樊发稼笔下的"小雨点"："小雨点，你真勇敢！从那么高的天上跳下来，一点也不疼吗？"雨点下落是再常见不过的自然现象，只有稚趣而又智慧的心灵才能有这样的创造。童心气质还使作家能够"拟作"出儿童的口吻来，如《萤火虫》："萤火虫，你整夜点着灯，难道你不怕，没钱交电费？"小诗中的最后的那一问，非孩童之口莫能出，然而它又恰恰是成人作家拟作的。

有些作家一开始并不是想为了儿童写作，也并不是为了给自己的童年生活留下一点痕迹，但却在无意中写出了儿童文学的经典之作。那是因为他们认为儿童文学是表达他们内心某种情感的最恰当方式，而他们本身也恰好具有儿童般的独特的精神气质。当这二者恰到好处地熔铸在一起时，便于不经意间创造出了孩子与成人共享的杰作。比如马克·吐温的《哈克贝利·费恩历险记》，作者的主要目的是反映当时社会上严重的种族歧视现象，表现人们的冒险精神，但是作品出版后却受到了儿童的喜爱，成为著名的儿童文学精品。

汤素兰说，真正的好作家会把写作当做自己的人生，"安徒生从未揣摩过孩子的心思，他的故事从头到尾注入了自己的生命感受。文学来自生活，创作要体验生活，这些都是表面的，天生的儿童文学作家内心总有一个儿童。"[1] 她也很赞成儿童文学作家郑春华的一句话：有的人天生能读懂童年的密码。所以，汤素兰觉得，优秀的儿童文学作家是天生的，他们心里一直有小时候的自己在，因而可以将一个人对生命的思考，对人生与世界的热爱用童话故事讲述出来，这就是她心里最好的童话。而这些童话，会像蒲公英一样轻舞飞扬，最后落入读者的心里，生根发芽，开出美丽的花朵。

儿童文学的创作者大多数是成人作家，由于身心与人生的变化，成人作家已不可能复归到儿童状态。因而成人作家在儿童文学创作中选取的"儿童视角"，是努力地使自己重新"回到"童年，以儿童的感受形式、思维方式、叙事策略和语言句式，去重新诠释和表现所在的世界。儿童文学作家要表现的是儿童"绝假存真"的生命本真，因此，儿童文学作家都是有"童心"的，大作家更是童心永驻[2]。托尔斯泰写有《复活》、《战争与和平》这样的巨著，但他最看重的则是他为乡村学校孩子们编写的童书童话，如《狼来了》、《拔萝卜》等。

（三）富有儿童特点的艺术表现力

儿童文学作家除了应具备创作所需的生活经验和内在的精神气质外，还应具备独特的艺术表现力，这主要体现在想象力、幽默感、诗意、故事的叙述等多种艺术气质和文学手段的驾控才能上。

1. 充满奇异色彩的想象

任何文学作品都是想象的产物，儿童文学作家的想象则更富奇异的色彩。著名儿童文学作家秦文君认为，想象力是每一个儿童文学作家的看家本领，天才所在，智慧和想象力是作品的灵魂。尤其在童话意境中，奇迹无处不在："馅饼里包了一块天"、"晴天，

1　舒晋瑜. 为童年的飞翔插上翅膀——访政协委员、儿童文学作家汤素兰. 人民日报海外版，2010 年 3 月 19 日第 7 版.
2　王泉根. 关于儿童文学的八句话. 中国文化报，2013 年 9 月 30 日第 3 版.

有时下猪"、"世界上只有小巴勒一个人",还有"小茶匙老太太"、"七色花"、"红心火把",等等,儿童文学作家正是发挥了他们奇特的想象力,才使作品散发出奇异的光彩。想象力不仅包括对虚拟世界的想象,也包括在现实世界的描述中所展示的想象,除童话以外的其他儿童文学体裁,作家的想象力也是必需的。让我们来看一看法国作家勒威士·特隆赫姆的《圣诞妖怪》中的一个片段:马上要过圣诞节了,孩子们盼望着布置圣诞树,可爸爸妈妈却在摆弄一张大大的地图,妈妈进了孩子们的卧室,打开了一个壁橱,挑选几件孩子的衣服……

> 哇,这就是说我们要去度假啦。
> 要不就是爸爸妈妈要把我们送到一个很远的学校去住读。
> 要不就是我们的衣服太小了,因为我们长高了很多,我们现在可以自己去看电影了。
> 要不就是她想在壁橱里腾出一个地方,当我们不乖时她可以把我们关在里面。
> 要不就是每人要有一间属于他自己的房间。
> 要不就是要发地震了,得赶快搬家。
> 要不就是将有一些超级妖怪要在街上打架,我们得撤出这个地区。
> 妈妈对我们说,其实是我们要去度假了。这是我们一开始就想到的,但到后来,我们好像更喜欢妖怪在街上打架[1]。

孩子猜测大人行为意图的多种可能,这本身就带着想象的色彩,孩子们在瞬间冒出了妈妈进房间的七种可能性,而且危险的系数越来越大,越来越远离现实生活的原本形态,而滑向怪异,这种想象真实反映了儿童内心对冒险的渴望。

2. 富有儿童情趣的幽默感

幽默是一种智慧,一种情趣,是高雅的精神气质、文化品格、人生态度。

幽默感不是每一个作家都能具备的,但却是儿童文学作家所需要的。富有幽默感的艺术情调更能吸引儿童亲近儿童文学。儿童文学中的幽默应该是机智的、愉快的、令人回味的,它体现了作家纯真善良的情感、明辨是非的道德观、涵纳宇宙人生的哲理意识以及机警、乐观、豁达的品质,能够引导儿童的心智走向成熟。幽默这一美学品格已经成为很多作家的自觉追求,自20世纪80年代以来,周锐、冰波、张秋生的童话作品,张之路、韩辉光的短篇小说,武玉桂的儿童文学作品,郑春华的《大头儿子和小头爸爸》、秦文君的《男生贾里》、梅子涵的《女儿的故事》、汤素兰的《笨狼的故事》、杨红樱的《淘气包马小跳》等一系列儿童文学创作成果,为中国儿童文学带来了前所未有的童趣和幽默感。

我们从汤素兰《笨狼的故事》之"冰冻太阳光"这篇童话中就可以领略到幽默感:炎炎夏日里,笨狼冒出了个怪异的主意——把太阳光冰冻起来:它在阳光下舀好几盆水,藏进冰箱:

1　勒威士·特隆赫姆. 2001. 小妖怪·圣诞妖怪. 赵家鹤,译. 南昌:二十一世纪出版社.

　　第二天，天还没亮，笨狼就起床了。因为他想，太阳光都放进冰箱里了，要是不早点舀出去，森林里就没有白天了。笨狼又打开冰箱，拎着脸盆，一趟趟地往外面运太阳光。一直到天完全亮，笨狼才停下来。因为他想，天亮了，就证明阳光都运出去了。

　　刚好是个雨天。天亮了不久，雨就淅淅沥沥地下了。

　　笨狼穿上套鞋，撑着雨伞，挨家挨户去敲门：

　　"聪明兔，快起来，今天好凉快!"

　　"棕熊，快起来，今天好凉快!"

　　"是呀，好凉快呀，笨狼，你看，还下雨了呢!"大家都高兴地说。

　　笨狼想：你们弄错了，才不是雨呢，是冰冻太阳光在融化呢，就像平时你们看见冰棍慢慢融化一样。但是笨狼什么也没有说出来，他可不是那种做了好事就大声嚷嚷的家伙……笨狼心里甜滋滋的，眼睛笑得眯成了一条线[1]。

　　在这里，我们领略到的不是一般意义上的"傻"与"笨"，而是充满儿童情趣的幽默之美。

　　3. 饱含诗意的表达方式

　　诗意是儿童文学的天然品质，需要儿童文学作家用心培植，作家在作品中自然流淌的那种纯净、真挚、质朴的情感以及精心营造的感人至深的美好意境，能够大大提升儿童文学的艺术品位，为儿童读者提供含蓄而久远的精神享受。

　　韦娅的儿童诗《妈妈的眼睛》："呀，快瞧一瞧/妈妈的黑眼睛里/藏着一个/小小的我/妈妈说/孩子呀/你总也走不出我的眼窝/你是妈妈的开心果/妈妈的眼睛是安乐窝/孩子你总在里边躲/不信，你仔细瞧/看看你还在不在里边坐。"在这首小诗中，诗人以真实、浓郁、深刻的情感写出妈妈对自己孩子的爱。这种深情的爱，是通过孩子的眼睛折射出来的。妈妈的眼睛一刻也不离自己的孩子，并把自己的孩子当做生活中寄托感情的"开心果"。同时，妈妈的眼睛也是孩子的安乐窝，只要妈妈在，孩子就生活在无比温馨的安乐之中。这种深情的母爱，诗人是透过孩子的眼睛发现的，也是通过孩子的口吻传达出来的，这种动

1　汤素兰文，胡妮，古月，沈干图. 2001. 冰冻太阳光：笨狼的故事. 杭州：浙江少年儿童出版社.

人的感情美，融入了童心的真挚。

又如新美南吉的《小狐狸买手套》[1]，一个歌颂母爱，让孩子倍觉温馨的童话。一只可爱的小狐狸，在妈妈无微不至的关爱中幸福快乐地成长着。作者还展现了人与动物之间的心灵交流——狐狸妈妈认为人是很可怕的。因此，当小狐狸要去一户人家买手套的时候，狐狸妈妈把小狐狸的一只手变成了人的手，并叮嘱小狐狸，一定要伸出"人手"去买手套。"你听好，儿子，到了镇上，会有许许多多的人家，你要先去找外面挂着一个礼帽招牌的人家。找到了，你就去咚咚地敲敲门，然后说一声'晚上好'。那样，人就会从里面打开一条门缝，你从门缝里把这只手，对，就是这只人的手伸进去，说：'请卖给我一双这只手戴上去正好的手套吧。'你听明白了吗？千万别把另外一只手伸出去啊！"狐狸妈妈忠告小狐狸道。"为什么？"小狐狸反问道。"因为人要是知道你是狐狸的话，不但不卖给你手套，还会把你抓住，关进笼子里，人是很可怕的东西啊。"小狐狸独自去人住的镇子里买手套，人类真的像妈妈说的那样可怕吗？小狐狸不小心伸出了自己的狐狸手，但是，人却并没有伤害它，反而卖给了它手套，小狐狸就觉得人一点也不可怕。作者纯美的文字里流淌着浓浓的亲子之情，而善良的人类与动物是可以友好相处的，这种和谐之美也温暖感动着我们。从中可以看出作家对儿童情感的细心呵护，对生命的平等关爱。浓浓的诗意，淡淡的哀伤。

蒋风教授说，"儿童文学只有真心从孩子的角度出发去创作，重童真、童趣、童味，才能创作出新的经典。"[2] 比如，陈伯吹写的摇篮曲《小宝宝要睡觉》，意境和音韵都很美，又很浅显，母亲轻声细语、娓娓道来，给孩子带来的是爱的享受。

4. 叙述生动故事的本领

儿童总是对情节性强的故事充满渴望，会讲故事应是儿童文学作家不可或缺的一项本领，他们必须能够借助形象的故事和孩子们对话，能通过简洁朴素的文本形式表达深层的意蕴。我国台湾儿童文学作家管家琪说："我写作时，完全没有教训小孩子的心情，纯粹想让大家看到有趣的故事！"[3] 因而儿童文学作家在情节结构、细节描写、形象刻画、语言运用等方面都应具备特殊的表现力。下面我们来看一下苏联奥谢叶娃的《好事情》[4]：

1　新美南吉文，黑井健绘. 2010. 小狐狸买手套. 彭懿，周龙梅译. 海口：南海出版公司.
2　陈淳戈. 丢失的童真何处寻——专访儿童文学泰斗蒋风. 浙江日报，2013 年 5 月 30 日.
3　童心永远 折桂文坛——记台湾女作家管家琪 http://www.chinanews.com/cul/news/2007/04-18/918869.shtml.
4　周凤. 2010. 好事情. 小学阅读指南（3-6 年级版），5：5-6.

> 早上，小尤拉醒了。他看看窗外，太阳照耀着，天气很好。于是小尤拉想：我今天一定要做点什么好事情才行。
>
> 他坐下来，想："假使我妹妹掉进井里，我就奋不顾身地去救她……""哥哥，今天天气真好，你陪我去玩好吗？"妹妹恰好走来了。"去去！走开！别扰乱我想事情！"妹妹受了委屈，抹着眼泪走开了。
>
> 尤拉又想："假使狼来抓奶奶，我就用猎枪打它！"奶奶恰好在叫他："小尤拉乖乖，帮我把碗碟收拾一下。""你自己收吧，我在想好事情，没有工夫！"奶奶摇摇头，进厨房去了。
>
> 尤拉接着往下想："假使哈巴狗掉进井里，我就冒着危险把它捞上来。"哈巴狗恰好来了，它摇摇尾巴："给我点水喝吧，尤拉！""滚开！别打搅我想好事情。"哈巴狗讨了个没趣，夹着尾巴跑开了。
>
> 尤拉想了一阵，便来到妈妈身旁："妈妈，我想做点好事情，可做什么好呢？"
>
> 妈妈抚摸着尤拉的头说："跟妹妹去玩玩，帮奶奶把碗碟收拾收拾，给哈巴狗喝些水。"

这个精巧短小的故事把一个故事的所有因素都囊括了：时间、地点、事件、人物、原因、结果等等，故事的线索清晰明朗，而使这篇小故事出彩的是它情节中丰富的场景刻画，短短的篇幅，却包含了小尤拉与妹妹、奶奶、哈巴狗之间的冲突，这就使作品有了动感，有了热闹，对儿童读者富有吸引力，情节发展水到渠成戛然而止，生活道理尽在其中。

二、幼儿教师与儿童文学创作

在儿童文学创作队伍中，幼儿园是很特别的一个组成部分。教师从事儿童文学教育既有内在创作冲动的驱使，也有外在客观条件的诱导。

有的教师本身就具备从事文学创作的心智特点和内在动力，在学校这个特殊的环境中，教师的职业角色使他们的生活经历与儿童世界紧紧地联系在一起，也为他们提供了深入了解儿童身心特点，与孩子们进行深入情感交流的条件。在主客观条件共同作用下，一部分教师就成为了儿童文学的作者。儿童文学作家皮朝晖说："我尝试写过诗歌、小说、剧本、散文，都没有找到和谐的感觉。20岁时我做小学教师，发现小学生最爱看的是童话书。于是，我就开始关注童话，并且写起童话来。感谢那些小学生，让我找到了最适合我的一种文学体裁——童话。我经常想起那段快乐的时光，写童话，然后给孩子们讲童话。我记得非常清楚，那一张张欣喜的脸，那一阵阵开心的笑。孩子们听得快乐，我也写得快乐。"同时，教师在从事教育工作的过程中，切身体会到儿童文学对于儿童成长的重要性，这也触动了他们的创作灵感。

中国颇具影响力的儿童文学作家杨红樱，做过7年幼儿园老师，7年儿童读物编辑，坚持"从孩子中来，到孩子中去"，认为给孩子写东西，也要有一颗敬畏之心，当代儿童的生活现实和心理现实，深情呼唤张扬孩子的天性，舒展童心、童趣，探悉成人世界与儿童世界的沟通，让孩子拥有健康、和谐、完美的童年。"不是你写什么孩子就会接受什么，而是你写什么，孩子才选择什么。孩子是最聪明的，离真相最近，离本真最近，人最高明阶段其实就是回归孩子心态。我们无法强迫孩子接受我们认可的作品，好恶着我们的好恶。"杨红樱从写第一本童书时起，"就是想给小朋友们写他们爱看的书，只是这个'简单的心愿'。""我的写作就是要把快乐带给孩子，让他们在我的作品中找到自己的梦想。"这个理想，从她19岁为她的48个学生编织第一个童话开始，一直延续至今，她所塑造的当代顽童形象——马小跳就取材于她当年所任教的班级。从此，《女生日记》、《漂亮老师和坏小子》、《男生日记》、《淘气包马小跳系列》、《寻找快活林》、《笑猫日记》等在她笔下诞生了。

教师从事儿童文学创作有着多重的特殊价值，首先是给儿童文学世界增添了一种独特的视角，他们对校园生活的深入了解，由此带来的创作上的风格是其他作家难以企及的。其次，儿童文学创作让教师对儿童文学有了更鲜活、更深刻的体悟。我们在上文所提及的作家，他们儿童文学创作的起步是在教师岗位上的，随着他们创作事业的发展，他们都不再从事教育工作了。对于长期从事教育工作的教师而言，儿童文学的创作经验对于他们的更大价值在于，能够通过自己的创作实践，更深地认识儿童文学的价值，认识儿童文学在教育中的地位和作用。对于从事语文教学的教师而言，教师的儿童文学创作经验，更可以让他们在指导儿童阅读和写作时站在更高的文学立场上。再次，儿童文学创作也让教师获得一种更为独特的视角去审视儿童心灵世界，从而在审美情感的层面上，对自己的职业产生更深的认同感。

拥有教育者和创作者双重身份，也使教师的儿童文学创作带上不可避免的局限性。他们可能自觉不自觉地把儿童置于被教育对象层面加以对照和理解，从比较功利的教育目的出发去选材和构思，作品的主题总是自觉不自觉地带上职业习惯，带有过于明显的教训意味。

教师在创作时应该从更加开放的角度来理解和表现儿童的思想情感，深入认识和挖掘生活素材，努力突破教育者的固有角色，抓住儿童的天性特征和情感需求，尊重儿童天性，洞悉儿童心灵世界，并借助丰富多样的文学表达方式，生动形象地反映儿童的内心世界，表现儿童活泼强劲的生命力，这样才可能成为一名成功的儿童文学作者。

三、儿童文学的创编

儿童文学创编需要以一定的世界观为指导，运用形象思维的方法，对社会生活进行观察、体验、研究、分析，然后才进入创作过程：积累素材、构思作品、选择题材、挖掘主题、塑造形象、开展情节、安排结构、修饰语言等，从而把他对生活的认识、评价、愿望和理想用艺术形象表现出来。

（一）体验生活，熟悉了解儿童

生活是创作的源泉和基础。因此，想写出优秀的作品，必须深入现实的生活之中。只有介入生活，特别深入地体验，有特别强烈的感受，有特别幽微的洞悉，才能心灵敏感，想象活跃，感情最丰富。刘饶民的大海抒情诗，陈丹燕的女中学生小说，常新港的乡下儿童小说，沈石溪的动物小说，中川李枝子的幼儿童话等，都在于他们对生活的成功介入。

另外要熟悉了解儿童，这是儿童文学作品的服务对象所决定的。张天翼在其《一点希望》中说："根据我的写作体会，要创作出为孩子们喜爱的作品，重要的一环是要熟悉、了解孩子们，了解他们的需要，他们在成长中的各种问题，他们的思想感情、内心世界、生活情趣、爱好，以及语言、动作的特点等等。"又说，为了熟悉了解儿童，"在生活中，作者和孩子们的关系不应该是创作者和材料的关系、工作者和工作对象的关系，而应当一方面是老师，一方面像母亲，还要是朋友，以平等的态度对待孩子们，真心实意地关心孩子们。这样，儿童的本色才可能在你面前表露出来……只有这样，才能获得丰富的创作源泉，才能解决在开始创作时往往遇到的一些苦恼和问题。"儿童文学名家的体会从为什么要熟悉了解、熟悉了解哪些方面、怎样熟悉了解等角度为我们做了较全面深刻的说明，他们的创作成就也为我们提供了成功的样板。

（二）积累素材，开掘提炼生活

介入生活，有了对儿童的熟悉了解，要把个人在介入生活的过程中所见所闻记录下来，积累素材，选择那些独特的、难忘的、有价值的材料，将它们纳入个人生活的仓库。这种积累，可能是一个完整的故事，也可能是一个生活片断，可能是一种一闪即逝的感受，也可能是一片想象中的碎片，还可能是一行并不完整的诗句。因此，必须做一个生活的有心人，"风声雨声读书声声声入耳，国事家事天下事事事关心"，将积累素材的工作贯穿在介入生活的全过程。

素材要成为创作的题材，必须经过作者思想感情的深入开掘和反复提炼。王愿坚认为："我们进行文学创作，不是消极地反映生活，而是对生活的解释；不是生活的模拟，而是创作；不是记录，而是发现。"因此，对素材的深入开掘和反复提炼成了创作过程中的重要因素。王愿坚这样表述他在这方面的经验："你看到了许许多多生活形象，有了不少独特的体验和感受，它们有时静静地堆在你生活的仓库里；有时像开了锅的稀粥一样在心中翻滚，逼你思索，使你激动。然而，你还没有去写它，或者感觉到要写而又苦于没法写。这时，由于一个偶然的机会——比方说，突然对其中的某一个人和事想透了，获得了新的认识和理解；或者生活中遇到了某一事物的触发，使你变得心明了、眼亮了，一下子看到了生活中蕴蓄着的内涵，看出了生活背后那深一层的道理，体验出了生活的哲理和生活中的诗。这时候，这种思想发现，就像一阵清风，吹进了你那郁郁待燃的柴禾垛，使它"噗"地一声窜起了火苗。这样时刻出现了，如果作者一把抓住了它，调动起自己的生活和思想积累，深入地思考、酝酿，就获得了自己追求的东西，得到了自己所相信的、含血带肉的思想，得到了真的、深的又是新的发现。"

文学创作的首要任务就是要获得创作素材，素材是作者所贮存的未经加工提炼的原始生活材料。这些原始生活材料一旦进入文学创作的语境，就称之为素材。素材一经加工提炼，纳入作品的构思范围，就成了题材。一个人有多少生活，就有多少素材。眼所见的，耳所听的，嘴所说的，身体接触的，心里想到的，哪怕是梦境，都可以是素材，并有可能进一步发展成为创作题材。但生活本身还不是素材，生活成为文学创作的素材起码得有两个条件：

一是须存留于作家的记忆之中。生活经历很多，小至一草一木、一颦一笑，大至古今中外、天地人生，林林总总，纷繁复杂，但不可能应收尽收，大脑的"内存"总是有限的；再加上心理个性的不同，如观察力、注意力、记忆力、敏感度、倾向性等方面的差异，因此每个人的记忆存留也是不同的。

二是须与文学创作有关。也就是说，存留在记忆里的生活材料可能很多，但只有与文学有关的那部分才可能成为文学创作的素材。

儿童文学创作素材的获得，显然与儿童生活有密切的关系。正如前文所述，儿童文学作家主要通过对自己童年生活的回忆和对当下儿童生活的体验来获得创作素材。下面我们来谈谈获得创作素材的具体方式：

1. 通过直接体验获得素材

前面已经谈到，作家对自己童年生活的回忆是儿童文学创作的重要源泉，但作为一个作者又不能满足于有限的童年生活积累。正如严文井在《儿童文学写作浅谈》中谈到："我们不能满足于仅仅懂得一二个儿童，要多方面去接近儿童，通过各种途径去接近儿童。仅凭自己童年的那一点点可怜的回忆来写作是不可靠的。仅凭自己童年的印象来写儿童是写不好的，更不可能反映出今天活生生的儿童来。今天活生生的儿童不是一个模子，而是有千差万别的。"

儿童的外在生活是独特而充满趣味的，儿童的心灵世界更是奇妙而富有魅力。作为儿童生活的表现者，作家一定要深入儿童生活内部，敏感于儿童生活的方方面面。为了更好地熟悉了解儿童，在生活中，儿童文学作家和孩子们的关系不应该是创作者和材料的关系、工作者和工作对象的关系，应当以平等的态度对待儿童，真心实意地关心孩子，做儿童的知心朋友。这样，儿童的本色才可能表露出来，才能获得丰富的创作源泉。儿童文学作者，一方面作为儿童生活的参与者，感受体验儿童世界的喜怒哀乐，或者真诚地回忆自己的童年，寻找与现实生活的相通点；另一方面又要跳出儿童生活，对其作冷静的观察和俯瞰的审视。也就是说，既要入乎其里，与儿童保持心理上的零距离接触；又要出乎其外，和儿童保持一定的心理距离，没有适当的距离，很难进行审美对照。

2. 通过间接体验获得素材

成人作者直接进入儿童生活的机会并不是很多，而且在成人在场的情况下，儿童所展现的未必是他们本真的生活状态，这就要求儿童文学的作者还必须有其他通向儿童世界的间接通道，把直接积累与间接积累有机结合起来。

《小兵张嘎》[1]的作者徐光耀在《从〈小兵张嘎〉谈起》一文中所谈的创作体会就说明了这一点：

"抗战时期，我十三岁参加八路军，自己是'小鬼'，也结识了不少同辈'小鬼'，一块儿在战火中滚了七八年，打过仗，吃过苦，经受了锻炼；同时，还亲见亲闻了许多'小鬼'们创造的英雄事迹，受过强烈的感动和吸引。记得，抗战时期，我在宁晋县大队当特

1　徐光耀. 2010. 小兵张嘎. 北京：世界图书出版公司.

派员，搞除奸保卫工作。邻近的赵县有两个小侦察员非常了不起，经常摸进敌人据点去活动，我听了许多关于他们的故事，但一直没有机会见到他们，直到 1945 年，我们与赵县大队一起围攻敌人据点，才见到其中一个外号叫'瞪眼虎'的。新中国成立后，下乡搞合作化的几年中，因是在老根据地活动的关系，也曾连带搜集到不少抗战故事。例如上房堵人家的烟囱，就是我家乡一个中级合作社社长小时候的故事。出事正逢过春节，他一大早就害得家家吃不上饺子，村里人都说这是个嘎小子。这些汇总在一起，便是我的生活基础。《小兵张嘎》的题材和人物，便是从这个基础上孕育、提炼、淘洗、熔裁出来的。"

这里既有作者自己的亲身经历、亲见亲闻，也有通过听说等方式间接获得的。

阅读也是获得间接素材的重要方式，台湾儿童文学作家管家琪就从报刊的讯息中获得很多创作素材。她说："只要你每天翻阅报刊，不必刻意去找都能经常发现许多不可思议、出人意料却又活生生的'故事'，真实的人生有时反而比'刻意瞎编出来'的文章作品还要戏剧化。"她还十分注重新闻图片的价值，从中发现了不少有意思的素材，她的童话《说再见的方式》就是一个例子：

"有一天我在报上看到一张非常有趣的新闻摄影，两只大象面对面，鼻子交缠在一起。我已经忘了这张摄影旁边的说明文字是如何解释它们干吗要这样，我只觉得这张照片实在是太有趣了！干脆就替它们编了一个理由。有了'理由'，还要想好解决的办法。等这些关键点都想好之后，就可以开始提笔写了。"

（三）精心构思，把握创作核心

从生活到作品，这是一个很复杂的创造过程，如果说要通过一座桥，那座桥最关键的部分应当说就是艺术构思。刘心武认为："懂不懂艺术构思，会不会艺术构思，艺术构思好不好，关系着作品的成败。"

艺术的构思要努力找准角度，进而选择题材、挖掘主题、塑造形象、创设意境、开展情节、安排结构等等，最终实现表情达意、反映生活的艺术追求。要做到新颖多样而有明显倾向性的题材范围，培育引导儿童健康成长的明确而有意义的主题思想，符合儿童审美需求、鲜明而突出的人物形象，活泼而富有童趣的情节描写，层次清晰、完整而且引人入胜的篇章结构，简洁优美、规范生动的文学语言，丰富而奇妙的幻想色彩，多姿多彩的艺术表现手法。

获得生活素材只是创作活动的初始阶段，生活素材要转化为文学作品，就必须与创作主体的审美意识相融合，才可能生成文学作品，这个融合的过程就是文学创作的构思过程。我们也可以这样来表述文学创作的构思：文学构思是作者在一定自我审美意识的指导下，在感受、体验和理解生活的基础上，运用形象思维，对生活素材进行选择、概括、加工、提炼，并经由作者主观审美情感的灌注，孕育并完成特定审美意象体系的一系列思维活动。

1. 题材的生成

当一堆丰富、生动的生活素材摆在面前的时候，它还处于较为凌乱的状态，可能是一个回忆中的故事，或是一闪即逝的生活镜头，也可能是一堆想象的碎片，等等。要想成为创作的题材，必须经过作者思想感情的深入挖掘和反复提炼。

作家沙汀在《漫谈小说创作中的一些问题》里讲到过一个比喻："有时候，我身边的材料已经不少，但总像还缺少一个串连它们，使它们互相通气的东西。好比一盏煤气灯，气打足了，还要将火点燃，或者用引针透它一下，于是'喷'地一声，这才亮了。"这个比喻形象地描绘出了创作题材生成的心理过程。那些能够进入作家心灵，带着生活积淀、思想内涵、情绪色彩或者情感体验的生活细节，像点燃创作心灵的引针，让作家获得艺术发现的惊喜，构思的迷雾顷刻豁然洞开，创造的灵感和激情滚滚而来。

2. 想象的生发

构思的心理活动主要是想象，想象是艺术思维的主要方式，艺术虚构的基本手段。文学想象的作用在于突破个别事物的局限和直觉经验的束缚，调动作者一切知识和经验为创造独特的艺术形象服务。想象能力的高低决定了艺术创造能力的大小，这一点在儿童文学创作中尤为重要，儿童心理学表明，儿童具有好奇、好幻想的心理特征，幻想是儿童的一种天赋和本能。儿童时期，尽管有意想象已经产生，但无意想象仍占据着主导地位。在他们头脑中，每时每刻都充满着奇异的幻想，天南海北，稀奇古怪，无奇不有，他们的想象在自由的王国中任意驰骋。

文学想象并非空中楼阁，它总是和一定的生活基础联系在一起。冰子的童话《越打越响》是从他们一家人挨个打喷嚏中得到启示，由此想象出一个动物比一个动物的喷嚏打得更响，最后，森林里的动物全感冒了，一起打了个很响很响的喷嚏，把树叶全震落了。儿童文学创作的想象还要符合儿童的实际接受能力，如果冰子不是写打喷嚏，而是写森林里的动物们一起"冷笑"，冷得树全冰冻了，其趣味性就要差很多，因为对儿童来说，他们对"冷笑"未必有很深的理解。

想象最好能循着儿童的思路展开。李其美的《鸟树》[1]就是一个典型的例子，作品中的两个孩子冬冬和杨杨认定小鸟也会有妈妈，并且从自己会想妈妈推想小鸟也会想妈妈，他们希望把小鸟的妈妈找来跟小鸟住在一起，可惜没能如愿；于是他们把小鸟放了，让它回到妈妈身边去。这是孩子们真实而美好的想象。可是小鸟死了，于是他们埋葬了小鸟，并在地上插上了一枝葡萄藤，想象这枝葡萄藤会长成一棵鸟树，开出鸟花，结出鸟果，从鸟果里飞出一群小鸟，每天跟他们一起玩。作者正是抓住了孩子们可贵的幻想，循着孩子们的思路进行想象的。

3. 主题的提炼

主题是作品内容所蕴涵的思想感情。主题也称"立意"、"主旨"、"主脑"等，主题是作品的灵魂，决定着作品成败的关键。儿童文学的道德性主题，往往体现诚实、勤劳、勇敢、团结等；知识性主题，如体现儿童生活能力和知识学习等；趣味性主题，充满娱乐精神的作品往往就体现这类主题。总体上说，儿童文学作品的主题相对于成人文学来说，显得更为单纯、鲜明。

作者在提炼作品主题时，应避免简单化、庸俗化的做法。看见小孩不讲卫生，就编

1　李其美写，汪福民画. 1981. 鸟树. 上海：少年儿童出版社.

一个小猫不爱清洁的故事；看见小孩不诚实，就编一个小猴撒谎的故事。这样简单对应的创作方式，难以创作出富有生命力的作品。这种意在"教育"儿童的主题，一方面损害了作品的审美效应，也未必能达成作者所希望的"教育"目的。儿童在接受作品时，主要是根据自己感官快乐为标准的，他们的理解甚至同作者的创作意图相去甚远。例如，克雷洛夫的寓言《蜻蜓和蚂蚁》，写蜻蜓在整个夏天玩得很开心，入冬后只有求助于蚂蚁。这篇寓言的主题不言而喻，但在儿童接受的过程中却发生了有趣的偏差：孩子们喜欢蜻蜓更甚于蚂蚁，他们对蜻蜓逍遥自在的生活十分羡慕，对蚂蚁整日忙碌地生活却不感兴趣。这种现象警示作者在提炼作品主题时，应对读者的接受心理有准确的把握。

（四）艺术表达，驾驭创作技巧

艺术表达是艺术创作的重要环节，标志着艺术创作的最终完成。作家遵循相应的创作方法，运用一定的物质媒介，在构思的基础上，将自己头脑中孕育的审美意象具体地表现出来，形成文学作品。作品作为作者内在本质的表现形式，只有通过艺术传达才能获得其物质基础，才能成为读者所能感知的客体对象，从而在社会生活中发挥它独有的功能和作用。艺术传达以艺术构思为前提，是艺术构思的延伸，而艺术构思也要受到艺术传达方式的制约。艺术传达是一种创造性的实践活动，要求艺术家掌握一定物质媒介的性能和规律。艺术家从事艺术传达，还需要掌握一定的艺术技巧和艺术手法。文学艺术传达的技巧和手法多种多样，如叙述、描写、抒情、议论、说明、比喻、暗示、点染、象征等。对儿童文学创作来说，作家必须把自己的感受、经验、情感剪裁熔铸在孩子们感兴趣的形式中。

1. 情节的新鲜与奇特

儿童文学的艺术传达除了要符合一般文学作品的表达规律外，还应有自己的独特性。因为儿童天性好奇，喜爱幻想，如果作品只是对生活做一般性的叙述，没有出乎意料、不同寻常的内容，就难以得到儿童读者的认可。儿童文学作家应当用儿童的心思和眼光，去观察体验生活，挖掘孩子们喜爱的艺术世界，从儿童艺术情趣出发，去构想故事，展开艺术描写，使作品具有浓厚的儿童情趣和神奇感。儿童文学作家卓列兵认为，儿童文学一个重要的特点是：善于从儿童的"消极"、"怪异"的表现中，去发现孩子们的心灵美。儿童文学创作关键在于，要从平凡的生活中发现不平凡的东西，创造出富有神奇色彩的文学世界。

苏联作家纳吉宾有篇儿童小说叫《冬天的橡树》[1]，写的是极平凡的学校生活：一个年轻的女教师上课，发现一个男学生最近一个月常常迟到，今天又迟到了。女教师讲的课是"语法—名词"，她要学生举出名词的例子。学生们一个个都回答得很好，最后这个迟到的学生回答说"冬天的橡树"是名词，女教师说回答得不对，但这个学生很顽固，又举手，还是回答"冬天的橡树"。下课后，女教师觉得有必要找这位学生的家长谈一谈。此时正是冬天，她穿过一带树林，林中有一块空地，空地上突兀地出现一棵特别大

1　尤里·纳吉宾. 2009. 冬天的橡树. 教师博览，4：44-45.

的橡树。女教师被这片美景所吸引，看见那孩子正在树下，橡树周围充满了生命，孩子正在找这些小生命。女教师忘记了一切，完全沉浸在对冬天橡树的美好感觉中。后来，她想起要去家访，一看表时间已经错过了。橡树的美迷住了女教师，也使她明白了孩子迟到的原因。孩子之所以顽固地坚持"冬天的橡树"是名词，是因为在孩子头脑中，橡树并不是抽象的橡树，而是一株活生生的、最完美的冬天里的橡树。如果作家把这篇小说处理成：老师要理解学生，或老师教学要有耐心等，作品就将索然无味地停留在一般的生活现象上，不可能形成如此新奇的表达效果和审美感受。

2. 语言的趣味与美感

在儿童文学领域中，最体现儿童语言特点的是幼年文学和童年文学，而少年阶段的儿童随着知识的增长、阅历的增加，他们的接受能力已有了很大提高，作品在语言上也更接近于成人。

文学是通过语言来塑造形象，反映生活，表达情感的。在艺术表达时，要尽可能运用形象化的语言，把人和物的声音、形状、色彩、动作、神态等，鲜明、具体、直接地展现给读者，使他们有身临其境之感，在这基础上才可能形成儿童乐于接受的趣味性。语言的趣味性也与儿童的心理特点直接相关，儿童好奇、好动、好变的心理特点，需要作品不断提供新鲜的刺激，作品的语言若是平淡、静止、无变化，他们就会失去兴趣。要使作品的语言富有趣味性，作者就要善于发掘生活中富有童趣的儿童语言。例如：有个孩子脚上的疖疮出脓了，他说不出这个词儿，就告诉老师说："老师，我脚上的牙膏挤出来了。"两个孩子这样抱怨他们的母亲："我妈这阵子算是跟菠菜干上了，天天吃，顿顿吃，我这脑袋都吃绿了！""我妈是跟苹果干上了，一天好几个，削好了不叫吃，叫洗手，洗一遍还不行，那就再洗，细细地洗，洗到苹果馊了为止！"这些源自孩子本真的语言是很有生命力的，也是作品被儿童认可的重要因素，值得儿童文学的作者用心经营。

儿童文学的语言要让读者感受趣味的同时，还要让读者体会到美感。在诗歌、散文等文体中语言的美感体现得尤为鲜明。儿童期是个体语言发展最为迅速的时期，他们好模仿，可塑性强，作为他们精神食粮的儿童文学应该尽量使用规范、纯清、优美的语言，为他们的言语能力的发展提供范例。

（五）修改润色，儿童爱读爱听

作品写出来后，并不意味着创作过程的结束，成功的作品总是经过反复修改才最终完成的。无论何种文体，修改都是重要的一环。列夫·托尔斯泰在日记中曾写道："写作而不加以修改，这种想法应该永远摒弃。三遍四遍——那也是不够的。"几乎所有优秀作家都在这方面留下了佳话。儿童文学作家严文井 18 岁就开始发表作品，他原来将写文章当成一件很容易的事，后来在老师的教育下，逐渐养成了修改文章的习惯。在《儿童文学写作浅谈》中严文井对自己修改文章的经验做了这样的总结："总是写了初稿，放在那里，过几天拿出来看看进行修改。改完以后，又放在那儿，过几天，再拿出看看，再修改。看的次数越多，我发现要修改的地方越多。每修改一遍就总有一些提高，有些文章甚至最后与第一稿完全不同了。"叶圣陶先生在新中国成立后还以严谨的态度修改

《稻草人》中的一个细节——原来，作品中写一群蛾子把水稻连叶带穗儿都吃掉了，而蛾子是不吃水稻的，上海教育出版社出版《童话选》时，他把这一错误认真地改正了过来。刘真说她的《好大娘》改了 9 遍，张天翼赞叹地说："刘真改得还算快！"

修改文章实际上是对整个创作过程和稿件的全面、深入的反思，也是对自己创作态度和水平的种种检验。它不仅要研究作品本身，还要研究读者（特别是儿童读者）存在的或可能存在的审美意见。只有反复修改、深入加工，创作才能最大限度地获得自身的价值。

下面我们以谢华的《岩石上的小蝌蚪》开头的修改为例，看一看修改对于创作成功的重要性：

> **原稿：**
>
> 碧绿的田野上，有一秃秃的小山坡。光秃秃的小山坡上，有一块黑灰色的大岩石。这岩石的浑身上下硬邦邦的，连一棵小草也站不住。可是，一个雨后的清晨，岩石上一个小小的积水洼洼里，忽然有了两只活活泼泼的小蝌蚪，它们把小小的身子愉快地扭动着，睁着两只黑晶晶的眼睛，打量着四周黑灰色的岩壁。
>
> **修改稿：**
>
> 一个绿油油的小山坡上，有一块光秃秃的大岩石。一天，下了一场大雨，岩石上一个凹下去的地方积了水，就像一个浅浅的水塘。在这水塘里，忽然来了两只小蝌蚪，身子一扭一扭，尾巴一摆一摆，两只黑晶晶的眼睛东看看，西瞧瞧[1]。

这段文字，至少有三个地方作了修改：一是对大岩石的描写更为简洁了。因为岩石在作品中是个陪衬，写这么多，显得有点啰嗦。二是增加了小水塘的笔墨。因为，小水塘是整篇童话发展的舞台，后边的许多戏，都要在这个舞台上表演，有必要多写几笔。三是加强了动感。小蝌蚪是作品的主角，一出场，就给人活灵活现的感觉，仿佛是一幅动人的水墨画。

1　谢华. 2010. 中国原创图画书——岩石上的小蝌蚪. 北京：中国少年儿童出版社.

实践实训篇

儿童文学作品
鉴赏、创编与讲演

项 目 六

幼 儿 童 话

　　一起了要写童话的念头，我就觉得很兴奋，有一股压抑不住的创作欲望，好像就要见到一个久别的亲人似的……大概是童话又把我带回童年去了，引起我许多美好的联想。

——郑渊洁《童话属于孩子们》

项目目标

※ 了解幼儿童话的特点与分类、表现手法

※ 会欣赏、表演并能自己创作童话

※ 学会运用幼儿童话设计与组织幼儿教育活动

一、幼儿童话知识学习

　　童话，就是在现实生活的基础上，用适合儿童口吻的语言，说给（写给）儿童听的（看的）一种富于幻想的故事。如我们所接触过的《神笔马良》、《东郭先生和狼》、《小红帽》、《卖火柴的小女孩》、《白雪公主》……它们的情节适合儿童的想象，有生活的情趣，这些就是我们常说的童话作品。童话还包括一些民间故事、传说神话，如《牛郎织女》、《白蛇传》、《渔夫的故事》、《齐天大圣》……所有这些，给我们创造了一个绚丽多彩的童话世界。

　　童话是儿童文学所独有的。"它，像母亲的乳汁一样，完全属于孩子所有。"（洪汛涛）没有不喜欢童话的孩子。童话，是介乎真实与非真实之间的意象化艺术，它可以把幼儿从真实世界诱入童话世界，继而对幼儿的精神成长起潜移默化的作用。一个人在孩提时代能否从童话中吸取营养，关系到一个人一生的精神丰富性，影响到一个人的想象力。

（一）幼儿童话的特点

1. 幻想丰富奇特、夸张强烈动人

　　在童话世界里，牛羊会说话，木偶能旅行，人死能复生，咒语会现出金银珠宝，桌布可生出山珍海味，衣服能刀枪不入……这些都符合儿童的幻想心理，孩子们也感到有趣、自然。但是幻想不等于胡思乱想。它有一定的现实依据，它们之间往往是通过象征法结合起来的。童话离不开幻想、幻想离不开夸张。夸张是对所要表现的对象或某种特征，故意地夸大或缩小。

　　比如，《格林童话》中的《狼和七只小山羊》，讲述一只狼假冒羊妈妈回家敲门，它先是

把一大团粉吃下去，把自己粗糙的声音弄细嫩一点，又在脚上涂上湿面，撒上白粉，把爪子弄白，终于骗开了门，把六只小羊吞进了肚里，只有最小的一只小山羊藏在钟壳里逃脱了。这些想象正符合幼儿天真幼稚的思考。而故事最后写羊妈妈和小山羊哭着来到草地上：

> 狼还躺在大树下睡觉，呼噜声震得树枝直抖。老山羊从前后左右打量着狼，看到那家伙鼓得老高的肚子里有什么东西在动个不停。"天哪，"它说，"我的那些被它吞进肚子里当晚餐的可怜的孩子，难道它们还活着吗？"最小的山羊跑回家，拿来了剪刀和针线。老山羊剪开那恶魔的肚子，刚剪了第一刀，一只小羊就把头探了出来。它继续剪下去，六只小羊一个个都跳了出来，全都活着，而且一点也没有受伤，因为那贪婪的坏蛋是把它们整个吞下去的。
>
> 这是多么令人开心的事啊！它们拥抱自己的妈妈，像当新娘的裁缝一样高兴得又蹦又跳。可是羊妈妈说："你们去找些大石头来。我们趁这坏蛋还没有醒过来，把石头装到它的肚子里去。"七只小山羊飞快地拖来很多石头，拼命地往狼肚子里塞；然后山羊妈妈飞快地把狼肚皮缝好，结果狼一点也没有发觉，它根本都没有动弹[1]。

这正表达了幼儿希望善战胜恶、生命一定战胜死亡的善良、美好的意愿。

2. 情节完整曲折，形象生动鲜明

《牛郎织女》的故事，从小牛郎说到大牛郎，再说到他与织女的相遇、结合、生儿育女，最后天各一方。这些情节既完整清楚，又曲折动人，而且形象鲜明，一读不忘。《神笔马良》的故事，说的是穷孩子马良，凭着顽强刻苦的精神，得到了一支神笔。他拿着这支笔，帮助贫苦大众，智斗财主、皇帝，使人读后无不称快。这篇童话的情节生动，马良的形象鲜明，具有一定的教育意义。

一个叫小红帽的小姑娘，由于天真，不善分辨真伪，险些被化装成外婆的狼吃掉。（夏尔·贝洛：《小红帽》）

在一个美好的月夜，海面浮出一位美丽的美人鱼公主。为了赢得人间一位英俊王子的爱情，她放弃了海底豪华舒适的生活，她抛弃了三百年的生命，决心追求一个人的圣洁和不死的灵魂。她以超人的毅力和牺牲的决心，忍着被割掉舌头、交出声音的痛苦，把漂亮的鱼尾变成人的双腿……（安徒生：《海的女儿》）

3. 语言简洁活泼，表现手法多样

儿童文学作品，在语言上有着特殊的要求，而童话这种特定的体裁，又有其自身的特点。从语言风格上来讲，童话的语言要求简洁、活泼、准确、朴素。从语言的表达效果上来讲：童话多用拟人、对照、反复等表现方法。普希金的《渔夫和金鱼的故事》中，渔夫和贪婪凶残的老太婆构成鲜明的对比；一些情节、景物的反复叙述，形成了有节奏的反复。这样的语言突出了人物的性格特点，又使故事曲折有趣。

还有那个爱撒谎、鼻子不断往长里长的木偶匹诺曹，每说一句谎话，他的鼻子就会

---

1 小精灵儿童网站 http://new.060s.com/article/2006/04/18/30043.htm.

长出一截。(科洛迪:《木偶奇遇记》)

这里的一切是迷人的,有着一种强烈的诱惑力,吸引着每一个年幼的孩子。童话,是属于孩子的,尤其是低幼儿童。

(二)幼儿童话的分类

1. 民间童话和艺术童话或文学童话

从童话的形成过程看,可分为民间童话和艺术童话或文学童话。

(1)民间童话

民间童话是民间创作和流传的适合儿童阅读的幻想故事,是童话早期发展的形式。民间童话在世代相传的过程中,人们依据自己的理想和心愿不断加以改编,民间童话是一种集体创作。

后来有人对口头流传的民间童话进行搜集、整理。《五卷书》(古印度)、《天方夜谭》(古阿拉伯)等古代文学典籍都收入了经过搜集整理的民间童话。

在此基础上,一些作家开始独立创作童话故事,童话才成为了一种独具特色的文学体裁。

(2)艺术童话或文学童话

文学童话是由作家个人创作的童话,具有文学作品的书面色彩。一种是以民间流传的童话为素材,进行加工、改写或再创作,如普希金的《渔夫和金鱼的故事》和杨楠的《五彩云毯》等;另一种是完全从现实生活中取材创作的作品,如孙幼军的《怪雨伞》,周锐的《梦游的朋友》,杨楠的《彩梦俱乐部》等。

17世纪法国的夏尔·贝洛(Charrles Perrault)是欧洲第一个把民间童话加工成文学童话的作家。1697年出版的《鹅妈妈的故事》收入了《小红帽》、《穿靴子的猫》、《灰姑娘》、《蓝胡子》、《睡美人》等8篇童话(再版时又补充了3篇童话诗)。贝洛保留了民间童话的情节,用自己的创作思想来表现这些故事,并融入了自己对生活的观察,引进了新的童话形象和生活景象,开辟了创编民间童话的道路。

19世纪德国的格林兄弟大量搜集整理民间童话。他们的《儿童和家庭故事集》中有二百多篇童话,是第一部大型民间童话集。格林兄弟对民间童话的记叙采用了忠实的笔调,保留了这些民间童话的原始风貌。格林童话表现了劳动人民质朴、健康的思想品质和生活智慧。在表现形式上,体现了丰富的民间童话原型,如魔物宝物型、哲理型、"灰姑娘"型、特殊小人型、奇人奇事型、"小红帽"型等。例如,《狼外婆》、《小红帽》、《大拇指》等。

丹麦的安徒生以作家个性化的创作,标志着民间童话向文学童话的成熟转变。1835年他出版了《讲给孩子们听的故事》。安徒生是第一个明确为儿童创作的童话作家。他的童话表现了儿童充满幻想、神秘的心灵世界,也标志着儿童文学意义上的童话的诞生。

安徒生早期童话依然取材于民间童话,如《打火匣》等,后来才逐渐形成自己的独立创作,如《卖火柴的小女孩》、《海的女儿》等。安徒生童话体现了童话的诗意之美,创造了抒情童话、诗体童话等全新童话领域,对后代童话作家的创作产生了深远的影响。

2. 童话故事、童话诗和童话剧

从体裁形式上来看,除以散文形式出现的童话外,还有童话诗、童话剧、童话片等。

（1）童话故事

用故事形式写的是童话故事。例如，葛翠林的《野葡萄》、孙幼军的《小狗的房子》等。

（2）童话诗

用诗歌形式写的是童话诗。例如，鲁兵的《小猪奴尼》、普希金的《渔夫和金鱼的故事》等。

（3）童话剧

用戏剧形式写的是童话剧。例如，柯岩的《小熊拔牙》、方圆的《"妙手"回春》等。

3. 生活童话和科学童话

从童话的总体内容上来看，可分为生活童话和科学童话等。

（1）生活童话

以反映社会生活为主的童话称作生活童话。例如，方轶群的《萝卜回来了》、安徒生的《皇帝的新装》等。

（2）科学童话

以介绍科学知识为目的的童话称作科学童话。例如，杨世诚的《小燕子回家了》、叶永烈的《圆圆和方方》、鲁克的《谁丢了尾巴》。

4. 超人体童话、拟人体童话和常人体童话

从童话作品和人物角色上来看，可分为超人体童话、拟人体童话和常人体童话。

（1）超人体童话

超人体童话：所描写的是超自然的人物及其活动，主人公常为神魔仙妖、巨人侏儒之类，他们大都有变幻莫测的魔法和种种不平凡的技艺，例如，在《五彩云毯》中，白衣仙女、太阳神、雨神等都是超自然的人物，七仙女采集各色云朵，编织云毯等行为，在现实社会中是无法找到的，但作品中所表现的思想感情又是人类所共有的。

（2）拟人体童话

拟人体童话：主人公多是人类以外的各种人格化的有生命或无生命的事物。例如猫、狗、鱼、虫、鸟、树、石、风……幼儿童话常采用拟人体的写法，如小猫钓鱼、小溪唱歌……在《小象滑梯过生日》中，小金丝猴、小兔、小松鼠、小狗等动物以及本来没有生命的大象滑梯等都会讲话，都有各种行为和感情。《小老虎吃巧克力》中，小老虎想吃巧克力，虎妈妈哄他吃肉、小猴上树去摘梨等，在动物世界和人类世界中都能找到影子，但又不尽相同。

（3）常人体童话

常人体童话：以人的正常形态出现在童话中的人物。人物看起来与常人完全一样，但其性格、行为、遭遇都极度夸张，往往具有某种讽刺性和象征性。例如《怪电视》中，"我"是普通孩子，但他的遭遇却十分特别：他家的电视中，狮子居然会跑出来，电视里的人居然头朝下，脚朝上，还反过来嘲笑"我"是倒过来的，他还跟电视里的小偷搏斗，等等。在《胖子学校》中，不管是歪歪校长也好，主考老师也好，或是圆圆、球球、团团也好，虽然都是普通人，但在现实世界中，却又无法找到这样的人。

常人体形象在童话故事中的行为往往异于真实生活中的"常人"，但又不违背基本

的现实逻辑，只是在现实逻辑基础上的夸张与变形。

如张天翼的《不动脑筋的故事》中的赵大化，是一个 14 岁的普通的孩子。作者把他不动脑筋的毛病加以夸张变异，营造出独特的奇异色彩。赵大化不爱动脑筋，竟然忘记了自己已经几岁了，还要去问妹妹；床上搁着个秤砣硌疼他，却以为自己腰疼有毛病；双脚套在一只裤管里，却嚷道自己少了一条腿；自己刚放下的钓竿，一定说是别人遗失的；最后把自己的家都忘记了而去敲别人家的门；甚至把自己的妹妹当成别家的人。优秀童话的常人体形象往往因其充满神奇、怪异的趣味性对小读者有强烈的吸引力。

《皇帝的新装》中那个图慕虚荣的国王，受骗子的诱惑，让他们制作傻瓜和不称职的人看不见的衣服。这么写还在正常的生活逻辑范围内，而当骗子们手托根本不存在的"衣服"把国王骗了，把整个皇宫里的大臣们都骗了，也把观看国王游行的大多数人都骗了，这就显得夸张离奇了。在真实的生活情景中，这个事件进程中只要有任何一个人提出异议，这件荒唐透顶的事就无以为继了。

综上所述，我们可以用形象化的语言来概括一下三种童话形象的特点：常人做不到的事，他做到了，这是超人体童话形象。不是人，却具有人的特点，这是拟人体童话形象。和现实生活中的人没什么两样，但却做出了在现实生活中让人不可思议的事情来，这是常人体童话形象。

5. **古代童话与现代童话**

中国古代的文学典籍中也保存着许多优秀的童话故事，这些童话故事也具备民间童话的典型特点，与欧洲国家不同的是，我国古代没有出现过专门的童话集。

1909 年孙毓修主编的《童话》丛书，第一次使用了"童话"一词，但他所指的童话包含了各种儿童文学体裁。一直到五四时期，童话才成为一种独立文体。20 世纪初大量西方童话作品被译介到中国，催生了现代意义上的中国童话的诞生。

叶圣陶于 1921～1922 年间创作了《小白船》、《一粒种子》、《稻草人》等童话，是我国文学童话的发端之作。1923 出版的《稻草人》是我国第一部作家童话集。这部童话集，既"给中国的童话开辟了一条自己创作的路"（鲁迅），也为我国现代儿童文学奠定了基础，其现实主义的创作风格对中国现当代童话创作有深远的影响。

叶圣陶的童话展现了一个独特的、充满童心童趣的幻想世界，在继承西方童话优良传统的基础上，形成了中国童话的民族特色：鲜明的思想倾向性，与现实生活息息相关；为中国儿童乐于接受的故事情节；简洁朴素的口语化叙述。

随着历史的发展，经过几代童话作家的共同努力，我国的童话创作逐渐走向成熟，特别是到了新时期，童话创作获得了很高的艺术成就。

（三）幼儿童话的主要表现手法

1. **拟人**

拟人是指把非人类的东西加以人格化，赋予它们人类的思想、感情、行动和语言能力。童话中拟人化的范围十分广泛，包括对动物、植物以及其他非生物、各种具体和抽象事物、概念、观念、品质的拟人化。

拟人手法是"童话创造艺术手法的宠儿",在各种童话艺术表现手法中,拟人是最不可缺少,最为常用的。在安徒生童话中,夜莺具有高贵的品格;拇指姑娘、癞蛤蟆、鼹鼠、燕子演绎着人间的悲欢离合,这些童话形象都是拟人手法塑造的。拟人源于人类童年时代的泛灵观念,幼小的儿童和原始人一样,还处于主客体不分的混沌状态,在他们的眼中万事万物都是有生命的,都和"我"一样,有喜怒哀乐,能说会道。拟人手法之所以在童话中广泛存在,是因为它十分符合儿童的思维特点和精神气质,这一点在幼儿身上显得更为突出。

童话在运用拟人手法时要注意做到"人性"和"物性"的和谐统一,也就是说,一方面让"物"具备了人的特性,最常见的方式是让动物、植物会说话;另一方面又保持甚至突出"物"自身的某些基本属性。这样才能创造出既充满想象张力又符合读者接受心理的优秀童话形象。

对"物性"的把握也不能陷入僵化的思维,有的童话突破了拟人体形象的某些物性而保留了其他方面的物性,也是允许的。

再以杨楠的《风筝找朋友》为例,这篇童话讲述一个断了线的风筝在天上找朋友的故事,我们先来看一看风筝和风的对话:

> 风儿拍拍他的肩膀,问他:"风筝,你干吗想哭?你千万不能哭呀!你要是哭了,你的身上吸了泪水,就会变湿了,变得很重很重,我就推不动你,你也就飞不起来啦!"
>
> 风筝说:"本来,我在地上,有很多很多的朋友,可现在,我的线断了,回不去啦。我一个人待在天上,没人跟我讲话,跟我玩,我还不难受吗?"
>
> 风儿说:"噢,原来是这么回事。我看,你得找些新朋友。这样,你就不会觉得孤独和寂寞了。"
>
> 风筝点点头。他听了风儿的话,要找些新朋友[1]。

在这里,风筝和风都具备了"人性",它们像人一样可以对话交流,风筝害怕孤独,也具备了人的情感特征。风力能推动风筝飞行,风筝怕湿,这些又是它们固有的"物性"。

风筝在天上遇到了太阳、月亮、星星交上了朋友:

> 风筝向月亮飞去。
>
> 月亮不刺眼,也不烫人。她的身子弯弯的,两头尖尖的,就像个弯钩。她钩住了风筝脚上的线头。
>
> ……
>
> 风筝在夜空中飞来飞去找星星,每找到一个小星星,这个小星星就把自己的星光再点亮。
>
> 找啊找啊,一个小星星,两个小星星,三个小星星……满天的小星星都亮了!
>
> 风筝快乐地喊:"我找到了!找到了这么多的好朋友!"[2]

1、2 杨楠. 2009. 风筝找朋友. 百家作文指导:小学低年级版. 全国小语会刊,5:8-9.

月亮"身子弯弯的，两头尖尖的，就像个弯钩"，这样的描写体现了月亮的自然的特性，即"物性"；而月亮"钩住了风筝脚上的线头"和风筝交上了朋友，则是作者根据月亮的"物性"特征所做的富有人性特征的合理想象。星星在和风筝捉迷藏过程中调高自己的亮度，这也是"物性"与"人性"诗意般的结合。

2. 夸张

夸张是对作品中所描写的现象或性格的某个方面故意给予相当明显的夸大或缩小，以更鲜明地强调或揭示描写对象的本质特征，从而使读者更好地把握、理解童话形象。

童话的夸张是强烈、极度的夸张；是从内容到形式的全面的夸张。在其他文学作品中，在某一方面或某个环节上有时也采用夸张手法，如小说中对环境和人物的夸张刻画，但始终都保持着一定的分寸和限度，不会离开真实生活太远。而童话则不然，无论是人物的刻画，还是环境气氛的描绘，故事情节的发展，等等，处处可见出奇、大胆的夸张。

夸张的作用在于它可以突出某一事物或某一形象的特征，深刻而又单纯地揭示它们的本质特征，使读者得到鲜明而强烈的印象。

德国童话《敏豪生奇游记》中，敏豪生到了一个地方，天晚了，想找个地方过夜，但一路找不到村庄，也没有一棵大树可以拴马，后来他找到一个突出在雪地里的小木桩把马拴上，自己躺在雪地上睡觉。他醒来时，发觉自己睡在一个小镇里，四周是房屋，而他的马却拴在钟楼屋顶的十字架上。作者把雪的厚度和融化速度夸张到极端的地步，在生活中根本无法觅其踪影。

郭楚海的童话《杜杜先生的喷嚏》以极度的夸张来表现杜杜先生喷嚏的威力：

"啊啾——"杜杜先生打了第一个喷嚏。

哟，喷嚏的声音响极了，连一辆停在路边的大卡车都被这声音震得直翻跟斗！

……

"我——啊啾！"杜杜先生又打了一个喷嚏。

这回，杜杜先生的喷嚏形成一股强大的气流，把司机吹到天上去了！

……

"啊啾——"又是一个喷嚏。

这下更不得了啦！一架在天上飞行的直升飞机，被杜杜先生这响亮的喷嚏声一震，螺旋桨被震坏了，于是，直升飞机从天上掉了下来，坠毁了！

杜杜先生只顾着上班，一点也没注意到自己打的喷嚏闯下了大祸。

杜杜先生终于来到了公司门口，这时，他再也忍不住了，拼命地打起喷嚏来："啊啾！啊啾！啊啾！"

他的喷嚏还没打完，就听见"轰隆"一声巨响，整座公司的大楼就让他的声音震塌啦！

杜杜先生吓得两眼发直[1]。

1　郭楚海童话. http://www.xiexingcun.com/ertong/guochuhai40.htm.

童话并没有刻意表达什么思想意义，但夸张的情节却可以让潜藏于儿童内心的超自然愿望得以实现，彰显了儿童的游戏精神。

总之，夸张是童话创作不可或缺的艺术表现手法。我们说幻想是童话的本质特征，而童话的幻想色彩在很大程度上是由夸张的艺术手法加以体现的。整体性、高强度的夸张使童话拥有了与其他文体迥异的美学品位。当然，高品位的、能够凸显艺术形象本质特征的夸张才能塑造优秀的童话形象，故弄玄虚、庸俗浅薄的夸张是没有意义的。

3. 象　征

象征通常是指以独特、完整的形象体系为基础，进而表现或暗示出一种超越这一形象体系的丰富、深邃的美学意境的表现方法。象征艺术的基本特征是：首先它具有独特、完整的形象体系，而不是只有局部甚至孤立的细节形象；第二，它应能表现或暗示出超越这一形象体系的深邃、丰富的美学意境。也就是说，它不能只是一个形象的简单比附、单向譬喻，而要有多义性的哲理内涵，应是具象与抽象的深层融合。象征往往利用象征物与被象征物之间的某种类似或联系，以隐含、隐喻、隐射的方式呈现，在童话中制造深层次的幻想效果和情趣。

童话中的人物形象和故事情节常常是象征性的。为了表现某种性格或说明某个事理，作者从生活中找出某些人、物、现象，或是某种观念、性质和特征，集中到童话形象上，赋予他们个性，并使之依照这一个性去说话和行动，从而达到象征的目的。

安徒生笔下的"丑小鸭"象征了现实生活中备受歧视而又善良忍耐、追求光明美好的小人物；张天翼笔下的"宝葫芦"象征了"不劳而获"思想；比利时莱勃伦克童话《青鸟》中艰难寻觅青鸟的情节，象征了幸福存在于每个人身边的生活哲理。贴切的象征会使童话创作获得更高的审美价值，象征形象以其鲜明的寓意、独特的形象表现着一种更为深远的意蕴，使童话的内涵更丰富，使童话和现实的关系更密切。

德国甘特·斯本的童话《向日葵大街的房子》就是一篇富于象征意义的童话作品：

老房子与主人伯姆泼利先生一家世代相居，感情深厚，几次从危难中解救和保护了主人一家，对主人始终忠心耿耿。然而伯姆泼利先生却嫌老房子旧了，要卖掉它，买幢新房子。老房子不愿离开主人，想尽一切办法来阻止主人。它的种种鬼把戏吓走了一个又一个买主，却引起了一对喜爱新奇的新婚夫妇的极大兴趣，非要买下老房子不可。老房子在万般无奈之下，只得选择出走。最后，伯姆泼利先生千辛万苦找回了老房子，并把老房子装饰一新，决心永远与忠诚的老房子为伴。这是一篇运用象征来体现现实寓意的作品。作品赋予老房子以神奇魔变的能力，儿童读者在体验老房子这个别出心裁形象的基础上，还可以领悟作品的象征意义：作者突出老房子忠心不二的精神品质，意在赞扬朋友间的忠诚守信。

象征性童话能够提升儿童的审美理解力。审美理解是在审美判断的基础上，对事物审美特性作进一步认识、分析和把握的过程。审美理解也是对事物审美特性进行深入和强化的认识过程，是审美由感性认识飞跃到理性认识，由个别性把握经由特殊性把握，再到普遍性把握的飞跃过程。儿童读者是从理解作品中各种事物的外部联系入手，然后再对文学形象所表现的现象与本质、内容与形式、偶然与必然、可能与现实的相互关系，作出自己的理解。

【阅读思考】这里的房子会走路是否违反了房子本身的特点，我们阅读时会觉得不合理吗？

4. 变形

变形是指有意识地改变原有形象的性质、形态、特征，往往表现为人或事物在外形或性质上发生明显而迅速的超自然变化，从而创造出异体形象，它是实现童话幻想的重要手段。周晓波在《现代童话美学》中指出："'变形'实际上也是一种夸张，不过是更极端的夸张……它是童话幻想常用的一种表现手法。变形想象与夸张想象所不同之处在于：夸张想象毕竟还留有客观世界原有物的'面目'，而变形想象则连'面目'也丢弃了，完全呈现给读者一个陌生的'编造实体'，是个不同的异类。"

安徒生的《野天鹅》中，艾丽丝的哥哥们被继母变成了野天鹅，只有在夜里才可以恢复人形。为了解除这种魔法，艾丽丝听从仙女的指点，默默忍受屈辱，坚持为哥哥采摘荨麻编织麻衣，在她即将被施以火刑的紧急关头，她将麻衣抛向了飞过头顶的野天鹅，他的哥哥们恢复了人形，由于最后一件衣服的袖子没织好，她最小的哥哥恢复了人形却留下了一只天鹅的翅膀。科洛迪的童话《木偶奇遇记》中，匹诺曹一说谎鼻子就会不可思议地变长。《格林童话》中的"青蛙王子"因中了魔法而由王子变成丑陋的青蛙。这些都是通过"变形"手法创造出来的经典童话形象。

包蕾的童话《小胖变皮球》中，老师对小胖说："动物身上任何器官要是一直不用，就会退化。"而小胖却不相信，他不用耳朵听，耳朵缩进头里去了；不想跑步去上学，两只脚缩进身子里去了……最后小胖变成了一个大"皮球"，小胖的弟弟来找哥哥，把变成"皮球"的小胖拿到院子里踢着玩……可见现代童话变形手法的运用较为自由，不受固定模式的制约，给读者以新奇有趣的艺术感觉。

二、幼儿童话的阅读鉴赏

（一）幼儿童话的本质特征——幻想

幻想是童话的基本特征，是童话的灵魂。并不是只有童话这种文体才有幻想色彩，但与其他的文学形式相比，幻想在童话中不是局部的，而是整体性的存在，始终处于最为核心的地位，它不仅是一种艺术表现手段，也是童话的存在形态。

文学作品可以分为两种类型：一类是现实性文学，另一类是幻想性文学。现实性文学的特质在于审美联想，是再造性想象的精神产品，是对已有的现实生活进行集中、概括、提炼、加工，创造出高于现实生活的典型形象。通常我们所接触到的小说、故事、散文都属于现实性文学。而幻想性文学的特质在于审美幻想，这是一种创造性想象的精神产品，超现实是幻想最基本的精神要素，幻想性文学是作家在完全虚构的状态下完成对文学作品独创性的审美艺术创造。童话、幻想小说、科幻小说等都属于幻想性的文学，而童话是最富儿童色彩的幻想性文学，也是儿童文学所独有的一种文学样式。

童话特别符合儿童好幻想的心理特征，儿童总是把一些非生命的事物或有生命的动植物想象成会说话的、有感情、有知觉的人，希望自己能够摆脱客观现实条件的种种限制，去实现他们在现实生活中无法实现的各种愿望。如严文井的《丁丁的一次奇怪旅行》中的丁丁，他极想探究蚁穴的奥秘，在好奇心的强烈吸引下，他戴上蚂蚁的小帽子，进入蚂蚁的王国，实现了自己的愿望。

张秋生的《香蝴蝶》中有两个幻想形象，一个是蝴蝶，一个是玫瑰花。在一个闷热的夏天，玫瑰花在阳光下被晒得蔫蔫的，小蝴蝶用自己的翅膀给玫瑰花扇风，玫瑰花不热了，蝴蝶的身上沾满了玫瑰花粉，放出香气，它飞到哪里都受到欢迎。台湾作家孙晴峰的《骄傲的玫瑰花》写的是这样一个故事：玫瑰花认为自己非常美丽，当蝴蝶来传授花粉时，它竟然赶走了蝴蝶，担心蝴蝶弄坏了它美丽的外衣。后来，玫瑰枯死了，没有了后代，这时它才知道，作为花还有比美丽和香甜更大的任务要完成。这些童话故事通过幻想的人物和情节表达了潜藏于童心的美好愿望。

总之，不直接描绘现实生活本身，而是借助幻想去塑造并不存在于现实之中，却又具有现实意义的形象，间接地反映生活，这就是童话区别于其他文学形式的特点。

（二）童话独特的美学品位

1. 荒诞

荒诞是儿童文学作家用以进行童话艺术创造的手段，它的表现形式可以是多种多样的，但在童话中常常离不开强烈的夸张、离奇的幻想、扭曲变形和机智的反讽，其中夸张和想象是最重要的。

作家运用夸张变形等手段，将生活的真实故意加以扭曲，从而营造出一种离奇古怪、奇妙怪异的艺术氛围，使童话产生出儿童读者乐于接受的趣味盎然的美学效果。

（1）荒诞得离奇、新鲜、大胆而出效果

童话的荒诞必须不同凡响、必须出奇，奇得超出了常人想象的程度，使想象和生活的真实产生一种强烈的反差，那么，荒诞的最佳效果也就体现出来了。如毕尔格的《敏豪生奇游记》、卡尔维诺的《一个分成两半的子爵》、矢玉四郎的《晴天，有时下猪》。

（2）荒诞得美妙无比而引人入胜

人们常常形容美丽的情景，总说就像进入了"童话境界一样"，充分说明在童话的荒诞中的确也包含着许多美的因素。当然，这美不光表现为意境的美，还应包括人情的温暖、心灵的美好、高尚的情操、精神境界等等，都可以通过荒诞的幻想来加以表现。如安徒生的童话《海的女儿》、达尔的《慈善的巨人》、稽鸿的童话《雪孩子》。

（3）通过怪诞和滑稽表现出的荒诞

怪诞和滑稽常常也是同时出现，表现一种意味隽永的笑趣。比如挪威作家埃格纳的童话《豆蔻镇的居民和强盗》。

当然，要能体现荒诞中的滑稽谐趣与作家幽默的天性和机智的构思是分不开的，它是一种作品整体性的构思和创造。怪诞中的"反常"手法运用：即以一种完全违背现实规律的逻辑来思维，怪诞得超乎寻常，童话的奇异效果也就出来了。如美国作家艾伦的《西姆肯夫人的浴缸》，周锐的童话《名片》，美国动画片《怪物史莱克》。

日本作家中川李枝子的《不不园》[1]写了幼儿用积木搭了一艘轮船，起航后驶进大海，遇到了海上风暴和一条鲸鱼，鲸鱼不仅不吃孩子，还和孩子们成了好朋友，将他们

1　中川李枝子文，大村百合子图. 2004. 不不园. 朱自强，译. 北京：接力出版社.

送回幼儿园，鲸鱼还和孩子们合影留念。在这里，通过现实情景和幻想情景的交融，让鲸鱼闯入了一个孩子的真实生活，形成了十分奇异的美学风格。

意大利罗大理的《游荡》写了一个粗心的男孩子万尼在街上散步，他东瞧西望，又看空罐头又追狗，他一门心思只顾着玩，结果将自己的两只胳膊、一只耳朵、一条腿都丢失了，最后他用剩下的一条腿一蹦一跳地回家了，还对妈妈说："我什么也没少，我勇敢极了。"

这些怪异的事件与生活的原型有极大的差异，如果立足于现实逻辑，会觉得悖情违理、不可思议，但在童话世界里这却是常态，儿童能理所当然地接受它。

具有"荒诞"风格的童话为什么会受到儿童的普遍欢迎呢？

作品在读者中的接受情况，主要取决于作品的美学特征与读者审美意识的契合程度。当作品提供的形象与读者审美意识中已有的经验图像部分重合时，读者就会发挥主观的审美潜能对审美对象进行重构，作品才能顺利地为读者所接受。不同读者的审美意识结构是不同的。"荒诞"童话以新奇、热闹、滑稽、怪异为特色，儿童的身心处于迅速变化的时期，充满生命活力，过剩的精力和无穷尽的求知欲使他们本能地爱好活动和向往新奇；而且，儿童在感情上不够细致、丰富，对事物的认识也不可能深刻，这就使他们在感受事物时具有浅层次、粗线条的特点。那些色彩鲜艳、外形奇特、动作幅度大、频率快的作品，容易吸引他们的注意力。"荒诞"童话正是在这些方面契合了儿童的审美意识，满足了儿童自由幻想、无拘无束的游戏精神和阅读趣味。

2. 幽默

广义的幽默是生活和艺术中各种喜剧样式的总称，它包括了一切能引起具有审美价值的笑的表情、体态、姿势、动作、情景、语言、文字、画面、音响……以及讽刺、滑稽、怪诞、机智等喜剧因素。在文学作品中，幽默常常表现为由语言、情节的不协调构成喜剧性的矛盾冲突。幽默是具有很高情趣要求的审美品格，它在轻松、欢快的喜剧气氛中表达了高度的智慧，充满意趣而又含蓄隽永，耐人寻味。

幽默的独特审美情趣与儿童审美天性之间有着深刻的艺术默契和联系。儿童文学作品经常借助机智和智慧等理性因素和想象、情感等非理性因素来构建幽默风格。张秋生的微型童话《偷鸡贼》中，狐狸的弄巧成拙使自己的狡猾走向了反面，产生了令人捧腹的幽默效果：

> 狐狸先生瘸着腿，一拐一拐地走着。
>
> 小兔问他是怎么一回事。
>
> 狐狸用动人的口吻说："见到刺猬掉下山崖，我怎么能见死不救呢？"
>
> 兔子奇怪地问："我怎么没听刺猬说起？"
>
> 狐狸摇头叹息说："真是忘恩负义！"
>
> 狐狸突然被绊了一下，他抱着自己的腿："哎哟，痛死我了，这一棍可把我打疼了！"狐狸想捂住自己的嘴巴也来不及了。
>
> 这时，小兔才想起，昨天林中有人喊："打这偷鸡贼！"[1]

1　张秋生. 2013. 小巴掌童话百篇. 北京：北京少年儿童出版社.

美国路易斯·发迪奥的《快乐的狮子》是一篇非常富有幽默色彩的童话。它的幽默是通过反差和误会来创造的。

一头快乐的狮子，由于管理员的疏忽，从动物园走了出来。当狮子友好地向动物园中的同类——动物们打招呼时，它们也都很友好，但当狮子带着同样的友好，向街上以往它所熟悉的人打招呼时，却引起了极度的惊慌，人们惊叫着四处逃窜。这种强烈的反差让狮子纳闷。当惊慌的路人打算叫来救火车对付狮子时，管理员的儿子弗郎科斯出现了，他是唯一能真正理解狮子的人。于是，狮子跟着他愉快地回到了动物园。由人与动物之间的误解引发的喜剧冲突，给作品带来了充满情趣的幽默效果，并且传达了人与自然该怎样和睦相处的现实主题。

3. 诗意

如果说荒诞、幽默风格的童话是对"趣"的追求，那么与此相对应，童话的另一种美学追求就是对"美"的追求。抒情的表达、意境的营造、人文情怀的蕴含共同构成了童话的诗意色彩。儿童文学学者方卫平曾倡导建立"一种精致的、诗意的，真正幻想的童话的感觉"。这句话指出了童话发展的双翼："想象"与"诗意"，它们可以使童话如一只轻盈的鸟儿飞翔在绚丽的天空。

以诗意之美为创作追求的作家不乏其人，冰波就是中国童话作家的代表之一，那一篇篇短小而精致的童话犹如孩子在夏夜里的一个个梦境。日本的安房直子，用敏感而纤细的笔写下了小狐狸的故事——《小狐狸的窗户》。小狐狸静静地走过雪地，引起孩子们的发问；小狐狸用桔梗花汁染蓝猎人的手指，让他看到死去的妹妹。凄美的意境、精致诗意的想象使她的童话之花轻盈地开在读者心间。

诗意童话所营造的美感对儿童的心灵是一种重要的审美滋养。例如，冰波的《大海，梦着一个童话》开头所营造的意境：

> "当圆圆的月亮，微笑地望着大海的时候，大海感到了它的温柔。当清凉的海风，缓缓地、轻轻地唱起一支古老的摇篮曲的时候，大海感到了微微的倦意。它轻轻地和着海风的节奏摇荡起来，把雪白的浪花推上金黄的沙滩。大海又轻轻地叹了一口气，说：呵，我真想睡了，看那星星都在眨着眼睛哩。大海睡着了。月亮披上了白云的薄纱，海风还在唱着轻柔的歌。大海安静地睡熟了。"[1]

这样美好的童话意境不但能陶冶儿童纯净的心灵，对培养他们富有美感的言语能力也发挥着积极的作用。

汤素兰的短篇童话《红鞋子》写的是人类孤独的宿命，及渴望摆脱孤独的不懈努力。这么一个深沉的主题，却通过一只红鞋子和一只小老鼠的故事，写得那么轻柔舒缓，像遍洒大地的淡蓝色的月光，柔美中夹杂着淡淡的忧伤。让人既佩服汤素兰这种举重若轻的本领，也很欣赏她作品的美学风格。

---

1 冰波. 2013. 中国童话大王·冰波讲故事：小青虫的梦（彩绘本）. 杭州：浙江少年儿童出版社.

在很多人的印象里，幽默童话往往是通过热闹的外在动作来演绎的，其实，浪漫的诗情也可演绎出幽默而富有意蕴的童话故事，求"趣"与求"美"可以达成最佳的结合。美国作家里昂尼的童话《小田鼠菲勒利克》[1]，就是一篇充满浪漫诗意色彩的幽默童话。故事刻画了一只富有诗人气质的小田鼠——菲勒利克用他美妙的想象给他人带来了快乐。

冬天来临之前，田鼠一家正日夜忙碌着采集过冬的食物，菲勒利克却什么也不干，在那里想入非非。别人问他时，他的回答是："我正在为寒冷而黑暗的冬天采集阳光呢。""我在采集色彩，因为冬天一片灰暗，太单调了。""我在采集故事，因为冬天很长，我们应该有足够的聊天资料。"但当寒冷的冬天来到时，田鼠们躲在墙洞里，吃光了大部分食物，还感到冷极了。这时，他们想到了菲勒利克曾说过的采集阳光、色彩和故事的事。于是，大家问他："你采集的东西呢？"菲勒利克让他们闭上眼睛感觉一下，于是用他充满激情的、浪漫的诗句，让田鼠们感受到了温暖的阳光、多彩的颜色和变化着的季节仿佛就在他们身边，使他们忘却了冬天的寒冷。最后大家由衷地称赞菲勒利克："你真是一个诗人！"菲勒利克却害羞得脸红了。

作者没有让这只耽误了过冬准备的小田鼠受到惩罚，而是容忍了菲勒利克的"懒惰"行为。在难以忍受寒冷的冬天，让他用浪漫、美丽的幻想，来为大家驱赶寒冷，表现了艰苦环境下的乐观精神。

【阅读思考】一只田鼠由于"懒惰"而在冬天时受冻挨饿，作者一般会把童话的主题指向哪里？

4. 悲剧美

亚里士多德最初在解释悲剧时指出：悲剧是人生中严肃的事情，它不是悲哀、悲惨、悲痛、悲观或死亡、不幸的同义语，它与日常语言中的"悲剧"一词的含义并不完全相同。作为美学对象的悲剧，必须是能使人奋发兴起，提高精神境界，产生审美愉快的。悲剧通过丑对美的暂时的压抑，却强烈地展示了美的最终和必然的胜利。所以实际上悲剧美所显示的审美特性必然体现出一种崇高之美，更具有震撼人心的力量。比如被称为悲剧典范之作的古希腊悲剧《被缚的普罗米修斯》，作品所表现的普罗米修斯为正义而甘受酷刑的不屈不挠的精神，展示出一种可歌可泣的悲壮崇高之美。

（1）通过弱化或淡化悲剧来展示崇高悲壮之美

尽管儿童文学的总格调是倾向于欢快明朗的，但也并不排斥反映生活中悲剧的一面，因为生活中总是存在着种种不尽如人意的方面，悲剧是难免的，即使儿童生活也不例外。对儿童文学和童话来说，或许更多的不是采取将"人生有价值的东西毁灭给人看"（鲁迅），而主要是通过悲剧来展示一种崇高悲壮之美，体现一种精神的力量。而且对悲剧人物命运的展示，还尽量采取一种弱化或淡化悲剧性的表现手段。

安徒生的《海的女儿》和王尔德的《快乐王子》是童话中最具典范意义的悲剧童话。但这两部童话都写得极美，"小人鱼"为爱而付出了沉重的代价，但王子却浑然不觉。

1 L. 里昂尼. 2007. 小田鼠菲勒利克. 楼飞甫，译. 语文世界：小学版，11：12-13.

最后在为爱而作出的生死抉择中，"小人鱼"又为了成全他人的幸福甘愿使自己化为泡沫。这里"小人鱼"的悲剧命运被尽量弱化了，突出的是她对爱的执着追求，以及为爱而献身的纯洁、高尚的精神品德，表现出美学理想的崇高境界。

同样，"快乐王子"也是为爱而献身的，只是他是为了关心、帮助穷人而献出了自己所有最珍贵的东西，最后又由于同情曾帮助过他的小燕子，悲痛得铅心爆裂而最后被毁。这里突出的也并非是"快乐王子"的悲剧命运，而是"快乐王子"善良、高尚的美德，以及为爱而献身的崇高的精神境界。这两部作品可以说是表现童话悲剧理想的最具代表性的作品。

（2）用浪漫主义的理想化手法来展示崇高悲壮之美

童话中的悲剧美的表现也可以用浪漫主义的理想化手法来展示其崇高悲壮之美，突出其理想的精神境界。比如吉林作家英子的短篇童话《到非洲去看树》就是一篇特别富有浪漫幻想色彩的悲剧作品。小企鹅代代，生活在终年冰雪覆盖的南极，除了冰雪，它想象不出还有另一个天地。史密斯船长关于树的一番话，激发起它到非洲去看树的愿望，而且是那么的强烈与执着。终于有一天，它把自制的"果树号"冰船推入大海，带着那美好的理想，朝着非洲方向漂去。

再如日本佐野洋子的图画书《活了一百万次的猫》是在浪漫的情感诉说中表现悲剧的震撼力。童话有时候也表现一些儿童生活中的悲剧，其表现更是采用弱化悲剧结局、注重情感与精神境界的渲染。比如谢华的《岩石上的小蝌蚪》就是以其悲剧美的心灵与情感的巨大冲击波征服着小读者。

（3）悲剧美是作者对生活的体味

悲剧童话有时候也寓含着作家对现实的深刻感悟和理想，因而特别耐人寻味。意大利著名童话家贾尼·罗大里的短篇童话《瓦泰里那的泥瓦匠》，就是这样一篇寓含着深刻现实意义的悲剧童话。作品的想象十分奇特，运用了宗教神秘主义的灵肉分离的表现手法，让马里奥的灵魂和精神活着，去感受人间的温情。而后又用对比的手法，将战争的残酷与这和平的温馨相映照，更强烈地表现出了作者热爱和平和人民的反战思想，现实含义十分深刻。

再如前面提及的希尔弗斯坦的图画书《爱心树》既是一个奉献与索取的主题，也是一篇具有深刻悲剧哲理的童话。

（4）悲剧美通过喜剧化的手法来表现

当然，童话的悲剧美还可以用喜剧化的手法来表现。也就是故事本身充满了喜剧味，然而，悲剧性的结局却又十分耐人寻味。比如俄罗斯儿童文学作家米哈尔科夫的童话《狗熊捡了一个烟斗》，就既是一篇充满了喜剧味的十分幽默谐趣的童话，而同时它的结局又是悲剧性的，以悲剧性的结局来告诫孩子们一定的生活哲理。狗熊抽烟上瘾，恶习难改，以致终于一天天把良好的天赋条件糟蹋殆尽，而最终成为守林人不费吹灰之力俘获的战利品。狗熊的悲剧结局的确让人觉得既好笑，又品味再三。

寓悲于美，寓悲于快乐，寓悲于理想，或许是童话最具独特韵味的悲剧美的表现方法，它使童话的悲剧美有了自己独具的品格和特征。

（三）幼儿童话作品的赏析

童话是儿童文学最为重要的体裁，从某种意义上说，它是儿童文学的代名词。世界上成功的儿童文学作品，大都是童话作品；世界上有成就的儿童文学作家，有一大部分是童话作家。那么，如何赏析童话作品呢？

1. 沉情于文，浸心于境

从古至今，童话总是以幻想为核心，并且把幻想作为构思、塑造人物的重要手段；同时，这种幻想又总是情感的集中体现。因此，阅读欣赏童话，首先必须进入作品经由幻想构造的世界，并且是充满感情地进入，否则，深一层的阅读欣赏活动将不能卓有成效地开展。沉情于文，有时常要放声朗读；浸心于境，常常需要摹境于心。就这样先忘掉自己，让感觉中的想象与情感将自己淹没，将自己化为童话本身，尽情地体验其中的险与夷、哀与乐。

2. 评判幻想，剖析现实

沉情于文、浸心于境只是一种极为必要的感性阅读。紧接着，需要抽身而退，超乎情境，走向理性的欣赏评判。如果说，前者是欣赏童话的基础，后者则是欣赏童话的关键。理性的欣赏评判一般从以下几个方面展开：

第一，从种类入手，把握幻想特性。我们习惯于把童话分为三类：超人体、拟人体、常人体。超人体童话引入幻想境界的是一种超乎人类活动的力量，特别是神仙鬼怪、魔法宝物。

第二，从流派着眼，洞察幻想风格。就一般而言，童话的幻想风格主要划分为两大流派：一种是带有优美抒情与如画描写的幻想，一种是带有异常奇特夸张与幽默诙谐的幻想。前者如安徒生的《海的女儿》，后者如张天翼的《大林和小林》。在阅读的时候，可以先从不同流派的主要幻想风格入手，去评析作家的某一具体作品。

第三，从形象出发，体现幻想水平。童话形象的塑造情况，在一定程度上决定了童话的幻想水平。无论是超人体、拟人体还是常人体童话，也无论其在幻想风格上属于哪种流派，都要努力塑造鲜明独特的童话形象，着重追求"这一个"的表达效果。因此，赏析童话，要从根本上分析作品经由幻想塑造出来的形象是否给人如临其境的独特感受，是否给人提供立体丰满而独具审美价值的形象系列，并以此判断作品的幻想水平。

第四，从象征出发，剖析幻想对现实生活的折射。童话的幻想从根本上说，除了塑造奇特的童话形象外，还要象征现实生活的某一侧面、某一真理。前者表现童话的艺术价值，后者表现童话的现实追求。不管它的幻想离现实多远，不管是有意或无意，通过象征以反映现实生活是它永恒的规律。即使如超人体童话，也存在着一个基本稳定的模式：一个看来几乎完全没有胜利可能的人借助神力，终于战胜困难，获得胜利，以此表现下层人民的某种生活理想与愿望。《灰姑娘》如此，《神笔马良》亦如此。因此，阅读欣赏童话，要注意在奇妙飞扬的幻想中体验其中的象征内蕴，否则，仍是没有读懂童话的表现。

3. 品尝语言，识别个性

优秀的童话作品在语言追求上总要表现作家的艺术个性。如，安徒生的童话语言，总是洋溢着浓浓的诗情画意与含蓄的幽默。阅读童话时，应该仔细品味不同作家的语言个性，因为，语言的个性化也是一位作家艺术成就的重要表现。如，童话《小羊和狼》在语言上就很有特色。在这篇童话中，语言上除了简洁、清新、口语化的特点外，还有动作性、音乐性强的特点。作者对幼儿的心理和口语可以说是体察入微，因而所用的语言没有丝毫的生硬和深奥的痕迹，对儿童的心理表现得自然真切。语言的动作性是幼儿童话适合表演的关键。在这篇童话中语言也极富动作性，例如：

不大一会儿，老狼巴达巴达地走来了。老狼走进屋子里，屋子里黑洞洞的，什么也看不见。他就到火炉那儿去点火。

小花猫跳起来，看准老狼的脸就是一爪子。老狼吓坏了，嗷的一声，转身就往外跑。

小黄狗从门背后窜出来，看准老狼的腿就是一口，老狼疼得嗷嗷叫，想绕到房子后边逃走。

这时候，白马抬起腿，看准老狼狠狠地踢了一脚，把他一直踢到大树那儿。

小羊看见老狼跌了个四脚朝天，就从树后面冲出来，用尖尖的角，对准老狼顶了一下。

老狼给小花猫抓了一下子，给小黄狗咬了一口，给白马踢了一脚，又给小羊顶了一下，再也站不起来了。

这时候，大象用鼻子卷起老狼，呼的一声，把他扔到很远很远的大河里去。老狼淹在水里，再也不能来吃小羊了[1]。

1　小羊和狼. 2010. 优秀童话世界. 11：41-44.

这段文字写得有声有色，各种动物的动作都有其自身的鲜明特点，如讲"小花猫抓了一爪子"、"小黄狗咬了一口"、"白马踢了一脚"、"小羊顶了一下"等，抓、咬、踢、顶，动词用得非常贴切，所说明的动作鲜明而形象，加上有趣的故事情节，必然会深深地吸引小朋友的注意力，引起他们浓厚的阅读兴趣。

（四）幼儿童话阅读指导

1. 了解幼儿童话的作用

童话是深受儿童喜欢的儿童文学文体，童话除了具备我们通常意义上讲的认识作用、教育作用、审美作用、娱乐作用之外，还有自身独特的阅读价值。

（1）激发创造想象，释放心理能量

儿童的天性就是喜欢幻想，在一个充满奇幻色彩的童话世界放飞自己的想象，是童年精神生活的重要内容。越小的孩子越喜欢充满幻想色彩的故事，小学三、四年级之前是孩子对幻想故事兴趣的高峰期，随着年龄增长，他们逐渐把阅读视野转向了现实性较强的故事。童话是激发儿童想象力和幻想力的最佳文体，而幻想力是创造力的基础，是不可或缺的可贵品质。优秀童话所激发出的创造潜质，将对孩子一生的发展发挥不可替代的作用。

成人对儿童阅读的认识往往过于狭隘，总觉得孩子阅读课外书籍就是为了增长知识，提高写作能力。其实，阅读，尤其是阅读童话，还具有"代偿"的功能，即让孩子通过阅读来满足他们在现实生活中不能实现的愿望，每个孩子身上都有一股"蛮劲"（或者叫精神能量），他们总要找到宣泄"蛮劲"的渠道，阅读就是一种很好的渠道。

（2）享受童话美感，提高文学审美能力

苏霍姆林斯基认为：童话与美是分不开的，并有助于美感的培育。童话的美是多元的，既有比较表层的荒诞之美，也有充满智慧的幽默之美，更有意蕴较为丰富的诗意之美、意境之美。童话多元的美感特征为不同年龄、不同审美趣味的儿童读者提供了丰富的阅读选择。

（3）丰富人文素养，提高思想水平

童话多彩的情节、生动的幻想和丰富的主题内涵，可以让儿童读者通过逐步体悟，提升自己的人文素养和道德水准。有的作品社会性较强，可以帮助儿童在充满童趣的阅读中认识社会生活的多样性；有的童话充满人文关怀，能帮助儿童读者更深地体验生命的意义、人间的温情、人性的美好。

2. 把握童话的类型

从童话发展历史的角度看，童话可分为民间童话和文学童话。它们在主题思想、叙事风格上都有很明显的区分。民间童话由于是世代传承的集体性口头创作，其中的人物往往具有类型化的特点，故事结构有较为固定的模式，如三段式的结构（《灰姑娘》中主人公三次从舞会上逃走；《白雪公主》中后母三次加害公主；等等），这种反复的形式对年龄较小的孩子是很有吸引力的，幼儿园和小学低年级的教师可以利用民间童话的这一特点，培养儿童的故事复述能力。由于民间童话产生的年代比较久远，有的内容未必适合孩子阅读，如《格林童话》中就有不少血腥的场面，成人就应当做必要的筛选。

文学童话是作家个人创作的童话作品，语言表述更具书面性，而且在创作风格、题材选择、主题揭示等方面都体现了作家的个人风格。多彩的文学语言对培养儿童书面语言表达的灵动性和丰富性颇有裨益。

从容量上看，童话还可以分为长篇童话（如《长袜子皮皮》）、中篇童话（如《艾丽丝漫游奇境记》）、短篇童话、微型童话（张秋生的"小巴掌童话"）、系列童话（冰波的《阿笨猫系列》，郑渊洁的《皮皮鲁系列》、《鲁西西系列》），其中短篇童话的数量最多。

我们可以根据儿童的年龄和接受能力引导他们选择阅读。其中，短篇童话、微型童话特别适合作为讲述故事的材料，而系列童话对培养儿童持续阅读的能力和较为稳定的阅读兴趣很有帮助。

3. 了解作家的创作风格

作家创作风格的差异导致童话美学风格的迥异。了解某个作家的创作风格能够使我们对其作品的艺术特征有一个大致的把握。作家的风格与他们所处的时代、文学观念和艺术气质有很大关系，一旦形成具有一定的稳定性。这也便于我们向儿童推荐适合他们阅读兴趣的童话作品。如叶圣陶、严文井、陈伯吹等老一辈的童话作家，他们的作品往往比较注重社会性内容，童话的主题富含道德教育意义。而张秋生、金波、冰波等童话作家更富诗人气质，他们的作品往往具有较强的抒情意味。而周锐、郑渊洁等作家则比较追求童话的幽默性。

也有的作家在创作风格上发生了较大变化，体会他们不同时期童话的不同格调也是一种有意思的阅读体验。如冰波从早期追求童话的诗意色彩、抒情格调，转向后来的幽默诙谐。

4. 把握情节，领会主题

儿童阅读童话时，往往沉迷于童话美妙的故事情节，这有其合理性。儿童对自己感兴趣童话的阅读速度往往超乎成人的想象。有的老师和家长担心这样的阅读，儿童无法很好消化童话的内容。针对这一观点要做具体分析，有的童话本身就是以故事情节取胜的。如郑渊洁的系列童话，孩子的阅读速度快是正常的，为了了解儿童的吸收情况，可以通过让其简单复述故事情节的办法来加以检验。而有的作品内涵相对比较深，阅读速度就应适当加以控制，如米切尔·恩德的《毛毛》、《小王子》等。有的作品语言表达富有诗意、童话形象意境隽永，则需要引导儿童反复阅读，细心品味，如冰波的《树皮下的小屋》等。

在把握童话故事情节的基础上，要引导儿童体会作品的主题思想，以提升儿童的审美能力。有的作品主题比较鲜明，甚至作家在作品中已经把主题点明了，儿童自己就很容易把握，成人不必多加干涉；有的童话主题思想比较隐含，就需要成人的启发引导；还有的童话主题思想比较淡化，无需做微言大义的附会；还有的童话主题思想比较多义，应当允许甚至鼓励儿童做多样化的解读，以培养思维的灵活性和自主性。

[幼儿童话拓展阅读]

红 鞋 子[1]

汤素兰

一只红鞋子在草地上发愁。

鞋子是要成双成对的。一只鞋子有什么用呢？难怪红鞋子要发愁。

小老鼠在草地上发现了红鞋子。它耐心地待在鞋子旁边，等待着鞋子走开，好让它去取压在鞋跟下面的半块饼干。谁知道从早上等到晚上，这只鞋子还是一动不动。

小老鼠不耐烦了，它气呼呼地说："你打算什么时候走呀？你再不走，我可就要动粗了！"

这是一只文雅的鞋子，从来不知道动粗是什么意思。红鞋子问："动粗是什么呀？是不是一种特别的舞蹈？跳舞可是我的特长！"

小老鼠朝着身边一棵夜来香猛踢一脚，踢得夜来香的花瓣像雨点一样落下来。

"就是这样的舞蹈，你要不要见识见识？"小老鼠说。红鞋子吓了一跳，朝后退了几步。小老鼠捡起饼干，吹着口哨，摇头晃脑地走了。

这时候，天已经黑了，月光照在草地上。红鞋子说："我不怕猫，我怕孤独。"

小老鼠不知道什么是孤独。它问："孤独是什么样子的？"

红鞋子想了想，回答说："孤独就是心里空空的。"

"心里空空的？不对吧？你是不是想说肚子空空的？"

小老鼠告诉红鞋子："那不叫孤独，那叫饿。"

"喂，你去哪儿？能带上我吗？我不想独自待在草地上。我以前从来没有单独一个人待过。""我可是一个人呆惯了。"小老鼠说，"我要回家去了。你不回家吗？"

"在这儿我没有家，我的家在远处。我是一只被人遗失的红鞋子。"红鞋子跟着小老鼠走过草地，来到小老鼠家里。

夜深了，红鞋子睡不着，它在想念另外一只红鞋子。

"小老鼠，你睡到鞋子里来，好吗？"红鞋子轻轻地请求着。

小老鼠不喜欢睡在鞋子里，它喜欢睡在自己的床上。可是，红鞋子那么轻声的请求，小老鼠怎么好拒绝呢？小老鼠一言不发地钻进了红鞋子里。抱着毛茸茸的小老鼠，红鞋子的心里踏实了，一会儿就睡着了。小老鼠也一会儿就睡着了。

第二天早上，红鞋子来到小老鼠面前，小声地说："小老鼠，你能陪我去找另外一只红鞋子吗？"

小老鼠才不愿意呢！它可不是一个旅行家。

红鞋子又轻轻地说了一遍："小老鼠，你能陪我去找另外一只红鞋子吗？"

小老鼠犹豫了一会儿，还是轻轻答应了一声："好吧。"

小老鼠跟着红鞋子出发了。"我可真蠢！我一点儿也不喜欢出门，我干吗要答应

1　汤素兰. 2010. 红鞋子. 创新作文（奇趣故事），2: 4-5.

它呢？这一路上，还不知道会不会碰上猫呢！"小老鼠在心里一个劲地埋怨自己，可它的两条腿却一刻也不停，紧紧地跟着又唱又跳的红鞋子。小老鼠一路走来，提心吊胆的。

"你别唱了好不好？大家都朝我们看呢！"小老鼠说。

"一想到要去找另一只红鞋子，我就很高兴，我一高兴就要唱歌，这是没有办法的事。"红鞋子说。

它们走了很远的路，终于来到了城里。

一只大黑猫趴在一栋房子的门廊下，眯着眼睛晒太阳。

"吱呀吱呀！吱呀吱呀！"是谁在唱歌？大黑猫睁大眼睛。它还没看清楚究竟是谁在唱歌，倒先看清楚了跟在唱歌者后面的小老鼠！

"岂有此理！一只小老鼠竟敢在我的鼻子底下走来走去！简直是无法无天了！"大黑猫胡子都气歪了，一猫腰，像一道黑色的闪电一样，射向小老鼠！

红鞋子往上一蹦，硬硬的鞋带帮碰巧撞在大黑猫的脑门上。大黑猫"喵呜"一声惨叫，重重地摔回门廊下。

"哎呀，不得了啦，天上的星星一颗接着一颗，像雨点一样砸下来了！"大黑猫抱着脑袋，"喵呜喵呜"叫个不停。

红鞋子呢，被大黑猫撞了一下，扑通一声趴在地上，再也跳不起来了。

"怎么回事呀？小猫咪！"一个女孩从屋里跑出来。女孩子把猫抱在怀里。这时她看见了门前大路上的红鞋子，兴奋得脸都红了："红鞋子，红鞋子，这是我的红鞋子？"女孩一只手抱着大黑猫，一只手捡起红鞋子，回屋里去了。

小老鼠趁机飞快地钻进了门口的一个垃圾桶里。

小老鼠听见小女孩在跟妈妈说话："妈妈，我的红鞋子找到了！"妈妈说："快把它放到门廊下的鞋架上，和另一只红鞋子放在一起。"

两只红鞋子并排放在鞋架上。一只红鞋子轻轻地对另一只红鞋子说："我可真想你呀！""我也想你！"另一只红鞋子轻轻回答。"是一只小老鼠陪我回来找你的！""应该好好谢谢那只小老鼠……"两只红鞋子说话的声音非常好听。

小老鼠躲在垃圾桶里，静静地听着，一动也不敢动。夜里，这个垃圾桶被运到了城外，小老鼠从垃圾桶里爬出来，踏着银色的月光，慢慢朝森林边的树皮小屋走去。它的心里有了一点儿空空的感觉，这感觉和饿了还真不是一回事儿。

它头一次发觉独自走在路上，原来是这么安静。它想，要是这会儿，树皮小屋里有一只小老鼠在等待着它回家，该多好！

【导读】童话是为儿童写的故事，它是给儿童看的。童话所投射的，应该是儿童的生活情趣；童话所表现的，应该是儿童的内心世界。只有这样，它才会受儿童所喜爱。汤素兰的《红鞋子》是一篇洋溢着儿童味的童话。

1. 风趣稚拙的儿童语言

在《红鞋子》这个童话故事里，贯穿全篇的、天真有趣的儿童化语言，一直吸引着读者的阅读兴趣。"动粗是什么呀？是不是一种特别的舞蹈？跳舞可是我的特长！"这样的语言，只有内心世界纤尘不染的孩子才会说出口，读过，让人忍俊不禁。"心里空空的？不对吧？你是不是想说肚子空空的？"借由稚拙的语言，儿童天真无邪的精神世界跃然纸上。只有未谙世事的儿童，才会把寂寞的感觉用"心里空空的"来形容，也只有顽皮如小老鼠，才会把心里空空的感觉与"肚子空空的"相联系。再看大黑猫的那一声惨叫"哎呀，不得了啦，天上的星星一颗接着一颗，像雨点一样砸下来了！"，如此情趣盎然、形象灵动的语言，如闪亮的珠玑，令童话《红鞋子》熠熠生辉。

2. 率真鲜明的人物形象

《红鞋子》中塑造了两个形象鲜明的人物：文雅却不失勇敢的红鞋子，言行粗鲁心地善良的小老鼠。个性反差强烈的两个角色，提升了《红鞋子》的趣味性。

小老鼠会在不耐烦的时候气呼呼威胁红鞋子："你再不走，我可就要动粗了！"可是，他又会不忍心拒绝红鞋子那么轻声的请求：钻进红鞋子睡觉，陪着红鞋子去找另外一只红鞋子。

这分明是生活中一个爱调皮捣蛋，却又有那么一点男子汉精神的小男孩形象。而这样的孩子，总是会得到孩子们的拥戴、大人们的喜爱。《红鞋子》，因着这样两个人物角色引发了读者的喜爱之情。

3. 新奇有趣的天真想象

很多时候，儿童是生活在想象之中的。在他们眼里，风儿会说话，花儿会舞蹈，小草会哭泣，大自然中的一切皆有他们自己的语言与情感。《红鞋子》中，同样充盈着丰富的想象，作者借由拟人的手法，把我们带入了一个儿童的世界。

不知道动粗为何物的红鞋子，害怕孤独的红鞋子，爱唱歌跳舞的红鞋子，文雅的红鞋子；喜欢动粗的小老鼠，不忍心拒绝别人请求的小老鼠，渴望有另一只小老鼠在家里等待的小老鼠……作者赋予了鞋子与老鼠以儿童的性情，芬芳的儿童生活气息扑鼻而来。

梅子涵教授说："相信童话，童话是播种幸福的种子。"我想，童话还应该是儿童成长的维生素。浸润在《红鞋子》这个篇幅短小的故事中，孩子们呼吸到的，是友谊的芳香。红鞋子在友谊的陪伴下找到了自己的另一半，而小老鼠，在获得了友谊的同时，更是拥有了思想，它的生命因此而成长。

小青虫的梦[1]

冰 波

夏夜的草丛里，音乐响起来了，它和月光一样，仿佛会流淌似的。

"吉铃铃……"

那是蟋蟀在开音乐会。他的琴弹得特别好，油亮亮的样子也特别神气。

"噢，伟大的音乐家！"

到草丛里来听音乐的昆虫们都这么说。

躲在一片草底下的小青虫，动也不敢动，她在偷偷地听着。小青虫虽然长得难

---

1 冰波. 2013. 中国童话大王·冰波讲故事：小青虫的梦（彩绘本）. 杭州：浙江少年儿童出版社.

看，但她爱音乐，爱得那么厉害。

"唉……"每当蟋蟀弹完一曲，小青虫都会发出一声轻轻的叹息，"太美了……"音乐，总会把小青虫带到一个遥远的梦境里。

可是，蟋蟀不喜欢小青虫，常常把她赶走。他挥着优雅的触须，不耐烦地说："我的音乐这么美，你这么丑，去去去！"

小青虫只好伤心地爬开去，躲在远远的地方流眼泪。眼泪里映着满天冷冷的小星星。

"吉铃铃……"

音乐声又传来了。小青虫抬起头来，凝神听着，望着那远远的、朦胧的草丛。那里显得更加迷人了。

她轻轻地向前爬去，后脚小心地踩着前脚的脚印。她爬到一棵小树上。谁也没有发现她。

月亮是那么圆，星星是那么亮。蟋蟀就在这棵树下弹琴。"这里就像是那个梦境。"小青虫心里说。

小青虫躲在一片树叶底下，悄悄地做了一个茧。她想：藏在茧里面听，蟋蟀就看不见我了。一个淡灰色的茧，在风里轻轻摇晃着。

细丝织成的茧，把别的声音全挡在外面，只有音乐能传进来，在茧里面轻轻回响。听着优美的音乐，小青虫睡着了。

她做了一个梦，梦见自己长出了一对可以跳舞的翅膀。音乐一直伴随着这个好长好长的梦。……当小青虫醒来时，她已经变成了一只美丽的蝴蝶，美丽得让她自己也吃惊。

蝴蝶从茧里飞出来。

蟋蟀仰起头来，看着她。

"啊，像个仙女！仙女……"蟋蟀说。

蟋蟀大概还不知道，这美丽的蝴蝶就是那丑小青虫变的；蝴蝶大概也不知道，如果没有音乐，她会是什么样子。

琴声又响了。音乐溶在月光里，在草丛里流淌。蝴蝶和着音乐，翩翩起舞。

昆虫们都在想：是蟋蟀的音乐使蝴蝶变得更美呢，还是蝴蝶的舞蹈让音乐变得更美？

【导读】《小青虫的梦》是冰波抒情童话的代表作之一。讲述了一只爱音乐、外表丑陋的小青虫变成美丽蝴蝶的故事。作者把小青虫对美的向往和执着，放在充满诗意境界中去表现，有着强烈的艺术感染力。蝴蝶的美是来自小青虫的美，作品巧妙地选用昆虫演变的过程，把小青虫作为人的精神内在美的象征，写出了美的创造过程，从而向读者揭示：美在追求中产生，美在创造中形成。在追求、创造美的同时，也营造了美的环境，使美得到了升华。总之，作者运用拟人和象征手法，巧妙地将丑与美转化的哲理观念寓于优美的童话意境中，使读者产生对美的崭新认识。柔和清丽的抒情话语营造出淡雅优美的意境，营造出作品广阔的审美空间。内涵丰富、意境优美、文笔清丽是《小青虫的梦》的特色，使这篇童话带有散文诗的意味和韵律。

三、幼儿童话创编

（一）把握童话的基本艺术特征

幻想在童话中占有绝对崇高的地位——童话离不开幻想；幻想是童话的灵魂；幻想是童话的核心。

【阅读思考】 只要有幻想就可以造就一篇优秀的童话吗？什么样的幻想才能创造出具有更高审美价值的童话作品？

通过阅读以下两篇作品的分析，来解答这个问题：两篇童话是否都具有幻想色彩？哪一篇童话给你更多的阅读快感，更具有奇妙色彩？

[学生习作]

数 星 星

潍坊工程职业学院 2012 级学前教育专业五班 张娜

在美丽的森林里，住着可爱的小熊拉拉一家。

每天熊爸爸起床后，总会亲亲拉拉的鼻子，告诉拉拉，爸爸有多爱他。

这时，拉拉总会眯着还没睡醒的小眼睛，双手搂住爸爸的脖子，又亲亲爸爸的鼻子，说："爸爸，我爱你。"

爸爸经常带着拉拉去好多好玩的地方。小家伙一点也不安分，一会去小溪里捉鱼，一会跟爸爸捉迷藏，一会又去采蘑菇。

拉拉最开心的事就是跟爸爸在一起。要问拉拉最喜欢什么？那就是躺在爸爸怀里，跟爸爸一起数天上的星星！

夏夜是多么美丽啊！池塘里的青蛙唱着歌，天空中的萤火虫飞来飞去。最美丽的要数天上的星星了，它们一闪一闪地眨着小眼睛。

拉拉躺在爸爸怀里，看着天上的星星，问爸爸："天上到底有多少星星呢？"爸爸摸着拉拉的头，笑着说："拉拉的头发有多少，天上的星星就有多少！拉拉，你能数过来吗？"

拉拉举起小手，自信地说："我能啊！爸爸我现在就数给你看！一颗，两颗，三颗……"数着数着，拉拉睡着了。爸爸抱着熟睡的拉拉，一起回家了。

一天天过去了，小熊拉拉渐渐长大了，而爸爸在一天天地变老。但拉拉还是喜欢依偎在爸爸怀里，跟爸爸数着天上的星星。爸爸看着拉拉说："如果有一天爸爸不在了，你还会躺在这里数天上的星星吗？"拉拉看着爸爸的眼睛，说："爸爸不会离开我的，对吗？"拉拉看了看爸爸，又看了看天上的星星，抱着爸爸，说："爸爸，你看！天上的星星就像爸爸的眼睛。爸爸每天都会陪着我的！对吗？"

熊爸爸点点头，笑了！

直到有一天，熊爸爸不见了。小熊找了好久好久，也没有找到。她伤心极了，趴在地上大哭起来。

小蟋蟀叮叮听到拉拉的哭声，急急忙忙跳过去，问："拉拉，你怎么了？"

拉拉看到叮叮，大哭起来："叮叮，你看见我爸爸了吗？我怎么也找不到他了，你能告诉我，他去哪了吗？"

叮叮看到拉拉伤心的样子，叹了口气，对拉拉说："你爸爸知道你最喜欢星星，就变成了一颗星星。他说要跟拉拉捉迷藏，你自己能找到他。对吗？"拉拉立刻开心起来："哦哦，我知道了，他是天上最最亮的那一颗星星。我想我知道他在哪里了，谢谢你！"

说着，拉拉飞快地跑到经常与爸爸数星星的小河边。看着天上的星星，她数了起来。一颗，两颗，三颗……突然看到一颗非常亮的星星，她大喊道："啊！我找到了，我找到我爸爸了。他在天上，他是那颗最亮的星星！"

从此，小熊拉拉每天都会爬过小山坡，来到小河边，躺在草地上数着星星，等着爸爸回来。一颗，两颗，三颗……数着数着，她竟然睡着了。梦里，她看到爸爸回来了。爸爸抱着她一会亲亲她的小脸蛋，一会摸摸她的小脑袋。睡梦中的拉拉撅着小嘴巴笑了。"爸爸，你终于回来了。我好想你哦！"

[童话经典]

最最奇妙的鸡蛋[1]

［德国］海·海涅　韦苇译

早年，有三只母鸡，一天咕哒咕哒叫呀叫呀，叫个没完。都吵些什么呢？就吵自己是所有母鸡中最漂亮的母鸡。

说起来，三只母鸡都各有自己值得自豪的地方：阿圆的羽毛很好看，阿蒂的腿长而有力，阿莫的冠蓬开，像一朵花。个个都说自己漂亮，究竟谁最漂亮，她们决定不了，只好去问国王，看国王说谁漂亮吧。

国王说："长得好看不好看并不重要，重要的是你们都会做些什么。你们三个，哪个下的蛋最奇妙，我就封哪个当公主。"这下，皇宫的庭院里热闹了，因为全国的母鸡都到了皇宫里来争当公主了。

阿圆用嘴梳理梳理羽毛，蹲在湿漉漉的草地上。过了一阵，她咕哒叫了一声，站起来，走了开去。这时，大家都看到草地上立着一个蛋，白白净净，就像磨得光光洁洁的大理石，莹莹的发亮。好看。

"这是我见过的鸡蛋中最完美的蛋！"国王大声说。所有的母鸡也没有什么不赞成的。

现在看阿蒂的了。大家心里都为阿蒂感到不好受，因为阿蒂不可能生出一个比阿圆的蛋还更完美的蛋。这是大家都知道的。

过了十分钟，阿蒂咕哒叫了一声，站起来，在早晨暖融融的和煦阳光里，得意地舒展腿脚。

国王高兴地拍起巴掌来，因为草地上立着一个高高大大的蛋，这么大，连鸵鸟看到了都要羡慕不已了。

"这是我见过的蛋中最大的蛋!"国王叫起来,大家也都只好点头赞成。

当大家对阿蒂的蛋点头的时候,阿莫不可能下出比阿圆的蛋更完美、比阿蒂的蛋更大的蛋,完全不可能!阿莫平静地蹲在那儿,双眼直瞅着地面。过了一会儿,阿莫轻轻咕哒了一声,接着站起了身。

哟!这蛋,就算过100年也忘不了。在众母鸡面前立着一个四四方方的蛋,每边都像用尺画的一般直,每一面的颜色还各不一样,面面都非常鲜艳。"这是我见过的蛋中最奇妙的蛋!"国王高声说出了他的意见。大家没有不点头赞成的。

三个蛋,一个最完美,一个形体最大,一个方得出奇——选哪一个为最奇妙的蛋?国王只好决定阿圆、阿蒂、阿莫三个谁也不落选,三个都当公主。从此以后,她们三只母鸡成了最要好的朋友。她们继续快快乐乐地生蛋。她们依旧各下各的蛋:下美的蛋,下大的蛋,下方的蛋。

从以上两篇作品的比较中可以看出,两篇童话都符合童话基本的艺术特征,都具有幻想色彩。但相比较而言,《最最奇妙的鸡蛋》的审美张力要远远大于《数星星》。这一点是童话创作时要加以借鉴的。韦苇先生在评点《最最奇妙的鸡蛋》时说:"在故事里有一个特殊的规定性,那就是'哪个下的蛋最奇妙'。故事的'眼'也就在'奇妙'二字中。三只各自拥有优越之处的鸡,三段故事,把奇妙之最一层接一层地诠释出来。最后,阿莫下的让人过了100年也忘不了的,四四方方的蛋,才真正奇妙无比,才不让我们失望,才满足了故事对想象力的挑战。"

童话不仅要关注幻想的形式,更应关注其内涵。"兽能言、鸟能语"对于真实的生活逻辑而言,已经是一种极度夸张、变形的幻想了,但这并不是童话艺术价值高低的决定因素,只能说是童话基本的外部特征。如果我们在理解童话艺术特征时(尤其是在解读具体的童话作品时),仅满足于谈论幻想,是远远不够的,而应着眼于幻想的具体特质,如幻想的奇异性、自由性、不可预知性等。

(二)正确处理"幻想"与"现实"的关系

1. 对"幻想"与"现实"关系的一般看法

大部分儿童文学教科书在谈到这个问题时都会强调:幻想根植于现实,不存在完全脱离现实的幻想,幻想最终还是要受到客观现实的制约,幻想不能凭空产生,等等。

2. 如何处理"幻想"与"现实"的关系

这些论述从认识论的角度来讲无疑是正确的,但对童话创作实践来说,却未必有直接的帮助。人类的一切思维活动(包括幻想)都离不开现实,这是一个基本的客观事实。但对于初学童话创作的人来说,更为现实的困难在于——我们的思维(包括幻想)太黏着于现实。如何超越现实,走向奇异的童话幻想世界,是创作实践面临的问题。

"幻想根植于现实。"童话作家即使头脑中没有这一观念,甚至反对这一观点,他的幻想也绝不可能完全脱离现实（再奇异的幻想也一定能找到它的现实来源）。对于幻想性思维缺失的人而言，过于强调"幻想根植于现实"只会束缚他的创作思维。

幻想根源于现实，这一点无需作者的主观努力。而要产生奇妙的幻想，则需要作者对现实进行大胆超越，才能创造出奇异而又合理的童话形象。

我们可以这样来表述童话中"幻想"与"现实"的关系：

童话反映生活，但它不是直接描绘现实生活本身，而是通过幻想的形式塑造形象，对生活做折射式的、间接的、变形的反映。

"距离产生美"这一美学原则在处理童话创作中"幻想"与"现实"的关系时也同样适用。优秀童话的"幻想"保持着与"现实"恰当的距离。这种距离既要有利于营造奇异色彩，又要为读者所接受，这是童话创作成败的关键。

【阅读思考】根据你的审美判断，以下两篇童话哪一篇更优秀？试从"现实"与"幻想"的关系角度作具体分析。

[学生习作]

小黑借早餐

小黑是黑狗家族的第一个孩子，再加上他那帅气的外表，因此无论是谁都拿他宝贝一样捧着。每天出门爸爸妈妈都会把他精心打扮一番，小伙伴们都可羡慕了。

这天早上，妈妈突然接到外公打来的电话：外婆病了。妈妈来不及做饭，就和爸爸去外婆家了。等小黑醒来时，只看见妈妈留给他的字条："小黑，外婆生病了，我和爸爸去了外婆家，冰箱里有食物你自己做饭吧！"看完妈妈的字条，小黑想自己做饭多累呀！我还是到别人家去吃吧。

于是，小黑来到牛伯伯的家，"牛伯伯，爸爸妈妈没在家，我能在你家吃饭吗？"牛伯伯笑了笑说："可以呀！可是我家只有青草你喜欢吃吗？"小黑想青草是什么呀，肯定很好吃，于是爽快地回答："当然喜欢了。"看着那一盘盘绿绿的新鲜东西，小黑抓起一块就往嘴里送。可是他怎么也咬不动，看着牛伯伯吃得那么香，自己却怎么也咽不下去。小黑不得不离开了牛伯伯的家。

小黑垂头丧气地走在路上，突然他灵机一动，想到去猫姐姐家吧，也许她做的饭正合我的胃口。小黑已经饿得没有力气了，他有气无力地敲着猫姐姐的门："猫姐姐开门呀，我是小黑。爸爸妈妈没在家，我想在你家吃饭。"猫姐姐边开门边说："来了，来了。""我们家有鱼，也许你会喜欢。"猫姐姐回答。小黑想，鱼肯定比青草好吃，我终于可以吃上饭。还没等猫姐姐把盘子放下，小黑就拿起整条鱼放到嘴里开始吃，可是刚吃到一半就被鱼刺卡住了。猫姐姐不知道该怎么办，只好请来了马医生。

马医生用镊子一下子就把卡在小黑嗓子里的鱼刺拔了出来。马医生告诉小黑，每个人都有自己喜欢的食物。别人喜欢的食物不一定适合自己的口味。听了马医生的话，小黑明白了，自己做的才更好吃。

[童话经典]

会滚的汽车[1]

野 军

一只大木桶在路上玩，它不停地滚啊滚……

一只小鸡见了它，大声叫："会滚的汽车，停一停！请你送我回家好吗？""好呀，好呀！"大木桶停了下来说："请上车吧！"

小鸡真高兴，跳进了大木桶的肚皮里。大木桶又滚啊滚……

一只小鸭见了它，大声喊："会滚的汽车，停一停！请你送我回家好吗？""好呀，好呀！"大木桶停了下来说："请上车吧！"

小鸭真高兴，钻进了大木桶的肚子里。大木桶又滚啊滚……

一只小鹅见了它，大声喊："会滚的汽车，停一停！请你送我回家好吗？""好呀，好呀！"大木桶停下来说："请上车吧！"

小鹅真高兴，摇摇晃晃地跨进了大木桶的肚皮里。大木桶又滚啊滚，滚啊滚。小鸡、小鸭和小鹅快活地唱起了歌：

"叽叽叽，乘车真开心！呷呷呷，乘车真舒服！吭吭吭，乘车真快乐！"

唱啊唱，唱了一遍又一遍，越唱越有劲儿。它们的歌声被一只狐狸听见了，狐狸爬上土坡一看：咦？路上有辆滚着的汽车，再仔细一瞧，"嘿，汽车里装着那么多好吃的，嘻嘻！"

它馋得口水滴答滴答地淌了下来。狐狸急忙跳下了土坡，迎着大木桶把手一拦，又抱住肚子直嚷嚷："哎哟，哎哟！疼死我啦！"

"你怎么啦？"大木桶停下来问。狐狸流着泪水说，"会滚的汽车，请你送我去医院好吗？我肚子好疼呀！"

"好吧，好吧！"大木桶很同情地说，"请上车吧！"

狐狸眨眨小眼睛，一下子爬进了大木桶的肚皮里。大木桶又滚啊滚，滚啊滚，越滚越快……

"医院到了，肚子疼的朋友快下车吧！"大木桶停下来喊。

狐狸抱着圆鼓鼓的大肚子，慢吞吞地爬出了大木桶，挤挤小眼睛对大木桶说："嘿嘿！你这个大傻瓜！谁要来医院呀？"

"咦？"大木桶生气地问，"你刚才不是说肚子疼吗？"

"哈哈！"狐狸指指圆鼓鼓的肚子说，"刚才我肚子饿呀，这会儿，我的肚子可饱呢！已经装着一只鸡、一只鸭，还有一只肥小鹅！"说完，它大摇大摆往前走了。

"啊！你……"大木桶气得说不出话来，"把小鸡、小鸭和小鹅给吃了？！哼——"它用力一滚，压住了狐狸的尾巴。狐狸痛得哇哇叫，张开了大嘴巴。"噗"，跳出了小鸡，"唰"，蹦出了小鸭，跟着伸出了小鹅的长脖子；小鸡和小鸭一齐抓住了小鹅的长

---

1 野军童话博客．http://blog.sina.com.cn/yejunsh．

脖子，"嗨哟，嗨哟，"拉呀拉，小鹅也被拉出来了。大木桶又用力一滚，把狐狸全压扁了！

　　小鸡、小鸭和小鹅又钻进了大木桶的肚皮里。咕噜噜，大木桶又飞快地滚起来，从里面又传出了快乐的歌声。

　　《会滚的汽车》这篇童话很容易让读者体会到它幻想的奇异性。狐狸已经把小动物吃进肚里，大木桶居然还可以压住狐狸的尾巴，让动物们起死回生，这样的情节很难在真实的生活中找到原样。而《小黑借早餐》虽然也有幻想，但这种幻想与现实的关系太过黏着：小黑懒得做饭，就出去借早餐；牛伯伯的青草和猫姐姐的鱼都不适合自己，还差点卡住喉咙、丢了性命。这样的内容与真实生活中的情形十分相似，童话中的动物形象，不过是将真实的人物贴上幻想标签而已。"幻想"没有与"现实"拉开适当的距离，童话就缺乏神奇的魅力。

（三）处理好"人性"与"物性"的关系

　　拟人体童话形象在童话作品中最为常见。它是将动物、植物甚至是无生命的物体或现象加以人格化而创造出来的文学形象。要创作出具有较高审美价值的拟人体童话形象，就应处理好"人性"与"物性"的关系。

　　1. 基本概念

　　"人性"是指拟人体童话形象所具有的人的精神特点，如：勤劳善良、牺牲自我、乐于助人等。"物性"是指被拟人化的"物"本身所具备的特性，如：石头坚硬、稻草怕火、兔子胆小、野狼凶恶等。

　　2. 准确把握基本的"物性"特征

　　（1）充分尊重"物性"

　　要创作出优秀的拟人体童话形象，就应该充分尊重"物"身上本来就具备的基本属性，忽视"物性"和无缘无故地违反"物性"，都会破坏童话应有的情调。

　　例如《木偶奇遇记》中的小木偶匹诺曹是著名的拟人体童话形象，由于他贪玩、任性、逃学、说谎，结果吃了不少苦头，经历了许多磨难，最后他吸取教训，成为一个真正的孩子。童话作者始终注意保持匹诺曹作为一个小木头人的"物性"特点。如：他从家中逃跑后，在寒冷夜晚烤火时，疏忽大意，竟将自己的脚烧了。这一"物性"因素所决定的情节安排，把匹诺曹因调皮而吃苦头的懊悔表现得十分真切自然。试想，如果忽视或违背了匹诺曹作为木偶的"物性"特性，势必会影响童话形象的生动有趣。

　　再如王尔德童话《快乐王子》，一个生前享尽荣华富贵的王子，死后被做成了一尊石雕像立在广场上，使他目睹了人间的疾苦。他对脚下的燕子说："我的心是铅做的，可我还是忍不住要哭。"他求燕子取下他宝剑上的红宝石和他那用蓝宝石镶成的眼睛送给穷人。在这篇童话里，作为石雕像的王子虽然有思想感情，能说话，但他身上依然保持着塑像的基本属性：不会动、铅做的心等。我们可以想见，如果作者让这尊石雕的王子亲自走到穷人中去，童话就显得不可信了。

（2）合理选择"物性"

在充分尊重"物性"的前提下，我们还应根据情节发展和主题表达的需要，对"物"身上多方面的"物性"做出合理选择。一个拟人体童话形象不必囊括其全部的"物性"，完全可以选取其中的一方面或几方面而略去其他。例如，叶圣陶笔下的"稻草人"被插在泥土里，"身子跟树木一样"，"连半步也不能动"，所以他不能替农妇捉虫、帮渔妇煮茶、无法搭救寻死的女子……作者让稻草人受到无法动弹这一"物性"的制约，这有助于作者塑造那个善良而又软弱的童话形象。而美国作家弗兰克·鲍姆（Frank Baum）笔下的"稻草人"又是另一番情形，当多萝茜"把他举起来离开了竹竿"，他就"靠着自己的力量在旁边走动"，他同人一样，能说话会走路。但还保留着没有知觉、不怕痛、没脑子不会想办法、很害怕火烧等"物性"，因为作者要塑造的稻草人是童话故事中互相帮助、共同战胜困难的四个好伙伴中的一个，所以作者必须超越或放弃他的某些"物性"。

3. 实现"人性"与"物性"的巧妙结合

（1）寻常式结合

发掘"物"本身通常被人们所认知和接受的属性，将人性特征附着其上，构思出拟人体童话形象。例如，猪的"物性"是贪吃、嗜睡、懒惰、不讲卫生等。童话故事中以猪来表现此类人性特点的例子就很多。在这些"物性"中，有一些是属于纯粹生物意义上的特征，如形体胖、爱拱土。也有的本身就具备了某些人性的意味，如懒惰。动物身上有一定人性意味的特征，通过童话作者的创造性构思，就可以转化为指向意义更为鲜明的"人性"。

（2）异常式的结合

要创造出富有奇异色彩的拟人体童话形象，还应当注意发掘"物"身上不被人们所关注的物性特征。

童话创作中处理"人性"与"物性"关系的策略：

其一，挖掘"物"身上经常被忽略的"物性"，从而产生创造性的思路。以狼为例：提起狼，人们首先想到的是它的凶恶、残暴的特点，所以大灰狼就成了童话中典型的反面形象，这是狼身上常见的物性特征使然。而狼的机警、勇敢、对幼崽的母爱情深，这些非典型的"物性"往往被人们所忽略。

其二，颠覆传统"物性"，把原有的"物性"加以全新的阐释。作为动物，在传统的童话形象系列中，狼和猫并没有明显的"笨"的属性，而冰波的《阿笨猫的故事》，就颠覆了人们对猫的一般性的"物性"认识，创作出了富有新意的童话形象。汤素兰的《笨狼的故事》不管是内容上还是形式上，无限真实的生活在作者的精心加工下，一种幼儿独有的童真、童趣便跃然纸上，字里行间都充溢着稚拙美。这部作品绝不会让我们联想到"狼外婆"或"大灰狼"，在这里狼是一个可爱的形象，打破了人们的思维定式。

谁住在皮球里[1]

[塞尔维亚] 鲁凯奇 韦苇译

是啊，谁住在皮球里呢？谁住在这圆不溜秋的快乐的屋子里呢？可能是仙女？太可能了。可要细一想，仙女应该生活在森林里呀，怎么会住在圆球里呢？那么，可能是地下精灵吧？这倒是很可信的。因为地下精灵形体小，圆球能容下他的身体。可他为什么要住进皮球里去呢？哎，也许是魔术师吧？他完全可能缩进一个球体里去。为了让观众喝彩，他会那么做的。

然而，皮球里住着的既不是仙女，也不是地下精灵，更不是魔术师。那里头住的……

第一，是兔子。因此，球会跳跃。第二，是轮子。因此，球会滚动。第三，是鸟。好像是一只喜鹊。因此，球会飞。

兔子、轮子和喜鹊都睡着的时候，圆球一动不动，像是里头什么也没有。不过，要是来那么一只脚……这就得从头说起了。

兔子睡了，轮子睡了，喜鹊把头藏到翅膀底下也睡了，于是皮球安安静静地躺在草地上。可这时，两只脚向它走来了，一只左脚，一只右脚。左脚飞起一下，把球踢了一下。轮子醒了，滚了几下，嘟嘟哝哝地埋怨道：

"哎，兔子，你干吗踢我一脚？我要睡，不想滚！"

这时，右脚又把球踢了一下，这下踢得更有力。于是兔子醒了，在球里蹦了几下：

"哎，哎，喜鹊，你别闹呀！"兔子大声叫道，"我想睡觉，不想跳！"

这时，左脚又猛劲地把球踢了一下！喜鹊醒了，它伸展翅膀，球飞了起来，高高地，直向天空飞去。

"哼！"喜鹊扇动着双翅，"轮子，想不到你这么爱闹！你要滚，就自个滚去得了，干吗把我闹醒？"

兔子生喜鹊的气，喜鹊生轮子的气，轮子生兔子的气。他们吵得不可开交。这时的球呢，又跳、又滚、又飞。

人们都说，皮球里的兔子、喜鹊和轮子相互一争吵，有趣的游戏就开始了。于是，球就像鸟儿那么飞，像轮子那么滚，像兔子那么跳。要让它停住呀，不用想！

【阅读思考】请分析这篇童话中的皮球的"物性"特点与兔子、轮子、喜鹊的"物性"是怎样有机地联系起来的。

童话作者以孩子喜欢的体育用品——皮球，作为构建故事情节的平台。一只普通的皮球在作者充溢谐趣的笔下，成了一间圆不溜秋的屋子。而且还有人住在里面，谁住在里面呢？童话开篇就很吊人胃口，作者在兜了一个圈子之后，笔锋一转告诉读者，皮球里住的是兔子、轮子和喜鹊。皮球里住着动物本来就让人觉得不可思议了，但这几样看似风马牛

---

1 鲁凯奇. 2010. 谁住在皮球里. 韦苇，译. 小学生：多元智能大王，6：12-13.

不相及的东西，却正好体现了皮球的"物性"——能跳、能滚、能飞，使故事情节的发展有了让人"信服"的幻想逻辑。兔子是走兽，轮子是物品，喜鹊是飞禽，拟人形象多样化。

跳跃的兔子、滚动的轮子、飞翔的喜鹊，在圆不溜秋的皮球里同台竞技，充分张扬了各自的个性：当安安静静躺在草地上的皮球被人踢起来的时候，皮球里的兔子、轮子、喜鹊乱成一团，相互埋怨，各自使力，使得球又跳、又滚、又飞！整篇童话幽默而又热闹，小读者的心也会乐得像童话里的皮球一样，又跳、又滚、又飞！

俄罗斯著名儿童文学作家米哈尔科夫说过，学龄前儿童文学是文学创作领域中最困难的领域之一，它要求作者具有儿童早期生活所特有的那种天真和好奇的特殊才能，这种文学作品只有具备儿童明亮心灵的人才能创作好。与此同时，它还要求具有生活的智慧、教育学的才干、心理学的深邃和异常敏锐的语言修辞的功夫。本篇童话充分体现了这一切。

（四）实践实训任务

1. 根据幼儿童话创作的要求，创作一篇幼儿童话，进行展示交流

要求：童话形象鲜明生动，适合幼儿园或小学低年级学生阅读；正确把握童话形象"物性"与"人性"的关系，表达有一定意义的主题思想；努力开拓创造性思维，运用所学的创作知识，争取使童话作品具有一定的神奇色彩。

2. 自学幼儿童话改编的要求，为一篇幼儿童话接续

要求：扩展情节，故事有趣；添加细节，丰富原有形象；语言浅显，符合幼儿的听赏水平。

3. 筹办童话剧表演大赛

每班推荐童话剧表演和原创童话各一个。童话剧表演和原创童话要求作品主题健康、鲜明，形象丰满生动、表现力强，内容创新。 童话剧表演角色不少于 3 个，情节连贯，时间不超过 8 分钟。原创童话展示仅限一人，时间不超过 5 分钟。

四、学生作品展示交流

（一）评价指标

拟定评价标准，组织学生将自己的作品在全体学生面前展示。
1）主题新颖，具有教育性。
2）恰当处理幻想与现实。
3）合理运用拟人、夸张等手法。
4）语言简洁，富有童趣。

（二）幼儿童话考核评价要求

1. 幻想和现实的合理组合

任何童话创作，都必须有丰富多彩而又神奇的幻想，没有幻想就没有童话。但

是，幻想并不等于可以脱离生活。"幻想一定要来之生活，却并非生活，但又要表现生活。"（洪汛涛语）这句话准确地道出了童话的幻想与现实的关系。因此，创作童话应该从现实生活中去发现富有表现价值的东西，而不是靠凭空的想象作为创作的材料。

古往今来，凡是称得上优秀的童话作品，无疑不是极其重视童话要反映现实这一问题。从安徒生的《卖火柴的小女孩》，到苏联儿童文学作家盖达尔的《一块烫石头》，从叶圣陶的《稻草人》，到当代郑渊洁的《脏话收购站》，无疑不是现实生活的真实写照。《卖火柴的小女孩》通过一个悲惨的画面，表达了作者对腐朽的社会制度的血泪控诉；《一块烫石头》阐明了一个生活的道理：只要有正确的生活目的，哪怕生活备尝艰辛也是值得自豪的；《稻草人》则尖锐的揭露旧中国的黑暗，表现了作者对劳动人民的深深同情；《脏话收购站》则是有感于培育当代儿童语言文明乃至社会文明的必要性。

但是，童话幻想与现实的结合，绝非是机械的物理的相加，而是化学似的融合，是水乳交融的结合。

"童话绝不是幻想和现实结婚，而是他们结婚生下来的孩子。"洪汛涛先生的这句话非常形象地道出了童话创作中幻想与现实的关系。

2. 幻想要符合童话逻辑

幻想要生活化，就是幻想要有童话的逻辑性。这里所讲的童话逻辑，实际就是幻想的逻辑性，而幻想的逻辑与生活的逻辑是一致的。童话的幻想必须根植于生活，要遵循生活的逻辑，而不是那种唯心主义的胡思乱想。

譬如写动物，那么，动物的习性就要符合生活中人们的习惯认同点：牛是勤劳的，猪是懒惰的，猴是聪明的，熊是笨拙的，象是温顺的，虎是凶残的，狐狸是狡猾的，狼是阴险的……如果违背了这一生活逻辑进行幻想构思，写一只羊，把它写成很凶残，会吃人，这就不会让人接受，那么写出来的作品就注定要失败了。

写植物，也一样，比如含羞草，一碰它，叶子就闭上，那就应该是一个腼腆害羞的女孩子，如果把它写成粗野、鲁莽、泼辣、大胆的妇女，就违背生活的逻辑性了。

同时，童话的幻想也不能违背科学的基本法则。童话虽然不是反映科学，但也不能违反科学，童话中的幻想与科学应是和谐统一的。例如，童话里你可以让一杯水变成一种神奇的药物，却不能无缘无故让它变成一块硬邦邦的铁。

童话的逻辑性还要求在安排人物的思想活动、角色之间的相互关系、事件的发展变化等方面，必须遵循生活规律和自然规律。也就是说，童话描述的虽然是超脱现实的幻想世界，但其中的人物、现象却仍然要严格遵守真实生活的逻辑性。比如，在《小羊和狼》中，作者尽可以讲述小羊是如何的机智，与凶狠的狼如何巧妙地周旋，但不能写小羊像武松一样给狼几个拳头，让狼一命呜呼，那样写就不可信了。

童话的逻辑性能使虚构的故事得到合乎逻辑的发展，也就是假戏真做，使作品获得强烈的艺术真实性。所以，童话的逻辑性，是来源于生活的逻辑，但又不等同于生活逻辑。童话的逻辑就是要运用这样的非生活逻辑，来反映生活逻辑的逻辑。

3. 童话形象塑造

童话形象是童话作品的核心。童话形象的塑造成功与否，是决定童话质量的关键之一。因为，如果没有栩栩如生的童话形象，其主题意义就无法生动、形象地传达给小读者，也就不能达到好的教育效果。

因此，童话创作要努力塑造鲜明独特的人物形象，杜绝借"神"或"物"图解"人"的标签式的写法。这就要求在童话创作时，要着重描写人物（指童话人物）特殊的经历与命运，并从中演绎合乎情理的性格发展，即使是习以为常的鸟兽虫鱼，也要用心写出独特的外形与性格，写出作者对它们的个性感知与艺术推理。在这方面，安徒生是位不朽的榜样，他的《海的女儿》、《丑小鸭》、《夜莺》、《拇指姑娘》等为世界童话之林提供了永具魅力的经典形象。

4. 童话情节的喜剧色彩

所谓喜剧色彩，不是专指有喜剧人物、喜剧故事的作品而言，而是指童话在真假统一上，把幻想和现实天衣无缝地揉搓在一起，从而有更多更巧的夸张变形、有更多的游戏成分、更多的幽默妙语，给幼儿带来更多的笑声和欢乐。这是幼儿的年龄特征所决定的。

童话本来就是由"奇人"、"奇事"所构成的奇书。它的全部情节都是在"假戏真做"。因此必须处理好真和假的关系，使其明知是假，却又存真。让小读者在时假时真、亦假亦真中陶冶道德情操。创作幼儿童话必须善于把握生活本质的真实，而不必拘泥于真实的细节。在此前提下按照幼儿的思维方式，去突破时空限制，人和非人的规范，借助幻想的彩翼，创造出充满欢歌笑语的童话世界。

5. 童话的时代性

创作幼儿童话时，应该密切注视今天的社会现实对幼儿的影响，以及幼儿对社会影响所作出的反应，体现出时代性。但是目前很多幼儿童话都还囿于狭小的生活圈子，缺乏新的时代精神。一些具有时代特征的生活内容，在幼儿童话中还很少涉及。在科学技术突飞猛进的信息时代，小读者有理由要求幼儿童话具有比历史上的"补天"、"填海"更新异的内容，塑造出更具有浪漫主义精神的人物，谱写出人类更伟大的惊心动魄的业绩。

总之，幼儿童话应该更富有现代生活气息，闪射出时代的光彩。它要求作者具有更高尚的道德修养，更新颖的知识结构，更丰富的想象力和表现力。

（三）幼儿童话的改编要求

除了专门为幼儿创作的童话外，在适合大龄儿童阅读的童话中，甚至成人文学中也有不少幼儿喜欢听赏的内容，如安徒生的《皇帝的新装》，我国古典小说《西游记》中的"孙悟空大闹天宫"等章节。幼儿喜爱这些作品，主要是被其中精彩的故事情节吸引，但作品的语言、结构、主题等却往往妨碍幼儿直接听赏，如果加以改造，会大大丰富幼儿童话的内容。事实上，不少流传甚广、脍炙人口的儿童文学作品，都是改编的。

为幼儿改编童话，除遵循儿童文学创作的基本要求外，还要注意以下几个方面：

1. 主题明确

被改编的一些作品，由于原来读者对象的知识、理解力都比幼儿丰富，它们的主题或较深刻、含蓄，或多义，或由于其他原因为幼儿难以理解，要改编成幼儿易于接受的童话，就要简化主题，使它单纯明确。

例如，《狐狸列那的故事》本是中世纪法国市民阶层的讽刺文学，它以一只外表文雅其实狡黠的狐狸列那为中心，描写它与其他动物的交往纷争，反映了当时封建社会中市民与贵族、僧侣之间、市民上下层之间的矛盾以及统治阶级丑恶、腐朽的面目，寓意深刻，而改编后的《狐狸列那怎样偷鱼》、《真假狐皮》则舍弃原来的主题和隐喻的社会内容，只突出狐狸列那聪明狡猾的性格，成为一种智慧故事。

2. 脉络清晰

给幼儿听赏的童话应该条理分明、脉络清楚，事件的逻辑关系要简单，过多的枝节会使叙述断断续续，幼儿就难于领会把握。比如，我国童话作家包蕾利用《西游记》中猪八戒、孙悟空等形象为大龄儿童创作了系列童话《猪八戒新传》，其中的《猪八戒吃西瓜》在叙写八戒贪馋捧着一块块西瓜大嚼时被悟空看见，这时穿插了悟空的几段心理活动，既点明八戒不该贪吃忘却师父和师兄弟，又突出他的可笑。而改编给幼儿看的《猪八戒吃西瓜》则删去了这些描写，让猪八戒边吃边说的动作连到了一起，这样，缩短了篇幅，增强了动作性，突出了重点，主线清晰，幼儿乐于听赏。

此外，改编作品的开头，应开门见山，让人物尽快出场，进入正题。例如《白雪公主》原文这样开头：

> 冬天，雪花像羽毛一样从天上落下来。一个王后坐在乌木框子窗边缝衣服。她一面缝衣服，一面抬头看看雪，缝针就把指头戳破了，流出血来，有三滴血滴到雪上。鲜红的血衬着白雪，非常美丽，于是她想："我希望有一个孩子，皮肤白里泛红，头发像这乌木框子一样黑。"不久她生了一个女孩，皮肤像雪那么白净，嘴唇像血那么鲜红，头发像乌木那么黑，她给她取了一个名字，叫"白雪公主"。

改写后的《白雪公主》这样开头：从前有一位王后，生了一个女儿，她的皮肤像雪一样白，王后就给她取了个漂亮的名字叫白雪公主。

原文的语言优美，但过多的静态描写会使幼儿不耐烦，改写后的开头简洁，迅速入题，投合了幼儿的阅读心理。

3. 语言生动

有的原作在语言运用上和幼儿的接受水平差距较大，这就要在语言的改动上下工夫。如包蕾的《猪八戒吃西瓜》原来有不少文言词语，改编时就要更换。又如，译作安徒生的《皇帝的新装》中有些语句也作了较大的改动，可比较下面两段：

原译文：

　　许多年以前，有一位皇帝，他非常喜欢好看的新衣服。为了要穿得漂亮，他不惜把他所有的钱都花掉。他既不关心他的军队，也不喜欢去看戏，也不喜欢乘着马车去游公园——除非是为了去炫耀一下他的新衣服。他每一天每一点钟都要换一套衣服。正如人们一提到皇帝时不免要说"他在会议室里"一样，人们提到他的时候总是说："皇上在更衣室里。"

　　他居住的那个大城市里，生活是轻松愉快的。每天都有许多外国人到来。有一天来了两个骗子。他们自称是织工，说他们能够织出人类所能想到的最美丽的布。这种布不仅色彩和图案都分外地美观，而且缝出来的衣服还有一种奇怪的特性：任何不称职的或者愚蠢得不可救药的人，都看不见这衣服。

改作：

　　从前，在一座金灿灿的房子里住着一个胖胖的大肚子皇帝，他呀，最喜欢穿好看的新衣服了。一会儿穿这一件，一会儿又穿那一件。他的新衣服多得就像天上的星星，数也数不清。但是，他还嫌不够呢。

　　有一天，皇帝正在房间里，一面穿新衣服，一面照镜子。忽然听见门外有人在喊："谁要做新衣服，谁要做新衣服罗。"皇帝一听，可高兴了，连忙派人"蹬、蹬、蹬"跑出去，把这两个人叫到屋里。

　　皇帝问他们："你们会做什么样的新衣服？"

　　那两个人眨眨眼睛，眼珠子一转，回答说："我们做出来的新衣服是世界上最美丽的衣服。金的丝、银的线、红红的领子白花边。"

　　皇帝听了，心里乐滋滋的，他想："我如果穿上了世界上最美丽的衣服，我就是世界上美丽的人了。"

　　其实，那两个人都是骗子，他们根本不会做什么衣服。

　　他们还对皇帝说，他们做出来的衣服还有一个优点，如果谁是个大笨蛋，谁就会看不见这衣服。

文中语言浅近、生动、有趣，适合供幼儿听赏。

[学生作品展示]

丑小鸭前传

潍坊工程职业学院 2009 级学前教育专业 3 班　周娅

　　温暖的春天来了，在一个美丽而安静的湖泊里，一群美丽的白天鹅兴高采烈地在这个清澈见底的湖泊中自由自在地游泳。它们在水中嬉戏着，欢乐的笑声传得很远很远，在山谷中回荡。突然间，"啪"的一声巨响，吓得这群小家伙全都逃跑了。它们飞到广阔的天空中往下看了看，原来发现有两个人正在追赶找一只小兔子，这群小家伙——白天鹅商量怎样为小兔子解围。这时候，听到了他们的谈话，于是，那两个人转移了目标，并用枪口向着这群白天鹅。又"啪"的一声，一只小天鹅从天上掉下来，刚好落在小白兔的前面，其他的白天鹅只能逃离去了，也顾不上这只受伤的白天鹅。

小白兔见着受伤的白天鹅问："鹅姐姐，你怎么了，为什么变成这个样？"鹅姐姐回答说："都是那两个坏家伙干的。"这时，小白兔看着鹅姐姐的羽毛被染红了，小白兔无奈之下，只能用最后一护身符，摇了摇脖子上的铜铃。忽然间，天空就飘下了一位神仙姐姐。原来他就是传说中的嫦娥姐姐，小白兔就是她身边的那只可爱的玉兔啊！鹅姐姐这时惊呆了，一动不动感到无比的震撼。

嫦娥姐姐问小白兔：你怎么跑下来了，为什么还有一只小天鹅和你在一起啊！不过长得倒挺漂亮的，但是为什么……话还没有落下，小白兔就接着说："主人，我们都被两个人追捕，在逃亡的途中，被他们的枪打中了。天鹅不能飞了，求主人救救她吧！"嫦娥姐姐把小白兔和天鹅都带回了广寒宫。但是没有过多久，这只白天鹅就生下了一个又大又圆的蛋，而白天鹅却死了。在白天鹅临死之前，对她的蛋施了咒语，一定不能让它的孩子和他一样美丽，不然会有很多的挫折、攻击。说完，白天鹅就这样死了。嫦娥看到这一幕，深感同情，并打算让白天鹅的后代——蛋，返回地球，让它再次重生。嫦娥一开始想把这个又大又圆的蛋交给一群白天鹅来孵，后来想到白天鹅临终前所说的："不能让她的后代像她一样美丽，不然还会被那些可恶的人追捕"。正在这时，嫦娥发现有一只鸭妈妈也正在为她的后代努力，一开始，鸭妈妈的蛋只有三个。第二天，鸭妈妈奇怪地发现怎么多了一个又大又圆的蛋！但是好心的鸭妈妈并没有放弃这个蛋，而是同她的蛋一起孵。

过了几天，鸭妈妈的孩子都出生了，并都长得活泼、调皮、可爱、动人。但是那个又大又圆的怎么还一动不动呢？鸭妈妈更加有些好奇，但还是没有放弃它的生命，又继续当好鸭妈妈。终于有一天，鸭妈妈感觉在肚子下面有什么东西在动，起身一看，原来是只小鹅。但是他又高又大又丑，在鸭群中，除了鸭妈妈，没有一个不嘲笑他的。就这样，"丑小鸭"诞生了。

【教师点评】接续童话既给了作者一定的束缚，同时又让作者任意驰骋，发挥自由想象的空间。

小熊的梦想店

潍坊工程职业学院 2009 级学前教育专业 1 班　于海文

这天，小熊和妈妈吃早餐时，看到了妈妈的白头发。小熊边吃边想：妈妈年纪大了，我该出去找点事做了。小熊以最快的速度吃完早餐，和妈妈说声再见就走出了家门。

路上，他看见牛伯伯在耕地，燕子阿姨在送信，小白兔在浇花。"我做点什么呢？"小熊自言自语道。突然，他想起来：我的愿望就是帮别人实现梦想，那就开个梦想店吧！

"噼里啪啦，噼里啪啦……"小熊的梦想店开业了。蜜蜂小姐迫不及待地飞进店里说："小熊，我要结婚了，可我想穿一件用花瓣做的婚纱。你能帮我实现这个梦想吗？"小熊说："嗯，我会帮你实现这个梦想的。"

小熊跑去找小白兔。因为小白兔有一个很大很大的花园，花园里开满了各种各样的花。"咚，咚，咚……"小熊敲响了小白兔家的门。"小熊，有事吗？"小白兔说。小熊说："我想向你借些花瓣，为蜜蜂小姐做一件花瓣婚纱，实现她的梦想。"小白兔说："好啊，我去花园里帮你采。"小熊和小白兔采了好多五颜六色的花瓣。小熊花了整整五天的时间，终于赶在蜜蜂小姐婚礼前做好了婚纱。蜜蜂小姐穿上漂亮的花瓣婚纱，高兴极了。她送给小熊一桶蜂蜜。小熊乐呵呵地笑着说："不用了，就当是我送你的结婚礼物吧！"

第二天，"嘭，嘭，嘭……"小熊还没醒，就听见了这敲门声。他开门一看：小猴满头大汗地站在门口。"有事吗，小猴？"小熊揉揉眼睛说。"小熊，我和小鹿约好一起去郊游。可天突然下起大雨，雨水把小桥冲坏了。小鹿在家一定急坏了，怎么办啊？"小猴着急地跳着说。小熊想了想说："你回家给小鹿写封信，告诉他，等天晴你们再去郊游。我去请燕子阿姨帮你送信。"小熊冒雨跑向了燕子阿姨家。小熊对燕子阿姨说了一大堆的好话，并答应帮她做家务，燕子阿姨才答应冒雨去送信。小猴为了感谢小熊，为小熊做了件新衣服。小熊接过新衣服说："谢谢你，我们把这件衣服送给小狗吧。天冷了，他一件衣服都没有。"

小熊每天帮助别人，自己可高兴了。突然有一天，小熊回到家，看见妈妈晕倒在地。小熊吓坏了，坐在地上大哭起来。蜜蜂小姐听见哭声，赶忙把大家都叫来。大家一起把熊妈妈送到了医院。医生告诉小熊："由于疲劳、身体虚弱，导致熊妈妈晕倒。熊妈妈得在医院住一段时间。"小熊把梦想店关了，在医院里照顾妈妈。

熊妈妈出院后，小熊回家看见梦想店里有好多人，可热闹了。原来，熊妈妈生病的日子里，小猴和小鹿在帮忙打理梦想店。

从此，梦想店的生意越来越红火。每个人的梦想都在大家的帮助下实现了。

（该作品获全国师范院校儿童文学研究会第 14 届年会原创作品一等奖）

【教师点评】"假如给我一对翅膀，我要飞上蓝天。"假如给我神奇的力量，我一定会实现我所有的梦想。孩子们的理想在童话中都得到了应验。

无 泪 之 城

潍坊工程职业学院2009级学前教育专业5班　李菁菁

冷风灌满了整个村子，树叶随着风的方向一片片飘落下来，明菁看着看着又忍不住哭了。明菁是个爱哭鼻子的小狐狸，跌倒了要哭，被欺负了要哭，受委屈了要哭，找不到妈妈了要哭，分不到好吃的也要哭……总之，遇到事情他首先想到的就是哭，小伙伴们都嘲笑他，弄得他又想撇着嘴哭。

猫头鹰博士告诉明菁，在森林的最东端有一个叫做无泪之城的地方，那里的人们很坚强，从来都不会哭泣，如果明菁可以去无泪之城祈求城主赐明菁一朵无泪之花，那么以后再遇到任何事情明菁就不会哭了。

明菁发誓，无论遇到什么样的困难都要找到无泪之城。这样小伙伴们再也不会嘲笑自己是爱哭鬼了。他背上妈妈准备的沉甸甸的包袱出发了，朝着太阳升起的地方，寻找森林最东端的无泪之城。晚上，一只大狗从森林里窜了出来，明菁吓得不敢挪动自己的腿，此时此刻，哭是他的第一反应；可是，大狗好像并没有从他身边走开的意思，不远不近的跟他对峙着。难道大狗是饿了？明菁试探得从包袱里拿出妈妈准备的干粮，扔了过去，大狗跑出去两步又跑回来叼着干粮走开了。看来走夜路真的很吓人，明菁决定今晚就在这里住下了。虽然不确定大狗会不会再回来，可他实在是吓得挪动不了半步了。

第二天的太阳又早早地升起来了。不能睡懒觉，我还要接着去寻找无泪之城呢。明菁再一次背上大大的包袱出发了，他哼着歌儿努力使自己开心地走下去。路上被荆棘刮破了小腿，明菁疼得泪都出来了。这还不是最倒霉的，森林里阴天了，看不到太阳的明菁迷路了。呜呜呜，他又一次哭了起来，他边哭边朝着自己感觉对的方向走着，他也不知道自己走了多久，干粮都吃光了，如果还找不到无泪之城，明菁就要被饿死了。

又是一天阳光明媚，明菁一睁眼就看到身边有好多人围着他，不过他们看上去都不是很高兴。看到他醒了，大家纷纷跟他攀谈起来，原来明菁在离无泪之城不远的地方昏倒了，被堡里的人救了回来。很快就有人把明菁的来意传给了堡主，堡主答应等明菁身体好些就会赐他一朵无泪之花。啊，终于可以摘掉爱哭鬼的帽子啦！明菁忘记了满身的疼痛开心地想要蹦起来。

城堡里人来人往每天都会有不同的事情发生。明菁在这待了好几天了，光邻居吵架、大个子欺负小个子就看到了好多次。可是，从来没有人哭泣，被欺负的一方总是默默地离开，唯一的变化就是表情更加郁闷一些，每每总是这样。周围的人们似乎都是类似的表情，仿佛阳光总照不到他们的脸上，从小孩子到老人，年龄越大表情越忧郁。明菁的脑子里充满了疑问：他那么向往的无泪之城怎么会是这个样子！无泪之城不是应该非常快乐永远都不用流眼泪的么？他不解地在花园里走来走去，好多彩色的花引起了明菁的注意。这里似乎遍地都是这样的花，但是从来没有人浇过它们。大家都告诉明菁，这是无泪之城特有的花，从来不用浇水依然开得很漂亮。明菁无聊地往花丛里撒了些水，想看看这不需要水的花有了水会是什么样。天哪，云彩很快聚集到了无泪之城的上空，一阵大雨突然来临，明菁被淋了个透。再看城堡里的人全都像出了什么事一样，哭了起来，有的号啕大哭，有的掩鼻流泪。明菁更加困惑了，无泪之城的人怎么会全都哭了呢？难道跟花有关？伴随着左邻右舍的哭声，明菁入睡了。他不敢想象明天一早醒来自己会承担什么样的责任，闯了那么大的祸，堡主肯定不会再赐他无泪之花了。

早上太阳微升，明菁被刺得有些睁不开眼，他眯着眼看到城堡里的人们都一改往日的愁容，满面笑意地在工作玩耍。直到堡主派侍从告诉明菁他才知道，自己竟然无意做了好事。原来，无泪之城的人们之所以不哭，是因为每个人一出生就同时栽上了一朵无泪之花。每个人跟花的命运都是连在一起的，无泪之花从不浇水，无泪之城从下不雨，而这里的人们从不哭泣。长期地不能发泄心中的感情，人们的脸色越来越差，而明菁的无意之举促使城堡的人们将积压已久的情感发泄出来了。那一晚酣畅淋漓地流泪哭泣，让无泪之城真正成了无泪之城，人们脸上的笑脸让明菁看着舒服极了。他觉得自己出来太久了该回家了，以后再遇到困难，他还会哭的，他要告诉小伙伴们，哭不一定就丢人，大雨过后的彩虹更美丽。

（该作品获全国师范院校儿童文学研究会第 14 届年会原创作品一等奖）

（更多学生作品请浏览 http://et.wx.blog.163.com/）

五、幼儿童话在幼儿教育中的设计与组织

幼儿童话是幼儿最喜闻乐见的形式，因此，在幼儿园的教育活动中，幼儿童话教学活动的设计与组织显得尤其重要。

（一）欣赏性讲述

幼儿园的童话教学，最基本的途径是教师将童话故事通过讲述传达给幼儿。讲述的

故事不能仅仅停留于故事情节层面，而关键的是要欣赏作品中的语言艺术和情感因素，这样才能发展和培养幼儿的语言能力，并完成情感和审美的教育过程。对幼儿来说，最具价值的语言就是那些形象性强和饱含想象性因素的语言，最富意义的感情是"爱"。在幼儿园童话教学活动中，特别是讲述环节里，要紧紧把握住语言的训练和情感的教育。

给幼儿讲童话故事，语言一定要做到绘声绘色，形象生动，而且语气要亲切自然，吐字清晰。另外，讲述中还要有表情、动作的配合，这样的讲述才能达到较好的效果。

为了加强讲述的形象性，除了讲究讲述的艺术性外，还要尽可能辅以一些直观性的教具，如图片、木偶、幻灯机、音乐等。这是因为幼儿是以直观形象的思维来感受事物的。

例如，我们给幼儿讲《小蝌蚪找妈妈》这篇知识童话，图片辅助是非常必要的，不然，幼儿（特别是大城市的幼儿）对这些小动物各自的特征是很难区分的。

同样，童话中的各个角色，在讲述过程中，都可采用木偶配合的形式，使幼儿如临其境，如闻其声，如见其人。

有条件的地方，讲述之后还可组织学生观看录像，那样印象将会更加鲜明。

（二）游戏性表演

儿童文学与游戏的关系十分密切，儿童文学充满游戏精神。许多儿童文学作家的创作，常常是从幼儿的游戏中得到启发，游戏是儿童文学生长的土壤。幼儿童话是儿童文学各种体裁中最具表演条件的体裁，因此，在童话教学中，应精心设计和组织表演游戏。

童话表演游戏要在幼儿熟悉作品内容、记住角色对话后进行。这种游戏是童话教学活动的延伸和补充，它的目的不只是单纯的娱乐，同时对加深作品理解、体验表演技巧、培养协作精神都具有明显作用。

（三）引导幼儿阅读欣赏童话

1. 感受童话意境

传统童话中的空间维度往往是单向的，即人物和事件出现在同一世界，主要是远离现实的想象世界，如《穿靴子的猫》、《青蛙王子》、《睡美人》等；也可以是虚拟的现实世界，如《蓝胡子》、《老头子做事总是对的》，这种童话节奏清晰，意境明朗。

现代童话的时空是多维的，第一时空之外延伸出第二时空，而且通过巧妙的手段在两个不同的空间维度间建立起和谐的连接关系，可以使现实和想象共存于同一个文本世界，而且能够自由穿梭、亲密往来，如一个隐秘的9 3/4站台（《哈利·波特与死亡圣器》），一本奇特的书（《讲不完的故事》），一个午夜的花园（《汤姆的午夜花园》），一张摇动的椅子（《两个小意达》），这些神奇或平常的意象，都可以沟通现实和想象两个世界的桥梁。

现代童话除了故事情节外，还应考虑作者如何处理现实和想象的关系，通过怎样的叙述方式展开故事情节，在童话角色塑造上体现了怎样的创意等问题，积极挖掘童话作品更深广的艺术内涵。

2. 把握童话的特点

传统童话和现代童话在叙事主题和模式上有区别，造成艺术效果的差异，因此应该明确所听的是传统童话还是现代童话。

传统童话除了民间口耳相传的作品外，还有一些是作家搜集整理的民间童话作品和现代作家专门创作的童话作品，如安徒生的《打火匣》、《大克劳斯和小克劳斯》、《野天鹅》、《笨汉汉斯》等，当代美国作家辛格创作的关于海乌姆愚人村村民的股市，德国普雷斯勒创作的《咱们的傻瓜城》。传统童话叙述结构上总是线性展开，在故事情节上采用三段式，如英国的《三只小猪》，重复性基础上的变化符合儿童的阅读习惯，富有民间趣味。

引导幼儿阅读欣赏传统童话，应十分注重故事情节的把握，可以借此训练孩子的童话复述能力。

3. 体味艺术特色

童话是儿童文学中最富有想象力的，呈现的艺术风格丰富多样，学会品味文本的艺术风格也是引导幼儿阅读欣赏童话的一个重要内容。

从整体风格入手，引导幼儿感受作品洋溢的艺术氛围。如《海的女儿》，充满悲剧色彩而又崇高深邃，弥漫着浓郁的诗情和忧郁之美；《长袜子皮皮》，皮皮衣着邋里邋遢，行为不受羁绊，常做些幽默有趣的热闹事件，反映了儿童对健康、自由的向往，洋溢着快乐的游戏精神；《夏洛的网》，夏洛为了帮助小猪威伯精力耗尽而死去，展现真诚、真挚的人性光辉。

从艺术手段的具体运用来考察作品的艺术特色。拟人、夸张、颠倒、象征等童话常用的艺术表现手法在每一个特殊文本中的运用都是不同的，产生的艺术效果也不一样。

从作品留给读者最深刻的印象入手，抓住作品的艺术特色。《木偶奇遇记》，一撒谎鼻子就变长；《彼得·潘》，充满着幻想色彩的童年和一座永不消失的永无岛；《敏豪生奇游记》，许多不可思议的奇迹般的荒诞历险；《柳林风声》，文笔细腻优雅，充满着清新、温暖的诗情。

《毛毛虫上学了》幼儿园活动设计

潍坊教育学院 2007 级学前教育专业 8 班

李事茹　张　婧　刘晓妮　贾媛媛　任　慧　王玉蕾　张明明　赵　迪

◆ 活动设计理念：针对儿童在日常不爱运动、不懂得分享合作等问题，采取话剧表演的形式与儿童交流，来让儿童明白运动对身体的好处，以及相互分享帮助带来的好处，从而让幼儿喜欢运动，热爱帮助别人，学会分享。

◆ 活动对象：大班

◆ 活动目标：

1）通过表演使幼儿了解故事大意，让幼儿在乐趣中收获知识。

2）要儿童认识到运动对身体的好处和对生活的益处，了解小毛虫运动之前和运动之后的不同，让幼儿理解哪一方面更好，为什么。

3）要幼儿在看表演的同时形成相互帮助的思想。

4）学会在接受帮助后感谢对方，并在日常生活中懂得分享。

◆ 活动难点：

1）表演具有局限性，与儿童的心灵沟通距离较远。

2）幼儿进入角色较慢。

◆ 活动重点：

1）让幼儿在乐趣中收获知识。

2）培养幼儿热爱运动、互相帮助、分享的意识。

◆ 准备活动：卡纸制作小动物头饰（毛毛虫、毛毛虫妈妈、毛毛虫爸爸、小蚂蚁、小鹿、小蜜蜂、白兔），小书包若干，小红花若干，报纸，小椅子若干，儿童玩具一盒，气球若干，围裙，背景音乐等。

◆ 活动过程：

1）直接进入主题，问好并开始讲"小毛虫上学了"的故事。"从前在一棵树上，住着一只毛毛虫……"

2）讲故事时，教师上前表演，配合音乐，表演尽量生动形象。（先是小毛虫爱吃但不爱运动，所以很胖，走起路来很吃力；去幼儿园后，受到老师批评与鼓励，得到小伙伴们的帮助；在小伙伴们的帮助下，小毛虫身体可棒啦，上学不再迟到，并受到白兔老师的夸奖，得到一朵小红花；小毛虫在小伙伴们的帮助下学会了帮助别人，并懂得好的东西要与人分享。）

3）在过程中问些问题，如：在小毛虫穿鞋子一段中当毛虫妈妈为小毛虫穿鞋子，发现小毛虫穿鞋子好难，因为她有好多只脚时，可用："这可把毛虫妈妈愁坏了，这是为什么呢？"留一定空间给儿童，要儿童去思考，想答案。

4）在表演时突出重点，将教育意义尽可能地灌输到儿童心中。

5）表演结束，教师一起上场，并与小朋友们说再见。

附：《小毛虫上学了》教学活动录像 http://etwx2.wfe.cn/thzh.html

　　　指导教师：隋立国　张艳秋

　　　幼儿园活动指导、点评教师：潍坊教育学院附属幼儿园　董新霞

[学生作品]

小毛虫上学了

李事茹

从前，树上住着一只毛毛虫。她的爸爸妈妈非常爱他，不仅不要小毛虫帮忙做家务，而且每天都为小毛虫做好多好吃的东西。小毛虫整天都是吃呀、睡呀，很少活动，一觉得有一点点累，就喊着："妈妈，妈妈，好累啊！抱抱，抱抱！"这时，妈妈就会放下手中的活，抱起小毛虫，将她放在阳台的摇椅上，亲亲她说："小宝贝，在这里晒晒太阳，妈妈去给你做点心"。小毛虫懒洋洋地躺在摇椅上打着哈欠，"呀，真舒服啊"！就这样，小毛虫慢慢长大，也越来越胖。

有一天，毛虫爸爸下班回家，对小毛虫说："小宝贝，森林幼儿园要开学了，许多小动物都会去，你也去吧！""去幼儿园？为什么要去幼儿园呀？在家多好呀！""呵呵！

小宝贝，幼儿园里有好多小朋友和你做游戏，还有兔子阿姨教你学好多的知识，多有趣啊！"毛虫爸爸边说边将小毛虫抱在腿上。听到有许多小伙伴和自己玩，小毛虫连忙说："好呀！好呀！我要去幼儿园。"说着，小毛虫抱住爸爸的脖子，毛虫妈妈在一旁笑着为小毛虫做美味。开学的日子就快到啦，毛虫妈妈为小毛虫买了一个好漂亮的书包，小小的课本也包上了美丽的书皮，最令小毛虫开心的是妈妈为她买的小鞋子。

开学这天，小毛虫起了个大早"妈妈，妈妈，我起床啦"！毛虫妈妈真是又惊又喜，抱着小毛虫亲了又亲说："小宝贝，真乖。"毛虫妈妈给小毛虫穿好衣服，准备好早餐。小毛虫吃得饱饱的，背上书包，准备穿鞋子，多好看的鞋子呀！这可是小毛虫第一次穿鞋子呢！可是，这鞋子可把毛虫妈妈愁坏了，这是为什么呢？哦！原来小毛虫有好多只脚，每只脚都要穿上袜子和鞋子，这多麻烦呀！可没有办法，因为小毛虫要穿上鞋子上学呀！毛虫妈妈看了看挂钟，急忙为小毛虫穿鞋子。时间一点点过去了，小毛虫的鞋子终于穿好了。毛虫妈妈又看了看时间，"哎呀！快迟到啦！"毛虫妈妈急忙领着小毛虫向幼儿园跑去。可是小毛虫太胖了，跑了两步就气喘吁吁，吵着要休息。毛虫妈妈只好带着小毛虫慢慢走。我想，大家都猜到了，小毛虫第一天去幼儿园就迟到了。白兔阿姨热情地接待了她们，摸摸小毛虫的脑袋说："小毛虫，欢迎你来幼儿园，可是，明天不要再迟到喽！"小毛虫害羞地低下头说："哦！知道了"。

小毛虫在幼儿园过得可开心啦！她认识了好多小伙伴，小蚂蚁见到小毛虫说："小毛虫，你好啊！我是小蚂蚁，很高兴认识你"。小鹿跑来说："小毛虫，我是小鹿，我们做好朋友吧"！小老鼠，还有小蜜蜂也跑来啦。他们都特别地开心。小毛虫在幼儿园可开心啦！不仅交到了好多朋友，还学会了好多儿歌呢！回到家里，小毛虫把幼儿园里的事情讲给妈妈听，还为妈妈背儿歌。

第二天，小毛虫吃过早餐，正在穿鞋子。小蚂蚁来到小毛虫的家，因为他要和小毛虫一起去幼儿园。小蚂蚁说："小毛虫，我们上幼儿园吧"！小毛虫急忙说："好啊好啊，等我穿好鞋子好吗？"小蚂蚁看到毛虫妹妹穿鞋子那么麻烦，便帮助小毛虫穿起鞋子。一会儿工夫就穿好啦，小毛虫开心极了，连忙说："谢谢你，谢谢你，你真是我的好伙伴！"小蚂蚁说："不用谢，不用谢，帮助你，我很高兴！"

上学的路上，小毛虫和小蚂蚁遇到了小鹿。小蚂蚁说："小鹿，小鹿，早上好，你跑得可真快呀！"小鹿呵呵地笑了，他看了看小毛虫说："小毛虫，小毛虫，你走得那么慢，会迟到的。"小毛虫拍拍肚子说："我太胖了，走不快呀！""哦！那你们爬到我的背上，我带着你们走吧！"小毛虫和小蚂蚁爬到小鹿的背上，"哇！真快呀！"小鹿跑起来像风一样，不仅没有迟到，还早到了好几分钟呢！

"小鹿，小鹿，谢谢你，你真是我的好伙伴。"小毛虫开心地说。

"不用谢，不用谢，帮助你我很高兴！"小鹿笑嘻嘻地说。

"小毛虫，小毛虫，你该多锻炼身体啦，你吃那么多，如果再不锻炼，会越来越胖的！"小蜻蜓和小老鼠围过来说。

"可是，可是锻炼身体多无聊呀！"

"那我们陪着你锻炼身体好不好？"小伙伴们齐声说。

　　小毛虫看看小伙伴们，开心地点点头。于是，小路上经常可以看到小毛虫、小蚂蚁、小鹿和小老鼠在跑步，小蜜蜂边飞边为大家加油。

　　时间一天天过去了，在小伙伴们的帮助下，小毛虫终于不那样胖了，走起路来也快多了，去幼儿园也没有再迟到过。白兔阿姨夸奖了小毛虫说："小毛虫，这些天你上幼儿园没有迟到，真是个好孩子"！小毛虫高兴地说："是因为小伙伴们的帮助，我要谢谢他们！"

　　毛虫妈妈和毛虫爸爸为小毛虫的这一改变感到非常高兴，并给小毛虫买了好多玩具和糖果，小毛虫并没有自己享用，而是抱起玩具和糖果说："我要和我的朋友们一起分享！"

　　从那以后，小毛虫经常帮助小伙伴们，她在幼儿园里生活得非常开心。

项目七

儿　歌

从母亲嘴里听来的儿歌倒是孩子们最初学到的文学，在他们心上最有吸引盘踞的力量。

——泰戈尔

项目目标

※　了解儿歌的特征、类型和表现手法
※　会欣赏儿歌并进行初步的儿歌创作
※　掌握儿歌在幼儿园教学活动中的设计与组织的方法

一、儿歌知识学习

（一）儿歌的含义和特征

儿歌是以低幼儿童为主要接受对象，符合儿童听觉要求，浅显易懂、琅琅上口的短小诗歌，是儿童文学最基本的文体形式之一。

儿歌是采用韵语形式、适合于低幼儿童聆听吟唱的简短的"歌谣体"诗歌。在古代，儿歌一般被称为"童谣"，某些文献资料所说的"婴儿谣"、"小儿语"、"儿童谣"、"孺子歌"等，都属于儿歌的范畴。传统的儿歌最初是在民间口头流传的歌谣，后来，这些歌谣被人们收集整理，才有了文字的记载。因此可以说，儿歌是一种最普遍的口头文学样式，也是人一生中最早接触的文学样式。从其创作主体来看，儿歌的作者有两种人，一是母亲或其他成年人，二是儿童自己。作为一种独立的儿童文学体裁，儿歌在其自身发展的过程中，形成了它固有的特性。

1. 节奏鲜明，音韵和谐

孩子天生喜欢唱歌。婴幼儿听觉发展较快，对声音异常敏感且有浓厚的兴趣和较强的识别能力，因此，他们对音乐性强的韵律特别喜爱。而儿歌非常重视韵律节奏，其诗句中语音的强弱、长短和轻重有规律地交替，以及诗句的押韵和停顿都是构成儿歌音韵节奏的重要因素，也因之而使儿歌具有了鲜明的音乐性。

一般来说，儿歌的节奏更多地反映在由诗句的停顿而构成的节拍上。儿歌常见的节拍大致有三种情况，一是节拍字数一致，如张强的《手套》（戴上一只手套，钻进五个宝宝，宝宝盖上棉被，胡噜胡噜睡觉）；二是节拍一致字数不一致，如传统儿歌《端豆花》；三是节拍不固定，如郑春华的《吹泡泡》（吹泡泡，吹泡泡，泡泡像串紫葡萄。一颗、两颗，六颗、七颗……我的泡泡大又大，呼噜噜，满天飘）。由于接受者和创作者都喜爱杂言句式的作品，因此节拍不固定的儿歌较多，而其节拍则根据内容的需要而灵活运用。

啄 木 鸟[1]

胡鸣树

山林里——

托！托！托！

啄木鸟——

啄！啄！啄！

为树林——

除害虫

一条不漏

捉！捉！捉！

《啄木鸟》这首儿歌基本上是三字句，读起来跳跃活泼节奏感强。其中间隔重叠"托、啄、捉"三个韵母相同的字来摹声拟状，既出神入化地描绘出啄木鸟一心治虫的专注神态，同时在听感上，又自然和谐地给人以余音绕梁的音乐美。

押韵是构成儿歌音韵美的重要方面。因此，儿歌重视在某些句子的末尾一个字上有规律地落音一致，形成押韵。这种韵律的去而复返、奇偶相谐和前呼后应，也会使儿歌产生鲜明的节奏感，从而收到特殊的听觉效果。当然，儿歌的押韵并非一成不变，而是有变化的。儿歌的押韵一般有四种情况：一是句句押韵。这种押韵较规矩，容易上口，吟唱起来悦耳动听。其缺点是用韵范围较窄，句式变化不大，显得较为呆板。二是隔句押韵，即每逢双句押韵，首句则可押韵可不押韵。这种押韵方法限制较少，用词造句较为方便，比句句押韵容易掌握，因而是用得最多的一种押韵方式。三是在儿歌的表述中不断变换韵脚，多用在"连锁调"的押韵上。一般每两句换一个韵脚，用韵灵活方便，错落有致，便于吟唱。四是用同一个字押韵，称"一字韵"，一般用于字头歌形式。这其实是一种特殊的句句押韵方式，作品通篇都用同一个字作为韵脚。这种韵脚又有三种情况：其一是用子、头、手等押韵，这与汉语词汇中以"子"、"头"等为词素构成的词较多这一特点分不开；其二是诗句末字儿化，使诗句落音相近，形成特殊的"一字韵"；其三是用"了"、"喽"、"啦"等语气词为韵脚，别有风味。一字韵儿歌一般以所用的"一字韵"作为篇名，如"子字歌"、"头字歌"、"手字歌"等。

2. 篇幅短小，内容浅显

儿歌以低幼儿童为读者对象。幼儿心理发展的特征决定了其"无意注意"占主要地位，

---

1 翟云. 2006. 幼儿文学赏析教程. 兰州：兰州大学出版社.

因而他们靠意志力保持注意的程度较低，不能将其注意有选择地集中在某一事物上。从这个意义上看，篇幅短小、结构单纯、通俗易懂、易记易唱便成了儿歌的特征。同时，为便于孩子记忆掌握，儿歌的内容不能复杂，而应该简单明了，平实明白。例如传统儿歌《排排坐》："排排坐，／吃果果，／你一个，／我一个，／弟弟睡了留一个。"整首儿歌仅用了 19 个字，篇幅短；每句只有三个字，句式简单，内容浅显；仅用两句话，就简单明了地展示出小朋友分果、吃果、团结友爱的活动过程。幼儿读之不难，且极易记住。

圣野的儿歌《布娃娃》："布娃娃／不听话／喂她吃东西／不肯张嘴巴。"[1] 这首儿歌于天真稚气中表达了幼儿对周围生活的模仿和思考。全舒的儿歌《小青蛙》："小青蛙／叫呱呱／捉害虫／保庄稼／我们大家都爱它。"只有 19 个字，既描绘出青蛙鸣叫的田野画面，又告诉儿童一个常识，简短单纯，易诵易记。

爬 [2]

赵家瑶

爬台阶，往上爬，

回头瞧：爸爸妈妈没我高。

3. 歌戏互补，富于情趣

幼儿的主导活动是游戏，他们往往通过游戏来了解、熟悉和认识周围事物。而群体的游戏活动，需要有能够统一幼儿动作、吸引其注意力的有节奏的口令，用富于韵律性的语言来揭示游戏的内容，以增加儿童对游戏的兴趣。这种口令和韵律性语言就是儿歌。因此，讲究和追求动态的游戏性，将游戏与儿歌相结合，实现歌与戏的互补便成了儿歌的一个明显特征。

儿歌歌戏互补的特性有着增强作品趣味性和幽默感的作用。幼儿的游戏在某种意义上有着很强的表演性。在表演中吟唱，演唱互动，势必更显其趣。例如柯岩的《坐火车》，写小朋友们把小板凳摆成一排，当做火车，模仿开火车。有的扮司机，有的扮乘务员，有的扮抱娃娃的"妈妈"，有的扮牵小熊的乘客。火车"轰隆隆隆，轰隆隆隆，鸣！鸣！"地叫着穿大山，过大河，到车站下车，收车票喊乘客，热闹无比。这分明是一个与儿童心理相适应的，让孩子在模仿中学习生活的"模仿游戏"。孩子完全可以在欢快的游戏中一边念儿歌，一边"开火车"，既得到语言的训练，获得吟唱的快感，又获得游戏的愉悦和乐趣。同样，一些儿歌的特殊形式如绕口令、连锁调、字头歌、颠倒歌等一经和游戏结合，也会在天然谐趣之中显出幽默，使儿歌的趣味性更为突出。

我国传统的儿歌中就有许多体现歌戏互动式的游戏歌：如《一个虎》："一个虎／一个豹／一个接着一个跳。"唱这首游戏歌时，一个孩子把头垂下弯着腰，双手按在膝盖上，

1　圣野. 1996. 圣野儿歌. 太原：希望出版社.

2　赵家瑶. 2009. 快乐诵读·新儿歌：小红船. 长沙：湖南少儿出版社.

另一个孩子用双手按着他的背部，张开双腿跳过去，再到前面伏下，让下一个孩子跳，边跳边唱。

《翻饼烙饼》："翻饼烙饼，/油渣儿馅饼，/翻过来，我瞧瞧，/叽里咕噜一个。"歌戏互补，充满动感。孩子们边唱儿歌边游戏会使游戏活泼而有吸引力。幼儿可以在游戏中一边念儿歌一边玩耍，既得到语言的锻炼，又获得游戏的愉悦和乐趣。

总之，儿歌有着很明显的游戏成分，可以说是一种锻炼孩子语言和思维能力的"游戏歌"。如"摇篮曲"有不少其实是母亲逗弄孩子时，即兴吟唱的"逗乐歌"；"谜语歌"则是伴随孩子在玩猜谜语游戏时互相念唱；此外如"故事歌"、"对数谣"则是在进行讲故事游戏时，由孩子们互相传唱，或是在配合孩子们玩对花游戏时，一边玩一边念唱，它们都不同程度地伴随着儿童的游戏，是歌戏互补的最好见证。

4. 童趣盎然，天真稚拙

清代郑旭旦在他的《天籁集》里最早提出儿歌是"天籁"的说法："天机活泼，时时发现于童谣。"他解儿歌之美为："风行水上，自然成文……真率浑成之至。"儿童文学作家圣野也赞美儿歌之美，"有如风吹竹林，飒飒作响；水过浅滩，潺潺而鸣，听来真切自然，没有半点斧凿痕迹。""杨柳青，放风筝；杨柳黄，踢毽忙"，这首古代儿歌，使我们感受到一派清新之气。唱了"锣鼓响，脚底痒"这样的里巷歌谣之后，真会使我们也产生跃跃欲试的情感，仿佛自己也变成了一个贪玩的小娃娃。

北京传统儿歌

丫头丫，

打蚂蚱，

蚂蚱跳，

丫头笑，

蚂蚱飞，

丫头追。

这首儿歌短短六句十八字，却活画出了一幅小女孩追打蚂蚱的童趣图。"打"、"跳"、"笑"、"飞"、"追"五个动词的运用，使得画面充满动感。

捉 泥 鳅[1]

杜虹

捉呀捉，捉泥鳅

泥鳅泥鳅滑溜溜

捉来捉去捉不到

妈妈来了捉住个——小泥猴

---

1 张克明，等选编. 2012. 儿童启蒙心读丛书：儿歌300首. 沈阳：辽宁少年儿童出版社.

《捉泥鳅》用几句话描绘了一个充满活泼、机趣和幽默感的画面，让我们深深感受到童趣美。儿歌就是这样简单，却又是这样富有感染力。聪明的儿歌作者，明白如何去达到这样的境界。那就是：用白描的手法，浅显简洁的语言，真切地表现幼儿熟悉的生活，表现幼儿眼中的世界。幼儿的活动与行为，已是天然稚趣，过多的修饰有时反成累赘。所以好的儿歌都简单，也都有味。

小 蚱 蜢[1]

张继楼

小蚱蜢，学跳高，

一跳跳上狗尾草。

腿一弹，脚一跷：

"哪个有我跳得高！"

草一摇，摔一跤，

头上跌个大青包。

张继楼的《小蚱蜢》，内容结构单纯，用最简单的句式结构和最短的篇幅集中描绘幼儿的某一活动，介绍某一事物，简明地说明某一种道理。形象、幽默、稚拙。

小花狗学写2[2]

薛卫民

小花狗，

游过河，

游过河来找大白鹅。

它找大鹅干什么？

它要学写2，

来看大鹅的弯弯脖儿。

小 老 鼠[3]

冯幽君

小老鼠，

淘气包，

打电话，

不拨号，

只有耳机吱吱响，

半天啥也没听到。

1　张继楼. 1996. 张继楼儿歌. 太原：希望出版社.
2　李昆纯. 1985. 小花狗学写2——汉语注音读物【插图本】. 长沙：湖南少儿出版社.
3　冯幽君编，戴定九，毛用坤画. 1989. 老鼠打电话. 北京：中国和平出版社.

轻 轻 跳[1]

郑春华

小兔小兔，轻轻跳。

小狗小狗，慢慢跑。

要是踩疼小青草，我就不跟你们好。

（二）儿歌的结构特点

从外在形式来看，儿歌的篇幅没有长短的规定，但由于儿歌的特定对象是年龄较小的孩子，所以其篇幅一般不宜过长。在结构上，儿歌也没有一成不变的固定形式，可分节，也可不分；可用二言句式、三言句式、四言句式和五言句式，也可用六言句式、七言句式和杂言句式，呈现出多种多样的结构形态。

儿歌就其分节而言，通常情况下，一般有一节式、两节式和多节式几种情况。一节式儿歌，内容单纯，篇幅也比较短小，具有一气呵成之感。在句式上，一节式儿歌大多数由偶数诗句组成，也有一些由奇数诗句组成。而对偶数诗句抑或是奇数诗句的采用，则要取决于儿歌内容表达的需要，其原则是意到文止，不可画蛇添足。

儿歌的全部内容分两节表达，构成两节式儿歌。这类作品常采用对比或反复的修辞手法来连接上下两节的内容，使其浑然一体，且活泼有致。例如张铁苏的《没耳朵变尖耳朵》（隔壁有个小多多，妈妈叫他做功课，七遍八遍叫多多，多多好像没耳朵。爸爸回家分果果，喊了哥哥喊多多，多多一听笑呵呵，没耳朵变尖耳朵），即采用对比的手法，而刘饶民的《海水》则是运用反复手法。对比和反复手法形成了儿歌两节之间的前后呼应，它们既能使作品的内容和作者的思想感情得到充分的表达，又保证了作品结构的严谨。

海　水

刘饶民

海水海水我问你：

你为什么这么蓝？

海水笑着来回答：

我的怀里抱着天。

海水海水我问你：

你为什么这么咸？

海水笑着来回答：

因为渔人流了汗。

凡三节以上的儿歌，就可以称为多节式儿歌。其结构比较自由，可长可短，适用于

1　郑春华诗，王晓明绘画. 1996. 郑春华儿歌：彩图名家儿歌. 太原：希望出版社.

表达内容较丰富的儿歌。例如张继楼的《小蚱蜢》，即属多节式儿歌形式。

儿歌就其句式而言是多种多样的，其中二言句式的儿歌，诗句全由两个字构成。这是儿歌最古老的句式，至今仍为儿歌作家所用，例如胡木仁的《娃娃长了》。三言句式的儿歌，诗句全由三个字构成，这也是儿歌最古老的句式之一，李先轶的《看月亮》用的就是此种句式。曾经在诗歌中盛行的全由四字构成的四言句式，也是儿歌的常见形式，张峰德的《小鸭说大话》即属此类。诗句全由五个字和七个字构成的五言句式和七言句式，在儿歌中的运用较为广泛，如刘饶民的《海水》属七言句式，而杨子枕的《大轮船》则属五言句式。诗句全由六个字构成的六言句式，在诗歌中用得较少，但在儿歌中却不少见，传统儿歌《板凳歪》便是一例。以各种句式的综合运用为特征的杂言句式，是儿歌中运用最广的句式，这种句式不受字数的限制，自由灵活，很受广大作者特别是初学写作者的喜爱，张继楼的《小蚱蜢》就属此类儿歌。值得一提的是，《小蚱蜢》所用的三三七句式，是一种特殊形式的杂言句式，一般采用多节式的形式。它在长期的流传过程中逐渐定型，其特点是每节由三句构成，每节第一、二句为三言句，第三句为七言句。其中二、四句押韵，首句用韵自由。由于句式的有规律变化，杂言句式的儿歌表现出较强的节奏。

> ### 看 月 亮
> 李先轶
> 初一看，一条线。
> 初二三，眉毛弯。
> 初五六，挂银镰。
> 初七八，像小船。
> 初九十，切半圆。
> 十五六，像玉盘。

（三）儿歌的特殊艺术形式

儿歌除一般的艺术形式外，还有许多在长期的流传过程中形成的特殊形式。

1. 摇篮歌

摇篮歌又称摇篮曲、催眠曲、抚儿歌，指哄孩子睡觉时由母亲或其他成人吟唱的儿歌形式。

摇篮歌所表达的感情较为朴素，其内容一般有母亲对孩子的爱抚和安慰、有父母对孩子命运前途的祝福等。在艺术传达上，摇篮歌具有内容通俗浅显，形象生动优美，结构严谨自然，节奏柔和舒缓，语言柔美流畅等特点。它对孩子的作用在"声"而不在"义"，通过柔和舒缓的吟唱给孩子们最早的美的熏陶。例如黄庆云的《摇篮》："蓝天是摇篮，/摇着星宝宝，/白云轻轻飘，/星宝宝睡着了。/大海是摇篮，/摇着鱼宝宝，/浪花轻轻摇，/鱼宝宝睡着了。/花园是摇篮，／摇着花宝宝，／风儿轻轻吹，／花宝宝睡着了。／妈妈的手是摇篮，／摇着小宝宝，／歌儿轻轻唱，／小宝宝睡着了。"作品分四个层次，从蓝天、大海、花园、妈妈的手四方面层层吟诵，舒缓的节奏，传达出温馨、恬静之美，生动地表现了母亲对孩子亲切的关怀和温存的爱抚，是从母亲美丽的心灵中自然流淌出来的心声。

小宝宝要睡觉[1]
陈伯吹

风不吹，浪不高，

小小船儿轻轻摇，

小宝宝啊要睡觉。

风不吹，树不摇，

小鸟不飞也不叫，

小宝宝啊快睡觉。

风不吹，云不飘，

蓝色的天空静悄悄，

小宝宝啊好好睡一觉。

2. 问答歌

问答歌又称对歌、盘歌、猜谜调，是指以设问作答的方式，引导孩子认识事物或一定道理的传统儿歌形式。孩子诵读问答歌，能引起他们的思考、联想，从而得到知识的启迪和美的享受。

有问有答是问答歌的基本特点。例如广西传统儿歌《谁会飞》："谁会飞？／鸟会飞。／鸟儿怎样飞？／扑扑翅膀去又回。／谁会跑？／马会跑。／马儿怎样跑？／四脚离地身不摇。／谁会游？／鱼会游。／鱼儿怎样游？／摇摇尾巴调调头。／谁会爬？／虫会爬。／虫儿怎样爬？／许多脚儿慢慢爬。"再如唐鲁峰的《谁的耳朵》："谁的耳朵长？／谁的耳朵短？／谁的耳朵遮着脸？／驴的耳朵长，／马的耳朵短，／象的耳朵遮着脸。／谁的耳朵尖？／谁的耳朵圆？／谁的耳朵听得远？／猫的耳朵尖，／猴的耳朵圆，／狗的耳朵听得远。"这两首儿歌，前者采用一问一答的形式，以有问必答的形式分别道出不同事物的特征；后者采用连问再答的形式，以一组问引出一组答，并以此介绍不同的事物，从而引导孩子在比较中了解事物，培养他们观察和分辨事物的能力。为了便于孩子把握，连问再答式的问答歌对问答的设计一般不超过四组，即每首儿歌最多不超过四组问四组答。

3. 连锁调

连锁调又称连珠体、连环体、连句、衔尾式，是一种运用"顶针"的修辞手法结构

---

1 圣野．2008．儿歌三百首．杭州：浙江少年儿童出版社．

诗文的传统儿歌形式。

"顶针续麻"是连锁调在修辞上的特点，即前一句诗（有的作品是上一节）末尾一词作为后一句诗（有的作品是下一节）的开头，"中途换韵"、"随韵黏合"是其在押韵方面的特点，即每个层次换了一个韵脚。而"无意味之意味"则是其主题表现方面的特点。例如在西南地区流传的《三国刘备打草鞋》便是最能体现连锁调上述特点的作品："来来来，／三国刘备打草鞋，／草鞋打给苏妲己。／苏妲己的脸又红，／一打打到赵子龙。／赵子龙的本领高，／一打打到高老幺。／高老幺的镰刀快，／一杀杀到猪八戒。／猪八戒的嘴嘴长，／揪起两个耳朵晒太阳。"这首儿歌，由每个层次的上句起韵，并由此韵引出下句。下句和上句在内容上没有逻辑联系，但却押韵，靠押韵把内容上无关联的两个句子粘在一起。这种随句黏合，中途换韵的艺术处理，使儿歌在内容的表现上显示出跳跃性特点。

盖 花 楼

传统歌谣

盖、盖、盖花楼

花楼低

碰着鸡

鸡下蛋

碰着雁

雁叼米

碰着小孩就是你

4. 颠倒歌

颠倒歌也称稀奇歌、滑稽歌、古怪歌、反唱歌，指使用夸张手法，故意颠倒地描述大自然和社会生活中某些事物和现象的状况，达到以表面的荒诞揭示事物本相和实质的目的的传统儿歌形式。

颠倒歌可以放松情绪，使儿童在快乐的笑声中获得丰富的想象力和幽默感，也可以增强儿童的识别能力，锻炼他们从反面来联系和思考问题的逆向思维能力。

例如河南传统儿歌《小槐树》："小槐树，／结樱桃，／杨柳树上结辣椒，／吹着鼓，／打着号，／拉着大车抬着轿。／蝇子踢死驴，／蚂蚁踩塌桥。／木头沉了底，／石头水中漂。／小鸡叼个饿老雕，／小老鼠拉个大狸猫。／你说好笑不好笑？"作品想象丰富、夸张大胆，故意颠倒和混淆了各种事物之间的正常关系和顺序，不仅把自然界或社会生活中不可能发生的事情和现象，通过丰富的想象渲染得活灵活现，而且带着一种滑稽诙谐和荒诞不经的味道。

5. 数数歌

数数歌指将数字和形象结合，通过数数吟唱，以帮助儿童认识数的儿歌。

　　数数歌的表现形式是多种多样的。有的以简单的序列数字排列而成，如传统儿歌《一二三，三二一》："一二三，／三二一，／一二三四五六七，／八九十，／到十一，／十二、十三、十四、十五、十六到十七，／十八和十九，／二十、二十一"；有的表现出比较突出的情节，如樊发稼的《答算题》："一二三四五六七，／七个孩子答算题。／七张白纸桌上摆，／七只小手握铅笔。／七双眼睛闪闪亮，／七颗心儿一样细。／七份答卷交老师，／七张小脸笑眯眯。／几个小孩答对了？／一二三四五六七"；有的以介绍知识为特征，如赵术华的《十条腿》："小黑鸡，／两条腿，／大黄牛，／四条腿，／蜻蜓六条腿，／蜘蛛八条腿，／螃蟹十条腿，／蚯蚓、鳝鱼没有腿"；有的反映倍数的概念，如四川传统儿歌《数蛤蟆》："一个蛤蟆一张嘴，／两只眼睛四条腿，／扑通一声跳下水。／两个蛤蟆两张嘴，／四只眼睛八条腿，／扑通，／扑通，／跳下水"；有的带着加减计算知识，例如孙华文的《数学歌》："四加三，／等于七，／六减五，／等于一。／一二三四五，／六七八九十。／十个手指头，／小小计算机"；有的运用比喻来表现数字的形象，如郭明志的《数数歌》："'1'像铅笔细长条，／'2'像鸭子水上漂，／'3'像耳朵听声音，／'4'像小旗随风飘，／'5'像秤钩来卖菜，／'6'像豆芽咧嘴笑，／'7'像镰刀割青草，／'8'像麻花拧一遭，／'9'像勺子能吃饭，／'0'像鸡蛋做蛋糕"；还有的带着量词，如王晨湖的《量词歌》："一头牛，／两匹马，／三条鲤鱼四只鸭，／五本书，／六支笔，／七棵果树八朵花，／九架飞机十辆车，／量词千万别说差，／小朋友，／试一试，／互相调换就要闹笑话。"

　　数数歌的特征是必须有数的排列，无论横着排列、竖着排列、顺着排列、倒着排列、斜着排列都行，这是识别数数歌的主要标志。

　　6. 绕口令

　　绕口令也称急口令或拗口令，指有意用许多双声、叠韵词语和发音相近的字词来组成具有简单意义和浓郁蕴味的传统儿歌形式。

　　绕口令之所以将许多近似的双声、叠韵词语组织在一起，或者把发音相同、相近的词语集合在一起，是为了造成拗口的朗读难度，其目的是以特殊的语言结构帮助儿童训练口齿，活跃思维，并使儿童获得游戏的愉悦。例如河南传统儿歌《后门有个盆》："后门有个盆，／盆里有个瓶，／忽听叮当一声响，／不知是盆碰瓶，／也不知是瓶碰盆。"这里，盆、碰、瓶三个词声母相同，且都是双唇音，将其放在一起，让儿童在急切之中念唱是十分拗口的。要想念得准确，会有较大难度。但它的双声和叠韵又能造成相应的趣味性。儿童在其趣味的诱使下一旦熟读成诵，对其口齿的训练无疑是有很大帮助的。

　　7. 时令歌

　　时令歌，也称时序歌，指用优美的韵律来引导儿童根据时序的变化去初步认识、了解自然现象的传统儿歌形式。

　　时序歌一般按照四季或十二个月等的顺序，来帮助儿童观察大自然，认识不同时节的不同景物、农事活动以及其他有时间特征的事物。其时序的表现一般有几种情况：一是春、夏、秋、冬的季节顺序，二是十二个月顺序，三是二十四节气顺序，四是一日顺序。其内容一般是介绍蔬菜、水果、花卉知识，或农事活动、传统节日和民间风俗活动。时序歌依照"时序"描述事物时，也对各类知识作概括的介绍。例如内蒙古传统儿歌《十二月菜》："一月菠菜刚发青，／二月出土羊角葱。／三月芹菜出了土，／四月韭菜嫩青青。／五月黄瓜大街卖，／六月茄子紫英英。／七月葫芦弯似弓，／八月辣椒满树红。／九月大瓜面又甜，／十月萝卜瓷丁丁。／十一月白菜家家有，／十二月蒜苗水灵灵。"就是以十二个月为顺序分别介绍蔬菜的知识。

8. 字头歌

每句末尾的字完全相同且一韵到底的儿歌。常见作为字头的字有："子"、"头"、"儿"。一般有较完整的故事情节，语言亲切风趣，富有韵律感。

> **好 孩 子**[1]
> 徐青
>
> 擦桌子，
>
> 抹椅子，
>
> 拖得地板像镜子，
>
> 照出一个小孩子。
>
> 小孩子，
>
> 卷袖子，
>
> 帮助妈妈扫屋子，
>
> 忙的满头汗珠子。

除了以上介绍的各种形式外，儿歌中还有谜语歌、逗乐歌、游戏歌、拼音歌、对数谣、故事歌、物象歌、风俗谣、十字令等特殊形式。

二、儿歌的阅读鉴赏

（一）了解儿歌的基本功能

1. 培育情感

儿童教育在人的一生中都发挥着重要作用，"人的根本改造应当从儿童感情教育，美的教育着手。"（郭沫若）。因此，提高国民素质应该注重婴幼儿时期的教育，其中，培养孩子健康的情感就是一项重要的内容。

听诵儿歌是孩子情感上的需要，既可以联络孩子与亲人、孩子与孩子之间的感情。幼小的儿童，儿歌伴随着妈妈的哼唱进入了他们的生活领域，尽管这时他们还不一定能很好地把握儿歌的真正含义，但是儿歌的韵律和节奏所体现出来的音乐之美，对丰富他们的情感世界却是有帮助的。

---

[1] 九州出版社. 2010. 经典儿歌大全 300 首. 北京：九洲音像出版公司.

2. 启迪心智

幼儿的生活圈子狭小，感知的事物相对较少，知识面较窄。但是他们极想了解和认识周围的一切，好奇心和求知欲极强。他们可以通过丰富多彩的儿歌来学习知识、认识周围的世界。儿歌能形象有趣地帮助他们认识自然界，认识社会生活，发展他们的智力，启迪他们的思维和想象。从一定意义上说，儿歌是幼儿成长的领路人、启蒙者，也是幼儿快乐的伙伴。

3. 训练语言

语言是思维的直接现实。人的思维随着语言能力的发展逐步提高完善。幼儿思维能力的发展更是与语言能力的发展紧密关联，无论是发音的正误，词汇的积累、语句的表达，都反映着思维的发展变化，儿歌在这些方面都能发挥重要作用。反复吟诵儿歌，能帮助幼儿矫正发音，正确把握概念，认识事物，并能培养他们语言表现力，从而也提高了他们的思维发展水平。

2～3 岁是儿童语言发展的关键期，此时的孩子特别爱说话，但发音含混，意思不明，只有最亲近他的人才能理解他们的"童龄妙语"。富有韵律节奏的儿歌，是促进低龄儿童语言发展的重要文学体裁。如郑春华的《甜嘴巴》："小娃娃 / 甜嘴巴 / 喊爸爸 / 喊妈妈 / 喊得奶奶笑掉牙。"虞运来的《小河说话》："小河，说话，/ 哗哗，哗哗。/ 问它，说啥？/ 有鱼，有虾。"[1] 这些通俗简单富有童真童趣的儿歌，便于反复诵读，是将早期文学审美经验与语言训练相结合的理想文本。

（二）以丰富的想象充实简单的画面

欣赏儿歌首先要注意到，虽然儿歌内容单纯、浅显，往往集中在一个简单的画面中，但我们可以引导读者通过丰富的想象，去充实这个画面，从而体会出其中饱含着的儿童稚趣的情感。如许浪的《月儿》："月儿弯弯，/ 像只小船，/ 摇呀摇，/ 越摇越圆。/ 月儿圆圆，/ 像个银盘，/ 转啊转啊，/ 越转越弯。"[2]

月亮的圆缺变化本是自然现象，作者用极富动感的两个词"摇"和"转"加以描写，引发了孩子对月亮的无限想象。在"摇啊摇"中，孩子似乎看到了月儿由弯弯的小船变成了圆圆的银盘，在"转啊转"中，圆圆的银盘又变成了弯弯的小船，这一摇一转，使简单的月亮圆缺的变化，演变成孩子快乐的生活体验。

再如张继楼的《小蚱蜢》这首儿歌描绘的是小蚱蜢蹦蹦跳跳的画面，作者却把它想象成是小蚱蜢在学跳高，并刻画出小蚱蜢初学跳高时忘乎所以的得意神情，语言表达十分简洁明了，"跳""弹""跷""摇""摔""跌"这几个动作在孩子身上是很常见的。"腿一弹，/ 脚一跷"以生动的细节勾勒出了小蚱蜢刚学会跳高时的自得模样，"草一摇，/ 摔一跤，/ 头上跌个大青包。"写出了小蚱蜢由于洋洋自得而摔跤的情形。"跳高—骄傲—摔跤"这个简单的画面告诉小朋友凡事不能骄傲，极具讽刺效果却又幽默风趣，让人回味无穷。

---

1 张秋生，子文选编. 2000. 中华幼儿歌谣精品集——儿歌三百首. 北京：中国少年儿童出版社.
2 王宜振，蒲华清编辑，孙红珍插图. 2012. 中国最美的新童谣（套装共 5 册）. 重庆：重庆出版社.

【阅读思考】结合以上几首儿歌，谈一谈如何通过儿歌来启发儿童的想象力。

（三）体验儿歌中的修辞，领会儿歌形象的生动性

在阅读欣赏儿歌时，不仅要注意到儿歌作为一种听觉艺术所呈现出的悦耳的音乐性，还要留心品味儿歌通过种种修辞手法所展现出的形象生动的生活画面。

1. 拟人

拟人是儿歌中常常用的表现手法，如林颂英的《石榴》："石榴婆婆，／宝宝最多，／一个一个，／满屋子坐，／哎唷哎唷，／挤破小屋。"[1]

这首儿歌不仅具有句式短小、节奏明朗、朗朗上口、易记易懂的特点。作者还抓住了石榴籽多的特点，把石榴拟人化，想象石榴是一位儿女众多的老婆婆，而石榴籽自然就成了老婆婆的宝宝们。这种拟人化的方式使儿歌的构思显得十分新巧，尤其是最后一句"哎唷哎唷，挤破小屋。"非常有趣，让读者仿佛看到了数不清的石榴宝宝们，在石榴婆婆的屋子里互相推来挤去，被挤到的人还忍不住发出"哎唷哎唷"的叫声。整个场面热闹非凡，最后挤破了石榴婆婆的小屋。这样充满趣味的描述，使儿童读者一方面体会到了快乐，另一方面也认识了石榴的特点——成熟的石榴表皮会裂开，露出里面晶莹透明的石榴籽。

又如陈镒康和常福生的作品《长颈鹿》："小鹿不会默生字，／急得伸脖子。／往左看，／猴子捂住纸，／往右看，／小鸡瞪眼珠；／脖子越伸越是长，／一副怪样子。"[2]

这首儿歌把长颈鹿拟人化，它所做的事情就是孩子们学校生活里经常做的事——默写生字，这就拉近了长颈鹿和孩子们的距离，似乎就是孩子们身边的一个小伙伴。长颈鹿长脖子的特点被作者解释为是在默写生字时老想着看别人，结果"脖子越伸越是长，"终于长成了"一副怪样子"，长颈鹿的行为就是孩子真实生活的某种写照。通过拟人化的长颈鹿，既表现了这种动物的外在特征，又表达了劝诫的意味，使整首儿歌富有形象性，充满儿童情趣。

2. 比喻

比喻也是增强儿歌形象性和生动性的常用方法。儿童的思维是直观而具体的，他们对客观事物的认识往往也是从具体形象开始的。比喻手法的运用可以把事物最形象化的特征，以儿童熟悉的方式表现出来，使儿歌形象可感，容易为儿童理解和接受。如邓元杰的《老师引我上金桥》："算术题，一道道，一排等号像小桥。算对了，就过桥，做错了，过不了……"作者在这首儿歌中，用了一个具体的比喻，来增强儿歌的形象性，把算术题中的等号比作过河的小桥，既贴切又包含一定的含义，而且让儿童一看就明白。再如张继楼的《下雪了》[3]：

---

1 李莹，肖育林. 2008. 学前儿童文学. 上海：复旦大学出版社.

2 豆丁网http://www.docin.com/p-80476272.html.

3 张继楼. 1996. 张继楼儿歌. 太原：希望出版社.

> 下雪了，下雪了，
> 半天云里飞鹅毛。
> 块块水田镶银边，
> 座座青山戴白帽，
> 青松长起白头发，
> 翠竹反穿羊皮袄。
> 小狗跟我去上学，
> 朵朵梅花撒满道。

【阅读思考】这首儿歌运用了什么修辞手法体现儿歌的生动性，请加以具体分析。

如果我们用科学的语言给孩子解释，"雪"是一种自然现象，是由于水气升到高空，遇冷凝结成白色的冰晶，再飘落到地面，这种方式对儿童来说，就显得索然无味。在这首儿歌中，作者用比喻的方法来说明雪的特点："云里飞鹅毛"、"水田镶银边"、"青山戴白帽"、"长起白头发"、"反穿羊皮袄"，鹅毛、白帽、白头发、羊皮袄都是生活中常见的东西，用这些东西来比喻雪，不仅说明了雪的形状如鹅毛一般，还说明了雪的色彩是白色的。这样的雪景描绘，就显得具体形象，很受儿童的喜爱。尤其是最后两句，通过描写"我"和小狗的活动，以梅花来比喻小狗在雪地上留下的脚印，不仅说明了小狗爪子的形状，又可以让孩子明白，雪积在地面上是松软的，容易留下印记。

3. 摹状

儿歌中作者还常常采用摹状的方法，写出对事物声、光、色的感觉，使读者更容易体会到事物形象化的特征，增强了儿歌的生动性。尤其是对声音的模拟，在儿歌中常常被巧妙运用，如刘饶民的《春雨》，开篇就描摹了下雨的声音："滴答，滴答，下小雨啦"，形象地表现了下雨时"滴答"的雨声，增强了儿歌的音乐感。反复出现的"滴答，滴答"声，渲染了迎接春雨的欢快心情。柯岩的《坐火车》中，每一节都有对火车声音的模拟："呜！呜！呜！呜！轰隆！轰隆！轰隆！轰隆！"准确的象声词运用，既写出了孩子游戏时浓烈的欢乐气氛，又使儿歌充满动感，更具形象性。

爱好模仿是孩子的天性，在儿歌作品中恰当地运用摹状的修辞手法，可以让儿童认识生活中的各种声响，也容易引起儿童吟唱儿歌的兴趣。

三、儿歌创编

儿歌的创作要求作者热爱生活，深入幼儿生活；善于观察生活，积累生活素材。

（一）要有儿歌味

要使儿歌作品富有儿歌味，就要求作者在创作时，要用儿童天真烂漫的眼光去观察事物，用儿童稚气盎然的心灵去抒发感情，用孩子的想象和语言来表达独特的感受。如张继楼的《小蚱蜢》就是一首儿歌味十分浓郁的佳作。作者以孩子的心灵、孩子的眼睛、孩子的感情，来表现孩子熟悉的事物，于是，生活中十分常见，十分普通的现象，就成了一首优秀的儿歌。蒋应武的《小熊过桥》[1]，也是一首充满儿歌味的作品：

> 小竹桥，摇摇摇，
> 有只小熊来过桥。
> 立不稳，站不牢，
> 走到桥上心乱跳。
> 头上乌鸦哇哇叫，
> 桥下流水哗哗笑。
> "妈妈，妈妈你来呀！
> 快把小熊抱过桥！"
> 河里鲤鱼跳出水，
> 对着小熊大声叫：
> "小熊小熊不要怕，
> 眼睛向着前边瞧！
> 一二三，向前跑！"
> 小熊过桥回头笑，
> 鲤鱼乐的尾巴摇。

首先，在人物的选择上，作者以孩子喜爱的动物小熊和鲤鱼为作品的主人公。两个人物十分贴近孩子的生活，充满童趣，小熊憨态可掬，稚嫩可爱；鲤鱼大胆活泼，乐于助人，两者形成鲜明对比，显得可爱亲切。小熊和鲤鱼使人联想到现实世界中的两个朋友。其次，儿歌的情节以描写对象的心理变化来加以安排，儿歌一入笔就用悬念抓住读者，"小竹桥，摇摇摇"，客观上给小熊过桥造成了困难的印象，"站不稳，立不牢，心乱跳"三句既有动作描写又有心理活动，一串动词的连用烘托出紧张的氛围，小熊的害怕，也是孩子们遇到此类问题时正常的心理表现。"哇哇叫""哗哗笑"，叠词的使用，是幼儿语言表达的习惯，使儿歌紧张的气氛更加突出，这些象声词的运用增加了小熊惊慌的心理，自然引出小熊的呼救，"妈妈，妈妈你来呀！快把小熊抱过桥！"，遇到危险就向妈妈求救，这是孩子本能的反应，结尾处的"回头笑"和"尾巴摇"显得真切、生动，更给作品增添了活泼欢快的氛围，显得情趣盎然。可以看出，儿歌中情节的发展：从"准备过桥"到"过了桥"的过程，是与小熊遇到困难时的心理变化轨迹紧紧联系在一起的，具体表现为："紧张—害怕—求救—受鼓励—松弛"，整首儿歌抓住了孩子的心理，以孩子的眼睛来表达孩子的感受，是一首成功之作。

儿歌的主要对象是幼儿，创作者还要注意到不能在儿歌中使用抽象的词汇和含义深奥的词语，以及概念化的句子，这样会给幼儿的理解带来困难。有首儿歌把商店比作是

1　郭永贞. 2011. 谈谈幼儿文学的结构. 吉林广播电视大学学报，4：106.

一排百宝箱，里面有"千百种精美的商品"，这样的儿歌，给年龄较大的孩子看，困难不大，但是，作为政治经济学术语的"商品"一词，对于幼儿来说，就不好理解了。因此，作者应根据儿童语言发展的规律和特点，选择适合孩子接受的语言材料来遣词造句，尽量多使用名词、动词，少使用副词、连词，尤其应该避免使用生僻、拗口的书面词汇。这样写出的儿歌才是真正符合儿童需要、富有儿歌味的作品。

（二）要有趣味性

儿童的审美心理决定了他们对"趣"的追求。只有充满趣味的儿歌才会受到儿童的欢迎。对于儿歌创作而言，可以从以下两个方面来增强儿歌的趣味性。

1. 通过情节因素营造儿歌的趣味

儿歌的篇幅虽短小，但在短短的诗行里也应包含丰富的情节因素。如北京传统儿歌："小老鼠，上灯台，/偷油吃，下不来，/吱儿吱儿叫奶奶，/奶奶不肯来，/骨碌骨碌滚下来！"短短的几句，写出了小老鼠偷油的故事，情节完整曲折，十分有趣。先是准备偷油的老鼠上了灯台，接着却陷入险境，下不了灯台，焦急之下只好向奶奶求救，无奈奶奶明哲保身，没有伸出援助之手，可怜的小老鼠只好"骨碌骨碌滚下来"，表现了一个紧张、惊险的过程。儿歌每隔一两行，就让情节紧张地向前推进一个环节，整首儿歌环环入扣，声情并茂，孩子自然乐于接受。

2. 放大有特征的细节产生趣味性

孩子在作品中看到自己熟悉的生活，就会对作品产生一种认同感。遇到熟悉的事物，孩子就容易忽视其中的细节，儿歌作者应该将那些富有特征的细节加以放大，这样也会增强儿歌的趣味性。如《比》：

> 小淘淘，长大了，
> 来和爸爸比身高，
> 踮起脚，抬头瞧：
> 个子只到爸爸腰，
> 爬上桌，拍手笑，
> "哈哈，我比爸爸高[1]。

孩子在长大的过程中，都有和爸爸比身高的体验。在这首儿歌中，作者把这种生活体验加以细节化，用了"垫"、"抬"、"瞧"、"爬"、"拍手"、"笑"等几个动词，把"比身高"这个熟悉的生活场景中富有特征的动作细节放大了，塑造了一个天真可爱的儿童形象。尤其是最后两句"爬上桌，拍手笑，哈哈，我比爸爸高。"孩子喜形于色的得意神态得以生动地表现，增添了作品的趣味性。

---

1 金波. 2005. 中国当代最佳儿歌选. 北京: 作家出版社.

（三）要有知识性

儿童正处求知欲望强烈的年龄，对于周围的世界都有强烈的好奇，儿歌是他们接触的第一种文学形式，不仅可以帮助他们扩大眼界，丰富知识，甚至可以培养他们良好的思想品格。儿歌的创作在讲求有趣生动的同时，也应包含一些知识性的内容。如郐彬如的《小树苗》[1]：

> 小树苗，
> 听指挥，
> 排队跑到大西北。
> 站稳当，手拉手，
> 风沙不敢随便走。
> 挺直腰，
> 画图画，
> 画出一片绿浪花。

这首儿歌是让小朋友了解植树造林的作用，作者没有干巴巴地介绍树木对环境的作用，而是把它放在大西北的背景里加以描绘，"站稳当，手拉手"，这就把树木盘根错节的特点表现了出来，"风沙不敢随便走"则写出了树木防风固沙、防止水土流失的作用。"画出一片绿浪花"这就是人们希望以树木给大西北勾画出一幅美丽的蓝图。作者把植树造林，抗击风沙的知识溶于生动的描绘中，使孩子在潜移默化中了解了一定的科学知识。

儿歌中所传授的知识，应该符合儿童的年龄特点，最好是从他们的身边事物谈起，然后由近及远，引申开来，开拓孩子的思路。如谢采伐的《小斑马》[2]：

> 小斑马，
> 上学校，
> 黑白铅笔买两套。
> 老师叫他画图画，
> 他在身上画道道。

这首儿歌介绍了斑马的外形特征：身上有黑白条纹。但仔细读读，却又发现儿歌内容并不仅仅限于此，在介绍了简单的生物知识后，作者还由此及彼，从小斑马的学校生活联系到孩子们自己的生活，借小斑马的行为启发孩子对自己行为进行的思考，给孩子以委婉的批评和教育。

1 尹世霖. 1988. 中国儿歌一千首. 济南：明天出版社.
2 张继楼. 1991. 中国儿歌金库. 太原：希望出版社.

[儿歌知识拓展]

我们中华民族有着丰富的文化遗产，儿歌是其中的一个方面。但是，这笔优秀的民族文化遗产却没有得到很好的继承和发展。今天的孩子们缺少优秀儿歌的滋润，这成为影响他们发展的一个盲点。作为未来的幼儿教育工作者，应该从幼儿发展的特点出发，积极创作反映当代幼儿生活的儿歌，把精美的精神食粮提供给孩子，给他们一个快乐的、没有缺憾的童年。

对于幼儿来说，儿歌很大程度上是一种听觉艺术，因此，一篇作品的成功与否，往往首先取决于作品的外在表现形式上，即其语言是否琅琅上口，是否富于音乐性，是否符合幼儿的欣赏要求等。

学前教育专业的学生在习作儿歌时，除了要注意前面所讲的儿歌语言的特点之外，更重要的是应防止两种不良倾向：一是"学生腔"过浓，主要体现在词汇的选择上，要坚决杜绝词藻的堆砌、艰深的字眼、抽象的词语等；二是刻意的追求"娃娃腔"，将幼儿园时的生活用语照搬到作品中来，从而放弃文学语言的艺术性。总之，儿歌的语言既要做到通俗化、儿童化、口语化，同时又要注意语言的规范化。

有成就的儿歌作者十分注重语言的选择和锤炼，从而为幼儿提供学习语言的典范，帮助他们提高用语言的能力。因此，儿歌的语言既要符合一般文学语言的要求，又要符合幼儿心理，从这个意义上说，儿歌语言的提炼是一项十分艰辛的富有艺术性的劳动。儿童文学创作也与一般文学创作一样，需要不断加强文学修养，并有一定的文字功力。很难想象一个句子也写不通的人，能写出优秀的儿歌作品来。关键是做个有心人，一方面利用各种与孩子接触的机会，细心观察，认真揣摩幼儿在生活中是如何运用语言来表达他们的思想感情的，注意向孩子学习；另一方面要加强对优秀儿歌作品的阅读和欣赏，体味作者是如何锤炼语言的，不断进行揣摩、练习，使写作水平逐步提高，写出好作品来。

除语言之外，儿歌创作还应注意以下几个问题：

1. 题材

（1）根据教育的需要选取题材

儿歌的读者——幼儿，正处于身心发展的起始阶段，他们的成长，与周围的环境息息相关。从社会和时代发展的需求出发，根据教育的需要选取题材，就成为儿歌创作题材的重要来源之一。这部分儿歌对于培养幼儿高尚的道德品质，养成良好的生活习惯，帮助幼儿认识社会和自然，发展幼儿语言等，都能发挥极大的作用。

（2）从幼儿生活中挖掘多方面的题材

幼儿时期，除了接受必要的教育之外，不可或缺的，他们还需要从文学欣赏中获得心理上的愉悦，这对于幼儿的心理健康发展尤为重要，它直接维系着一个人的性格养成。从幼儿生活中挖掘多方面的题材，善于从他们的一言一行、一颦一笑中捕捉到幼儿生活中的"闪光点"，并以幼儿独有的心理状态来表现，使小读者们从中获得精神上的愉悦和满足。

2. 构思

所谓构思，指的是作者对作品的思想内容和艺术形式所作的全面设计，主要包括题材的选择，主体的提炼，形象地刻画，语言的锤炼，寻找最恰当的表现形式等，其中心是主题的提炼，其他各方面都必须围绕这个中心来进行。

在儿歌创作过程中，构思应力求体现儿歌的艺术特点和要求，充分考虑到幼儿的年龄特点等。具体说来，儿歌的构思必须符合幼儿的年龄特点等。具体说来，儿歌的构思必须符合幼儿形象思维的特点。

其次，为使构思新颖，作者应尽量摆脱成人思维模式的束缚，努力从幼儿的视角去展开想象，善于从成人不屑一顾的小事中把握幼儿独特的感受，善于从常见的题材中发现新意，摒弃写雪花必写其洁白美丽，写星星也脱离不开"眨眼睛"和"数不清"等传统的束缚，而应力求有所新的突破。

3. 表现手法

儿歌采用的艺术表现手法也是多样的，常见的有夸张、摹状、回环、设问、反复、比喻、比拟、对比、顶针等。

（四）实践实训要求

1）创作两首儿歌，儿歌的内容能反映儿童生活的时代特色。要体现儿歌的音韵节奏的美感，语言上做到自然顺口，易于传诵；借助一定的修辞手法，使儿歌既有知识性又有趣味性。

2）尝试将创编的儿歌绘成一幅画。

四、学生儿歌作品展示与交流

（一）评价方式

评价包括儿歌创编和儿歌表演两个部分。

1. 儿歌创编评价（50%）

1）主题新颖，具有教育性。

2）文字具有可视感、动感和节奏感。

3）文字精练、准确、生动、有色彩。

4）合理运用拟人、夸张等表现手法。

5）富有童趣，有生活气息。

2. 儿歌表演（50%）

以创编的儿歌作品为蓝本，以强化学生对儿歌主题的表现能力为重点，以小组为单位进行现场展示。

1）情境性：创设是否适宜、有引导性。

2）儿童性：展现的是否合理、科学、创新、丰富。

3）趣味性：表现方式是否充满愉悦性。

4）情节性：表达是否完整。

5）教育性：内容是否注重知识性、主体性、发展性。

6）各类儿歌的特点及其突出性。

评价不但要注重甄别功能，还要发挥激励和导向功能。考核要围绕一个重点，即学生的儿歌创编与表演能力；三个结合，即老师与学生评价相结合，结果与过程评价相结合，单一评价与多元评价相结合。通过评价，引导学生学会学习，为将来幼教工作打下良好的基础。

（二）学生作品

比比谁可爱

潍坊工程职业学院 2009 级学前教育专业　段君

小白兔，白又白，蹦蹦跳跳真可爱；

小燕子，穿花衣，飞来飞去真可爱；

小老虎，跑得快，欢欢喜喜真可爱；

小猴子，最调皮，翻个跟头真可爱；

小胖熊，爱散步，憨态可掬真可爱；

小鸭子，嘎嘎叫，走起路来真可爱；

小松鼠，爱爬树，上蹿下跳真可爱；

小蜜蜂，爱劳动，花丛采蜜真可爱；

小乌鸦，爱妈妈，不忘母恩真可爱；

小宝宝，有礼貌，尊敬长辈真可爱；

小朋友，做裁判，看看谁最可爱。

彩　虹

潍坊工程职业学院 2009 级学前教育专业　许良

雨后太阳当空照，

绚丽多彩真美妙。

赤橙黄绿青蓝紫，

七种颜色齐欢笑。

一二三四五六七，

搭成一座彩虹桥。

小朋友们心欢喜，

蹦蹦跳跳拍手笑。

排 队 走

潍坊工程职业学院 2009 级学前教育专业 杨美岭

小朋友，排队走，

跟着老师走走走，

1 2 1，1 2 1，

向前看，不回头，

抬头挺胸齐步走，

1 2 1，1 2 1，

小朋友，排队走，

一个跟着一个走，

1 2 1，1 2 1，

不抢先，不落后，

一个一个多神气，

1 2，1 2，

挺胸，抬头

1 2 1，1 2 1，

停住小脚点点头。

星 期 歌

潍坊工程职业学院 2012 级学前教育专业 3 班 宋姗姗等

Monday Monday 星期一，

小朋友入园来学习。

Tuesday Tuesday 星期二，

小朋友来玩丢手绢儿。

Wednesday，Wednesday 星期三，

小朋友一起去爬山。

Thursday Thursday 星期四，

小朋友一起来写字。

Friday Friday 星期五，

小朋友能歌又善舞。

Saturday Saturday 星期六

小朋友去玩拍皮球。

Sunday Sunday 星期天

小朋友休息去公园。

小 牙 刷

潍坊工程职业学院 2009 级学前教育专业　王娉婷

小牙刷

真厉害

刷刷里

刷刷外

小朋友们讲卫生

吓得蛀牙不敢来！

（三）一首好儿歌的要求

1. 贵在自然率真

古人把儿歌视为："天籁"，认为它"天机活泼"，有如"风行水上，自然成文"，"花散月前，无心飞舞"。这道出了儿歌艺术的真谛。因此，儿歌创作的要求首推自然率真。即真切地表达孩子们的思绪、情感、意趣。儿歌展露的是一片童心的天地，字里行间洋溢着童真童趣。如《月牙儿》（范永昭）、《瀑布》（冯杰）、《老虎和乌龟》（虞运来）。

具备孩子率真的感情是成人作者进行儿歌创作的前提。这就要求作者深入体察儿童的生活情状，把握他们的思维方式和言行举止的神韵。但也必须同时承认，儿歌是最不容易释放成人主体意识的体裁。作者只有把自我的所思所感和审美角度移位转换，与儿童的思想感情融合在一起，方可创作出佳作。

2. 求高的艺术品位

作为儿歌，即使是只有短短几行，也应是艺术品。儿歌也不排斥实用性，也不忌讳某些有助于幼儿教育的"针对性"。但作为一种文学样式，儿歌必须具备文学性。

1）选材：根据教育教学需要。从幼儿生活中选取多方面的题材，如张继楼的《共伞》，作者善于用孩子的动作和心理来表现"友爱"的主题："招招手，笑一笑，伞下多了一双脚"，没有对话，只有几个动作，却写出了纯朴自然的童贞之心。

共 伞[1]

张继楼

刮风了，下雨了，

幼儿园里放学了

"看一看，谁来了？"

"妈妈撑着伞来了。"

---

[1] 李少梅. 爱的教育·美的熏陶·人生观的培育——论幼儿文学的社会化功能. http://xueqian.snnu.edu.cn/kcw/neirong/ShowArticle.asp?ArticleID=526.

> 走出门，回头瞧，
> 屋檐下站着张小宝。
> 招招手，笑一笑，
> 伞下多了一双脚。
> 一二、一二齐步走，
> 踏着水花回家了。

2）形象：形象是文学创作的核心，富有艺术感染力的形象是儿歌作品的成功关键。儿歌形象主要来自儿童的生活，有艺术素养的作者总是善于在千姿百态的生活中捕捉幼儿所能理解、感受的具体物象加以描绘。如张继楼《共伞》。儿歌的形象时常借助作者丰富的联想、幻想并通过比喻、拟人、夸张等手法展现，如黄庆云《摇篮》。

3）构思：是作品成败的关键。题材选好，还需从艺术上按一定的结构和思路加以处理即构思。

要符合幼儿形象思维的特点，避免标语口号：如儿歌："小弟弟，学捏泥，不捏鸡，不捏鸭，捏出一台拖拉机，要为四化出力气。"最后一句显得空洞抽象。幼儿难以理解。如何改？"突突突去耕地"就具体可感，而且与幼儿的生活紧密联结起来。又如：两首题材相似的儿歌："妹妹走路踮起脚，出出进进不吵闹。问她为啥这么乖？悄悄跟妈说得好：叔叔下夜班，现在在睡觉，让他休息好，好把机器造"，"妙妙小猫叫，妙妙小猫叫。小猫小猫你别吵，昨天阿姨上夜班，还在睡觉。小猫点点头，轻轻地，轻轻地，走掉了。"

要新颖、有趣，富于想象，切忌平铺直叙和雷同：如《小熊过桥》让笨乎乎、怯生生的小熊过颤悠悠的小桥，显得独具匠心。也可以写得含蓄些，如《给泥娃娃洗澡》：泥娃娃，可脏啦，/拿盆水，洗洗吧，/越洗泥越多，/娃娃没影了。

4）结构：儿歌篇幅短小、精炼，要求其结构要紧凑。要做到这点内容上要有跳跃性，不必面面俱到，如《浇花》。

5）语言：这是儿歌的首要问题（节奏、韵律）。像不像一首儿歌取决于儿歌的语言。节奏又叫节拍，它是由音节的组合，诗句的停顿决定的。节奏要鲜明，句式要大体整齐。儿歌的句式一般以三、四、五、七言为主，行数以成双为多。大致节奏是三字句为二拍，五字句为三拍，七字句为四拍。如：三言：小/弟弟，小/妹妹，手/拉手，来/看戏。五言：太阳/当空/照，花儿/对我/笑。七言：工人/叔叔/本领/强，造座/大桥/长又/长。

韵律（押韵）：指相关句子的最后一字的韵母相同或相近，造成音响上的和谐动人。一般说短小的儿歌要求一韵到底（连韵），但要避免一首儿歌用同一字重复押韵（字头歌等除外）。如《小蚱蜢》隔行押韵。有的儿歌根据内容的需要转韵，如《孙悟空打妖怪》，不是一个韵脚，而是由几个韵脚组成。这些押韵都要为内容服务，不要为押韵而押韵。

6）表现手法：增强儿歌表现力。有人说："如果你给儿童讲童话时，其中的鸡儿、猫儿不会说人话，那么儿童就不会对它产生兴趣的。"手法有：拟人、比喻（可使儿歌生动形象，更好地帮助幼儿理解儿歌含意如《桃花》、《小猫画画》）、反复、比兴（打比方，借丰富的联想、形象的事物比方抽象的事物如《星》："满天星，亮晶晶，好像青石板上钉铜钉。")、摹状（摹形、摹色、摹声）、夸张、顶针、设问、排比等。

五、儿歌在幼儿教育活动中的设计与组织

1. 明确教育目标，选择恰当的儿歌内容

教育目标是教育活动的核心，把握着整个活动和幼儿发展的方向。确立了适当的目标，就可以依此来选择教育内容，采用适当的教育方法和组织教育活动，使目标逐渐转化为幼儿的行为和能力。

如：在连锁调的教学中，不但要让幼儿喜欢这种体裁的儿歌，而且还要让幼儿通过对儿歌的诵读感受生活的快乐和童年的美好。《唐僧骑马咚那个咚》这首儿歌的创作背景是孩子们非常喜欢和熟悉的电视剧《西游记》，所以孩子们学习起来兴趣浓厚，心情愉快。

2. 活动方案要体现教师的主导作用

幼儿的活动需要教师的指导，但教师的指导是为了促进幼儿的发展，《纲要》把教师的角色定位成"合作者、帮助者和引导者"，所以教师应明确自己的角色，无论从内容的选择到方法的考虑，以及对活动组织的整体策划，都要考虑到幼儿的主体地位，以幼儿已有的语言经验为前提，精心选择内容，设计活动方案。

如中班"儿歌《梦》的欣赏。教学时，教师可利用多媒体课件，展示儿歌内容，配上优美的、若有若无的背景音乐，在活动还未开始之前，就已经引领着幼儿进入了诗的意境，体会这夜的宁静、梦的甜美，这时让幼儿说说，"你晚上睡觉做梦吗？你还记得做过哪些梦吗？你想知道天上的星星、荷叶上的露珠、花丛中的蝴蝶，它们会做梦吗？它们都会做些什么样的梦呢？"然后再进行不同形式的欣赏方法，"星星、露珠、蝴蝶、小宝宝……"一个个亲切的音节进入幼儿的脑海，引起幼儿情绪的共鸣，达到诗歌欣赏的目标。另外一些短小儿歌的教学活动，在基本完成活动目标以及幼儿又积累了新的经验的基础上，使活动相应延伸，以取得更好的效果。

3. 参与活动过程，体现幼儿主体地位

幼儿园教育活动的主体是幼儿。幼儿各种能力的发展必须通过自身主动地与周围环境相互作用才能产生，否则，就无法获得真正的发展。活动的设计只是一份完整的静态计划，有了幼儿的参与，才形成一系列动态发展的过程。儿歌教学有较强的参与性和游戏性，活动实施过程中，教师要通过"直接指导"、"间接指导"及"环境条件的利用"，最大限度地调动幼儿学习和发展的主动性、积极性，创造条件使幼儿有更多的机会参与活动，摆脱"少数幼儿做表演，多数幼儿当观众"的教学现象，使全体幼儿在各自的基础上获得发展和提高。

如儿歌《绿色的世界》，"绿色的天空，绿色的小猫，绿色的……"隐藏在绿色的眼镜后面的是孩子充满好奇的眼睛，作品在向幼儿展示绿色画面的同时，给了孩子拓宽视野和启迪想象的鼓励，有利于幼儿发散性思维的培养。教师可指导幼儿用常见的雪碧瓶做成简易"眼镜"，到操场上观察周围事物，看看有没有新的发现并把这些发现说出来，然后教师再进行引导、整合、学习，并在此基础上，组织幼儿进行创编活动，把"绿色"

变成"红色"或"黄色"改编成另一首儿歌，提高幼儿对语言的运用能力。

4. 渗透各科教学，促进语言全面发展

例如，经典儿歌《小熊过桥》，作者先生动夸张地描画出小熊过桥时的稚拙胆怯的情态，"立不稳，站不牢，走到桥上心乱跳"，再写小熊在鲤鱼的鼓励下，克服了胆怯的心理，过了桥，"一二三，走过桥，小熊过桥回头笑，鲤鱼乐得尾巴摇。"诗歌中紧张和欢快的气氛互相交替，形成了鲜明的起伏，抑扬的情感节奏，语言自然、流畅，一韵到底，极富韵律美，教学时，把音乐、美术等各科教学有机地结合起来，可以念、可以唱、可以画、可以表演，稍加改编还可作为舞台剧演出，达到"运用语言"和"提高语言水平"的双重目标。

总之，儿歌是幼儿语言教育的一个重要内容。虽然儿童文学作品包括幼儿童话、幼儿生活故事、幼儿诗歌以及幼儿散文等。这些文学作品，具有教育、认知、审美、娱乐等各方面的作用，但是，其中儿歌是儿童最早接触的文学样式，语句简短、结构单纯、内容生动、想象丰富，有优美的节奏，是适合儿童歌唱吟诵的韵体作品。作为幼儿教育工作者，我们应不断探索，在实践中积累经验，为幼儿的健康成长创设更好的语言环境，提供更多的儿歌作品。

5. 幼儿园常规儿歌创编九法[1]

创编方法一　根据幼儿园一日活动创编常规系列儿歌，可以采用三言、四言、六言、七言、三三七言以及杂言的形式，参照传统儿歌的摇篮曲、游戏歌、数数歌、问答歌、连锁歌、绕口令、字头歌、颠倒歌和谜语歌形式创编和改编。如；根据午休主题，创编系列儿歌如下：

> 1　宝贝乖乖睡
> 　　你是我的宝贝，我的宝贝，你是我的宝贝，我的宝贝。
> 　　宝贝，宝贝，快快睡，宝贝，宝贝，乖乖睡。
> 2　宝贝在哪里
> 　　宝贝，宝贝，在哪里？宝贝，宝贝，在这里。
> 　　宝贝，宝贝，在哪里？宝贝，宝贝，在床上。
> 　　宝贝，宝贝，干什么？宝贝困了，要睡觉。
> 3　手儿钻呀钻
> 　　手儿钻呀钻，钻进小花被，脚儿钻呀钻，钻进小花被，屁股拱呀拱，拱进小花被，宝贝钻进了小花被。
> 4　脱下小花衣
> 　　一二三，脱下小鞋子，三二一
> 　　脱下小袜子，三二一，我要上床睡觉了。

1　http://wenku.baidu.com/view/599e0434b90d6c85ec3ac690.html.

创编方法二　根据幼儿关心的日常生活，创编一些可以对幼儿的肢体抚触的儿歌，在亲子活动的时候与父母一同来与幼儿互动着做。

> 1　长大个
>
> 　　小宝宝，长大个（向上拉幼儿的手）；小宝宝，长大个（同上）
>
> 　　长得高，（抱起幼儿到腰间），长得壮（抱起幼儿的胸口）
>
> 　　长得比爸爸还要高。（把幼儿顶在肩膀上）
>
> 2　快快长
>
> 　　我的宝宝快快长，（幼儿平躺，家长或教师用手从头往脚轻拂幼儿）
>
> 　　快快长，快快长，（捏捏胳膊，拉拉腿）
>
> 　　快快长大开汽车。（摇动幼儿的腿，像骑车的样子）

创编方法三　根据幼儿语言发展阶段特征，编写幼儿喜闻乐见的系列手指儿歌，利于幼儿理解，便于组织教育教学活动，激化良好的师生互动。

> 1　我变
>
> 　　我变，我变，变变变，变成一只大青蛙，（握拳在胸前打转，之后两手打开放在头部两侧）
>
> 　　我变，我变，变变变，变成一只白天鹅，（同上，之后做飞鸟状）
>
> 　　我变，我变，变变变，变成一个大花脸。（同上，之后做鬼脸）
>
> 2　变个啥
>
> 　　我变，我变，变个啥？（握拳在胸前打转，一手指头部做思考状）
>
> 　　变个青蛙，呱呱呱，（两手两脚蹦着叉开）
>
> 　　我变，我变，变个啥？（同第一句）
>
> 　　变个天鹅，嘎嘎嘎，（两手做飞鸟振翅状）
>
> 　　我变，我变，变个啥？（同第一句）
>
> 　　变个大花脸，笑掉牙。（做鬼脸）

创编方法四　根据语言教育的言语行为原则、扩充性原则、语境匹配原则、迁移性原则和无察觉原则，编写易于动作表现的、符合生活情景的、有递进层次的儿歌。

> 1　洗手
>
> 　　快来快来，洗洗手。上上下下，洗一洗。左左右右，搓一搓。
>
> 　　洗一洗，搓一搓，小手洗干净。
>
> 2　洗手歌
>
> 　　水龙头，哗啦啦，小手脏了洗一洗。
>
> 　　上上下下洗干净，我的小手最干净。

创编方法五　根据幼儿喜爱节奏感强的儿歌和歌曲的特点，编写一些有规律的节奏型儿歌或鼓励方式。

> 1　螃蟹爸爸走路，向左，向左，向左。
> 　　螃蟹妈妈走路，向右，向右，向右。
> 　　螃蟹宝宝走路，向左向右，向左，向右。
> 2　螃蟹走路
> 　　螃蟹走路，一二三（向左横着走三步）
> 　　螃蟹走路，三二一（向右走三步）
> 　　螃蟹走路，一二三，三二一（向左三步，向右三步）
> 3　企鹅爸爸上班，kongkang, kongkang, kongkangkang;
> 　　企鹅妈妈上街，tita, tita, titata;
> 　　企鹅宝宝上学，dingdong, dingdong, dingdongdong。

创编方法六　根据儿童有丰富的假想能力和乐于取得教师关注和表扬的特点，编写一些吸引幼儿注意力的儿歌。如：

> 1　天上有颗星星，眨呀眨呀眨，
> 　　地上有个娃娃，眨呀眨呀眨，
> 　　摘下星星，送给谁？送给认真听讲的某某作头花。
> 2　猪八戒背媳妇
> 　　猪八戒背媳妇，媳妇俏，媳妇美，八戒心里美滋滋。
> 　　媳妇怎么越来越重，累得八戒喘不过气，原来俊媳妇变成了孙悟空！
> 3　大嗓门　小嗓门
> 　　大嗓门大声说你好，你好，你好，你好吗？
> 　　小嗓门小声说你好，你好，你好，你好吗？（声音逐渐变弱，变安静）

创编方法七　根据幼儿体育游戏活动规则，可以编出一些带有游戏性质的儿歌。

> 1　写大字
> 　　手拿一支笔，写大字，横，竖，撇，捺，
> 　　横要平，竖要直，撇像刀，捺像眉，
> 　　点像一个小蝌蚪，提像指挥棒向上扬，看我点到哪个字，哪个字就不许动！
> 2　企鹅穿了双大拖鞋
> 　　企鹅穿了双大拖鞋，走一步扭一步，
> 　　企鹅穿了双大拖鞋，走一步扭一步，
> 　　一不小心鞋掉了，看谁还能站得住！

创编方法八　根据幼儿在语言活动中生活故事，或根据活动的主题，改编叙事性儿歌。

1　小花猫，讲卫生，不乱扔纸屑和果皮；
　　小花猫，讲卫生，不随地大便和小便。
　　我们大家学习它，做个讲卫生的好榜样。

2　小猪说话，没人理呀，没人理。
　　小猪唱歌，没人听呀，没人听。
　　这是为什么，你说这是为什么？
　　因为它天天不刷牙，嘴里的味道真不好，真不好。

3　小丽睡不着
　　小丽睡不着，数星星，星星数到十颗，还是睡不着；
　　睡不着数老鼠，老鼠数到二十只，还是睡不着；
　　睡不着数小兔，小兔数到三十只，还是睡不着；
　　睡不着数小猪，小猪数到四十只，还是睡不着；
　　睡不着数大象，大象数到五十只，小丽睡着了。

创编方法九　根据生活日常物品特征启发，编写一些幽默有趣，可以肢体表现的儿歌。

1　冰棍
　　一支胖冰棍，说是要减肥，
　　走出电冰柜，脱了皮外套，
　　冒了许多汗，瘦成一根棍。

2　指甲刀
　　一把指甲刀，像个大嘴巴，不吃饭，不吃菜，专门吃掉长指甲。

项目八

幼儿故事

儿童文学尤其是幼儿文学是写给大众、写给数量最庞大的儿童读者与幼儿读者看的，所以说它是最人类、最世界的，越往低处走，就与人类、与世界越接近。

——著名诗人、翻译家、浙江师范大学教授　韦苇

项目目标

※　了解幼儿故事的特点与分类、表现手法

※　会欣赏、表演并能自己创作幼儿故事

※　学会运用幼儿故事设计与组织幼儿教育活动

一、幼儿故事知识学习

（一）幼儿故事的含义

幼儿故事是指内容单纯，篇幅短小，情节生动有趣，完整连贯，供儿童阅读或聆听的叙事性文学样式。

幼儿故事和童谣一样有着源远流长的历史。最初的故事流传在民间，是从人民的口头创作中发展起来的。故事可以说是深得儿童喜爱的一种文体，爱听故事是儿童的天性。高尔基说："我听过外祖母和乡下说故事的人说过民间故事，它们在我的精神成长中曾经起了非常良好的作用。"

儿童喜欢听故事，因为故事符合他们大轮廓、粗线条的观察与接受事物的方式，符合他们具体、鲜明、生动的形象思维特点，更满足了他们强烈的好奇心。故事富于吸引力的情节常常令儿童在听故事时欲罢不能，他们紧紧地被人物的行动、情节的进程所吸引，急切地想知道下面的发展，小孩子在听故事时问得最多的一句话恐怕就是：后来呢？后来呢？可以说，故事迎合了人类天然的好奇心，而幼儿故事则以其独特的艺术构造满足了儿童的好奇心。

儿童的好奇心还使他们喜欢接触新鲜的、还不熟悉的事物和世界。儿童正在成长，对未知世界充满好奇，故事中多样的题材、丰富的生活场景、开阔的视野给儿童认识世界、了解世界提供了极好的活动平台。儿童是喜欢问为什么的，但很多为什么，儿童缺乏知识经验而无法解答，故事就如一个装满了宝物的百宝库，不倦地解答着儿童的疑惑，帮助儿童身心的成长。

（二）幼儿故事的特征

故事是叙述性文学体裁的一种，它侧重于事件过程的描述，强调情节的完整性、连

贯性、生动性和趣味性，比较适合口头讲述。幼儿故事是故事的一个分支，它具有故事的一般特征。由于读者对象年龄特征上的差异，幼儿故事也拥有了自己所独有的一些审美特征。主要表现在以下几个方面：

1. 结构完整、线索清晰

结构完整、线索清晰是幼儿故事在整体框架上的特征。幼儿故事一般都要反映事件产生的原因、事件发展过程中的曲折以及事件最后的结局等。只有包括了事件的开端、发展、高潮、结局的故事，才是有序而完整的。因为，从接受主体来看，儿童在阅读或听故事时，求全心理十分突出，他们总是希望能了解事件发生的原因和结果，看到事件发展的全过程。同时，儿童的思维判断能力尚处于发展阶段，盘根错节的线索布局容易背离他们的审美需求，因而线索单一，脉络清晰，有序展开，首尾贯通的故事能符合儿童的阅读心理。《蓝色的树叶》（奥谢耶娃）就是一篇能充分体现故事完整性、单纯性特征的作品。故事一开篇写道"卡佳有两支绿颜色的铅笔，可是莲娜一支也没有"，此为故事的起因。接着，故事沿着起因顺序展开：莲娜向卡佳借一支绿铅笔，卡佳没有直截了当地表示不借，只是在不断的托词中把拒绝的暗示性意向表露出来。故事详尽地描述了莲娜借铅笔的全过程，在情节推演向着卡佳不得不借铅笔的轨迹行走的时候，高潮随之降临：

> 卡佳说："小心些，不要削，不要太使劲儿，不要放到嘴里去，不要用得太多啦！"
> 莲娜说："我只要把图画纸上的树叶，画成绿颜色的就够了。"
> "这可多了。"卡佳说，紧紧地皱着眉头，一脸的不乐意。
> 莲娜看了看她走开了，没有拿铅笔。
> 卡佳奇怪了，跑着去追她："喂，你怎么了？拿去用吧！"
> 莲娜说："不要啦。"[1]

此时，高潮在人物心理巨大落差的背景下形成，故事也就趋向结局，老师询问莲娜为什么把树叶画成蓝色的，并以此教导卡佳："要好好地给，人家才肯接受呢。"

这篇故事篇幅短小，事件完整连贯，把事件发生的整个过程，从起因、发展、高潮、结局，都展示给听众。对线索一一梳理后，可见出线索清晰透明的品质，故事以借与不借为主线贯通首尾，没有枝节，没有复线，简单而又明了。

再以马光复的《瓜瓜吃瓜》为例：这个故事讲述了一个名字叫瓜瓜，特别喜欢吃西瓜的孩子的故事。一个大热天他吵着要吃西瓜，妈妈给了他一个小西瓜，他满心不高兴地吃了，"他吃完一块，心里生着气，一甩手，把西瓜从窗口扔了出去，掉在胡同里的路上。"这是故事的起因。接着外婆抱着个大西瓜来了，正当瓜瓜高兴地奔下楼迎接外婆的当儿，外婆却一脚踩在瓜瓜刚才扔出的西瓜皮上，摔了一跤，"手里抱的大西瓜，吧嗒一下，摔了个粉碎。"瓜瓜眼看就要到嘴的甜蜜希望瞬间破灭了，这是故事的发展过程。最后，瓜瓜把满地的碎瓜都扔进了垃圾箱，不知情的外婆还一个劲儿地夸奖他：

1　瓦连京娜·奥谢耶娃文，孔嘉，译. 2010. 蓝色的树叶. 语文世界：小学版，11：20.

"真乖，真乖，都像咱瓜瓜这么懂事就好了。"这是故事的结局。故事的篇幅虽短却有着完整的结构，从"扔瓜"—"摔瓜"—"吃不到瓜"的故事发展线索中，小读者很容易把握到事件的前因后果。

幼儿故事线索清晰的特征，在以下的两篇作品中也可见端倪：

《圈儿圈儿圈儿》（安伟邦）：

不爱写字—听写—不会写—学写字

《孵小鸡》（郝月梅）：

喜欢小鸡—敲蛋找小鸡—抓鸡孵小鸡—人工孵小鸡—怎么孵呢

2. 情节新奇、巧中显趣

幼儿故事历来深受儿童欢迎，其中一个很重要的因素就是幼儿故事有很强的情节性。由于读者对象的特殊生理心理特征，幼儿故事必须以动人心弦的情节取胜。情节进展应快速敏捷，要在单纯中求曲折，在简单中有反复。既有贯穿首尾的情节主线，从头到尾抓住听众；又有散落在段落中的小高潮，不断给孩子们带来审美幸福和愉悦。此外，小读者在阅读、聆听时，往往带有一种迫切的心理期待，他们急于知道故事的结局，但又不愿意马上就知道结局而结束享受故事的过程。这种矛盾的审美取向使得他们对那些富有悬念，一波三折的故事抱以极大的兴趣和热情。例如美国作家梅布尔·瓦茨的《卡罗尔和她的小猫》就是一篇以猫为线索，情节发展跌宕起伏的优秀幼儿故事。这篇作品首先用铺垫手法，向小读者讲述了一个名叫卡罗尔的小女孩非常想要一只猫，她在报纸上登了一则求猫广告。第一天，送来一只叫伯洛的花猫。第二天，送来一只系着蝴蝶结的黄猫。第三天，第四天……猫越送越多，卡罗尔家的抽屉里、橱里、拖鞋里、门背后，到处都是猫，这可怎么办呢？怎样解决猫患，就构成情节推演的第一次起伏。接着，爸爸又在报上登了一条免费赠送小猫的广告，孩子们从四面八方跑来了。卡罗尔一整天都沉浸在与小猫告别的伤情之中，等到卡罗尔从奶奶家回来时，一只小猫都没有了，卡罗尔伤心地哭了。此时，情节再次掀起波澜。故事最后写道：

> "忽然她听见了喵喵的叫声，一只黑白颜色的花猫从厨房里跳出来。卡罗尔高声叫了起来："啊，是伯洛！"
>
> 伯洛亲热地用身子擦卡罗尔的手，好像在说："我藏起来，是不愿意给送掉，我想和你在一起。"
>
> 卡罗尔完全懂得小花猫的意思。她终于有了只她自己的小猫。"[1]

故事就这样在不断出现矛盾、解决矛盾，再出现矛盾，再解决矛盾的过程中走向结局，情节起伏有致，新奇有趣。法国作家埃斯库迪叶的《天上掉下一只烤鸡来》、前苏联作家尼古拉·诺索夫的《米什卡煮粥》、任大霖的《无法道歉》等作品都是展示情节性特征的优秀代表作。

---

1 梅布尔·瓦茨. 陈苏译. 2010. 卡罗尔和她的小猫. 语文世界：小学版, 12: 19.

此外，幼儿故事还以特立独行的趣味元素吸引孩子们关注的目光，成为其标志性的特征之一。儿童情趣指故事情节必须有使儿童读者（或听众）感到愉快、有意思、有吸引力和感染力的审美特征。幼儿故事追求趣味性，是由阅读对象的审美情趣所决定的。因为，儿童阅读或聆听故事，并非为接受教育，而是为了从中寻求愉悦。儿童的注意力容易分散和转移，平淡无奇的故事很难把他们带进作品的境界中去，童趣盎然的故事才会激发他们的兴趣和热情。儿童喜欢想象、神奇、惊险与充满游戏性的快乐生活，因此，他们渴望所读（听）到的幼儿故事中也具有这些快乐的元素。

幼儿故事中的情趣来自于生活中那部分能够为儿童心领神会的、饶有风趣的、足以引起儿童的幽默感和会心微笑的东西；来自于作家对拟人、夸张、对比、反复、讽刺、幽默、诙谐、闪回等艺术手法的灵活运用，尤其是夸张手法被大量运用于情节当中，促使幼儿故事趣味盎然。例如，郑春华的系列故事《大头儿子和小头爸爸》中采用了强烈的对比夸张手法。"大头儿子和小头爸爸"，光看题目，就极富幽默感。儿子是大头，而爸爸反而是小头，夸张对比引起强烈的反差，富有情趣，令人忍俊不禁。作家赋予幼儿故事的游戏精神也会给作品增添无穷的情趣魅力。例如《大头儿子和小头爸爸》中，专写父子游戏的就有《大灰狼》、《好鬼》、《游戏》等。而在每则故事中又突出了叙述形式的游戏性，大大增强了作品的趣味性。《两个人的小屋》中，大头儿子拿出羽毛，狠狠打小头爸爸的脚心的情景；《两个人出门去》中，大头儿子喂小头爸爸吃花生米的动作等，都充满了儿童情趣，使孩子们读来觉得十分亲切。

在作品中巧妙地设置悬念也是幼儿故事产生趣味性的重要因素。悬念是指在故事的开头或中间提出问题，摆出矛盾或设置疑团，以引起读者或听众的关注。实质上，悬念是现实生活中的矛盾或问题的集中概括，它往往带有一定的偶然性和突发性。因而悬念最能激发儿童的好奇心。儿童都有"打破砂锅纹（问）到底"的心理，在故事中巧妙地设置悬念，既可以激起儿童的阅读兴趣，还能使儿童变被动的接受者为主动的参与者，使儿童的思维能力和解决问题的能力得到锻炼和提高。如捷克作家艾·彼齐什卡的《六个娃娃七个坑》，故事虽短小，却悬念迭出，妙趣横生。

奇巧的结尾也是显示幼儿故事趣味性的重要方式。列夫·托尔斯泰的幼儿故事《李子核》就是一个很典型的例子：妈妈买回许多李子，打算午饭后分给孩子们吃。万尼亚从没吃过李子，他趁没人的时候吃了一个。吃饭前，妈妈发现少了一个李子，就告诉了爸爸。爸爸问了孩子们，个个都说自己没有吃李子，爸爸不动声色地说：

> "你们要是谁吃了李子，这可很不好，不是怕你们吃，怕的是李子里面有核，要是哪一个不会吃，把核吞下去了，那他过一天就会死的。我怕的是这个。"
>
> 万尼亚一听，吓得脸色发白，说道："不，我把核吐到窗子外面啦。"
>
> 大家一听，哈哈大笑，而万尼亚却哭起来了[1]。

整个故事似乎都是为这个精彩的结尾而存在，父亲高明的教育艺术和小万尼亚稚气

1　列夫·托尔斯泰. 卢明生，译. 2013. 李子核. 广东第二课堂：小学版，5：13.

纯真的儿童心理被表现得淋漓尽致。

【阅读思考】你认为要增强幼儿故事的趣味性有哪些方法？

3. 语言明快，便于讲述

幼儿故事常常是用绘声绘色的讲述形式传达给儿童听众的，所以它在语言上最突出的特点就是口语化，即通俗、明快。它要求故事的语言首先必须和儿童所具备的听学语言的能力相适应，在词汇、句法、节奏等方面要合乎儿童的言语表达习惯，它是根据儿童的欣赏习惯和理解能力，对儿童的生活语言进行筛选而成的艺术化的口头语言。因而，少用长句、书面语、抽象词语，多用短句、具体动词、象声词、语气词、叠音词、儿化词等，就构成幼儿故事叙述性语言特征的基本要素。

动词的使用是幼儿故事口语化的主要特征之一，尤其是那些直接产生动作形态的具体动词，既能够清晰再现人物内在心理和外在状况，又能快速推进情节展开，形成一波三折的功效，还能调节场面气氛，使事件在发生、发展的过程中充满情趣。请看引例：

> "妈妈切开西瓜，上班去了。瓜瓜斜着眼瞄了瞄那西瓜，咧起了嘴巴。"
>
> "他吃完一块，心里生着气，一甩手，把西瓜皮从窗口扔了出去，掉在胡同里的路上了。"
>
> "瓜瓜出了门看见外婆坐在地上，连忙跑去把她搀起来，一边气呼呼地抬起脚，往西瓜皮上踩……"
>
> ——马光复《瓜瓜吃瓜》[1]
>
> "小松丢下竹竿，捂着脑瓜就跑，钢钢年纪小，跑得很慢，眼看马蜂扑过来，他'哇'的一声吓哭了。小勇回头一看，急忙跑回去，把钢钢拉到身后，抢起手中的小褂，拼命抽马蜂。"
>
> ——杨福庆《谁勇敢》[2]
>
> "没等她说完，我就冲到窗口大吼一声：'小弟，快上来！'见他没动，又吼道：'吃西瓜了！'这一招挺有效，小弟迈着胖嘟嘟的小腿，急急忙忙地回来了。小弟一进门，我就拉住他的手厉声问：'我的收音机呢？快说，搁哪儿啦？'也许我手势重了点，小弟一个趔趄坐在地上，害怕地瞄着我，突然哇的一声哭了起来，嘴里含着的一粒糖掉了出来，两只沾满泥巴的小手还紧紧地攥着几粒糖。"
>
> "奶奶过来把我推开，抱起小弟，给他擦去手上的泥巴。"
>
> ——任大霖《无法道歉》[3]

这些作品善于应用动态感强的动词造成人物连续活动的画面，使情节、人物变得生机勃勃，洋溢着浓郁的儿童情趣。

1　马光复写，王治华画. 1983. 瓜瓜吃瓜. 上海：少年儿童出版社.
2　杨福庆文，黄云生析. 1986. 谁勇敢（故事）. 幼儿教育，1：35.
3　任大霖. 1993. 任大霖作品选. 北京：中国少年儿童出版社.

夸张、反复等修辞手法，象声词、叠音词、儿化词等词语的运用也是促进幼儿故事口语化趋势的常用手法，这些辞格和词语，常用于口语语体，可以较好地调节叙述语言内部节奏，使语言风格轻松、自然、明快、生动。如安伟邦的《圈儿、圈儿、圈儿》就是一篇以口语语体为主的幼儿故事：

> ……
>
> 大成爱书，可是不爱写字。老师教他写字，他说：
> "我只要能念就行了。"
> 一天，上语文课，老师要大家听写，大成一听着慌了，他拿着笔，手有点发抖，只听老师念道："啄木鸟，嘴儿硬，张翅膀，捉小虫，大家叫它树医生。"
> 大成写不出来。他又听老师说："把不会写的字画个圈儿。"大成红着脸在纸上写道："〇木鸟，〇〇〇，张〇〇，〇小虫，大家叫它树〇生。"
> 他写完，交了上去。
> 第二天，老师请他把自己写的照样念一念。他只好念道："圈儿木鸟，圈儿圈儿圈儿，张圈儿圈儿，圈儿小虫，大家叫它树圈儿生。"
> 念着念着，同学们"哗"地一声笑了。大成也很难为情[1]。

故事借〇生成儿化韵，使讲述过程充满变化音，在言语表层形式的变化中产生幽默诙谐的美学效应，是一篇仅借助口语讲述就可以直接呈现盎然情趣的幼儿故事。

（三）幼儿故事的分类

幼儿故事，从不同的角度可以划分成多种类型：

以故事来源分，可以划分为民间故事（包括改编）和创作故事（或文学故事）两大类；

以表现形式分，可以划分为文学故事和图画故事两大类；

以内容划分，则种类繁多，有动物故事、生活故事、历史故事、人物故事、科学故事、侦探故事、益智故事和幽默讽刺故事等。

下面选取几种常见的幼儿故事类型做一介绍：

1. 动物故事

以动物或主要以动物为主人公的幼儿故事是动物故事。从它们反映的内容看，大致可分为两类。一类是通过描写动物的生活和行动以及它们之间的相互关系，生动有趣地介绍各种动物的形象特征、习性等的故事。如法国女作家黎达的《海豹历险记》，叙写了一群海豹在北冰洋里的生活及冒险历程，不仅真实而科学地介绍了各种动物的习性、专长，而且揭示了大自然的种种奥秘，内容丰富多彩，具有丰富的认识价值。一类是借助动物形象，间接地反映人类社会生活、人与人之间的关系，体现人们对真与假、善与恶、美与丑的爱憎分明的观点。如萧良的《孤雁》，运用拟人的手法，在赋予孤雁丧夫、沦为雁奴、遭歧视、被驱逐种种不幸的同时又赋予了她忠诚的高贵品质。

---

1 安伟邦. 2011. 中国原创图画书：圈儿圈儿圈儿. 北京：中国少年儿童出版社.

孤雁的遭遇引发读者对人生深刻的思索，很有震撼人心的力量。由于喜欢小动物是儿童的天性，在世界各国民间文学中及作家创作的儿童文学中，动物故事都占有很大比重。动物故事同以动物为主人公的童话、寓言及小说较难区别。如要加以区别的话，那就是它的幻想程度不如童话那样强烈，它的讽喻性不如寓言那样明显深刻，它的形象塑造不如小说那样细致。

2. 生活故事

以写实手法反映儿童家庭、学校、社会各方面生活的故事是生活故事。由于儿童文学的文体分类中有单列的童话、寓言等（其实它们也是幼儿故事），所以通常我们所说的幼儿故事往往是指生活故事。这类故事在幼儿故事中数量最多，占有重要地位。它主要是在实际生活的基础上，经过艺术加工而构成的。因此，其中的情节与人物，对于儿童来说，就具有更多的真实感和亲切感，也就更容易使他们欣然接受，在教育儿童健康成长方面，能发挥较大的作用。生活故事中主人公是儿童。有的表扬儿童的优良品德和模范行动；有的委婉地批评儿童的错误行为，或对他们的缺点进行善意的讽刺；有的采取了集中对比的写法，在同一个故事里既有正面形象，也有反面形象。有些专为儿童写的生活故事，其主人公不是儿童，但作品是从儿童的角度观察，有真挚的儿童情感，也属于幼儿故事。由于生活故事受生活真实性的局限，有的作者不敢大胆构思，加以对教育作用的理解片面，所以造成有的生活故事缺乏艺术魅力，情节不够曲折生动，有的说教多于趣味，这是应当注意的。优秀作品如：《蓝色的树叶》（奥谢耶娃）、《谁勇敢》（杨福庆）、《六个孩子七个坑》（艾·彼齐什卡）、《一亮一暗的灯》（任霞苓）等。

3. 历史故事

选择历史上有重大影响的事件，编写成适合儿童阅读的故事，就是历史故事。这类故事，按照历史年代的次序，生动有趣地讲述历史上各种重大事件的情节及其特点，使儿童比较明确、具体地认识一些历史情况。历史故事也总是要写到历史人物的，它和写历史人物的人物故事有相通之处而又有区别。历史故事以写历史事件为主，人物故事以介绍人物为主。历史故事具有形象直观、生动感人的艺术魅力，对于让儿童了解中华民族光辉灿烂的历史、弘扬爱国主义精神、继承传统美德等方面都具有不可替代的作用。认识到这一点，对学前教育专业学生来说，有着极其重要的意义。例如尹世霖、张建国的《中华5000年历史故事》、林汉达主编的《中国历史故事》等，都是优秀的历史故事读物。

4. 人物故事

以介绍人物为主的幼儿故事就是人物故事。这类故事有的是写杰出的儿童，如《草原英雄小姐妹》；有的是写古今中外的英雄伟人，如李才干的《成吉思汗的故事》、《朱德的扁担》、《刘胡兰》、《列宁的卫兵》、《画蛋》等即为人物故事。人物故事必须真实，不能任意虚构。故事短小精悍，集中突现人物形象的某一个侧面，主题单纯鲜明，能给儿童以启迪和教育，有极大的感召作用。

5. 民间故事

儿童民间故事是指在民间口头流传，适合于对儿童讲述并为儿童所喜爱的故事。儿童民间故事因其具有朴素的风格、丰富的想象、神奇的色彩，适合儿童追求兴趣、好奇心重、求知欲强等心理特点，因此特别能受到儿童的欢迎。如民间机智人物故事《阿凡提的故事》、《巴拉根仓的故事》、《阿方的故事》，长工和地主的故事《火龙单》，三兄弟故事《狗耕田》，巧媳妇故事《巧媳妇》等，都对儿童有着很强的吸引力。

6. 改编故事

改编故事是以古今中外的文学名著为依据而改编的适合儿童阅读欣赏的故事。由于孩子掌握的知识有限，理解能力也较弱，他们对具有相当思想深度的文学名著还难以全面接受和理解。因此，将文学名著改编为便于他们接受的故事就越来越受到人们的关注，于是，改编故事也随之成为幼儿故事中的一大类型。如《唐·吉珂德》、《大卫·科波菲尔》、《格列佛游记》等世界文学名著，以及中国古典名著《水浒传》、《三国演义》、《聊斋志异》等都被改编成幼儿故事。改编故事的主要特点有：保持原著的故事元素、主题思想、主要人物和主要情节；变原著体裁为以叙述为主的故事体裁，突出故事性；变书面语言为文学口语，同时兼顾原著的语言风格。

二、幼儿故事的阅读鉴赏

（一）把握作品的叙事结构

幼儿故事要求有完整的情节和引人入胜的故事，因此在指导学生阅读时，应多注意引导学生洞悉作者创作思路，在情节架构上，怎样合理安排叙事结构，怎样有意识地控制着叙事的详略疏密，从中感受由故事带来的审美愉悦。例如美国幼儿故事《绿色的史蒂文》以其独特的叙事框架，描绘了一幅儿童生活图景。故事讲的是一个叫史蒂文的小男孩，只吃绿色的果冻，其余食物一律不予理睬。突然有一天，史蒂文变成一个绿小孩：

> 一天，当史蒂文走进洗澡间时，妈妈吃惊地喊起来："史蒂文，快看看，你的身体怎么啦？"史蒂文走进镜子一看，惊呆了，原来，他从头到脚全都变成绿色了，就像一个绿色的大果冻[1]。

后来在医生的诊治下，史蒂文恢复了常人的颜色。从此以后，他再也不像以前那样只吃一种食物了。故事头尾呼应，浑然一体，情节线索简单清晰，然而细节处却折射出奇异的色彩，构成儿童乐于接受的结构形式。指导学生读这样的故事，就要学会细心体察作者叙述故事的基本框架。这则小故事基本秉承传统故事的叙事风格，各情节单元组合环环相连：史蒂文只吃绿果冻—变成绿小孩—到医院诊治—变回常人的颜色，故事在延伸过程中，没有错综复杂的人物关系，没有隐性情节的干扰，这种单线型结构方式符合儿童特有的自然阅读习惯。然而，尽管它总的叙事功能出奇的简单，但并不排斥其内

1　张炎. 2011. 儿童故事审美特征浅析. 教育探究，2：67-71.

部结构的奇思妙想，史蒂文"从头到脚全都变成绿的了"则是故事最精彩的点睛之笔。诸如此类结构形式的作品还有《幻想家》（诺索夫）、《三个伙伴》（奥谢耶娃）、《乡下来的丹丹》（罗佳）等。

（二）体味情节的奇异趣味

幼儿故事还很强调情节的动态起伏，奇趣、险趣、情趣是儿童永不满足的心理期待。因此，在阅读时还要注意引导学生寻找、欣赏和分析故事出奇、出新、出趣的情节。仍以幼儿故事《绿色的史蒂文》为例，故事最令人惊奇之处无疑在于史蒂文全身透绿，"就像一个绿色的大果冻"，故事以超乎寻常的想象，在真实中植入奇异的元素，由此调动儿童的阅读趣味。同时，局部的奇异感又形成了叙事的张力，给原本平淡无奇的结构增添了富有魅力的生命形式，成为情节跌宕起伏的原动力。而篇名"绿色的史蒂文"，人物与色彩悖理重叠所营造的悬念氛围，使读者在不解之谜的化解中，获得极大的阅读乐趣。此外，任大霖的《无法道歉》、任霞苓的《野猫真的来过了》、《煎饼帽子》[1]等，在情节的设置上，也都有出人意料之举，它们都带给孩子无尽的愉悦，使阅读过程充满了趣感。

（三）透析内容的思想价值

幼儿故事总是要表达作者对生活的感受，这就是思想，优秀的幼儿故事作品都有着积极的主题。当然，此类幼儿故事之所以具有艺术价值，在于没有让主题去支配故事，让故事为主题服务，而是自然地融入故事情节、场面氛围、人物言行之中，使故事、人物有一个附着点，也使故事有了人性的光辉，从而渗透着思想的意义。在阅读引导中，要关注隐蔽在情节、人物身上闪现人性品质的细节。例如系列故事《大头儿子和小头爸爸》，在天真稚气的童趣中包蕴着深厚的父子深情，故事不仅成功地塑造了人物，也无处不渗透着具有人类永恒意义的主题：爱。在小读者为故事而愉悦时，父子之爱、家人之爱，人与人之间的关心理解帮助等，这些人性美也都潜移默化地浸润了儿童的心灵。再如《绿色的史蒂文》在神奇的夸张中，让孩子自然而然地领悟到偏食的危害。《彼得的新自行车》通过匠心独运的情节构思，塑造了一个具有鲜明个性的儿童形象，从而透射出思想主题：帮助别人是最快乐的事。这些思想主题，对儿童的智慧、性格、个人生存能力的养成同样起着潜移默化的作用。它不仅使故事好看，而且具有持久效应。

【阅读思考】幼儿故事的思想意义和它的趣味性之间存在矛盾吗？谈一谈你的见解。

[幼儿故事拓展阅读]

机器小乌龟（节选）[2]

冰波

丑小鸭的故事终于讲完了，阿笨猫想睡了。

可是，小乌龟又在胸口爬起来了，并且说："讲故事，讲故事。"小乌龟好像只会说

---

1 王雪莉等编校. 1989. 孩子们的天方夜谭-世界儿童趣味故事精选. 北京：海洋出版社.

2 冰波. 2007. 机器小乌龟——阿笨猫全传. 南京：江苏少年儿童出版社.

这三个字。阿笨猫有点烦了，一扭头说："睡觉了，不讲了！"小乌龟好像受到了委屈，也住口不再说"讲故事，讲故事"了。它慢慢爬到阿笨猫的脸上，撒了一泡尿。这大概是小乌龟觉得受到了不友好的待遇而采取的报复行动。阿笨猫觉得一阵冰冷，一摸脸上，摸了一手的黑色机油。小乌龟又慢慢地爬着，爬到阿笨猫的枕头上，又撒了一泡尿。"真没礼貌！"阿笨猫很不高兴，但为了不让小乌龟乱爬和乱撒尿，阿笨猫只好给它继续讲故事。果然，一讲故事，小乌龟就趴在那里安静地听了。一直讲了十八个故事。讲着讲着，阿笨猫累得睡着了，即使小乌龟再爬，再撒尿，他也醒不过来了。第二天早上，阿笨猫醒来了。他发现床上多了几十堆黑黑的机油，不用问，全是小乌龟撒的。"咦？那只小乌龟呢，怎么不见了？"阿笨猫四处看看，没看到小乌龟。床底下好像有什么响动。阿笨猫朝床下一看，那只小乌龟正朝他眯眯笑呢。在它的旁边，有十个亮闪闪的小铁珠。阿笨猫很奇怪："这是什么？我床底下原来没有这东西啊。莫非是它生的蛋？"在阿笨猫手掌里的十个小铁珠自己滚动起来，接着，一个一个裂开了。从里面爬出来一只只与原来那只小乌龟一模一样的机器小乌龟，只不过小了点儿。这些新出世的小乌龟，从阿笨猫的手里滚下去，爬到有太阳的地方，一动也不动了，在那里晒太阳。只晒了一分钟的太阳，这些小乌龟马上长到与原来那只小乌龟一样大。

"天哪，机器乌龟也会孵小乌龟，真是没想到。"阿笨猫简直看傻了。

【导读】阿笨猫，阿笨猫，当然指的就是一只很笨的猫。仔细地读完《阿笨猫全传》后，我们会发现：阿笨猫起先并不蠢，但是贪婪的心态让他变成一只名副其实的笨猫。阿笨猫既不是我，也不是你，但也可能就是我，或者就是你。他是一个"小市民"，是我们社会中的一员，而且是一位很失败的一员。他总想贪点小便宜，也总想多赚点"横财"，经常梦想要出人头地；其实他的心眼并不坏，也很善良，但太轻信他人的谎言。贪图小便宜的人注定要吃大亏，就是这种种原因，阿笨猫才经常被骗，成为一只屡屡受骗的"笨"猫。

憨厚老实的阿笨猫要和精明狡猾的外星小贩巴拉巴做生意，中间会发生怎样让人捧腹大笑的事情？巴拉巴怎样通过各种巧妙手法，引得阿笨猫一次次上当受骗？

阿笨猫的故事讲述了一个又一个生活中常见的骗局。相信聪明的小读者在品味阿笨猫上当受骗的幽默故事的同时，也能学会思考，增长智慧。

吹牛大王和飞机[1]
刘兴诗

三个吹牛大王在一起谈飞机。

一个说："我家有一棵大树。我给树浇水，树就往上长。有一天，我浇的水多，大树一直长上天。第二天早上，我起来一看，啊呀！树上挂着一架飞机。我费了好

---

1 刘兴诗. 2013. 吹牛大王和飞机. 小学生：多元智能大王, 4: 8-13.

大劲，才搭着梯子爬上去，把吓得半死的乘客一个个接下来。"

第二个说："有一次，我驾着飞机和敌人在天上打仗，子弹和汽油都用光了。我连忙飞到敌人飞机的上面，轻轻往下一跳，正好骑在敌人飞机背上。我拔出手枪，对准敌人飞行员的后脑勺。他吓坏了，乖乖地听我指挥，连人带飞机都做了我的俘房。"第三个说："这算什么稀奇！有一天，我在山上放马，一架飞机飞来。我把套马索往上一抛，就套住它的尾巴，把它从天上拉了下来。"

三个吹牛大王说完了，比谁的本领最大，谁也对谁不服气。正好，天上飞来一架飞机。

第二个对第一个说："你家的大树能把它挂住吗？"

第一个说："它不敢飞到我家去呀！要去，准会挂在树枝上。我家的树已经挂了许多飞机，像一棵圣诞树。"

第三个对第二个说："你快飞上天，把这架飞机抓住呀？"

第二个说："瞧，它怕我，已经夹着尾巴逃了。我抓的飞行员太多，家里已经关不下了，就饶了他吧！"

第一个对第三个说："你用套马索，把它拉下来呀！"

第三个搔着后脑勺说："嗨，我的忘性真大，今天忘记把套马索带出来了。"

天上的飞机听不到他们谈话，越飞越远了。

【导读】这是一篇用"实话实说"口吻讲述的"吹牛"故事，逗乐的效果非常突出。

在比赛"谁的本领最大"的游戏中，三个"吹牛大王"仿佛生活在梦想的世界里。他们把想要的东西转变为真实的东西，从而使各自的自我精神渴求得到满足、补偿和改善。梦想是幼儿把握世界的另一种方式。幼儿在听赏过程中，会把这个故事作为鲜明的现实来感知，使思想的幼芽迅速发育起来，进入一个比现实更有诗意也更为宏大的世界。

三个"吹牛大王"中的无论哪一个，吹起牛来都滔滔不绝，口若悬河。这完全得力于极端夸张的艺术手法，所带来的快活人生的审美效果。故事中的人物虽已"符号化"，但荒诞不经的情节将会在幼儿心中永驻。

听鱼说话[1]

[美国] 海·格里费什　韦苇译

琼儿的外公是个非常有趣的人。他爱钓鱼。琼儿看外公把蚯蚓挂上钓钩，就说："蚯蚓不疼吗？"

"我来问问它。"外公把蚯蚓拿到面前，对它说，"你挂在钩上，受得了吗？"

接着，外公把蚯蚓搁到耳朵边听了听，然后对外孙女说："它说，没事儿，它说它最喜欢钓鱼了。"

---

1 海·格里费什. 韦苇，译. 2011. 听鱼说话. 文学少年：小学低年. 10：20-21.

琼儿不相信外公说的，她要自己亲耳听一听。她把蚯蚓放到耳朵边听了听，说："蚯蚓什么也没有说呀。"

"它跟你还不熟呢。蚯蚓的心思我知道，它是急着要下水去钓鱼了。"外公说着就把钓钩往前一抛，蚯蚓立刻沉到水里去了。不一会儿，外公钓上来一条鱼。接着，外公把钓竿递给外孙女，让她也碰碰运气。

琼儿学着外公的样子，把钓钩抛进了水里。没多久，她也钓到了一条鱼。是一条小鱼。小鱼躺在岸边草地上，小嘴一张一张的。琼儿看着有些不忍心了。

"小鱼好像在说什么。"琼儿说。

"是的，鱼儿真的像是在说话哩。"外公说着，拿到耳边听了听，说："小鱼说，'拿我做汤，一样很鲜的'。"

"我要自己来听。"琼儿说。"你能听懂鱼话吗？"外公问。

"试试看吧。"琼儿说着，把鱼搁到耳边听了一下，说，"小鱼说'我还小呢，放我回水里去吧'！"

外公又惊又喜，说："你说的是真话吗？""一点不假。"琼儿说。

"那好，你就把它放回去吧。"外公说。

琼儿把小鱼轻轻放回了水里，看着它尾巴一摇一摆地游远了。

外公又把钓钩抛进了水里，又钓起鱼来。他边钓边谈："我还从来没见过，学听鱼话竟有像你这样学得这么快的。一学就会了。"

"下一回，我要学听蚯蚓说话，准也能一听就会。"琼儿说。

【阅读思考】《听鱼说话》这篇故事的教育意义是什么？请分析这篇故事的教育意义与儿童情趣是怎样有机地融为一体的？

【导读】如果外公在这个故事里只是讲上一段他自己的经历，一件他耳闻目睹的事情，让外孙女听后懂些做人的道理，学些做事的经验，那么这故事就可能是功利意义一目了然、很一般的作品，其价值也就只在事理本身，而非作为文学作品首先应负载的审美价值。作者没有这样做，自然也就脱出了窠臼。在这个故事里，祖孙关系没有落入教学关系的俗套。亲缘关系在这里不是表现为一种隶属关系，而是表现为具有亲缘特点的朋友关系，体现了人与人之间的平等。外孙女不是外公说什么就听什么就信什么，"我要自己来听。"—这句话里有一种值得好好去寻味的东西。

"听鱼说话。"如果这是一个童话，那是很平常的了。在童话里，听鱼作个关于污染水源将会造成什么严重后果的报告也不会让我们大惊小怪的。然而这是一个生活故事，外公听蚯蚓、听鱼说话，是此时此地、此情此景中他有趣性格的具体表现。常在外公身边接受乐天熏染，并在此环境中成长的琼儿，很快心领神会，心照不宣，还"青出于蓝而胜于蓝"，听懂了外公曲解了的鱼话。"我还小呢，放我回水里去吧！"—小女孩用她的一颗童心去听，才听到了小鱼的心声！小鱼和小女孩两"小"之间心有灵犀一点通。没有小女孩听出小鱼心声的这一精彩情节，这个故事将站不起来，更经不起久久地品味。

三、幼儿故事创编

（一）选材的生活化

浓郁的生活气息是儿童生活故事备受孩子们欢迎的原因之一，因此，直接取材于儿童生活，真实地反映他们的思想、兴趣、举动是幼儿故事创作时必须通盘考虑的前提条件。创作者必须站在与儿童平等的位置上，立足于儿童本位，用儿童特有的好奇的眼光去观察世界，用儿童特有的澄明的心灵去感受世界，选取他们丰富多彩的生活素材，加以艺术构思。如罗佳的《乡下来的丹丹》以朴素的笔调写一个乡下来的小男孩——丹丹在幼儿园一天的生活。丹丹在乡下赤惯了脚，在幼儿园上课的时候也会想："脱了吧，把袜子扔到椅子底下，老师不会看见的。"故事中，丹丹不习惯和小朋友手拉手，在大树下随便小便等细节，都使人觉得丹丹就像在自己眼前一样。

（二）结构的生动性

儿童们喜欢故事性强，情节起伏跌宕的作品。不喜欢静止的、沉闷的描写。那些淡化情节的结构勾勒方式，也许透露了作者创新思考的讯息，但始终无法成为幼儿故事创作的主流。儿童的好奇心、求知欲、参与意识决定了他们对情节性强的作品的偏爱。因此，为迎合孩子们听读兴趣，使作品能在他们心中激起听读的波澜，情节结构是否生动有趣就显得尤为重要。如何使情节生动有趣，就需要在搭建结构框架的过程中运用那些能产生辐射能量的现代叙事技巧。

1. 设置悬念，形成波澜

悬念是"结构本身的游戏"，也是幼儿故事对小读者形成"召唤情结"的关键所在。通常有两种情况可以造成悬念：一种是在事件正常叙述的过程中说出部分情况，但扣留一部分至关重要的情况，等待后文解密；另一种方法正相反，提前抛出一个谜面，而让后文在事件的正常发展中说出全部情况。两种方法都需要故意扣留部分信息，也就是"故弄玄虚"。

如任霞苓的《一亮一暗的灯》[1]，是运用悬念很成功的一个例子。故事梗概如下：爸爸妈妈不在家，天黑了，小晴怕起来了。咦，阁楼的灯怎么一亮一暗？可是小晴刚刚跨出一步，就听到"悉悉沙沙——扑托"的声音，她吓得转身就逃。小晴叫来了好朋友兰兰，两人一起去。可两个人都害怕了。忽然阁楼里"扑托"一声，灯灭了。吓得俩人一起转身往外逃。她们又找来好朋友虎娃，虎娃本来很神气，但听两人一说也害怕起来。最后，三个孩子手拉手并排走上楼梯，从阁楼的门缝里往里一瞧：原来是小花猫咬住电灯的拉线开关"扑托"跳了一下，灯暗了；"扑托"再跳一下，灯又亮了。故事开篇即笼罩在刻意设置的神秘氛围内，"阁楼的灯怎么一亮一暗？"在这个延续主要情节线索的大悬念中，又纵横穿插了多个小悬念，"悉悉沙沙——扑托的声音来自哪里？随着'扑托'声灯灭了，什么人在阁楼？最勇敢的虎娃也害怕了，怎么办？"从而使故事越发变得扑朔迷离，直至最后才揭开谜底。这种设置悬念的方式，容易吸引儿童的注意，驱使

1　任霞苓. 1996. 小萝卜老头儿：任霞苓幼儿文学作品选. 杭州：浙江少年儿童出版社.

他们急切地顺着情节发展追踪下去。

2. 巧妙构思，有出人意料之处

幼儿故事要尽量做到线索单纯，情节铺展顺畅。但情节简单并不等于平铺直叙，要注意将单纯与曲折结合起来——注意波澜的引发、矛盾的激荡、趣味的穿插等，使情节单纯有味。此时，借助精巧的构思增强故事的可读性不失为一项良策，而且常常会产生出人意料的阅读效果。如薛卫民的《小猫叫，小狗叫》：如来和米多两个玩捉迷藏。米多先藏起来，如来去找他的时候，正想开大橱的门，听见里面有小猫叫："喵——喵——"如来想：小猫在里面捉老鼠呢。如来找不到米多，最后米多"喵喵"叫着走出来了。噢，如来想，原来米多装小猫叫把自己给骗了！轮到如来藏起来了，米多听到一个大纸箱子里传出来"汪！汪——"的小狗叫，米多把纸箱子一掀，就见如来在里面蹲着呢！如来很委屈：为什么米多不上当！米多说："……我一想就知道是你。我学猫叫，是因为家里养了猫；你学狗叫，咱们家根本就没有狗哇！"你瞧，好办法不一定在什么条件下都适用，如来被发现不是因为像诸葛亮的空城计——不能用第二次，而是因为没有考虑到实际情况。拆开这篇作品的结构，我们发现它的情节是这样运行的：玩捉迷藏——米多学猫叫骗过如来——如来学狗叫却被米多找着——为什么——原来家里有猫没有狗。作品的精巧构思有这样一个特点：以一个事件（捉迷藏）的戏剧性变化为情节元素，当猫叫骗过对方时，读者的定势思维便被圈进事先设好的圈套中。当情节顺着这条轨迹行走——狗叫自然也能骗过对方时，情节突然一个反转，学狗叫被对方轻而易举地找到。前面艺术铺垫的内容和后面作品实际达到的目的完全相反，作品出人意料的结局便形成了。

另外，在故事的大框架中加入荒诞的因素，也是很独特的构思方法。如周锐的《动物园的猴子变成了人》[1]：希儿听说，猴子会变成人，再去动物园的时候，就特别注意猴子们。

"妈妈，猴子像是少了几只了。"

……"它们"，希儿压低嗓门，"会不会变成人了？"

接下来，希儿再也没有心思看动物了，她很仔细地在看那些看动物的人。

……希儿说："我想找已经变成人的猴子。"

妈妈正在和希儿讨论这个问题，忽然，希儿追上了一个既不矮也不瘦的人，大声问："你是猴子变的吗？"

"……"

"第一次，不怪你！"希儿边说边将橘子皮拾进废物箱，"给刚变成人的猴子做个榜样。"

故事在这里戛然而止，留给人很多的回味空间。开头希儿的好奇心和想象力让人觉得有趣而佩服，而结尾处希儿的认真又让人体味到了感动，还有一点辛辣的讽喻意味。类似这样的构思方式就好像相声里的"抖包袱"，到最后，包袱抖开了，给你一个完全出乎意料又颇有余味的结局。

---

1 周锐著，王慧图. 2012. 希儿做猫的师傅. 上海：少年儿童出版社.

巧妙的构思方式还有很多，如在现实的叙述中插入幻想的成分，如周锐的《希儿把爸爸从牢里救出来》。再如巧妙地运用前后对比和转折，如刘谦的《丹丹老师》，陆弘的《谁要我帮忙》等。

3. 写活细节，使故事具体可感

细节是故事的重要组成部分，尤其是情节较简单、篇幅较短的幼儿故事，更要善于捕捉细节。幼儿故事不能像成人故事那样，以高度概括和浓缩的方式实现大的时间、空间的转换以及事件的简略交代，给成人看的故事时间跨度可以是数年、甚至数十年，空间上可以转战千里，而幼儿故事往往是截取生活中富于生气的一个片段、一个场景，演绎成一个活泼动人的故事。因此，幼儿故事创作要特别重视细节描写的具体可感与丰富多彩，作品线索串起的每一细节都应该使故事顿生鲜活生动的气息。如郝月梅的《孵小鸡》中敲碎鸡蛋找小鸡的细节，冰箱里取鸡蛋孵小鸡的细节，女孩才能孵小鸡的细节，把鸡蛋圈在怀里"人工"孵小鸡的细节等都妙不可言趣味横生，既刻画了人物，又强化了阅读兴趣。

（三）语言的直观感

幼儿故事是提供给孩子们听读的，使他们看得懂，喜欢看，并且真正可以从中得到有益的东西，就一定要善于用他们自己的方式讲话。因此，幼儿故事语言形象的要求比成人文学更具体、直观，更富有现场感和立体感。它要求造句平易，句子短小；力避艰深词语和不常用的字；多用名词、具体动词、代词、具体化形容词、摹声词、语气词、叠音词，少用连词、抽象词语、成语、文言词语；多用修辞手法如比喻、拟人、摹状、夸张等，它们使句法变得单纯而又不呆板，语汇丰富多彩而又不堆砌，具有儿童化的表现力。

何群英的幼儿故事《神奇的棍儿》讲述了一群孩子把一堆很普通的竹棍当作宝马、汽车、飞机、火箭等，开心嬉闹玩耍的故事。其中的语言就具有非常鲜明的直观感：

小强抽出一根，跨上去。嘿！这哪里还是竹棍，明明是匹马，金色的宝马。"得儿——驾！"呱哒呱哒，宝马撒开四蹄，在草原上奔跑起来。

在另一个男孩手里，神奇的竹棍变了，变成红色小汽车。"嘀嘀嘀嘀"。院子就是马路，又宽又长。汽车飞跑着，四个轮子转呀转，转得离开了地。

在有些男孩子手里，竹棍变成了飞机，变成了火箭，变成了宇宙飞船。在他们眼里，院子就是天空，蓝蓝的，还飘着白云，他们飞得才快哩，个个都喘着粗气。

一个男孩，手上竹棍成了金箍棒，他就是孙悟空，一个跟头，十万八千里。多了不起！

有个小不点儿娃娃，拖根短竹棍，慢慢地走，也是一辆"车车"。

胆小的帆帆，手也痒了，他抽出竹棍，变成解放军的快艇。院子里装满了水，成了大海，波涛哗——哗——

呵，这阵子，大院可就热闹啦！飞机、火箭在飞，轰——轰——

汽车、马儿在跑，嘀嘀，哒哒。

快艇、轮船在开动，呜——呜——

小不点儿的"车车"在走。什么声音也没有！

飞机抢了汽车的路，马儿又拦住了火箭，摩托车撞翻了快艇，骆驼又踩坏了火车……[1]

这篇故事的语言尽显儿童充满动感的心理特征，用词浅显，口语化特征鲜明，体现了幼儿故事的可讲述性。作者运用了很多的拟声词、结合动作性的描绘，把一群顽童的嬉闹场景直观形象地呈现出来。

（四）幼儿故事实践实训

1）创作一篇儿童生活故事，故事的内容要体现时代特色。

2）结构线索清晰，情节构思要有新奇感，能吸引儿童读者。

3）语言表达自然、直观，要具有可讲述性。

四、学生作品展示与交流

幼儿故事的评价标准

1. 鲜明的现实性、针对性

幼儿生活故事主要是表现幼儿自己的生活，是幼儿生活的真实写照，对幼儿有一种真实感和亲切感，能够比较直接地引导幼儿对照自己思想行为，认识和思考自己的生活。不少作品是选取幼儿日常生活中的某些现象、片断、事例写成，目的在于对幼儿进行教育，引导他们向上，其主题往往是从幼儿生活、成长和教育中需要解决的问题来考虑和确定，有明显的针对性。

2. 生动的故事性

由于幼儿的注意力容易分散和转移，平淡无奇的故事情节很难把他们带进作品的情境中去，因此幼儿生活故事要求情节生动曲折，要有悬念、有波澜，精心组织结构，还要写活人物和细节。

3. 浓郁的趣味性

趣味是儿童故事的基础，对儿童说来，他们听故事仅仅是为了得到快乐，因此，一个好幼儿生活故事，应当让小朋友听了（或读了）以后，发出亲切的笑声，感到愉快。

[部分学生作品]

颠倒的故事

潍坊教育学院 2006 级学前教育专业深圳定向班　李潇潇

（一）出生

在一个幸福的农村家庭里，诞生了第二个男孩儿，他的头很大，腿很短，不过

---

1 浦漫汀. 1991. 儿童文学教程. 济南：山东文艺出版社.

他的出生给他的妈妈带来了痛苦。因为在他出生的时候是腿先出来，最后出的是头，与正常人出生正好颠倒了。爸爸见他可爱又是颠倒而生，故起名为颠倒。

颠倒真的很颠倒。别人出生是哭的，他笑得咯咯的；别人先学会爬然后再学会走，他先学会走再学会爬；颠倒睡觉时脚高头低，枕头枕在脚上；吃饭时也倒立着吃，并且吃得很香……你说他颠倒不颠倒？人们关注他，希望长大了以后不再事事颠倒，后来如何呢？

（二）长大至五岁

颠倒就这么长大了，到了五岁。由于爸爸经常教他一二三四五，他却倒背如流，五四三二一，乐得他爸爸连称好儿子。一天，颠倒的父亲想测试他一下，于是就问："颠倒，如果你哥哥手中有五个苹果，你拿走了三个，还剩几个？"颠倒左思右想，就觉得是五个，最后他悲伤地说："爸爸，我想哥哥会在我的脸上留下五个手印。"气得爸爸立刻晕了过去。于是，全家开了个家庭会议，共同商讨如何使颠倒成为一个有用的人才，他们能成功吗？

（三）学接客待人

家庭会议之后，颠倒的妈妈去邻居家做客。邻居家的女儿欢欢热情礼貌地接待了她，这使得妈妈很着急。又过了几年，颠倒已经近十岁，妈妈说："儿子，你看人家欢欢，很早就学会接待客人了。今天，我教你几句，不许记颠倒了。如果家里来了客人，比如你大伯进来后，你应该说，'大伯早上好，请进，请喝茶'。他要问你爸呢，你说去哪哪了，他看见你的东西很好，你就说是自己的一点小作品，没什么大不了的。"颠倒背了一个周。

一天，颠倒的妈妈去尼姑庵烧香，爸爸去踢足球了，哥哥去上学了，只有颠倒在家。有人来了，颠倒一开门说："大伯早上好，请进。"外公觉得纳闷呢，见孙子有礼貌，便没说什么，于是就问："你爸爸呢？""他去尼姑庵烧香了。""啊，那你妈妈呢？""她去踢球了。"外公心想这是怎么回事啊，便走出屋去，看到院子很脏，就说："院子这么脏啊？"颠倒便使说："没什么大不了的，我的一点小作品。"吓得外公当即晕了过去。颠倒毕竟是颠倒，如何他才能改变呢？

（四）《巴金的家》与蜡烛

眼看颠倒该上初中了，爸爸给他买了一本《巴金的家》。他很高兴，于是就兴致勃勃地看了起来。到了晚上，突然停电了，妈妈说："颠倒，去帮我买些蜡烛。"颠倒正看得起劲，就哼了一声出去了。来到小卖部，他问："请问你们有巴金的家吗？"店员说："我们不出租房子。"他又问："那有蜡烛的巴金吗？""什么？""不对，是巴金蜡烛的家吗？"气得店员把他赶走了。颠倒在路上想了又想，这是为什么呀？终于他又回到小卖部，说："请问有蜡家的巴金吗？"结果蜡烛没有买到，被店员痛打了一顿，回到家，妈妈叹口气说："唉，这可怎么办啊！"

（五）颠倒作曲

颠倒上了高中，他有个爱好，那就是作曲。有一次，他的曲子被一个老师看中，在一次晚会上让一个女生唱，颠倒可激动了。可是唱了一会发现有几个音符颠倒了，女生在台上尴尬地唱着。颠倒对他旁边的一个男生说："她唱得真烂。"男生说："不对，是曲子烂。"颠倒又说了一遍，男生 生气地上来给了他一拳，说："难道你不知道她是我女朋友吗？"颠倒无奈地说："难道你不知道曲子是我写的吗？"此次晚会因为他的曲子而走了百分之八十的人，以他的曲子告终。

（六）颠倒的一家

若干年过去了，颠倒有了自己的家。因为他的颠倒，他的老婆与孩子也跟着颠倒，以免他听不懂。一天，女儿在烧饭，突然她喊："妈，锅掉到勺子里去了！"妈妈说："你不会拿勺子把它捞出来啊！"这时颠倒终于觉得不对劲了，便叹气说："唉，真是有什么样的女儿就有什么样的娘啊！"这真不愧是颠倒的一家。

【教师点评】本篇故事立意新颖，与幼儿园小朋友日常生活联系紧密，对"颠倒"这位主人公成长过程中的典型事例的描写生动风趣，能较好的引起小读者兴趣，并给小朋友以启示。

稻 草 男 孩

潍坊工程职业学院 2009 级学前教育专业 5 班　曹菲菲

当夏日的风吹起层层麦浪的时候，稻草男孩开始在麦田里飞快地奔跑。虽然他的身体是用稻草做成的，但他却有着世界上最矫健的步伐，一会儿就会把一望无际的麦田跑个遍。然后他站在地头上看着那些被他吓飞的麻雀，得意地笑了。"该死的麻雀，谁让你们偷吃农民伯伯的麦子"他说。阳光照在他稻草做的脸上发出金灿灿的光芒，他把头上的草帽压低一点，穿在他身上的粗布褂子被风吹得鼓鼓地。呵呵，真威风，像人一样威风哩，所以麦田里的麻雀们都怕他。

天色突然暗了下来，不一会儿大雨从天而降。成熟的麦穗一个个都被雨淋得弯了腰，稻草男孩站在麦田中间紧紧抓住头上的草帽，保护着自己不被淋到。"叽叽喳喳"脚下传来一阵声响，稻草男孩低头一看，是一只刚出生没多久的小麻雀在泥水里挣扎。它的眼睛还没有睁开，浑身肉嘟嘟的，只长出几根羽毛，在泥水里瑟瑟发抖。稻草男孩低下头很厌恶地看着他说："你这么小就来偷吃麦子吗？""妈妈！"小麻雀张口叫道。稻草男孩吃了一惊"我可不是你的妈妈，我最讨厌麻雀了。"他说完转头就走。"妈妈，妈妈！"小麻雀声嘶力竭地叫着，声音在大雨里显得单薄且苍凉。稻草男孩想，如果他不去救那只小麻雀，它会不会被冻死在这麦田里。他终于忍不住回过头来，蹲下身把头上的草帽摘下来，然后轻轻地把小麻雀放进去。大雨淋湿了他的全身，他喃喃自语道："我怎么会有一个麻雀孩子呢？"

天放晴的时候，稻草男孩开始为小麻雀找吃的了，他不许小麻雀吃麦田里的麦子，所以他要亲自为小麻雀捉虫子吃。稻草男孩的脚步不再飞快，他只能慢慢地在一望无际的麦田里走着。因为如果跑太快，他就看不到虫子了。另外，他还怕会吓到在麦田里玩耍的小麻雀。稻草男孩仰起头对着金灿灿的阳光微笑，他擦了擦额头上的汗，喃喃自语道："原来做妈妈的感觉这么好啊。"

一个夏天过去的时候，小麻雀长大了，他常常在稻草男孩的头上飞来飞去。终于有一天，他告诉稻草男孩，他要飞走了，要看一下外面的世界。他说："稻草妈妈，我会回来的。"稻草男孩看着小麻雀飞走的方向，留下了泪水。他说，"我知道你总会长大，总会走的，鸟儿永远是属于天空的。"他想，他可以重新在麦田里飞奔了，不用怕吓到小麻雀，不用给他捉虫子了。可是，当他抬起脚却发现自己的脚如千斤般地重，再也没有力气离开原地了。

原来，心中有了爱、有了牵挂，就再也无法走远，只愿守候在原地等你归来。

（该作品获全国师范院校儿童文学研究会第 14 届年会原创作品一等奖）

水下电影院

潍坊工程职业学院 2011 级学前教育专业 14 班　李晓敏

夏天到了，风吹过池塘，荷叶欢快地舞动起来。荷叶下，一群不安分的小家伙争先恐后的探出小脑袋。蓝蓝的天空，绿油油的稻田，让他们兴奋不已。小鲤鱼皮皮欢快地吐着泡泡；小花鱼点点愉快地转着圈；小黄鱼丁丁兴奋地拍打着水花。他们对外面的世界充满无限向往。

小虾噜噜挥舞着小钳子一脸得意地说："外面的世界我知道的最多。"小鱼们好奇地围过来，缠着噜噜讲故事。噜噜嘟起小嘴不高兴地说："我才不要白费力气呢。"风停了，荷叶安静了下来，小鱼们停止了吵闹。一阵寂静后，丁丁说："用我的棒棒糖，交换故事好不好？"噜噜想了想说；"那好吧。"其实，他心里早就乐开了花。就这样小鱼们都拿出了自己的东西跟噜噜换。不一会儿，噜噜就有了丁丁的棒棒糖、皮皮的贝壳风铃、点点的珊瑚项链……故事开始了，到了精彩的地方，噜噜却戛然而止了，故作神秘地说："精彩内容明天继续"。第二天小鱼们各自拿来了礼物，噜噜乐此不疲地讲故事、收礼物。房间里都是小鱼们送的东西，日子一天一天地这样过着。

小鲤鱼皮皮躺在水底无聊地吐着泡泡。一个个大大的泡泡升到水面，在阳光的照射下五彩斑斓。透过泡泡，皮皮看到了会飞的鸟，在树上唱歌的知了。"真是神奇的泡泡，我要大家一起看。"皮皮心想着。他召集了所有的小伙伴，一起看泡泡的精彩演出。不用礼物交换就能看到精彩的世界，这可把小鱼们乐坏了。他们围坐在一起，聚精会神地盯着泡泡，生怕错过什么。

小虾噜噜像往常一样骄傲地走过来，心里盘算着，"今天能收多少好东西呢？"可是今天没有小鱼再搭理他。噜噜生气地说："一群没良心的家伙，我再也不给你们讲故事了。"他气冲冲朝家走去。路过皮皮的房子，透过窗户，他看到了许多小伙伴围坐在一起似乎在看着什么。他好奇地走向前去，惊奇地发现，在一个个泡泡上面，滚动播放着今天他在外面看到的所有东西。虽是十分好奇，但又不以为然地说："我才不稀罕呢，我自己到外面去看。"

越来越多的小鱼闻讯而来。皮皮的小屋都快被挤塌了。即使这样，皮皮也毫不厌烦，他热情地招呼大家。不知谁提议，要建一个大大的能容下许多人的电影院。大家一起帮忙，电影院建成了。由皮皮管理，点点负责给小鱼们送水，丁丁负责收集泡泡，每个来看的观众都尽自己所能帮电影院做点事。在大家照料下，电影院更加热闹，他给大家带来了欢乐。

在泡泡上面，两只小蚂蚁在搬一块面包屑，他俩互相帮助。不一会，更多小蚂蚁过来帮忙。看到这，皮皮会心地笑了。他忽然想起了什么，急匆匆地跑了出去。

在小虾噜噜家，乌龟伯伯背着小药箱，刚从房间走出来。虚掩的门缝里，噜噜躺在病床上。同电影院的小伙伴们相比，他显得那么孤单。皮皮帮他倒了杯水，噜噜疲倦地睁开眼睛流下了悔恨的泪水。

"咚咚……"敲门声响起，皮皮连忙去开门，只见丁丁不好意思地拿着个泡泡站在门口，"对不起，皮皮，我没有经过你的允许就拿了个泡泡，我想让噜噜也看看。"皮皮听后，笑了起来，原来有人和他一样关心噜噜。不一会儿，门口的人更多了，他们有的帮噜噜做饭，有的给他打扫屋子，噜噜感激地不知说什么好。

阳光照耀在水面上，波光粼粼的。在小伙伴们精心照顾下，噜噜的病很快好了。他思考着，"以前我对大家那么坏，伙伴们还这样帮助我，我也要帮大家做点事情。"他忽然想起，如果泡泡可以移动，小伙伴们不就可以看到更多的东西了吗？于是，他向荷叶阿姨借了一片叶子，让皮皮把泡泡吐在荷叶上，他用头顶着荷叶溜上岸。"快来看，会动的叶子，上面还有好大的泡泡。"岸上的小动物尖叫着，荷叶下面的噜噜高兴地跳起来。会动的泡泡给大家带来了更多好玩的事情。

"快走，水下电影院又有新的作品了，而且每位到场的观众都有礼品相赠。"小伙伴们欢快地游着，互相转告。电影院里每个座位上都有一个精美的小盒子，丁丁刚坐下就迫不及待地打开盒子，珊瑚项链安静地躺在里面。原来噜噜把大家的东西都归还了。小鱼们兴奋地尖叫起来，角落里的噜噜笑了起来，这次的电影是《知错能改的好孩子》。

每次路过小池塘，我都想去看看，或许他们正在焦急地盼望着新的电影。

（该作品获全国师范院校儿童文学研究会第14届年会原创作品一等奖）

五、幼儿故事在幼儿教育活动中的设计与组织

儿童故事是文学作品的组成部分，具有"情节生动、语言优美与富有想象"等特点，所以使得它备受孩子们的喜爱。由此，故事教学也便成了幼儿园语言教学的重要内容。《幼儿园教育指导纲要（试行）》指出："要引导幼儿接触优秀的儿童文学作品，使之感受语言的丰富优美，并通过多种活动帮助幼儿加深对作品的体验和理解。"

（一）明确开展故事教学的目的

爱听美妙的故事是孩子的天性，故事是幼儿最易接受的一种艺术形式。故事教学是幼儿园教育中的一种重要手段，开展故事教学对于培养幼儿良好的品德、提高幼儿的语言表达能力、丰富扩大幼儿的知识面具有积极的促进作用。

（二）灵活组织幼儿故事的教学活动

组织儿童故事教学，可以将情景游戏、课堂表演、口语交际、环境沉浸等多种形式贯穿于教学中，其具体方法有：

1. 提问法

提问法是故事教学中应用最多的一种方法。提问法主要在以下几种情形中运用：

一是故事教学开始时，以提问引出作品，为讲述故事内容做铺垫。

二是帮助幼儿理解作品时，采用提问的方法，帮助幼儿层层深入地理解故事的主要内容。在这个过程中，教师的提问应能引起幼儿对作品内容的回忆，如"故事中的主人公说了什么话？而后又发生了什么事？最后怎么样了？"也可以通过提问帮助幼儿领悟故事的主题，如"为什么会这样？你是怎么知道的呢？"教师还可以采用提问的方式引导幼儿将自己对作品的内心体验表达出来，如"喜欢故事中哪个人物，为什么喜欢"等。

三是引导幼儿复述故事或续编故事时，为保证幼儿将故事的主要情节讲述出来，教师可以采用提问的方法帮助幼儿回忆作品中的主要内容。此外，在续编故事中，教师还可以采用创造性提问的方法，以启发幼儿的想象力。例如，在著名故事《狼来了》中，教师可以这样问："男孩的羊被狼吃掉了，为什么没有任何人去帮他。这时男孩一定后悔说谎话，欺骗人们。如果他当初不说谎话，真的有狼来了，会是什么样子呢？"不过，创造性提问只适合于年龄较大的幼儿，对小班孩子，一般采用回忆性和体验性的提问，以帮助幼儿理解并体验故事的主要内容。

在使用提问法时，教师要注意以下两点：

第一，幼儿故事教学的主要目的在于让幼儿理解欣赏故事中的主要内容，同时获得审美愉悦，领略作品的教育意义。因此，教师在教学中不应过多地提问，尤其不要过多地运用回忆性的提问。因为这种提问很容易千篇一律，如果按照"故事里有谁，他们在干什么，结果怎样，这个故事告诉我们什么道理"这种公式提问，幼儿很容易对生动、有趣的故事产生厌烦心理，进而对故事活动失去兴趣。因此故事教学中，教师要将回忆性提问与体验性提问、创造性提问结合起来，尽量少用回忆性提问，将单调、机械的模式化问题转为启发式问题，从而保证教学过程的生动、活泼。

第二，教师还要注意提问法使用的时机和技巧。一般说来，在教师讲述故事时不要提问，尤其是对那些内容丰富、情节紧凑的故事。若教师在讲述中发现某个幼儿不认真听讲，可以采用注视或手势暗示的方法，也可以提高声音或突然停止讲述以引起幼儿的注意，但不要因此而停下来问这个幼儿几个问题或让他把前面的故事复述一遍。这种做法不但无效，还会使其他幼儿对故事的兴趣降低，破坏故事的完整性。教师在提问时也不要连珠炮式地在同一时间向幼儿提出几个问题，而要按顺序统筹安排。在第一次讲述完后向幼儿提一些问题，这些问题一般是回忆性的，问题不可太多，2~3个即可，第二次讲述完后再提一些问题，这些问题主要是让幼儿体验故事的主要情感，但问题也不要太多，最多3~4个。否则故事教学课就变成了单调乏味的提问课。

2. 讨论法

讨论法也是故事教学运用较多的一种方法，一般在中班和大班使用。讨论法一般运用于理解作品阶段和续编故事阶段。在幼儿已基本理解故事的主要内容后，为进一步调动幼儿情绪，以深入理解作品内涵，教师一般可采用讨论的形式，让幼儿积极地动脑筋思考故事中的重点及难点问题。讨论中，教师要鼓励幼儿充分地发挥自己的想象力，设身处地地替故事人物出主意、想办法，使幼儿在积极动脑筋参与的同时加深对作品的理解。例如，童话故事《小老鼠做蛋糕》，教师在讲完故事后可以引导幼儿讨论："小老鼠是怎么想办法做蛋糕的？蛋糕做好后，小老鼠是怎么吃的？你喜欢故事里的小老鼠吗？为什么？如果你是小老鼠，你将鸡蛋做什么？"而在续编故事阶段，教师运用讨论法是让幼儿就故事的情节发展做一个简要的分析，然后再运用自己的想象力进行合理性的续编。讨论有助于幼儿拓宽自己的思路，加深对故事情节的理解，从而在续编时能做到故事结构完整，结尾与中间、开始部分形成合理的呼应。

教师在运用讨论法时要注意以下两点：

一是幼儿讨论后，要引导他们进行归纳、总结。仍以《小老鼠做蛋糕》为例，在幼儿讨论之后教师要引导他们归纳出几个问题：小老鼠看到鸡蛋想到做蛋糕——聪明的老鼠；小老鼠将蛋糕分给大家吃——热心肠的老鼠；老鼠用两个半圆的碎蛋壳做汽车——敢于想象创造的老鼠。一旦幼儿归纳出以上几点，那么幼儿对这个故事的主要内容和基本结构就有了更深入的了解。

二是讨论中要充分发挥所有幼儿的积极性。如果有可能，教师应该让幼儿分组进行讨论。对那些不擅长言辞的幼儿，教师要给予积极的关注，鼓励他们将内心的感受讲出来。

3. 中断法

中断法可运用于中、长篇故事的讲述中。这些故事由于篇幅较长无法一次讲完，因此教师在情节扣人心弦处有意停下，且每次中断时巧妙设置疑问、悬念，让幼儿猜想，可以发展幼儿的思维能力。短篇故事讲述中也可以采用这种方法以引导幼儿进行思考、联想。比如，教师可以就故事的情节提问："这是怎么回事呢？这是为什么呢？"然后作短暂停顿后说："听我讲下去就知道了……"也可以就后面要讲的情节提问，如"猜一猜，接下去会怎样呢？"让幼儿简短地议论后，教师说："是这样吗？听我往下讲就知道了……"

教师在运用中断法时，要记住这种中断是在需要的时候做暂时中断，而不是随意中断，中断的目的是为了提高教学效果。因此，中断法的运用要适时、适当，要少而精，不宜频繁使用。

（三）开展儿童故事教学应注意的几个问题

1. 如何选择故事

在选择用于教学的故事时，教师需要考虑这样三个方面：故事的可读（听）性；教学主题；幼儿的年龄层次。

可读（听）性涉及故事语言的难易程度、语言结构的复杂程度、故事内容的精彩程度和故事的长度等因素。判断故事的语言难易程度应以幼儿的现有水平为依据。根据维果茨基的"最近发展区"理论和克拉申关于第二语言习得理论中的输入假设，幼儿是通过理解略高于其现有水平的语言输入进行语言习得的。因此，故事语言的难易程度应控制在幼儿的语言水平之内，又要包含新的语言知识。如果幼儿理解不了故事中大部分语句，再精彩的故事也会令他们失去听或读的兴趣。此外，图片和体态语言也是帮助幼儿听懂有一定语言难度的故事的有效手段。

从结构和内容上看，应选择逻辑清晰、内容浅显、有趣的故事。从小班到大班，故事内容的复杂性应该是呈梯度上升的。

从故事的长度来看，用于课堂讲述的故事不宜太长，因为听故事是一个紧张兴奋的过程，幼儿能集中注意力的时间有限，太长的故事会使他们疲倦，失去听讲的兴趣。书面阅读的故事可以稍长一些，因为幼儿可以重看前面的内容。另外只有情节突出的故事才具有可读性，正如英国教育家安德鲁·莱特（Andrew Wright）所说，大段的描述是运用故事教学时所忌讳的，用于幼儿教学的故事尤其如此。

教学主题是教师选择故事的重要依据。教师应根据本单元的教学主题选择相关的故事。这样，既能降低故事的难度，又能扩大幼儿的知识面。选择故事时，教师应选择线索清晰的故事，以便于孩子根据故事线索理解、复述或转述故事的内容。

幼儿的年龄也是选择故事时必须考虑的因素。对于低龄幼儿，宜选择重复率高（包括词、句与段落的重复）且琅琅上口的故事。这对幼儿牢固掌握基本的词汇和句型结构以及形成正确的节奏感很有帮助。

2. 如何设计故事教学中的活动

活动的设计是故事教学的关键。语言教学环境下的"讲故事"不同于作为娱乐消遣的"讲故事"。后者的主要目的是"乐"，除了听或读以外，一般没有其他活动；而前者可以说是"寓教于乐"，"教"才是目的，围绕故事所展开的各项活动是达成"教"这一目的的途径。

准备活动：准备阶段的活动一般在呈现故事内容前进行，主要有两个目的：一是清除幼儿理解障碍；二是让幼儿对故事的内容有一个大致了解。扫除语言障碍的准备工作主要是针对影响理解故事内容的关键词和句而言的，对不影响幼儿理解或图画中可以猜测出意义的生词不必解释。需要注意的是，即使是教幼儿生词的活动，也要既有意义又有趣，并尽可能与故事内容相关。

在讲述故事过程中，教师还可以设计出如下活动：在幼儿听故事时，教师向他们出示相应的教学卡片，帮助他们理解；让幼儿通过画面猜测故事的大意；将打乱顺序的图片按自己的理解重新排序；结合故事的关键词猜测故事内容等。富有新意、手脑并用的活动是具有趣味性和挑战性的。比如，边听边做出相应的动作；根据故事情节找出相应的图片或拼图；根据动作或描述做出判断等。这些活动的目的不是评价幼儿答案的对错，而是激发幼儿的兴趣，引发他们思考，同时降低听的难度，提高故事的可听（读）性。讲故事时教师身体语言的运用可增强故事的感染力，提高故事的理解度。讲故事比读故事更具个性特点，教师可观察儿童的反应，并随时采取相应的调控措施，如重复和辅以动作等。讲故事要求教师有较高的口语水平和较高的表演才能，对于口语水平一般的教师，应在讲完故事后，多让幼儿听录音磁带，这样有助于培养幼儿的倾听能力。

在理解的基础上，教师可以设计表达活动。例如，可让幼儿根据图画复述故事或简单描述人物或事物、为故事添加一些内容、根据故事内容分角色表演等。这些活动都有利于提高幼儿的听说能力，也有益于训练幼儿的推理和想象能力。为降低活动的难度，激活幼儿的创造性思维，当幼儿试图复述故事时，教师可以给予一定的提示。这些活动应尽量以小组为单位来进行。此外，幼儿是喜欢表演从录像中看到的短剧和故事的，通过表演他们将从中获得一种成就感。

3. 引入竞争机制，激发幼儿参与活动的热情

任何一种活动形式，时间久了，孩子都会厌倦。冷漠的情绪会使活动效果大打折扣，引入竞争机制，这一难题便会迎刃而解。竞争能激活幼儿潜在的能力，能激起幼儿的进取心。幼儿好胜心强，大都不甘落后，所以在设计活动时，可采用激励机制，并配以各种形式的奖励，对优胜者给予赏识，对进步者给予鼓励。有时是几句鼓励的话，有时是一朵小红花、一颗小星星，这些都会使孩子们获得一种成就感，始终保持对故事的兴趣，将听、讲故事作为一件快乐的事情。

总之，在幼儿园开展故事教学活动，要以幼儿为主体，以兴趣为中心，从幼儿的心理和生理特点出发，遵循幼儿语言发展的规律，改变传统的学习方式，让幼儿通过体验、参与，生动活泼地进行学习。

《胖胖熊成长记之神奇的巧克力》活动设计

潍坊教育学院 2007 级学前教育专业 2 班　宋琳琳　赵爱力　马宇昂

◆ 活动名称：胖胖熊成长记之神奇的巧克力

◆ 活动班级：大班

◆ 活动目标：初步培养孩子的积极性

1）通过提问题、让孩子复述故事，培养孩子的语言表达能力及表现力。

2）通过了解故事的主旨，培养孩子的自信心。

3）培养孩子自我暗示能力。

◆ 活动准备

卡纸拼贴（大树、花、草、太阳、舞台），手偶（熊大叔、熊爸爸、胖胖熊、熊伙伴、孔雀、黄鹂鸟），麦克风，头饰，小黑板。

时间分配：①开始部分：5分钟；②基本部分：20分钟；③结束部分：5分钟。

◆ 活动过程

1. 导入

通过问小朋友们是否喜欢吃巧克力，是否吃过带魔法的神奇巧克力，引出胖胖熊与神奇巧克力之间的故事。

2. 活动过程

1）首先，在小黑板上粘贴上提前准备好的卡纸，拼贴出故事发生的场景"森林"，用丰富鲜亮的场景增强孩子的想象力，引起小朋友的注意。

2）配合手偶声情并茂、生动地讲述故事，中间配有音乐演唱部分，使故事生动形象。

3）点出故事主旨：胖胖熊在熊爸爸的帮助下终于找回了自信心，赢得了比赛。希望小朋友们都能像胖胖熊那样勇敢自信。

3. 师生互动

1）提问：故事的题目、故事中都有哪些小动物？

2）在教师的引导下，让小朋友复述故事。

3）在教师的引导下，让小朋友说出胖胖熊具有的优秀品质：自信、勇敢。

4）找平时表现力不强，缺乏自信心的小朋友，带上胖胖熊头饰，拿上麦克风为大家唱歌表演，以增强其自信。

◆ 活动延伸

让小朋友回家给父母讲述这个故事，同时引导孩子在以后的成长过程中，能进行自我暗示，告诉自己能像胖胖熊那样自信、勇敢。

附：《胖胖熊成长记之神奇的巧克力》教学活动录像 http://etwx2.wfe.cn/gszh.html

指导教师：隋立国 张艳秋

幼儿园活动指导、点评教师：潍坊教育学院附属幼儿园 刘念婷

[学生作品]

胖胖熊成长记之神奇的巧克力
宋琳琳

春去夏来，一年一度的森林音乐大赛又要开始了。这不刚贴出海报，小动物们就忙着组织准备起来。

可爱的黄鹂准备来个独唱。听！"小杜鹃，小杜鹃，我们请你来唱歌，快来吧，快来吧……"小杜鹃唱得那么动听，连太阳公公都来为她加油了。

德高望重的熊大叔想在它们家族里挑选一些会唱歌的小姑娘、小伙子们，来组

成一个合唱团。听到这个消息后，胖胖熊也来报名了。

"我来报名，我来报名。嗯，我也想参加合唱团。"胖胖熊挺着圆鼓鼓的肚子来找熊大叔报名。

"瞧，他那么胖，唱歌肯定不好听，不要让他参加。"

"不能让他参加，他会影响我们的。"

"你还是走吧！"

听了小伙伴们的话，胖胖熊难过极了。他伤心地跑回了家，躲在房子里哭了起来。熊爸爸看到儿子难过的样子，问明了原因后，对胖胖熊说："儿子，你既然那么想参加合唱团，那就让我帮你吧。我这里有一些神奇的巧克力，它可是有魔法的呢！吃了它，能让你唱出世上最动听的歌。"

"真的吗？"

"不信，你现在就吃一块试试。但是有一个条件，你千万不能让别人知道这个秘密，否则它会失灵的。"

胖胖熊半信半疑地接过巧克力，他吃了一块就开始唱起来。"它是有魔力的，对！"

他投入地唱着，不知不觉窗外已经站满了人。"真好听！真好听！"听到胖胖熊的歌，邻居们都来为他鼓掌。胖胖熊高兴极了。就这样，他也成了合唱团的一员。

胖胖熊始终认为是巧克力有魔力才让他歌唱的好的。因此他把巧克力当成宝一样揣着，每次排练都要吃上一块，这让他每次排练都信心十足。

音乐大赛终于来临了。狮子王和王后在宝座上等待着一个个精彩的节目。台下坐着黑压压的一片观众。随着一声炮响，表演开始了。

第一个节目是孔雀妹妹的独舞。瞧，她那优美的舞姿和着动听的音乐，简直无人能及。观众们爆发出阵阵掌声。

台上的节目一个个进行着。而在后台，胖胖熊和他的合唱团在做着最后的准备。再过一会儿，就该他们上场了。瞧，胖胖熊那信心十足的样子，一点儿也不紧张，因为他相信吃了神奇的巧克力，他们一定会得第一的。

这时，熊爸爸走了过来。他觉得是时候告诉儿子真相了。他对胖胖熊说："儿子，对不起，老爸骗了你。其实那些巧克力根本没有魔力，我是为了增强你的自信心才那样说的。经过这些天的排练，我看到了你的努力，也看到了你的进步，你做到了。是靠你自己的能力做到的，而并不是什么神奇的巧克力，你明白吗？"

听了熊爸爸的话，胖胖熊哭了，"谢谢爸爸，我明白了，我不会让你失望的！"

"下一个节目：有请熊家族带来的大合唱。"

"有三只小熊住在一起，熊爸爸，熊妈妈，熊宝宝……"

站在台上，胖胖熊觉得自己信心百倍。但这一次，不是因为神奇的巧克力，而是因为他相信自己的实力，他相信自己！台下的熊爸爸看到熊宝宝的样子，高兴地笑了："他又成长了！"

比赛结果终于出来了，熊家族的大合唱夺得了第一名。狮子王亲自为他们颁奖。胖胖熊高兴极了，抱着奖杯摸了又摸。

项目九

幼儿图画文学

好的图画书离哲学最近。图画书儿童思考的许多问题，其实都是哲学问题。人是什么？人是从哪儿来的？树上的叶子为什么会飘落？儿童图书中的图画书，依我之见，其实都是形象的哲学书籍。

——著名儿童文学作家、北京大学教授　曹文轩

项目目标

※　了解幼儿图画文学的概念、历史、常见类型；把握幼儿图画文学的美学特征
※　懂得阅读幼儿图画文学作品的方法
※　掌握幼儿图画故事的创作要求
※　学会运用幼儿图画文学设计与组织幼儿教育活动

一、幼儿图画文学知识学习

（一）幼儿图画文学的概念

幼儿图画文学是一种特殊的儿童文学样式，有的也称为图画书。它是以绘画和语言相结合的艺术形式，是包括文学和美术的综合艺术。它的基本特点是以图画为主、文字为辅，或全部用图画表现故事内容。图画书的内容主要是故事类作品，读者对象主要为学龄前幼儿和小学中低年级儿童。

在英语中，图画书被称为"picture book"；在日本和中国台湾它们被称为"绘本"；在中国大陆则常将其称为"图画读物"。从图画读物的内容来看，它包括了文学类图画书和知识类图画书。作为文学研究的对象，本项目部分所谈论的图画书只限于文学类图画书。

英国儿童文学研究者李利安·H. 史密斯女士列举了一个例子来解释什么是图画书[1]：一个男孩和弟弟坐在一起看维廉·尼克尔松的《聪明的彼尔》。哥哥对弟弟说："脱米，你不认识字也没有关系，只要挨页儿翻，看画就能明白故事。"这个例子很好地说明了图画书的本质，即用绘画来讲述故事。只要"挨页儿翻"，故事情节便随图画自然展开。绘画成为"语言"，具有表情达意的功能。不怎么识字的幼儿阅读图画书，实际上是通过阅读这种特殊的绘画语言，大致把握故事情节，明白故事内容。

1　李利安·H. 史密斯（Lillian H. Smith）. 1999. 欢欣岁月：李利安·H. 史密斯的儿童文学观. 傅林统编译. 台北：富春文化有限公司.

关于幼儿图画文学的含义，日本的图画书研究者松居直曾做过这样的解释："用再创造的方法，把语言和绘画这两种艺术，不失特性地结合在一起，形象地表现为书这种独特的物质状态。"可见幼儿图画文学是同时运用线条、色彩和语言艺术来完成对故事的讲述的文学形式。要真正把握幼儿图画文学的内涵，还需弄清它与儿童文学作品中插图的关系。

（二）图画书与插图的区别

作为幼儿图画文学的图画书与儿童文学作品中的插图在作用、地位和表现形式等方面有着很大的区别。儿童文学作品中插图指的是分插于作品中的图画。有插图的儿童文学作品以"文字"为表现主体，插图分插于作品中，作为故事的辅助手段，插图的内容依附于文本的文字描述，其作用在于对文本进行直观的演绎、补充或说明，以吸引读者的注意，帮助并引导读者展开文学想象。

而图画书是以图画为表现主体，全图呈现或以文辅图。图画是讲故事的主体，有着很强的表述性，图是幼儿图画文学的生命。这里，强调图在幼儿图画文学中的重要地位，并不等于否定文字的语言功能。幼儿图画文学是用图画与文字来共同叙述一个完整的故事，是图文合奏。正如学者黄云生所指出的那样："幼儿图画文学已经不再是插图意义上的文学读物了。插图文学读物中的文学在图画进入读物之前就已存在，它本来就是完整的和独立的语言艺术。而插图只是一种使文学更形象更闪光的辅助手段。然而，幼儿图画文学中的图画是具有和语言艺术功能相当的主体手段，它本身就承担着作品主体性的表情达意的责任。在幼儿图画文学中，图画和文字艺术，并不是单纯的一方说明另一方，而是互相融会，互相协调，图文并茂地共同表现一个主题，共同创造一个世界。"

如《小淘气尼古拉》中的插图配合文字展现了人物形象：尼古拉——那个梳着"魔鬼般的发型"，戴着红领带，穿着小短裤，手上提着书包，脸上始终洋溢着微笑，高高兴兴跑去上学的小淘气包的形象；还有一群真实孩子的鲜明形象；同时描绘了他们的游戏、生活场面。这里的插图不能承担叙述故事的任务，而是作为使文学更形象更闪光的辅助手段，吸引读者的注意，帮助并引导读者展开文学想象。

以《猜猜我有多爱你》[1]为例，作品是以图画为表现主体，图画是讲故事的主体，有着很强的表述性，书中小兔子紧紧地抓住了大兔子的长耳朵，问妈妈："猜猜我有多爱你？"图画中的兔子富于表现力，越看越让人喜欢。接下来，画家用夸张而又悬殊的比例一重重地描绘小兔子与大兔子对爱的直观表达，天然质朴的水彩画与充满童趣的文字相得益彰，这个故事温馨质朴而又感人。

（三）幼儿图画文学的发展

1. 外国幼儿图画文学的发展

幼儿图画文学突破传统意义上的儿童文学的含义，它变单纯的文字表现故事内容为用图画为主要表现故事内容，变耳朵听故事为眼睛看故事，是一种适合幼儿直接阅读的"视觉化儿童文学"。

1　山姆·麦克布雷尼文，安妮塔·婕朗图. 2013. 猜猜我有多爱你. 梅子涵，译. 济南：明天出版社.

　　幼儿图画文学的出现是以儿童的进一步被发现和进一步被认识为前提，并伴随着印刷技术和插图艺术的发展而产生的。幼儿图画文学的产生和发展，至今有一百多年的历史。

　　资料证明，第一本真正为儿童编辑的图画书是 1658 年出版捷克教育家夸美纽斯的《世界图解》，这是一本儿童百科全书，为世界最早的儿童图画故事而载入史册。现代幼儿图画文学起源于 19 世纪的后半期。英国出现了三位杰出幼儿图画文学作家，他们是瓦尔特·克雷恩、伦道夫·凯迪克、凯特·格林纳威。随后，还出现了另一位英美儿童熟知的女画家碧丽克丝·波特。她自学成才，为幼儿创作了许多可爱的小动物形象。其中最有名的是 1902 年出版的《彼得兔的故事》。这本书文画合一，贯通一气，为幼儿图画文学的发展树立了一个里程碑。从波特开始，图画不仅仅是一种可有可无的"装饰"，也在讲故事了，文与图画已经是不可分割，二者完全融合到了一起。从这层意义上来说，《彼得兔的故事》开创了现代图画书的原型，波特也被尊为"现代图画书之母"。

　　20 世纪上半叶，许多外国作家和画家流向美国，优秀的幼儿图画文学作品大量涌现。如婉达·盖格的《100 万只猫》，巴顿的《顽皮的火车头秋秋》、《小房子》，罗伯·麦可洛斯基的《让路给小鸭》等。而获得"纽伯瑞儿童文学奖"的婉达·盖格自写自绘的《100万只猫》1928 年出版，被誉为美国第一本"真正的绘本"。桑达克创作的三部曲《野兽出没的地方》（又名《野兽国》）、《厨房之夜狂想曲》、《在那遥远的地方》以不同的故事表现同一主题。即"孩童如何掌握各种感觉——气愤、无聊、恐惧、挫败、嫉妒——并设法接受人生的事实"。作品以新颖的构思、完整的故事、精细的绘图而产生影响。苏斯博士的自绘图画书《戴帽子的猫》仅用 288 个单词，便绘出了通身金黄，尾巴像电话线般打旋的猫的奇妙故事。另一美国作家李欧·李奥尼的《小蓝和小黄》以抽象的描画方式表现出其独特的创意，作品的人物是两个色块，一块蓝的，一块黄的。两个色块就是两个孩子。作者以色块作为作品的角色，实际在"清楚地叙述一个人际关系的故事"，该书获得《纽约时报》年度最佳图画书 、1959 年美国平面造型艺术学会最佳图画书奖。而荷兰的布尔纳，则以体现着他单纯绘画特点的作品《小兔子》系列和《小鸟》，为低幼儿童提供了能为他们所接受的图画故事。

　　1969 年威廉·史塔克的《驴小弟变石头》[1] 问世，它讲述的是：一个雨天，驴小弟捡到一块可以实现他的愿望的魔石。但是在回家的路上，驴小弟被突然遇到的狮子吓着了，他下意识的想法却带来了意想不到的结果，他变成了石头。那么驴小弟后来是如何和他的爸爸妈妈重逢，又是如何变回自己的，这其中充满美丽温馨，还有神奇。图文生动有趣，这是一本深受各地孩子喜爱的现代经典。该故事的特色在于充满了曲折和波澜，堆积起来的矛盾和问题把故事引向高潮，然后等待一种叫作"爱"的力量来解决。爱是巨大的潜流，推动着故事的发展和变化。《驴小弟变石头》获得 1970 年美国凯迪克金牌奖。该奖项代表着美国儿童图画书领域的最高荣誉。该作品采用的这种非写实的绘画风格代表着现代美国儿童图画书艺术的潮流。

　　1　威廉·史塔克. 2005. 驴小弟变石头. 张剑鸣译. 上海：少年儿童出版社.

驴爸爸没有目的地四处走动，驴妈妈把野餐摆在岩石上。他们的野餐有很多食物。突然间，驴爸爸看到了那颗红石子。"这颗石子真好看！"他说，"小宝见了，一定会把它收藏起来。"他把这颗石子放到岩石上。

这时候，驴小弟虽然还是石头，却像驴子一样完全清醒了。驴妈妈感到一种说不出的兴奋。"小宝的爸，你知道吗？我有个好奇怪的感觉，觉得我们的儿子还活着，而且就在这附近。"

"我就是！我就是！"驴小弟喊叫，但是喊不出来。要是他知道他背上的石头就是那颗神奇的小石子，那该多好！

"二战"后日本后来居上，取得很高的成就。中江嘉男的《可爱的鼠小弟》系列广受欢迎，中川李枝子的系列童话《不不园》"给儿童文学界带来了革命性的震惊"。

2. 我国幼儿图画文学的发展

我国的幼儿图画文学发展较晚。二十世纪二十年代郑振铎在《儿童世界》杂志发表的长篇童话《河马幼稚园》，成为中国儿童文学领域中最早的图画故事。二十世纪五十年代，由明杨改编、陈永镇绘图的《小马过河》，由鲁兵配诗、陈秋草绘图的《小蝌蚪找妈妈》等作品，带来图画书出版小高潮。二十世纪八十年代后，郑春华撰文、沈苑苑绘图的《贝加的樱桃班》，孙幼军撰文、周翔绘图的《贝贝流浪记》，余理撰文并绘图的《兔子当了大侦探》等图画故事书出版。进入新世纪后，图画书作为一种独立的艺术品种逐渐受到重视，大量引进图画书。原创图画书如无字书棒棒糖卷（河北少儿出版社，2000）、李拉尔故事系列（北京少儿出版社，2000）、"我真棒"系列（江苏少儿出版社，2003）、小企鹅心灵成长故事（明天出版社，2003）、小肚兜幼儿情感启蒙故事系列（明天出版社，2006）；还有"蒲蒲兰绘本"中的《荷花镇的早市》和《火焰》等陆续问世。不过目前为止，我国大陆的图画书创作还处于学习和起步阶段。记者曾问插画家周翔先生：目前原创图画书与世界优秀图画书之间的差距有多大？他俏皮地回答：就像周翔与刘翔赛跑一样[1]。如果与引进的优秀图画书看齐，我们可能还无法列举出一本原创作品可相媲美。

（四）幼儿图画文学美学特征

1. 内容的可视性

幼儿图画文学用图画来讲述故事，图画本身就是语言，是讲述故事的视觉语言。作家通过画面构成完整的故事，以视觉形象吸引儿童读者进入故事世界，感受故事。在儿童文学领域，图画书常被称为"人生的第一本书"，从儿童读者的接受角度来看，图画语言与文字语言相比，更形象、更直观，信息更丰富，更容易引起儿童的注意力和兴趣。当然，幼儿图画文学的可视性与广告画、插图画这些其他造型艺术可视性特点是有区别的。首先这是一种贴近儿童读者的"图画语言"，必须与儿童的视觉心理相适应，以直

---

1 五彩图画书，期待中国"填色". 新华日报. 2009年11月19日B3版.

观的、浅显的、有趣的图画故事使儿童读者领略到文学的精彩。在此基础上幼儿图画文学的可视性具体表现为画面的整体性、跳跃性和夸饰性。

（1）画面的整体性

画面的整体性指的是幼儿图画文学用连续的画面讲述内容连贯、情节完整的故事。幼儿图画文学用连续的的画面来讲故事，通过画面与画面的衔接推进故事情节的发展，并最终形成内容连贯、情节完整的故事。

例如美国图画文学作家李欧·李奥尼的经典之作《小黑鱼》[1]，讲述了关于一只小黑鱼的故事。它和一群红色小鱼快乐地生活在一起，可是正所谓天有不测风云，"鱼"也有旦夕祸福。有一天，它失去了所有的伙伴，孤独伤心地在大海里流浪。在流浪过程中，它发现海底世界是如此神奇美丽，慢慢又精神起来。后来它又遇见了一群小红鱼，为了避免"大鱼吃小鱼"的命运，小黑鱼建议所有的小红鱼游在一起，形成一条巨大的鱼，吓跑其他的大鱼。作品中，故事情节可视可感，画面与画面衔接营构了完整的故事，也与一般的文字故事一样设置了故事的发生、发展、高潮和结局。画面与画面的衔接推进故事情节的发展，如小黑鱼孤独地在海里徘徊的画面有七幅，这七幅画面潜藏着作者的叙述——小黑鱼发现世界，学会了思考，学会了思考的小黑鱼成长了，这才有了后面激动人心的场面——由小黑鱼当眼睛的大红鱼自由地在大海遨游。这样连续的画面为故事整体服务，推进故事情节的发展，并最终形成内容连贯、情节完整的故事。这样可视的完整的故事画面带来很大的阅读魅力，使小读者体会小鱼团结起来的力量与自由生活的快乐，也感叹佩服小黑鱼的勇气与智慧。

1　李欧·李奥尼. 2007. 小黑鱼. 彭懿，译. 海口：南海出版公司.

等到他们可以游得像一条大
鱼了，小黑鱼说："我来当眼睛。"

他们在清凉的早上游，在阳光
灿烂的中午游，把大鱼都吓跑了。

（2）画面的跳跃性

幼儿图画文学用可视的画面讲述完整的故事，而图画书是由一幅幅画面构成，每一幅画面毕竟是独立的、静态的、凝固的，而故事的讲述必须是动态的、变化的，这就要求幼儿图画文学页与页的画面组接形成了故事的动态发展，这就是画面的跳跃性。

画面的跳跃性指幼儿图画文学在用图讲述故事的过程中，画面对作品意义的表达出现跳跃。这种跳跃犹如电影中的蒙太奇，从画面与画面的衔接来说，一个画面说明一个意义，而两个画面的组合，会产生新的效果，造成了故事的跳跃感、动作感。

如美国图画故事《鲸鱼在唱歌》[1]［文：戴恩·谢尔顿（Dyan Sheldon），图：盖瑞·布来兹（Gary Blythe）］是一个讲述小女孩莉莉拥有美好梦想的故事。

作品的开头用三幅画面表现：第一幅是大海里鲸鱼自由安宁生活的画面，第二幅是奶奶给莉莉讲故事，第三幅是美丽的海滩以及海滩上贝壳的画面。在这里，画面的跳跃构成富有动感的故事情节，幻想与现实交错，呈现了一个美好的梦，以古老的传说引领孩子关怀自然万物。

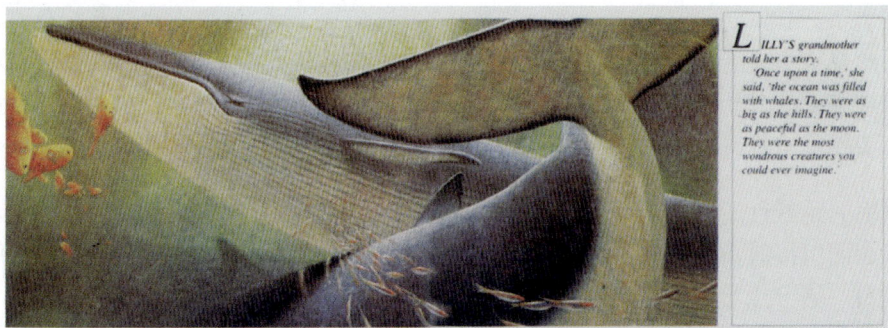

LILLY'S grandmother
told her a story.
'Once upon a time,' she
said, 'the ocean was filled
with whales. They were as
big as the hills. They were
as peaceful as the moon.
They were the most
wondrous creatures you
could ever imagine.'

莉莉的奶奶给她讲过一个故事。"很久以前，"她说，"大海里住满了鲸鱼，它们像山峰一样巨大，它们像月亮一样安宁。它们是你能想象出的最神奇的生命。"

1　Dyan Sheldon, Gary Blythe. 1998. The Whale's Song. Random House.

莉莉安静地伏在奶奶的膝盖上。"从前我常常坐在码头最前面，想听到鲸鱼的声音，"莉莉的奶奶说，"有一次，我在那儿坐了一天一夜，然后，忽然之间，我就看见它们从几米之外的海上向我游来，它们在波浪间穿梭，就像跳舞一样。"

"可它们怎么知道你在哪儿呢，奶奶？"莉莉问道，"它们怎么才能找到你呢？"莉莉的奶奶微笑着。"哦，你必须给它们带一些特别的东西，一个完整的贝壳，或者一块漂亮的石子。如果鲸鱼们喜欢你的话，它们就会收下你的礼物，并且给你一些东西作为回报。"

画面的跳跃性造成图画故事的动感，这种动感不是指作者对画面的动态艺术处理，而是指画面组接时，页与页的连续所造成的故事的流动感，而且这种跳跃性带来画面的语言空白，这一点对于儿童的再创造尤为重要。

（3）画面的夸饰性

画面的整体性与跳跃性使图画讲述一个完整流畅、富于动感的故事，引起儿童的阅读兴趣。除此以外，画面还有什么能吸引小读者的眼球呢？

我们知道求趣是儿童在文学接受中的共同心理，儿童文学作品中常用夸张、对比、颠倒等手法增强趣味性，那么图画书的画面也能否运用这些手法增强表现效果？

【阅读思考】《鼠小弟的小背心》[1] 画面如何激发儿童读者的阅读兴趣？

1　中江嘉男文，上野纪子图. 2010. 鼠小弟的小背心. 赵静，文纪子，译. 海口：南海出版社.

日本中江嘉男的"可爱的鼠小弟"系列讲述的是一只小老鼠——鼠小弟的故事，一共有六个故事，分别为《鼠小弟的小背心》、《想吃苹果的鼠小弟》、《鼠小弟的又一件小背心》、《鼠小弟和鼠小妹》、《鼠小弟，鼠小弟》、《又来了！鼠小弟的小背心》。其中《鼠小弟的小背心》自1974年出版以来，已重印了150多次。《鼠小弟的小背心》成功的因素是多方面的。构思的巧妙，起、承、转、合，结构的严谨，运用拟人、对比（大小、高矮、长短）、夸张、重复等手法展开故事的节奏感，文图配合的默契，以及讲究的构图、色彩和版面设计。这本书采取了一面是文字、一面是图画的构成方法。文字页以凝重、沉稳的草绿色做底衬，图画页是白底绿框，用边框构成了一个舞台，故事在这个舞台中展开。当然，《鼠小弟的小背心》获得孩子们喜爱的最重要的原因是它有趣，非常有趣，真正有趣。

鼠小弟穿着妈妈织的小红背心站在舞台中央，鸭子、猴子……一个比一个大的动物轮番登场试穿小背心。"有点紧，还挺好看吧？"动物一个比一个大，画面也一次比一次满。等到大象出场时，身体占了满满的画页还不够，以致耳朵冲出画框，而大象的大与背心的紧所造成的反差，是那样的滑稽。一次次的反复，不断地增强了作品的荒诞性。等鼠小弟返回，看到大象身上的背心，惊叫："哎呀，我的小背心。"接下去的画面上，鼠小弟穿着像绳子一样长长的、拖在地上的背心，一副伤心、颓丧的样子。看到这里，无论是大人还是孩子，都会忍不住发出笑声。

像这样的夸饰，就是通过不同的艺术手段造成画面内容不同程度的夸张和变形，实现夸饰的途径便是对夸张、对比、拟人、拟物、特写、卡通、漫画等手段的灵活运用。在幼儿图画文学中，作者常常将某些主要的或有特点的东西加以夸张（《你很快就会长高》）、对比（《我的兔子朋友》）；将动植物进行人格化的艺术处理，或反其道而行之（《我爸爸》）；将主人公的某一细部特征加以特写式的放大《月亮的味道》……幼儿图画文学的夸饰性给小读者以特殊的视觉感受，产生强大的吸引力，具有风趣、幽默和新鲜的艺术效果。

在幼儿图画文学中，作家运用视觉语言，通过完整、富有动感，夸张装饰的画面来讲述故事，从而以直观的故事形象直接作用于儿童的视觉，作品的内容直接呈现为可感可视的连续的诗化画面，以充满新鲜感的视觉形象引领孩子们进入作品的艺术世界。"图画和孩子的心声相应，具有和孩子对话的力量。"（松居直）图画书的生命力就在于此。

内容的可视性是幼儿图画文学塑造形象的外在特征。

2. 文字表述的简约性

幼儿图画文学以图为主体，用画面讲述故事，那么幼儿图画文学中的文字与一般故事的文字有什么区别呢？我们注意到幼儿图画文学中的文字作为故事的叙述手段，与一般故事的文字相比减少了细节描写、关联语言等，在语言的运用上尤其要求简约，而简约并不等于简单，可理解为简洁而又蕴含丰富的内涵。

如（日本图画书作家）五味太郎的《鳄鱼怕怕牙医怕怕》[1]。鳄鱼去看牙医，一想到要拔牙，非常害怕，那么给鳄鱼看病的牙医又会怎样呢？《鳄鱼怕怕牙医怕怕》中的对话基本上都是重复的，简单有趣，却刻画了鳄鱼和牙医每时每刻戏剧性的心理变化。他们相互惧怕，可是那颗蛀牙把他们凑到了一起。凶恶的鳄鱼只得乖乖听牙医的摆弄，而红脸的牙医也只能壮着胆子上。这种反差不禁让人开怀大笑。这里以简单重复的语言刻画人物、铺张情节，既展示了两个不同角色此时此地的真实心情，又造成了故事讲述结构上朴拙而又奇巧的美学效果。语言简约而意味无穷。

1 五味太郎. 2005. 鳄鱼怕怕牙医怕怕. 台北上谊文化实业有限公司编辑部译. 上海：少年儿童出版社.

简约性是幼儿图画文学的语言特征和要求。优秀的幼儿图画文学作品,总是体现为简约的语言与图画相应合,凭借着这样的语言,读者能感受到图画故事所包含的深层内涵,能体味到作者沉浸到画面之中的智慧,而作品的温馨感、幽默感等也就在这样简约的语言中表现出来。

3. 图文结合的和谐性

一本图画故事书并不等于图画和文字的简单相加,而是图与文的完美结合。幼儿图画文学中文字和图画都在说话,用不同的方式说话,用不同的方式来共同表现同一个主题(故事),图与文的奇妙而又独特的组合,这种和谐的组合带来了最独特的想象力和趣味性。

如《母鸡萝丝去散步》[1],如果只看文字平淡无奇,母鸡萝丝出门去散步,她走过院子,绕过池塘,越过干草堆……最后回来吃晚餐,多么悠闲。可是,画面上却出现了一只狐狸,它一直跟在母鸡的后面,每一次都试图扑向母鸡,看画面感觉很惊险。可倒霉的狐狸不是被钉耙敲中脑袋,就是掉进池塘里,每一次母鸡都化险为夷。看到倒霉的狐狸读者都会忍不住哈哈大笑。这本书的文字叙述母鸡悠闲散步的故事,而画面里则叙述了一个狐狸追母鸡的惊险的故事。文字的宽松与图画的紧张,一张一弛形成一种非常滑稽的比照。如果单看文字或图画肯定体会不到这样的故事内涵和戏剧效果,这就是图文和谐的组合带来了最独特的想象力和趣味性。

再如《阿利的红斗篷》[2]中,文字展示的是阿利从剪羊毛开始制作红斗篷的过程。画面上还出现了文字中没有提到的一只时而帮助阿利、时而又和阿利作对的黑脸羊和一只一直忙得不亦乐乎的小老鼠,都带给读者莫大的“发现”喜悦。最有趣的是,当阿利高

1 佩特·哈群斯(Pat Hutchins). 2009. 母鸡萝丝去散步. 台北上谊文化实业有限公司编辑部,译. 济南:明天出版社.
2 狄波拉. 2005. 阿利的红斗篷. 张剑鸣,译. 上海:少年儿童出版社.

兴地穿上新斗篷时，没想到黑脸羊已经偷偷把斗篷啃出了几个"锯齿"——看来，明年人们又会说"可怜的阿利"了，明年阿利又得做新斗篷了。

还有的图画书里，文字也成为图画，如《小房子》，图画中的与文字形成的弯弯曲曲的路是小房子的归乡之路，图画与文字完美地结合在一起。

正如培利·诺德曼在《阅读儿童文学的乐趣》中指出的"一本图画书至少包含三种故事：文字讲的故事、图画暗示的故事，以及两者结合后所产生的故事。"[1] 松居直用形象的语言这样阐释图画书的本质特点"图画书＝文×画"。正是由于幼儿图画文学图文结合的和谐性，阅读图画书的图画与文字可以吸收多种信息，因此图画书的阅读和教学都富有意义，特别在图画书的教学方面，教师通过引导儿童阅读图画书，可以为培养儿童的观察力和想象力提供广阔的空间。

4. 主题的哲理性

梅子涵教授是中国儿童阅读推广人，他指出，图画书是浅趣的，许多的图画索性就是童稚和幼拙，像是一个孩子画出的。可是，几乎任何一本优秀的图画书，都有深处的味道，远处的目标，高处的闪耀。

图画书文学的故事在很多人看来，它的外在形态比较浅，但我们解读优秀的图画书时，发现故事的外在形态浅显并不同等于故事主题的浅陋，有的图画书的广告标明"本书适合 0～99 岁的读者"，这种广告语不能简单地理解为一种推销的商业行为，其实它正反映了图画书具有跨年龄、多层次的主题内涵。

许多优秀的幼儿图画文学作品在看似简单的故事中揭示了人生重要命题，如关于要喜欢欣赏自己，奉献与回报，对美的追求与传播……讲述儿童由生活中所自发思考之事

---

1 佩里·诺得曼，梅维丝·雷默. 2008. 阅读儿童文学的乐趣. 陈中美译. 上海：少年儿童出版社.

物，单纯稚拙、大气而又动人。

俗话说"猫有九条命"，套用这个说法这只猫就有一百万条命了。它死了一百万次，也活了一百万次。它做过国王的猫，水手的猫，还做过魔术师、小偷、孤老太婆和小女孩的猫，每一个主人都爱它，可是它不快乐。它死的时候每一个主人都哭得很伤心，而它不爱任何人，也没有流过一滴眼泪。终于有一次，它成了一只野猫，它从来没有这样喜爱过自己。许多的母猫向他献殷勤，它不在意。它说：我活了一百万次呢！终于有一天，他爱上了一只美丽的白猫，就一直待在白猫身边，有了自己的家庭和儿女。猫再也不说"我呀，我死了100万次……"猫比喜欢自己，还要喜欢白猫和小猫们。后来，白猫老了，在猫的怀里一动也不动了，猫抱着白猫哭了，哭了有一百万次，直到有一天，猫不哭了，猫死了，这一回，猫宁愿死去，再也没有起死回生过。

【阅读思考】日本著名的绘本作家佐野洋子《活了一百万次的猫》[1]中蕴含的哲理。

阅读这个故事，儿童和成人可以从不同的层面体会故事的主题蕴含。儿童看到的是有趣的故事，对活了一百万次的猫的人生经历充满兴趣，也可能会对它最后的快乐而无憾地死去而感叹。而成人可以领略更多更深的内涵：

自由的重要性——拥有自我的快乐。成为自己的主人，做野猫也快活，它自己都不知道为什么而活了，都心生厌倦了，它讨厌每一个养它的人，也不怕死，成了一只"什么都厌恶、对所有的一切都漠不关心、都拒绝的猫"。

真正的爱包含着尊重与平等——宠物猫受主人宠爱却不快乐，是因为它感受不到尊重。爱与被爱应该是平等的，而宠物猫没有爱的付出，因而也体验不到生命的真正价值。

生命意义（生与死）——猫因为找到自我而找到了"爱"，而真正活了一回。猫以前的生活中没有自我，没有爱，生和死都没有意义。而当猫遇到白猫之后，他的生活中充满了爱，生和死都变得有意义了。那只活了一百万次的猫，它无憾地离开。

有一只100万年也不死的猫。
其实猫死了100万次，又活了100万次。
是一只漂亮的虎斑猫。
有100万个人宠爱过这只猫，
有100万个人在这只猫死的时候哭过。
可是猫连一次也没有哭过。

这就是优秀幼儿图画文学作品超越时空、年龄界限的魅力所在。

儿童文学研究者彭懿提出："图画书才是真正的儿童书"，"有相当一部分图画书，只有一个阅历丰富的大人才能感悟出它的厚重与深刻"；朱自强则这样表述："儿童文学，包括图画故事书，它就是大智若愚，举重若轻，以少少许胜多多许的这样一种艺术。儿童文学的后边一定要有那种厚重的分量。在这个意义上给孩子们创作儿童文学作品的时候，一定要有对人生非常深刻的那种感悟。"

1　佐野洋子. 2004. 活了100万次的猫. 唐亚明，译. 北京：接力出版社.

总之，幼儿图画文学拥有具有独创性和很高艺术智慧的美学，值得我们继续探究其中奥秘。

（五）幼儿图画文学的常见类型

1. 无文图画故事

又称无字书，完全用画面表现内容的形式，适合婴幼儿阅读。文字全部隐去，故事完全由有着内在联系的画面组接完成而没有文字出现的图画故事文学。一般情节简单，篇幅短小，内容浅显，主题单一，富于幼儿情趣，有助于培养幼儿的智力和语言能力。如《树木之歌》、《颜色》、《大风》等。

2. 图文并茂故事

在一个作品中，有图画，又有文字，图画用线条、色块和形状描绘世界，表达感情，具有形象性；文字用以弥补思想、情感和时空变化等，使幼儿更好地理解作品的内容。它们互相配合，互相辉映，共建一个艺术世界。内容丰富，有一定的情节长度和较强的故事性。这也是幼儿图画文学中最常见的一种形式。如奥利维亚·杜瑞亚（Olivier Dunrea）的《小鹅波波》（BooBoo）[1]、碧丽克丝·波特的《彼得兔的故事》、《逃家小兔》、《我的幸运一天》等。

波波来看老鼠，顺便舔舔他的碟子。她说："好吃。"

一天下午，波波看见池塘上飘着好多泡泡。她张嘴吞下一个发亮的蓝泡泡。

波波是只小鹅，一只蓝色的、贪吃的小小鹅。什么东西它都吃过。

---

1 Olivier Dunrea.2004. BooBoo. Boston: Houghton Mifflin Harcourt.

3. 连环画

连环画是幼儿图画文学的一个分支，是一种图文格外富有诗意创造的精美的连环故事书。这种故事书可以用比较多的连续画页来表现曲折复杂的故事情节，同时辅之以比较详尽的文字叙述。连环画是少年儿童比较熟悉的文学形式，它不一定是专门为了儿童的阅读所编绘的，但是由于其容纳的内容比较广泛，作品的故事性很强，而且画面引人入胜，语言浅显平白，人物特点鲜明，故事情节曲折，因而成为幼儿图画文学的一种特殊形式，为少年儿童甚至成人所喜爱。如《父与子》、《三国演义》、《九色鹿》等。

二、幼儿图画文学的阅读鉴赏

（一）了解幼儿图画文学的价值

幼儿图画文学包含着丰富的文学和艺术的内涵，显现着作者的想象和智慧。优秀的幼儿图画文学，能让儿童在对画面的感知中，最早地得到文学和艺术的美感熏陶，对儿童的健康成长有着多方面的作用。

1. 阅读启蒙

幼儿图画文学能满足儿童（主要是幼儿）的阅读欣赏需求，有利于对儿童进行智力（主要是想象力）的启蒙。儿童的感觉正在迅速发展，观察力正在形成，他们的思维呈直接形象性。而同时他们对世界的认识却相对有限。因此，儿童的审美活动常常依赖于感性形象。幼儿图画文学以连续的画面讲述故事，这种以提供视角形象进行文学传达的形式首先吻合了幼儿这种特定年龄阶段的接受心理。再从幼儿的接受方式看，他们对幼儿图画文学的接受一般是通过玩书、观书或听讲而进行的。在对图画书的翻弄中，幼儿往往会为其中有趣的画面以及画面鲜艳的色彩所吸引，进而观察画面的内容，发现更多更有趣的东西，于是，观察力在阅读中得到了培养。幼儿在读图和听成人讲述图画故事的时候，他们要凭借其思维活动和想象活动来浮现图画的内容，将静态的图画变为头脑中动的情节画面，在这个过程中，儿童的想象力和思维力也得到了培养。

2. 文学启蒙

幼儿图画文学以直观的画面刺激读者的视觉，有利于消除儿童在听故事时有可能产生的困惑。在童话、小说、散文等样式中，作家常常通过对人、事、物、景细致入微的描写，真切、传神地展现作品内容，使读者产生如临其境、如见其人、如历其事的审美快感。故事以叙述为主要表现方式，它更强调体现紧凑、曲折的情节。故事的讲述性特点决定了其不可能对内容做详尽的摹写，它更注重的是情节的动态推进，是故事的完整性。作者对作品中出现的人、事、物、景，一般只作概括的介绍。低幼儿童知识面窄、对外界事物的认识有限、思维直观形象，这些特点决定了他们在听讲和阅读故事的过程中，有可能因不理解故事讲述中出现的某些概念和某些对他们来说还是陌生的事物而产生困惑和费解。

幼儿图画文学以视觉语言讲述故事，通过一幅幅具有连续性的画面为故事做具体的诠释。这种可视性，对应了儿童有限的知识层面和他们的接受心理，在孩子们观图、识图、读图、解图的过程中，以最直观的形式帮助他们消解听讲故事时可能产生的某些困惑，并进而受到美的熏陶，从而获得最初的文学艺术的启蒙。对此，松居直曾举了一个典型的例子：幼儿园的老师给孩子们讲"一寸法师"的故事，在日语中，法师和帽子的发音是相同的。于是，一个孩子问："老师，一寸帽子是什么样的帽子？"一寸法师实际上是"一寸"和"法师"两个概念的相加，但对 4 岁的孩子来说，这两个概念都是他们陌生的，要对他们讲清两个概念显然是不容易的。由此，老师想到利用图画可以使一寸法师形象化。于是，她找来了一寸法师的图画书，一边让孩子们看，一边讲起来。这里，图画书一旦进入孩子们的视野，它的直观画面就消除了孩子在听讲时产生的疑惑，一寸法师就不再是"一寸帽子"了。幼儿图画文学在幼儿对文学接受中化抽象概念为形象感知的功能，由此可见一斑。

3. 亲子共赏

幼儿图画文学还是亲子共读的最好材料，有利于亲情的连接，通过温馨的阅读情景促进文学启蒙。幼年儿童的活动范围主要在幼儿园和家庭，其阅读活动也自然在这两个环境中进行。对于儿童来说，他们在家庭中的阅读常常有父母的陪伴。父母和孩子一同阅读图画书，共同完成对故事的解读。儿童在这种与父母近距离的接触中聆听故事，并和父母一起观图、识图、阅读，自然地强化着亲情。而父母因画而生的表述，又使儿童在聆听故事的过程中能够感受到口语表达的丰富，并进而在对故事的复述中体验到口头表达的乐趣。这样，幼儿图画文学在亲子共读的空间充分地实现着它连接亲情的功能，使孩子们能够和父母一块儿看，一块儿发现，一块儿惊讶，在温馨的家庭气氛和亲情交流中，增长知识，获得阅读的快感。如《汤姆上幼儿园》[1]是《小兔汤姆成长的烦恼图画书》系列书中的一册。和孩子一起看完"汤姆上幼儿园"的故事后，内容适合刚上幼儿园的孩子们，帮助他们克服心理障碍和勇敢面对世界。

晚上，我和妈妈一起准备好我上幼儿园的东西。
"妈妈，我觉得我好像生病了，不能上幼儿园了。"

但是，在幼儿园门口，真是太难和妈妈分开了……

1　玛丽-阿利娜·巴文图，克斯多夫·勒·马斯尼文，2008. 汤姆上幼儿园. 梅莉，译. 郑州：海燕出版社.

"拿着这个。"妈妈给我一块手绢，"在你伤心的时候，就看看手绢，想想妈妈。"

铃声响了，幼儿园的一天结束了。这么快！我都没有感觉到。

（二）把握标准，合理选择

作为"人生的第一书"，图画书已被全世界公认为是最适合孩子阅读的图书，但是图画书也有品质高下之分和根据自己孩子的具体情况来选择的问题。如何挑选适合孩子阅读的绘本，应该引起足够的重视。引导学生欣赏幼儿图画文学作品时，应注意把握好以下标准：

首先，图画书本身的定义或特征，可以作为选择的标准之一：有插图的书不等于图画书，图×文=图画书，图文互补、图文相乘是重要的图画书理念之一。在注重文字的同时注重图画，注重图画艺术性的同时，更重视图画表达故事的功能，也就是说图文各说故事，又互为补充，是图文合奏。好的图画书是一种文字与图画相结合的艺术品，在孩子心中创造一个立体的故事世界。

其次，联合国教科文组织定了如下几条优秀书刊的标准，虽然不是针对图画书而言，但同样可以作为为孩子选择图书的标准：阅读者最多，经久不衰的畅销书；不会落后于时代，不因为时代的改变而失去价值的；隽永耐读；有影响力，富于启发教育的；探讨人生长期未解决的问题，在某个领域具有突破性意义的进展。

再次，真正好的图画书具有儿童的视角，会留下来若干扇门，让孩子可以自由进入故事的世界，并且能够反映孩子生活世界和内心世界。"要蹲下来和孩子说话。"但是，好的绘本决不"矮化"儿童，绘本的出现，正缘于承认孩子的独立人格和童年生活的独立价值，相信孩子具有与大人不同的独特的内在世界。《孩子的宇宙》说："孩子在这个宇宙里，是谁也知道的。可是，谁知道每一个孩子内心也有宇宙？那是拥有无限的宽度和深度的存在。大人会被孩子身体之小所扰乱，往往会忘记那庞大宇宙的存在。"[1] 矮化儿童的作品，以说教的方式、从成人的角度来编造的故事决不会得到孩子的认同。

当然，作为儿童读物，还有一些普遍的适合孩子阅读的选择标准，比如：语言简洁、规范、生动、优美、有重复结构的；情节令孩子着迷，让孩子有所期待和发现的惊喜；画面大，色彩原汁原味，绘画富有艺术性和表现力、有丰富的细节等待孩子去发现，充满想象力；能够与孩子已有的生活经验连接，激发孩子的阅读兴趣，引起孩子的共鸣。需要特别强调的是选择图画书要重视绘画的艺术品质，只有高品质的图画，才能培养孩子好的想象力。除此以外，图书译制、编辑质量和装帧、设计和纸质等因素也应作为选择图画书的重要标准。

（三）欣赏画面，品味故事

图画是幼儿图画文学的生命，指导学生欣赏幼儿图画文学作品时注意幼儿图画文学画面的叙事功能。幼儿图画文学通过画面传达故事的主要内容，用色彩、线条进行构图创意，画面的人物简单、重点突出、色彩艳丽、简洁明快，儿童在阅读时产生强烈的视觉冲击力。同时画面具有叙事性，它的叙事功能为表现和完善故事。

如风靡美国、影响几代人的低幼图画故事书《胡萝卜种子》[1]，是一个关于自信心的故事。一个小男孩种下了一颗胡萝卜种子，妈妈、爸爸、哥哥都说这颗种子不能发芽，但是小男孩坚持拔草浇水。大家都不断地说：种子不会发芽，但是小男孩还是浇水除草。终于，有一天，一颗胡萝卜长出来了。画面非常简洁，画面的整个背景是浅黄颜色，作品的主人公小男孩就是一幅线条画，小男孩的衣服、眼睛和画着一个胡萝卜标志的牌子是白颜色，小男孩的帽子是黑颜色，每个人物出现都是这样四种颜色，只有在故事最后两幅画面上增加了颜色，一是小男孩面对长出的胡萝卜秧苗，作品用了大大的绿色来占据整个画面，表示小男孩的惊讶，结尾画面是小男孩用手推车推着一个大大的胡萝卜，胡萝卜被画家变色成了粉红色，大大的粉红色块占据了画面的中心位置。整部作品的图画线条明晰，男孩的形象和其他人物一直是侧面的剪影，色彩也很纯粹，都是单一的色块，连颜色的渐进变化都没有。画面的构图简单，文字表达更是简洁明了，小男孩经过千辛万苦的身体劳动和周围人的精神打击之后，事情终于有了转机，故事的文字仅有这样一行："终于，有一天，"下一页也是短短的几个字："一棵胡萝卜长出来了"，把小男孩复杂的内心世界准确地表达出来。而结尾的一句："如同小男孩早就知道的那样"，可谓精彩之笔，表现了小男孩内心的坚强。出乎读者的意料之外，又是在情理之中。美国经典图画书画家莫里斯·森达克这样评价，"这本完美的图画书，是美国所有的图画书的祖父。"它进行了一场小小的革命，使儿童图书出版的面貌发生了永久性的转变。《胡萝卜种子》中的每一个字、每一幅画面都恰到好处，它充满戏剧性、生动、鲜明，每一个细节都十分精确。它从孩子们的现实世界中挖掘出新鲜的灵感。"

一个小男孩种下
一颗胡萝卜种子

大家都不断地说：这
颗种子不会发芽的。

---

1 路斯·克劳斯著，克罗格特·约翰逊绘. 2004. 胡萝卜种子. 大志，译. 北京：人民文学出版社.

幼儿图画文学的画面在讲述功能上，除了表现和完善故事之外，还开拓第二空间。梅子涵提出，"一本图画书有它独立中心的一个故事，这个故事由文字和图画两者同时来讲述。而在图画中，除了主要讲述中心故事以外，它还在图画的角落边缘开辟了另一个空间来讲述其他的故事。这个故事与中心故事之间在逻辑上有内在的联系。"[1] 这个空间就是"第二空间"。加拿大菲比·吉尔曼的图画书《爷爷一定有办法》是比较典型的例子。该书讲述小主人公约瑟从小相信爷爷一定有办法，总是能把旧的看上去可以扔弃的东西重新变新，让约瑟看见了、穿上了，吃惊不小、喜出望外。该书开辟了一个第二空间，展现老鼠一家的生活。随着主要故事中爷爷不断剪下的碎布头，老鼠一家的生活也发生了变化。因为第二空间全面拓展了故事的疆域。因此，图画书的图画的讲述性功能有时是语言文字的讲述性所不能比拟的。

（四）图文结合，解读内涵

图文的有机结合正是幼儿图画文学独特的阅读乐趣所在。在指导学生阅读时还应注意引导学生在欣赏简约优美语言、精美而适宜于幼儿接受的画面基础上把握图文结合的故事魅力，并深入解读幼儿图画文学作品的哲理蕴含。

幼儿图画文学作品往往没有精巧的修饰，没有严谨的逻辑，没有深藏的城府，全然以一派最本真、最自然的生命感觉和意趣表现一种大巧若拙的文学形式意味。以对自我认同的诠释为例，《青蛙在湖边》通过青蛙自我否定到自我肯定的变化，传达"人要喜欢、欣赏自己"的理念；《鱼就是鱼》更是一个从羡慕别人到接受自我的故事。小鱼用自己的认知与想象，让自己更加向往岸上的生活，直到它发现岸上的生活并不适合自己，

---

1 谢芳群. 2003. 文字和图画中的叙事者. 武汉：湖北少年儿童出版社：162-172.

水里的世界才是属于自己最美丽的世界；《小黑鱼》中传达出一个观点：与众不同并没有什么不好，甚至是很重要的。自己的特殊性与重要性是可兼容、同时存在的，不要因为自己的特殊而怀疑自己。

[幼儿图画文学拓展阅读]

彼得兔的故事[1]

碧丽克丝・波特

　　从前，有四只小兔，他们分别是弗洛普西、默普西、棉球尾和彼得。他们和妈妈住在沙窝里，沙窝就在一棵大冷杉树下。

　　一天早上，兔妈妈说："你们到田野上去玩吧。千万别跑到麦克格莱高先生的菜园子里去，你们的爸爸就是在那儿出的事，他被做成了馅饼。"

　　弗洛普西、默普西、棉球尾都是听话的乖孩子，去摘黑莓子了，彼得却十分淘气，他奔向了麦克格莱高先生的菜园子。

　　他从篱笆门下面挤了进去。吃完莴苣、扁豆、小萝卜，又想找点芹菜消消食，可在一排黄瓜架的尽头，他碰到了麦克格莱高先生！"抓小偷！"彼得吓得魂都飞了，乱跑一气，跑丢了两只鞋子不说，还撞进了黑醋栗丛中的网子里。在几只好心的麻雀的鼓励下，彼得及时地从麦克格莱高先生的筛子下面逃脱。不过，那件新的蓝上衣却留在了那里。

　　彼得怎么也找不到通向大门的路了。他听到锄地声，爬上独轮车一看，麦克格莱高先生正在地里锄洋葱，篱笆门就在他的旁边。

　　彼得撒开四腿奔起来，麦克格莱高先生在比得拐弯时发现了他，但他已经从篱笆门下面蹿了出去，逃到了菜园子外面的树林里。

　　回到家里，彼得一头栽倒在了沙地上。那天晚上，彼得病了。

1　碧丽克丝・波特. 2003. 比得兔的故事. 薛梅，等，译. 北京：中国工人出版社.

【导读】《彼得兔的故事》是碧丽克丝·波特的第一本图画书，它成了世纪之书，成了一代又一代年轻父母为孩子的首选书。探讨这部作品依然被世界爱戴的原因，首先要追溯的就是它在图画书史上所占的位置。至少是在波特之前，图画还仅仅是一种可有可无的"装饰"，但从波特开始，文与图画已经是不可分割了，图画也在讲故事了，二者完全融合到了一起。《彼得兔的故事》开创了现代图画书的原型。

《彼得兔的故事》里的彼得兔其实就是淘气的孩子，是孩子们日常生活的投影。但是波特画的动物与其他人画的拟人化的动物又不同，彼得兔再怎么穿上人的衣服，兔妈妈再怎么提着篮子、拿着伞去买东西，还是兔子。这成了波特图画书的一大特征。这是因为波特是画家，更是一个细心的生态观察者，她正是在这个基础之上，将孩子们的日常世界与幻想世界结合到一起，创造了一个自己的世界。李利安·H.史密斯在《欢欣岁月—李利安·H.史密斯的儿童文学观》里说：波特是根据动物的本性和特征去想象的，她在她那小小的袖珍本里，创出一个缩小了的世界，那是用幼儿的尺法去创造，而配合他们的知性和想象力的世界，在那里有根本的真实。

100 万只猫[1]

婉达·盖格

从前，有一对老先生和老太太住在一间漂亮的小房子里，但他们很寂寞。老太太说："要是家里有一只猫就好了。"于是，老先生就出门去给老太太找猫去了。他翻山越岭，来到一个到处是猫的山地。因为有好几百只、好几千只、好几百万只、好几亿只、好几兆只猫，老先生不知带哪一只回家才好了。没有办法，他只好把它们全部都带了回来。好几百只、好几千只、好几百万只、好几亿只、好几兆只猫排成了一条好长、好长的队伍。老太太看到老先生带回来这么多猫，叫了起来：我只要一只小猫啊！这可怎么办呢？老太太想了想说：就让这些猫来决定把谁留下来吧！老先生问猫：你们当中谁最漂亮呢？我！我！是我！好几百只、好几千只、好几百万只、好几亿只、好几兆只猫都抢着说自己是最漂亮的猫，最后打起架来，你吃我、我吃你，通通都被吃掉了。不过，老先生和老太太在草丛里找到了一只被吓坏了的小猫。

1　婉达·盖格绘. 2010. 100 万只猫. 彭懿，译. 海口：南海出版公司.

他们来到一个池塘边，几百只猫、几千只猫、几百万只猫、几千万只猫、几亿万只猫一起叫："喵，喵！我口渴了！"

【导读】《100万只猫》出版于1928年，常常被认为是美国第一本真正意义上的图画书，说它拉开了20世纪30年代图画书黄金期的序幕。

只要大人给孩子读一遍《100万只猫》，孩子就会记住了—这也从另一个侧面，验证了松居直的另一个一直坚持的观点：图画书是读给孩子听的。婉达·盖格深知孩子倾听大人用绘声绘色的口吻讲故事时的那种喜悦。所以，她没有把它画成一本孩子自己去读的图画书，而是画成了一本大人读给孩子听的图画书，那些插图，都是孩子一边听大人读、一边自己看的插图。故事的结尾似乎很恐怖—因为好几百只、好几千只、好几百万只、好几亿只、好几兆只猫都抢着说自己是最漂亮的猫，于是它们便天翻地覆打了起来，这可不是一场随随便便的斗殴，而是一场杀戮！杀到最后只剩了一只！用老太太的话来说，就是"它们一定是你吃我、我吃你，通通被吃掉了？"—吃、吃掉了？你听到了吗？这可不是一只猫，是黑压压的好几兆只猫啊！可我们并不觉得残忍和血腥，孩子们听了说不定还会笑出声来，民间故事都这么写，这正是它的传统与幽默。

小蓝和小黄[1]

李欧·李奥尼

小蓝和小黄是一对好朋友，一起游戏，一起上课。

一天，小蓝趁妈妈出门的时候，溜出去找小黄。从家里找到外面，找了许久，才在一个角落里找到了小黄。小蓝和小黄惊喜地拥抱在一起，越抱越紧，结果融合在一起变成了"绿"。"绿"去了公园，钻隧道，爬山，后来累了，就回家了。

可回到小蓝家，小蓝的爸爸妈妈认不出来了："哎呀，这个'绿'不是我们家的小蓝呀。"回到小黄家，小黄的爸爸妈妈也认不出来了："哎呀，这个'绿'不是我们家的小黄呀。"

"绿"很伤心，流下了蓝色和黄色的眼泪，哭呀哭呀，最后全都变成了蓝色和黄色的眼泪，蓝眼泪集拢到一起变成了小蓝，黄眼泪集拢到一起变成了小黄，两个人高兴了："这回爸爸妈妈不会认不出来了！"

---

1 李欧·李奥尼（Leo Lionni），2008. 小蓝和小黄. 彭懿，译. 济南：明天出版社.

小蓝和小黄先回到小蓝的家，小蓝的爸爸妈妈高兴地拥抱小蓝，又拥抱了小黄，结果变成了绿色。直到这时，爸爸妈妈才总算明白是怎么一回事了。于是，他们一起去小黄家报告这个好消息，两家的父母高兴地拥抱在一起，也变成了"绿"。而小黄和小蓝，则在外面和好朋友一直玩到吃晚饭。

【导读】李欧·李奥尼（1910—1999）虽然四十九岁才开始创作图画书，但其后陆续创作了数十本图画书。被誉为儿童文学界的寓言大师，以深入浅出、耐人寻味的小故事传达出隽永的人生智慧。擅长以贴画来表现，把各种可以粘贴的材料，如报纸、墙纸、色纸、木筷、毛线、邮票、果皮等来代替颜料，粘贴在图画或画布下，呈现出不同的肌理，表现出浮雕味的特殊质感来丰富画面。代表作《田鼠阿佛》等。

《小蓝和小黄》是李欧·李奥尼的处女作，在20世纪60年代掀起了一场视觉冲击，更是被人们惊呼为"图画书的出发点"。

这本书最大的一个亮点，就是小蓝与小黄重叠融合成了绿色。仅仅是凭着这一个构思，有人就把李欧·李奥尼说成了"绿色的魔术师"！

这绿色实在是太美了，它是一种爱的颜色，暗示着一种人与人之间的心灵的融合。就是一个幼儿，也读得懂这个用色块讲述的关于人际关系、关于友谊的故事。这些看似抽象得不得了的哲学命题，到了他的手下，仅用一堆大大小小的色块就给阐述得清清楚楚了。举个例子，小蓝和小黄因为遭到爸爸妈妈的拒绝而伤心地变成眼泪，最后蓝眼泪和黄眼泪又分别集拢到一起，变成原来的小蓝和小黄，这个情节，就被认为是一次自我解体与重新构筑的作业。从这个过程里，就可以知道"自己"与"他人"的区别，从而确认自己，认识到自己的存在。

对于这本图画书，李欧·李奥尼有着自己的评价："在我形形色色的作品中，这一页是最完美无缺的。"他说的这一页，就是《小蓝与小黄》的第一个画面—就是一张白纸正中央有一个蓝色的圆形色块的那一页。小蓝位于正方形空间的中心，这种强调中心性的设计，一方面加剧了画面的紧张度，让读者的视线与心情都集中到了小蓝的存在上，同时，也达到了他所强调的"人与人之间最重要的关系是前面对前面"的目的，面向读者，一句"这是小蓝"，就拉近了主角与读者的距离。

【导读】《爷爷一定有办法》是加拿大作家菲比·吉尔曼（Phoebe Gilman）的作品。故事源自一首被犹太人吟唱了几个世纪的古老民谣，讲的是一个裁缝的大衣旧了，他把它改成了外套、背心、领带，最后变成了一个扣子。当扣子不见时，他就创作了一首关于它的歌。

菲比·吉尔曼在创作本书时，将那个裁缝变成一位爷爷，变成一位充满智慧、充满慈爱的爷爷，他可以为自己的孙子约瑟做出奇妙的东西。故事的背景被放在古老日子里的犹太小村庄，街道上、市场上的人们，展示了那时村落里生活的万象。让人不禁想起自己爷爷奶奶在世时的情景。

尤其凑巧的是，作者菲比·吉尔曼的曾祖父就是一位贫穷的犹太裁缝。

故事发生在一个充满浓厚生活气息的犹太小镇上，孙子约瑟从小就与充满智慧、慈爱有加的爷爷建立了深厚的感情。爷爷为约瑟做了一条可以把噩梦通通赶跑的奇妙毯子，当

小蓝和小黄

文·图/李欧·李奥尼
译/彭 懿

明天出版社

小蓝和小黄

文·图/李欧·李奥尼
译/彭 懿

少年儿童出版社

这是小蓝。

小蓝和小黄好伤心。
他们哭了，流出了大滴的蓝眼泪和黄眼泪。

　　毯子变旧变脏的时候，约瑟相信爷爷一定有办法来处理。爷爷把旧毯子改成了新外套，等新外套变旧了，又把旧外套改成了新背心、又改成领带、手帕、钮扣……直至最后有一个奇妙的结局。

　　作者采用重复且富有节奏的文字来叙述整个故事，既简单温馨，又琅琅上口。每一个跌宕起伏处，读者不仅惊喜，更能体会到浓浓的情感在爷爷和约瑟间传递。整本书的图画则更为丰富，不仅细腻地描绘出人物丰富的表情，更把一个保有着传统气息并充满浓厚人情味的村落小镇刻画得活灵活现、生动传神。

　　画面四周木头框架装饰出古韵悠然的效果，而画面下方老鼠家庭的神奇变化则会惹来孩子们一阵阵的惊叹！

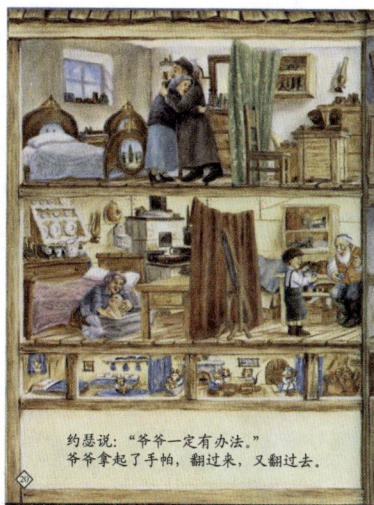

......一块奇妙的手帕。
约瑟收集的小石头，就用这块奇妙的手帕包
得好好的。不过，约瑟渐渐长大了，奇妙的
手帕也变得老旧了。

约瑟说："爷爷一定有办法。"
爷爷拿起了手帕，翻过来，又翻过去。

逃家小兔[1]

玛格莉特·怀兹·布朗（Margaret Wise Brown）文，克雷门·赫德（Clement Hurd）图

从前有一只小兔子，他很想要离家出走。

有一天，他对妈妈说："我要逃跑！"

"如果你跑了"，妈妈说，"我就去追你，因为你是我的小宝贝呀"。

"如果你来追我"，小兔说，"我就要变成溪里的小鳟鱼，游得远远的"。

"如果你变成溪里的小鳟鱼"，妈妈说，"我就变成捕鱼的人去抓你"。

"如果你变成捕鱼的人"，小兔说，"我就变成高山上的大石头，让你抓不到我。"

"如果你变成高山上的大石头"，妈妈说，"我就变成爬山的人，爬到高山上去找你"。

"如果你变成爬山的人"，小兔说。"我就变成小花，躲在花园里"。

"如果你变成小花"，妈妈说，"我就变成园丁，我还是会找到你"。

"如果你变成园丁，找到我了"，小兔说，"我就变成小鸟，飞得远远的"。

"如果你变成小鸟，飞得远远的"，妈妈说，"我就变成树，好让你飞回家"。

"如果你变成树"，小兔说，"我就要变成小帆船，飘得远远的"。

"如果你变成小帆船"，妈妈说，"我就要变成风，把你吹到我要你去的地方"。

"如果你变成风，把我吹走"，小兔说，"我就要变成马戏团里的空中飞人，飞得高高的"。

"如果你变成了空中飞人"，妈妈说，"我就变成走钢索的人，走到半空中好遇到你"。

"如果你变成走钢索的人，走在半空中"，小兔说，"我就变成小男孩跑回家"。

"如果你变成小男孩跑回家"，妈妈说，"我正好就是你妈妈，我会张开手臂好好地抱住你"。

1　Margaret Wise Brown，Clement Hurd. 1999. The Runaway Bunny.New York: HarperCollins.

"天哪"，小兔说，"我不如就待在这里，当你的小宝贝吧！"

他就这么办了。

"来根胡萝卜吧，"妈妈说。

The RUNAWAY BUNNY

by Margaret Wise Brown

Pictures by Clement Hurd

Once there was a little bunny who wanted to run away.
So he said to his mother, "I am running away."
"If you run away," said his mother, "I will run after you.
For you are my little bunny."

"If you run after me," said the little bunny,
"I will become a fish in a trout stream
and I will swim away from you."

"If you become a fish in a trout stream," said his mother,
"I will become a fisherman and I will fish for you."

【导读】美国《学校图书馆》杂志把此书评为"1966 年—1978 年'好中之好'童书"，还附上了一段推荐词："在兔子妈妈和小兔子之间富于韵味的奇妙对话，构成了一个诗意盎然的小故事，今后这本小书可能会成为不朽的幼儿读物的经典。"

玛格莉特·怀兹·布朗说，"写一本简单的书……让孩子们能有一小会儿从系鞋带一类的生活琐事的烦恼中解脱……来到一个永恒的童话世界。"这回，她讲述了一个小兔子和妈妈玩语言捉迷藏的简单故事。这个故事简单得是不能再简单了，简单到了只剩下几段对话，但就是这几段对话，却让世界上的人都为之着魔了。

事先没有一点征兆，一天，一只小兔子突然对妈妈宣布说他要"跑了"，他要"离家出走了"——尽管后来我们知道，这并不是出于他的叛逆或是遭遇了什么委屈，他不过是想知道妈妈有多么爱他——但我们还是不能不佩服这位机智而又豁达的妈妈，她没有惊诧，甚至没有问一个为什么，而是欲擒故纵地说："如果你跑了，我就去追你，因为你是我的小宝贝呀！"紧接着，一场在幻想中展开的欢快而又奇特的追逐游戏就开始了。小兔子上天入地，可不管他扮成溪里的一条小鳟鱼、一朵秘密花园里的小花、一块高山上的大石头，还是一只小鸟，身后那个紧追不舍的妈妈总是能够抓住他。最后，小兔子逃累了，依偎在妈妈的身边说我不再跑了，于是妈妈便喂了他一根象征爱情的红萝卜。

《逃家小兔》总是能让年幼的小读者感到一种安详宁静的愉快。因为几乎每个幼小的孩子都曾经在游戏中幻想过像小兔子一样离开家，用这样的方式来考验妈妈对自己的爱。而这个小兔子的经历就像他们自己的游戏一样，给他带来了一种妙不可言的安全感。

"我要跑了！""如果你跑了，我就去追你！"……这恐怕是世界上最能展现伟大母爱的一段对白了吧？没有人会不发出会心的微笑。小兔子顽皮、想象力无边；妈妈则无怨无悔，任你逃到天涯海角我也要把你抓回来……小兔子的创意和妈妈那诙谐、临机应变的回答，不禁让人想起了那本脍炙人口的《猜猜我有多爱你》。也许，是玛格莉特•怀兹•布朗特给了它灵感吧？

克雷门•赫德把一大一小两只兔子画得既写实又浪漫，在画面的衔接和处理上也很有创意。你看，当小兔说"如果你来追我，我就要变成溪里的小鳟鱼，游得远远的"，妈妈说"如果你变成溪里的小鳟鱼，我就变成捕鱼的人去抓你"时，分别是两张黑白钢笔画，而紧随其后的两页，则合二为一，是一张全景似的横长的彩色跨页，没有对白，只有一幅色彩浓烈的想象的画面—小兔子变成了河里的一条鱼，妈妈穿着黑色的长靴，一只手拿着一个鱼篓，一只手用力把渔竿甩了出去，逗人发笑的是鱼钩上拴的竟是一根鲜红的红萝卜。然后，又是两张黑白，又是两张合二为一的彩色……这种黑白与彩色的穿插，不仅一次又一次把故事推向高潮，而且通过视觉，把孩子们的想象力拓展到了一个无限的空间。

必须承认，这是一本无可挑剔的图画书。

三、幼儿图画文学创编

在幼儿图画文学中，文字不是图画的说明，图画也不是文字的图解。文字与图画的关系应该是互补的。对于这样一种特殊的文学样式，幼儿图画文学在文字和绘画上都有着特殊的要求。

（一）文字要求

1）要有"可视感和动感"。图画的文字通常是绘画的依据，因此幼儿图画文学的文字首先要具有"可视感"，即文字在图画中易于表现；幼儿图画文学的文字还要富有动感，写故事时要考虑到情节、场景、人物应有的变化，脚本式的文字也要富于动感。

如《小猪尼克》的文字部分："小胖猪尼克，骑辆三轮车，'嘟嘟'，我是天下第一车"，"左拐，右拐，上坡，下坡"，"左拐有棵大树，右拐有条小河"，"尼克骑得太快了，'乒'，撞得大树树叶落"，"尼克骑得太猛，'乒'，冲得小河溅水波"。这些文字富于动感，场景变化清晰，为图画创作者提供了依据。

2）文字要富有节奏感。幼儿图画文学的文字应当是生动、优美、富于节奏感的语言。

3）文字要精炼、准确、生动、有色彩。

（二）绘画要求

为幼儿创编图画书，首先要研究、掌握幼儿欣赏图画的特点，要在总体上把握幼儿图画认识能力的水平。3～6 岁的孩子对图画的观察力处于列举阶段，幼儿感知理解画面处于认识"个别对象"和认识对象的"空间联系"或"因果联系"阶段，不能控制"对象总体"和全部关系。同时还要注意研究他们观察图画时在形象、画面、色彩等方面的具体特点。

1. 符合幼儿欣赏图画的特点

1）形象：注意人物的面部表情，喜欢用夸张的手法；

2）画面：需把主要内容放在中间，画面的背景要简单；

3）色彩：考虑到幼儿年龄，多用他们喜欢的鲜艳色彩，精细把握画面上的各种事物。

2. 掌握图画的绘制要求

1）要富有儿童情趣；

2）要适合幼儿的理解水平；

3）要有动感；

4）要有细节；

5）要充分利用图画书翻页的欣赏方式；

6）要有节奏感。

（三）幼儿图画文学实践实训

根据幼儿故事或童话故事其中一类，自选类别和主题，给一幅作品创编出至少四幅以上的连环图画。

四、学生作品展示与交流

组织学生将作品收集起来张贴于画板上，以画展的形式展示自己的作品，让全体同学一起参与评价。师生共同拟定的评选标准：

1. 文字部分要求

1）主题新颖，具有教育性；

2）文字具有可视感、动感和节奏感；

3）文字精练、准确、生动、有色彩；

4）富有童趣，有生活气息。

2. 绘画部分要求

1）主题鲜明，构图新奇，比例均衡；

2）线条简练、流畅、准确；

3）色彩亮丽，对比强烈，搭配协调；

4）画面有生活气息，富有童趣，造型稚拙，表情夸张活泼；

5）图画要适合幼儿的理解水平；

6）画面要有细节，突出节奏感、动感并有连续性，引起幼儿注意；

7）画面干净，内容丰富多彩。

推西瓜船

潍坊教育学院 2006 级学前教育专业深圳定向班

徐晓双

五、幼儿图画文学在幼儿教育活动中的设计与组织

（一）教师对作品的理解

老师要对幼儿图画文学作品本身进行反复的阅读，挖掘图书的价值，运用多种方法将幼儿图画文学的内涵和价值传达给孩子们。一本优秀的图画书蕴含了许多价值，是作者和画者倾注了生命和情感在里面的，帮助孩子打开它，把它传达给孩子，是最重要的。读书和讲故事注意引导孩子读图，让孩子从小掌握绘画语言，养成阅读图画、通过图画理解故事、表述故事的习惯。

（二）通过体验让幼儿理解作品

在集体阅读活动中，注重绘本价值的延伸。重要的是在活动过程要与孩子们的生活体验相结合，从而加深对绘本的理解。体验式阅读通过模仿、想象、游戏、表演等方法，理解图画书的内容，与实际的生活体验相结合，体验书中所传达的情感。体验式阅读的三部曲：

听书——把听到的声音变成画面，变成自己生活的理解的过程。

看书——把图书的画变成自己的理解，把画面联系起来想象的过程。

做书/演书——把一幅幅画面联系起来，加入自己的生活经验和理解、想象，进行表达的过程。

在体验式阅读活动中，"人"是不可缺的一环，一个温暖情境的组成，不只是一个地点，一本书，人，才是引导孩子学习如何"与书对话"的关键。读书的是人，思考的也是人。人，是整个阅读行为最重要的一环。学校老师、家长在每个可能的阅读环境里，都是能够引导孩子的人；引导孩子选书，看书，读书，引导孩子发问，讨论，思考，并进而了解阅读的过程必须"有自己"。再好的书，只有将书和个人的体验串联，才能产生趣味和意义。这是阅读最终的价值。等到孩子认知发展更进一步，阅读过程中的思考，

会越来越重要。就像是探索之旅，孩子会对一本书、一则故事做更深入的思考和联系，进而建立起自己的知识网络与价值观。当孩子能够延伸自己的情感，思索与经验，这样的阅读，就不只是热情而已，而是一种能力。

（三）对多元价值的发掘

挖掘图画书中所具有的多元化价值，拓展其文本意义的外延，即以一本图画书为核心，充分挖掘其多元的教育价值，通过幼儿在各领域活动中的体验和实践，获得对文本更加深入而广泛理解。

以绘本《彩虹的尽头》为例：故事由一道美丽的彩虹引出，獾和狐狸外出寻宝，在路途中不断得到启示，最后在雨中的树荫下得到领悟，懂得了什么是真正的"宝贝"。根据大班孩子的年龄特点，教师抓住獾和狐狸在寻宝过程中一系列的疑问和心理变化这条主线，激发孩子们展开讨论，帮助孩子们理解、体验。通过前后两次"找宝贝"的游戏结果的对比，了解孩子们对故事的领悟程度，并移情到生活中，鼓励孩子们关爱同伴和家人！之后延伸到歌舞表演《亲亲我的宝贝》，并使用道具进行绘本剧表演。在主题教育活动中强调形式的多样化，满足孩子的多元需求，要求家园阅读的共同进行。

（四）阅读环境的建构

幼儿园开展绘本阅读、创造阅读气氛的其他途径还有建立绘本图书馆或班级图书角，让孩子有好的阅读环境，通过制作书签、读书路标来交流读书心得。在老师和家长中成立快乐阅读俱乐部、亲子故事会，成立绘本表演剧团，定期在各种场合举办阅读活动等。

怎样指导儿童欣赏图画书

图画书是一个从封面到封底到处都隐藏着秘密的故事世界。一般说来，图画书都有一个精心设计的版式，封面、扉页、正文及封底构成一个完整的文学故事；左右两页的文字与图画相互依存。而且图画书是一个到处都隐藏着秘密的"神秘地图"。图画书中的每一样东西都可能成为故事信息的来源。因为无论是封面、扉页还是环衬都是图画书的作者为读者献上的精美的图画。

封面：一本书首先映入读者眼帘的是它的封面，所以向来讲究的书籍都是精心设计封面的。一本书的封面同时也透露出这本书的某些重要信息，甚至是这本书品位的一种象征。对于绘本而言，封面则更具意义。多数图画书的封面都是取自于正文里的最能突出故事、最能传达故事情趣、图画表现力也最强的那一幅图。因此，从封面就可以大致猜测出书的故事内容。如《猜猜我有多爱你》的封面设计就是一只小兔子抓住大兔子的耳朵面对面地在交谈，我们极易就能猜测出书里要讨论一个关于爱的话题。又如《爷爷一定有办法》的封面所展现的是一位慈祥而又睿智的老爷爷搂着自己的小孙子。天真活泼的可爱形象深深印在读者的脑海中，让人印象深刻。

封面上除了图之外，还要注意书名、作者及译者、出版社等信息。封面的阅读我们至少可以进行两项有意思的阅读活动：①猜测大意，产生期待：阅读心理学上有个名词叫"阅读期待"。一个读者在阅读期待的心理下会产生强烈的阅读兴趣，如《三个强盗》[1]。在阅读正文之前，我们就会对内容产生种种猜测，有这样的阅读期待产生，极易理解这本书的主要信息。②激发兴趣，乐于阅读兴趣的产生是阅读中不可忽视的重要环节，也有的图画书需将封面和封底连起来看，如《11只猫做苦工》。

　　环衬：蝴蝶页打开封面后，我们就会看到在封面与书芯之间的一张衬纸（简装本则没有）。通常一半粘在封面的背后，一半是活动的，因其以两页相连环的形式被使用，所以叫"环衬"，也有人把它形象地称之为"蝴蝶页"。书前的一张叫前环衬，书后的一张叫后环衬。这是成人最容易忽略的一页，一般人匆匆翻过，这样往往会错过作者

1　温格尔. 2006. 三个强盗. 张剑鸣，译. 上海：少年儿童出版社.

和编辑的独具匠心。孩子一般是不会漏过环衬的。许多图画书的环衬仅仅是白纸或是色纸。不管是白纸还是色纸，都是大有讲究的，它们的颜色往往与讲述的故事十分吻合，是经过精心挑选的。如莫莉·班（Molly Bang）的《菲菲生气了——真的真的生气了》（When Sophie Gets Angry—Really, Really Angry, 1999）获得过2000年的凯迪克奖银奖。图画书的环衬绝对不是多余的，它与正文的故事息息相关。前后环衬遥相呼应，有时还会提升主题，甚至说出故事之外的另外一个结尾，如《我们去猎熊》。

环衬印上图案的图画书，也不在少数，可千万不要以为它们仅仅是起装饰作用的图案。别放过它们，也许看完全书你就会恍然大悟了。安东尼·布朗在《我爸爸》这本幽默的图画书里，透过孩子夸张的幻想，塑造了一个让人笑破肚皮的爸爸形象：《我爸爸》的环衬上的图案是"我爸爸"身上那件棕黄色睡衣的一个小小的局部，而《我妈妈》的环衬则是"我妈妈"身上那件缀满五颜六色小花的睡衣的一个小小的局部。

环衬的内容一般不需要讲解，只是稍稍提示，让读者注意罢了。作者有时在运用暗示手法传递一个小小的信息，让人值得玩味。所以在看到蝴蝶页时，不妨多停些时间，沉静下来品味品味。

扉页：翻过蝴蝶页之后，我们便看到了扉页。上面一般写着书、作者和绘者以及译者和出版社。读图画书扉页一定要看仔细，因为其中包含着丰富的信息。它会告诉你这本书的主人公是谁，大致发生了什么事。大部分图画书的扉页总是阅读的起点，扉页中的图画有时是为正文做好了铺垫与情境的营造，如《猜猜我有多爱你》。

有的图画书的扉页上是一张阅读地图，也许刚开始阅读并没有发现。当读完整本书之后，才会发现扉页上已将故事的重点——指出，让我们产生再次阅读的欲望，如《母鸡萝丝去散步》。多数图画书往往是从扉页开始就有图画，开始讲故事，扉页不仅仅是通向正文的一扇门，有时候作者会故意在这里埋下一个悬念，比如《三个强盗》。

正文：一般人读书总是以为正文才是书的开始，对于纯文本类的读物也许是这样，但对于图画书而言，则代表着书的主题部分开始逐渐呈现。这里要补充说明的是：一是图画语言（由图画来表达），二是文字语言（由文字来传递），三是图文相结合、对照所产生的新的语言。正因为如此，许多学者认为听读图画书和自己看图画书是不一样的。所以我们强调的是"亲子阅读"。

我们在读图画书的时候总是会有许多惊喜和意外的收获，从而使阅读变得充满神秘和刺激，尤其对于看图听文的儿童来说，更是一个多姿多彩的天地。每一个孩子都是一个读图的天才。孩子看到的形象，永远比他听到而留下的记忆深刻。当然，有时却是作者的匠心独运，用巧妙的构图来引导孩子去发现，去探索，如《爷爷一定有办法》。读图画书时，会发现里面充满着节奏和旋律，使图画书将视觉和听觉有机结合在一起，如《逃家小兔》语言的节奏与画面的节奏构成了故事的节奏，特别易于理解和接受。

封底：封底的信息有时是非常丰富的，可能是这本书的简介与导读，也有可能是这本书的评论。封底的设计也常让人产生回味无穷的感觉。像有些图画书的封面与封底连在一起构成了一幅图画，这就要求读者把封面与封底同时翻开才能真正领悟到书要讲述的故事内容；所以合上书，对图画书而言，不是一个结束，很可能是另一个开始。如《爷爷一定有办法》封底是小老鼠一家正阅读一个温馨的故事，这个故事是什么呢？约瑟的纽扣在哪里？这完全可以引发新一轮的阅读。有些图画书的故事结尾，要到读者掩上书的封底才得以完结，比如在日本家喻户晓的图画书《第一次上街买东西》[1]（筒井赖子/文，林明子／图）的封底。

1　筒井赖子著，（日）林明子绘. 1984. 第一次上街买东西. 汉声杂志，译. 台北：英文汉声出版有限公司.

妈妈要小惠注意两件事：
第一，小心街上的车子；
第二，别忘了找钱回来。

小惠拿了钱，紧紧地握在
手心里，就走出家门了。

前面有一道斜坡，杂货
店就在斜坡顶上。平常，
小惠和妈妈到公园去，
都要经过这家杂货店。
"快！快！"小惠对自
己说。她跑了起来。哇！
跌了一大跤。小惠跑得
太急，绊到石头，所以
跌倒了。她手上的铜板
也叮铃当啷滚在地上。
小惠的手和脚跌得很
痛，可是，她最担心钱
会滚得不见了，所以急
忙爬起来找钱。

《我的幸运一天》[1] 幼儿园活动设计

◆ 活动目标

1）通过师生共读故事，了解书的内容。

2）通过读故事激发学生的阅读兴趣。

3）大胆发挥想象，理解故事内容并运用语言表达自己对图书中画面的理解。

4）感知故事中小猪如何使危险变成幸运的机智，知道在生活中遇到危险或困难时，不害怕、不紧张、开动脑筋，想出对策。

◆ 活动重点

1）提高孩子应对突发事件的水平；

2）通过课程的学习，帮助孩子养成爱动脑筋的习惯；

3）理解"幸运"的含义。

◆ 活动准备

图文对照的课件

◆ 活动过程

1. 幼儿自主阅读，初步理解故事内容。

1）教师引导幼儿观察书的封面，介绍书名，猜测书的内容。

2）大家都知道狐狸吧？谁愿意说一说狐狸是一种怎样的动物？

3）小猪大家一定都很熟悉，谁愿意说一说小猪又是怎样的一种动物？

4）小猪遇到狐狸会发生什么事情呢？今天我们一起走进《我的幸运一天》这个故事。从画面上看，你猜一猜，这会是谁的幸运一天？说说你的理由？

2. 幼儿自主阅读。

3. 引导幼儿通过讨论说说故事的大致线索。

师："图书里画了一个什么故事？""哪一段内容你印象最深？""用哪一张图片能够表示？"

师："我们把图片按着故事的发展顺序给这些图片排个队？"

师："我们一起把书完整地看一遍，请完整地听故事——《我的幸运一天》。"

4. 教师边翻图书，边讲故事。

5. 通过提问，引导幼儿看图，感受小猪化危险为幸运的机智。

1）提问："小猪遇到狐狸后，害怕了吗？他是怎么做的呢？"

2）提问："小猪想了几个办法？第一个是什么？狐狸为什么会听小猪的话？后来，狐狸为小猪做了什么事？"

3）提问："当狐狸把小猪洗干净后，有没有吃小猪？为什么？原来，小猪又想出了第二个办法。这回，狐狸又为他做了什么事呢？"

4）提问："当小猪吃完了丰盛的午餐后，狐狸有没有吃小猪？为什么？原来，小猪又想出了第三个办法，这回，狐狸又是怎么做的呢？"

1 凯萨兹. 2007. 我的幸运一天. 吴小红，译. 南京：江苏少年儿童出版社.

5）提问："最后，狐狸有没有吃到小猪呢？为什么小猪说：'这是我最幸运的一天'呢？"

6）提问："这是一只怎样的小猪？"

6. 尝试以小猪的身份大胆想出各种帮助自己脱险的办法。

师："如果你是这只小猪，当你被狐狸抓住时，你会怎么办？"

7. 结束部分。

师："小猪在遇到危险的时候，一点也不惊慌，还想出了那么多捉弄狐狸的方法，真是一个既勇敢又聪明的小猪！这个告诉我们遇到危险，我们该怎么做？"

狐狸打开门——门外站着一只小肥猪。
"哎呀！我找错门了！"小猪尖叫起来。
"啊，没错，"狐狸喊着，"你找的正是地方！"
他一把夹住小猪，使劲把他拖了进来。

"这真是我的幸运一天！"狐狸大声叫道，"什么时候午餐竟然自己送上门来了！"
小猪一边挣扎一边尖叫："放开我！让我走！"
"对不起，小子，"狐狸说，"这可不是一般的午餐哪，这是一顿烤猪肉——我的美味大餐！现在，就到烤锅里去吧！"

"不过"，小猪接着说，"这些日子我确实工作得很辛苦，我的背都僵硬了，你能再用点力气吗，狐狸先生？再多用一点点力气就好了。噢，可以了，可以了……现在，再往左边用点力气……"

"多么舒服的澡！多么丰盛的午餐！多么惬意的按摩！"小猪叫起来，"这真是我最幸运的一天！"

我的幸运一天

一天，一只饥饿的狐狸正准备出门找午餐。在他修爪子的时候，忽然门外传来了一阵敲门声。

"嗨，小兔子！"有人在门外喊："你在家吗？"兔子？狐狸想，如果这儿有什么兔子的话，我早就把他当午餐了。

狐狸打开门——门外站着一只小肥猪。"哎呀，我找错门了！"小猪尖叫起来。"啊，没错，"狐狸喊着，"你找的正是地方！"他一把夹住小猪，使劲地把他拖了进来。"这真是我的幸运的一天！"狐狸大声叫道，"什么时候午餐竟然自己送上门来了！"

小猪一边挣扎一边尖叫："放开我！让我走！""对不起，小子，"狐狸说，"这可不是一般的午餐呐，这是一顿烤猪肉——我的美味大餐！现在，就请你到烤锅里去吧!"挣扎也没有用了。"好吧,"小猪叹了口气,"听你的安排吧。可是,我有一件事情要说。""什么事?"狐狸吼到。"嗯,你知道,我是一只猪,而猪是非常脏的。难道你就不想给我洗洗澡吗?想一想吧,狐狸先生。""嗯,"狐狸自言自语道,"他是很脏。"于是,狐狸开始忙起来了:他捡树枝,他生火,他拎水。然后,他给小猪痛痛快快地洗了个澡。

"你真是个令人害怕的家伙。"小猪说。狐狸说:"现在你是全村最干净的小猪了。给我安静地待着!""好吧,"小猪叹了口气,"听你的安排吧。可是……""可是什么?"狐狸吼道。"嗯,你知道,我是一只非常小的猪。难道你就不想喂饱我,让自己吃得更过瘾一点吗?想一想吧,狐狸先生。""嗯,"狐狸自言自语道,"他确实小了点。"于是,狐狸开始忙起来了:他摘西红柿,他做通心粉,他烤小甜饼。然后,他给小猪吃了一顿丰盛的午餐。

"你真是个令人害怕的厨师!"小猪说。"好了,"狐狸说,"你现在是全村最肥的小猪了。给我进烤锅吧!""好吧,"小猪叹了口气,"听你的安排。可是……""可是,可是,可是什么?"狐狸叫道。"嗯,你知道,我是一只勤劳的猪,所以我的肉特别硬。难道你就没有想过给我按摩一下,让自己吃上更嫩一点的烤肉吗?想一想吧,狐狸先生。""嗯,"狐狸自言自语道,"肉嫩一点当然更合我的口味啦!"于是,狐狸又开始忙起来,他先推推这儿,又拉拉那儿。他把小猪从头到尾捏了又敲。

"这真是令人害怕的按摩。"小猪说。"不过,"小猪接着说,"这些日子我确实工作得很辛苦,我的背都僵硬了。你能再用点力气吗,狐狸先生?再多用一点点力气就好了。哦,可以了,可以了。现在请往左边用点力气。"狐狸先生,你在哪儿?"可是,狐狸先生再也听不见了——他累昏过去了。连抬抬手指头的力气都没有了,更别说烤猪肉啦!

"可怜的狐狸先生,"小猪叹口气,"他忙了整整一天!"然后,村里最干净、最肥、最嫩的小猪,拿着剩下来的小甜饼飞快地跑回家去。"多么舒服的澡!多么丰盛的午餐!多么惬意的按摩!"小猪叫起来,"这真是我最幸运的一天!"

参 考 文 献

阿甲. 2007. 帮助孩子爱上阅读：儿童阅读推广手册. 上海：少年儿童出版社.

阿梅丽·弗里德. 2007. 爷爷有没有穿西装. 王莹，译. 南京：江苏少年儿童出版社.

艾登·钱伯斯. 2007. 打造儿童阅读环境. 许慧贞，蔡宜容，译. 海口：南海出版公司.

安德鲁·琼斯. 2011. 儿童的发现：现代中国文学及文化中的儿童问题. 徐兰君，译. 北京：北京大学出版社.

安房直子，味户惠子图. 2013. 梦的尽头：安房直子的十七个故事. 彭懿，周龙梅，译. 南昌：二十一世纪出版社.

安徒生. 1991. 安徒生童话全集. 叶君健，译. 上海：上海译文出版社.

安徒生. 2011. 安徒生的童话人生. 北京：金城出版社.

安武林. 2011. 中国儿童文学作家群像. 北京：海豚出版社.

奥斯卡·王尔德（Oscar Wilde）. 2012. 快乐王子王尔德唯美童话故事. 姚雁青，译. 乌鲁木齐：新疆青少年出版社.

白慕申. 2010. 安徒生的小美人鱼. 甄建国，周永铭，胡洪波，译. 上海：上海书店出版社.

保冬妮. 2009. 宝贝儿，我们一起走进图画书. 北京：外语教学与研究出版社.

本杰明·霍夫. 2011. 小熊维尼之道. 赵永华，王一鸣，译. 重庆：重庆大学出版社.

比尔·马丁文，艾瑞·卡尔图. 2009. 棕色的熊，棕色的熊，你在看什么？李坤珊，译. 济南：明天出版社.

毕尔格. 2007. 敏豪生奇游记. 肖宝荣译. 上海：上海人民美术出版社.

曹文轩. 2007. 草房子——曹文轩小说阅读与鉴赏. 北京：北京少年儿童出版社.

曹文轩. 2012. 三个放羊孩子的故事——曹文轩儿童小说艺术世界. 上海：少年儿童出版社.

陈伯吹. 1957. 作家与儿童文学. 天津：天津人民出版社.

陈恩黎. 2004. 孩子，让我陪你一起成长：亲子家庭完美阅读计划. 济南：明天出版社.

陈恩黎. 2012. 儿童文学中的轻逸美学. 郑州：海燕出版社.

陈恩黎. 2013. 大众文化视域中的中国儿童文学. 杭州：浙江大学出版社.

陈晖. 2009. 儿童图画书的故事、主题及文字表达. 深圳大学学报（人文社会科学版），26（2）：106-110.

陈晖. 2011. 阅读世界儿童文学经典. 北京：北京师范大学出版社.

陈晖. 2012. 经典绘本的欣赏与讲读. 北京：新星出版社.

陈模. 1994. 儿童文学创作艺术论. 成都：四川少年儿童出版社.

陈蒲清. 2007. 中国古代童话鉴赏. 长沙：岳麓书社.

陈世明. 2009. 图像时代的早期阅读. 上海：复旦大学出版社.

陈子典，谭元亨. 1994. 台湾儿童文学·诗歌论. 武汉：华中师范大学出版社.

陈子典. 1995. 儿童文学教与学. 广州：广东高等教育出版社.

大卫·夏农. 2003. 鸭子骑车记. 沙永玲，译. 台北：小鲁文化出版社.

丁云. 2011. 儿童天生就是诗人：儿童诗的欣赏与教学. 北京：北京师范大学出版社.

杜传坤. 2009. 中国现代儿童文学史论. 北京：中国社会科学出版社.

杜春海. 2007. 儿童文学与素质教育. 北京：电子科技大学出版社.

儿童文学杂志社. 2004. 儿童文学鉴赏与写作. 北京：中国少年儿童出版社.

方素珍. 2013. 绘本阅读时代. 杭州：浙江少年儿童出版社.

方卫平. 1995. 儿童文学的当代思考. 济南：明天出版社.

方卫平. 2007. 儿童文学的审美走向. 北京：中国文史出版社.

方卫平. 2009. 儿童·文学·文化：儿童文学与儿童文化论集. 南昌：二十一世纪出版社.

方卫平. 2012. 享受图画书. 济南：明天出版社.

方卫平. 2012. 幼儿文学教程. 北京：高等教育出版社.

菲比·古尔曼. 2005. 爷爷一定有办法. 宋佩，译. 上海：少年儿童出版社.

甘特·斯本. 2010. 向日葵大街99号. 快乐童话，(8)7-8.

高帆. 1992. 实用儿歌鉴赏大全. 兰州：甘肃少年儿童出版社.

高洪波. 2008. 改革开放30年的中国儿童文学. 上海：少年儿童出版社.

格林兄弟. 1994. 格林童话全集. 魏以新译. 北京：人民文学出版社.

格罗姆. 2008. 儿童绘画心理学：儿童创造的图画世界. 李甦，译. 北京：中国轻工业出版社.

葛黑瓜尔·索罗塔贺夫. 2003. 你大，我小. 武忠森，译. 台湾：和英出版社.

郭燕. 2010. 从安徒生《海的女儿》中看中国儿童文学与儿童教育的关系. 长春理工大学学报（高教版），5(2).

郝广才. 2009. 好绘本如何好. 南昌：二十一世纪出版社.

何夏寿. 2005. 童话与儿童素质发展之研究. 北京：中国少年儿童出版社.

黑柳彻子. 2010. 窗边的小豆豆. 赵玉皎，译. 海口：南海出版公司.

洪汛涛. 2011. 洪汛涛童话通论. 北京：接力出版社.

侯颖. 2009. 多维视点下的儿童文学. 长春：北方妇女儿童出版社.

胡汉详. 1994. 严文井研究专集. 上海：少年儿童出版社.

黄乃毓. 2009. 童书是童书：给希望孩子看书的父母. 南昌：二十一世纪出版社.

黄鹏先. 1993. 名作赏析与儿童文学创作谈. 呼伦贝尔：内蒙古文化出版社.

黄云生. 1997. 人之初儿童文学解析. 上海：少年儿童出版社.

黄云生. 2002. 儿童文学教程. 杭州：浙江大学出版社.

蒋风. 1990. 世界名童话鉴赏辞典. 南京：江苏少年儿童出版社.

蒋风. 2012. 外国儿童文学教程. 杭州：浙江大学出版社.

蒋风. 2013. 新编儿童文学教程. 杭州：浙江大学出版社.

蒋风. 2013. 幼儿文学. 郑州：郑州大学出版社.

杰克·齐普斯. 2008. 作为神话的童话/作为童话的神话. 赵霞，译. 上海：少年儿童出版社.

金波. 2005. 幼儿的启蒙文学. 北京：接力出版社.

金波. 2010. 唤醒童年：金波谈儿童文学. 南京：江苏少年儿童出版社.

金波. 2012. 天造地设顽童心——任溶溶. 上海：上海锦绣文章出版社.

金近. 1957. 童话创作及其他. 上海：少年儿童出版社.

卡洛·科洛迪. 1980. 木偶奇遇记. 任溶溶，译. 北京：外国文学出版社.

柯岩. 1991. 柯岩儿童文学论集. 杭州：浙江少年儿童出版社.

克里斯蒂娜·纽斯林格. 2000. 从罐头盒里出来的孩子. 杨立，译. 石家庄：河北少年儿童出版社.

孔宝刚. 2007. 儿童文学理论与实践. 上海：复旦大学出版社.

李红叶. 2005. 安徒生童话的中国阐释. 北京：中国和平出版社.

李继学，李晶艳，李苇. 1993. 儿童文学写作通论. 北京：开明出版社.

李欧·李奥尼. 2010. 小黑鱼. 彭懿，译. 海口：南海出版社.

李汝中. 2007. 儿童文学. 北京：科学出版社.

李学斌. 2011. 儿童文学与游戏精神. 南昌：二十一世纪出版社.

李莹，肖育林. 2006. 学前儿童文学. 上海：复旦大学出版社.

林格伦. 2009. 长袜子皮皮. 李之义，译. 北京：中国少年儿童出版社.

林美琴. 2012. 绘本有什么了不起——绘本入门案头书. 乌鲁木齐：新疆青少年出版社.

刘猛. 1989. 大童话家及其名作欣赏. 杭州：浙江少年儿童出版社.

刘晓东. 2006. 儿童文化与儿童教育. 北京：教育科学出版社.

刘绪源. 2010. 儿童文学的三大母题. 上海：华东师范大学出版社.

刘易斯·卡罗尔. 2004. 艾丽丝漫游奇境记. 陈征一，译. 杭州：浙江文艺出版社.

鲁兵. 1992. 教育儿童的文学. 上海：少年儿童出版社.

陆霞. 2012. 走进格林童话：诞生、接受、价值研究. 成都：四川文艺出版社.

路易斯·发迪奥. 2013. 快乐的狮子. 语文世界：小学版，（1）54-55.

侣承军. 2000. 中国少年儿童图书插图封面作品选. 西安：未来出版社.

罗勃·麦罗斯基. 2004. 让路给小鸭子. 毕璞，译. 美国语时报.

罗泽·弗莱克-班格尔特. 2010. 孩子的画告诉我们什么：儿童画与儿童心理解读. 程巍，许玉梅，译. 北京：北京师范大学出版社.

马力. 1998. 童话学通论. 沈阳：辽宁大学出版社.

马力. 2004. 建构与解构：一个文学史现象——20世纪90年代两岸童话范式转变研究. 北京：中国社会科学出版社.

马力等. 2000. 儿童文学的教育价值论纲. 沈阳：辽宁少年儿童出版社.

玛格丽特·怀兹·布朗. 2013. 逃家小兔. 王甜甜，译. 长春：北方妇女儿童出版社.

麦克斯·吕蒂. 1995. 童话的魅力. 张田英，译. 北京：社会科学文献出版社.

梅果. 1994. 幼儿文学创作与赏析. 北京：经济科学出版社.

梅子涵，方卫平，朱自强，彭懿，曹文轩. 2008. 中国儿童文学五人谈. 天津：新蕾出版社.

梅子涵. 2007. 相信童话. 上海：少年儿童出版社.

梅子涵. 2011. 童年书·图画书的儿童文学. 济南：明天出版社.

莫妮克·弗利克斯. 2013. 小老鼠无字书（8册）. 济南：明天出版社.

鸟居昭美. 2010. 培养孩子从画画开始：走进孩子的涂鸦世界. 于群，译. 桂林：漓江出版社.

鸟越信. 1993. 世界名中的小主人公. 姜群星，刘迎，译. 广州：新世纪出版社.

佩里·诺得曼，梅维丝·雷默. 2008. 阅读儿童文学的乐趣. 陈中美，译. 上海：少年儿童出版社.

彭斯远. 1997. "芝麻开门"——童年文学与智力开发. 重庆：西南师范大学出版社.

彭懿. 2010. 走进魔法森林：格林童话研究. 北京：外语教学与研究出版社.

彭懿. 2011. 世界儿童文学·阅读与经典. 北京：接力出版社.

彭懿. 2012. 图画书应该这样读. 北京：接力出版社.

浦漫汀. 1990. 童话十六讲. 合肥：安徽教育出版社.

浦漫汀. 1991. 儿童文学教程. 济南：山东文艺出版社.

钱淑英. 2010. 追寻童话的意义. 合肥：安徽少年儿童出版社.

乔世华. 2013. 新世纪中国儿童文学视野中的杨红樱. 大连：辽宁师范大学出版社.

乔治·塞尔登，盖斯·威廉姆斯. 2003. 时代广场的蟋蟀. 傅湘雯，译. 天津：新蕾出版社.

秦文君. 2007. 漫谈儿童文学的价值. 南方文坛，1.

秦文君. 2010. 儿童文学读写之旅. 上海：少年儿童出版社.

人民教育出版社中学语文室. 2001. 幼儿文学. 北京：人民教育出版社.

任大霖. 1995. 我的儿童文学观. 上海：少年儿童出版社.

任继敏. 2009. 幼儿文学鉴赏. 昆明：云南大学出版社.

任溶溶，戴达. 2006. 中外童话鉴赏辞典. 上海：上海辞书出版社.

塞尔玛·拉格洛芙（Selma Lagerlof）. 2010. 尼尔斯骑鹅旅行记. 高子英，李之义，杨永范，译. 北京：人民文学出版社.

山姆·麦克布雷尼文，安妮塔·婕朗图. 2013. 猜猜我有多爱你. 梅子涵，译. 济南：明天出版社.

上笙一郎. 1983. 儿童文学引论. 郎樱，徐效民，译. 成都：四川少年儿童出版社.

圣埃克絮佩里. 2009. 小王子. 周克希，译. 上海：上海译文出版社.

圣野，晓波. 2011. 诗缘：圣野回忆录. 上海：少年儿童出版社.

矢玉四郎. 2002. 晴天有时下猪. 彭懿，译. 南昌：二十一世纪出版社.

舒伟. 2006. 中西童话研究. 长春：吉林大学出版社.

束沛德. 1999. 人与自然的颂歌：刘先平大自然探险文学评论集. 合肥：安徽少年儿童出版社.

斯威夫特. 2012. 格列佛游记. 徐崇亮，王姬萍，译. 武汉：湖北辞书出版社.

松居直. 2009. 我的图画书论. 郭雯霞，徐小洁，译. 上海：上海人民美术出版社.

松居直. 2011. 松居直喜欢的50本图画书. 郭雯霞，杨忠，译. 南昌：二十一世纪出版社.

松居直. 2013. 打开绘本之眼. 海口：南海出版公司.

隋立国，张丽丽，张艳秋. 2009. 儿童文学. 济南：山东科技出版社.

隋立国，张丽丽. 2008. 春华秋实——学生优秀儿童文学作品选. 北京：北京教育出版社.

孙红翼. 1998. 儿童文学读写指导. 重庆：重庆大学出版社.

孙建江. 1990. 童话艺术空间论. 武汉：湖北少年儿童出版社.

孙建江. 1995. 二十世纪中国儿童文学导论. 南京：江苏少年儿童出版社.

孙幼军. 2013. 孙幼军论童话. 北京：海豚出版社.

苔丝狄蒙娜·麦克卡农，苏·桑顿，雅兹亚·威廉姆斯. 2011. 童书创作实用指南. 北京：接力出版社.

谭旭东. 2006. 重绘中国儿童文学地图. 西安：西北大学出版社.

谭旭东. 2009. 童年再现与儿童文学重构：电子媒介时代的童年与儿童文学. 哈尔滨：黑龙江少年儿童出版社.

谭旭东. 2012. 西方儿童文学的视野. 长春：吉林人民出版社.

汤锐. 1990. 比较儿童文学初探. 武汉：湖北少年儿童出版社.

汤锐. 2012. 童话应该这样读. 北京：接力出版社.

汤素兰. 2010. 汤素兰童话·笨狼系列（全五册，笨狼和聪明兔、笨狼的故事、笨狼的学校生活、笨狼和他的爸爸妈妈、
　　笨狼旅行记）. 杭州：浙江少年儿童出版社.

佟希仁. 1989. 外国儿童文学选讲. 沈阳：辽宁少年儿童出版社.

佟希仁. 1993. 中外名儿童文学故事鉴赏辞典. 沈阳：辽宁少年儿童出版社.

托比杨·埃格纳. 2008. 豆蔻镇的居民和强盗. 叶君健，译. 长沙：湖南少年儿童出版社.

王昆建. 2009. 儿童文学初探. 昆明：云南人民出版社.

王蕾. 2009. 安徒生童话与中国现代儿童文学. 上海：华东师范大学出版社.

王黎君. 2009. 儿童的发现与中国现代文学. 北京：中国社会科学出版社.

王泉根，赵静等. 2006. 儿童文学与中小学语文教学. 广州：广东教育出版社.

王泉根. 2002. 儿童文学名导读. 长春：东北师范大学出版社.

王泉根. 2009. 儿童文学教程. 北京：北京师范大学出版社.

王文宝. 1997. 中国儿童启蒙名通览. 北京：中国儿童出版社.

王玉芳. 2012. 儿童文学. 北京：教育科学出版社.

韦宏. 2006. 儿童文学鉴赏概要. 哈尔滨：哈尔滨地图出版社.

韦苇，等. 1991. 儿童文学辞典. 成都：四川少年儿童出版社.

韦苇. 2000. 儿童文学：创作实践卷. 重庆：重庆出版社.

韦苇. 2000. 儿童文学：基础知识卷. 重庆：重庆出版社.

韦苇. 2002. 世界童话史. 福州：福建教育出版社.

韦苇. 2013. 外国童话史. 北京：清华大学出版社.

维雷娜·卡斯特. 2010. 童话的心理分析. 林敏雅，译. 北京：生活·读书·新知三联书店.

文灵芝，王艳. 2010. 论儿童文学中的教育功能. 当代教育理论与实践，2.

吴其南. 2006. 守望明天——当代少儿文学作家作品研究. 银川：宁夏人民出版社.

吴其南. 2011. 儿童文学. 上海：华东师范大学出版社.

吴然. 2005. 幻想之美. 昆明：云南人民出版社.

吴雪芬. 2009. 中外儿童诗精品选读. 重庆：重庆出版社.

西蒙诺夫等. 1951. 论儿童文学及其他. 蔡时济，等，译. 北京：生活·读书·新知三联书店.

谢尔·希尔弗斯坦. 2003. 爱心树. 傅惟慈译. 海口：南海出版公司.

谢芳群. 2003. 文字和图画中的叙事者. 武汉：湖北少年儿童出版社.

新美南吉. 2008. 去年的树. 彭懿，周龙梅，译. 贵阳：贵州人民出版社.

熊剑锐，梁丽珍. 2012. 心灵成长图画书导读. 北京：中国人民大学出版社.

徐冬梅. 2009. 徐冬梅谈儿童阅读与母语教育. 长春：长春出版社.

徐增敏. 2011. 儿童文学应用与实践. 北京：北京师范大学出版社.

雅诺什. 1998. 我说，你是一头熊. 皮皮，译. 沈阳：春风文艺出版社.

雅诺什. 1999. 美丽的巴拿马. 皮皮，译. 沈阳：春风文艺出版社.

雅诺什. 2009. 给小老虎的信：雅诺什系列（共7册）. 三禾，译. 昆明：云南美术出版社.

亚米契斯. 1995. 爱的教育. 夏丏尊，译. 上海：华东师范大学出版社.

杨红樱. 2013. 杨红樱淘气包马小跳系列（典藏版）（套装全10册）. 杭州：浙江少年儿童出版社.

杨红樱. 2013. 杨红樱笑猫日记：会唱歌的猫. 济南：明天出版社.

杨鹏. 2003. 卡通叙事学. 武汉：湖北少年儿童出版社.

杨实诚. 2002. 杨实诚儿童文学文论集. 天津：天津教育出版社.

杨世诚. 2005. 小燕子回来了. 我们爱科学，5.

叶君健. 1955. 童话作家安徒生. 上海：少年儿童出版社.

叶君健. 1984. 不丑的丑小鸭. 长沙：湖南少年儿童出版社.

依林. 1953. 论儿童的科学读物. 北京：中国青年出版社.

于虹. 2004. 儿童文学. 北京：人民教育出版社.

余耀. 2007. 由图画书爱上阅读. 北京：北京师范大学出版社.

余治莹，王林. 2010. 绘本赏析与创意教学. 石家庄：河北教育出版社.

翟瑞青. 2008. 二十世纪中国文学中的母爱主题和儿童教育. 北京：人民出版社.

詹姆斯·巴里. 2011. 小飞侠彼得·潘. 任溶溶，译. 上海：少年儿童出版社.

张春梅. 2012. 儿童文学. 哈尔滨：哈尔滨工程大学出版社.

张丽，王苗苗. 2012. 幼儿文学学习活动教程. 北京：新时代出版社.

张美妮，巢扬. 1996. 幼儿文学概论. 重庆：重庆出版社.

张美妮. 1991. 世界儿童文学名大典. 北京：中国文史出版社.

张秋生. 2011. 狮子座兔子的自白. 上海：少年儿童出版社.

张圣瑜. 1928. 儿童文学研究. 北京：商务印书馆.

张天翼. 1984. 宝葫芦的秘密. 北京：人民文学出版社.

张心科. 2011. 清末民国儿童文学教育发展史论. 北京：北京师范大学出版社.

张耀辉. 1990. 巴金和儿童文学. 上海：少年儿童出版社.

张永健. 2006. 20 世纪中国儿童文学史. 沈阳：辽宁少年儿童出版社年.

章惠，周述忠，张利群. 1991. 少年儿童文学名篇鉴赏. 桂林：漓江出版社.

章亚昕. 1998. 诗心与童话：论儿童文学与诗性精神. 济南：明天出版社.

赵景深. 1990. 童话学 ABC. 上海：上海书店出版社.

郑春华. 2011. 做布娃娃和写布娃娃. 上海：少年儿童出版社.

郑荔. 2005. 教育视野中的幼儿文学. 南京：江苏教育出版社.

郑孝时，薛培文. 1990. 童话大师安徒生. 太原：希望出版社.

郑薏苡. 2010. 图画书的美学意义. 文艺争鸣，4.

郑渊洁. 2002. 郑渊洁短篇童话. 北京：学苑出版社.

周崇弘. 2012. 经典图画书导读. 北京：中国人民大学出版社.

周杰人，李杰. 2009. 学前儿童文学. 上海：华东师范大学出版社.

周锐. 2011. 我怎样摇我的童话果树. 上海：少年儿童出版社.

周晓波. 2001. 现代童话美学. 西安：未来出版社.

周晓波. 2007. 儿童文学创作现象透视. 北京：中国文史出版社.

周晓波. 2009. 儿童诗精品赏析. 重庆：重庆出版社.

周艳祥. 1994. 世界儿童书籍插图选粹. 南京：江苏美术出版社.

周益民. 2009. 儿童的阅读与为了儿童的阅读. 长春：长春出版社.

周作人. 2011. 周作人论儿童文学. 刘绪源辑笺. 北京：海豚出版社.

朱铭善，华石. 1990. 世界儿童文学插图. 杭州：浙江人民美术出版社.

朱守芬，盛巽昌. 1996. 老舍和儿童文学. 上海：少年儿童出版社.

朱自强. 1988. 论中国当代儿童文学的儿童观. 东北师大学报（哲学社会科学版），第 4 期.

朱自强. 2010. 童书的视界——文学·文化·教育. 北京：接力出版社.

朱自强. 2011. 亲近图画书. 济南：明天出版社.

祝士媛. 2000. 幼儿文学. 长春：吉林大学出版社.

卓如. 1990. 冰心和儿童文学. 上海：少年儿童出版社.

兹德内克·米莱尔，爱德华·佩蒂斯卡. 2003. 鼹鼠的故事. 林良，译. 北京：接力出版社.

佐野洋子. 2004. 活了100万次的猫. 唐亚明，译. 北京：接力出版社.

A. A. 米尔恩. 1999. 小熊温尼·菩(小熊维尼). 李典儒，译. 海口：南海出版公司.

E. B. 怀特. 2004. 精灵鼠小弟. 任溶溶，译. 上海：上海译文出版社.

J. D. 塞林格. 1997. 麦田里的守望者. 施咸荣，译. 南京：译林出版社.

J. K. 罗琳. 2000. 哈利·波特与魔法石. 苏农，译. 北京：人民文学出版社.

［美］凯瑟琳·奥兰丝汀. 2006. 百变小红帽：一则童话三百年的演变. 杨淑智，译. 北京：生活·读书·新知三联书店.

Doiron, R. 2003. Boy books, girl books. Teacher Librarian, 30 (3): 14-16.

Dunrea, Olivier. 2004. BooBoo. Boston: Houghton Mifflin Harcourt.

Heald, Robin. 2008. Musicality in the language of picture books, Children's Literature in Education, 39 (3): 227-235.

Kies, C. 1995. In eyes on the future: Converging images, ideas and instruction. Selected Readings from the Annual Conference of the International Visual Literacy Association, 10.

Moss, B. & J. Hendershot. 2003. Exploring sixth graders' selection of nonfiction. The Reading Teacher, 56: 6-18.

Paquette, Kelli R. 2007. Encouraging primary students' writing through children's literature. Early Childhood Education Journal, 10.

Rinehart, S. 1998. Eighth graders' use of book cover clues to help choose recreational reading. Reading Research & Instruction, 37 (4): 263-279.

Sheldon, Dyan & Gary Blythe. 1998. The Whale's Song. New York: Random House.

Sturm, B. 2003. The information and reading preferences of North Carolina children. School Library Media Research, 6.